Annales 2023

Objectif BAC

Tle

Sujets & Corrigés

Spécialité SVT

Nathalie Fabien
Professeur agrégé de SVT
Lycée Camille Jullian (Bordeaux)

Patrice Delguel
Professeur agrégé de SVT
Lycée Sud Médoc (Le Taillan Médoc)

hachette
ÉDUCATION

Mode d'emploi

Cet ouvrage vous propose **42 sujets corrigés**, dont **4 sujets d'évaluation des compétences expérimentales (ECE)**.

2 sujets complets de Bac, pour bien comprendre en quoi consiste l'épreuve écrite de l'examen

Les deux types d'exercices qui composent l'épreuve écrite

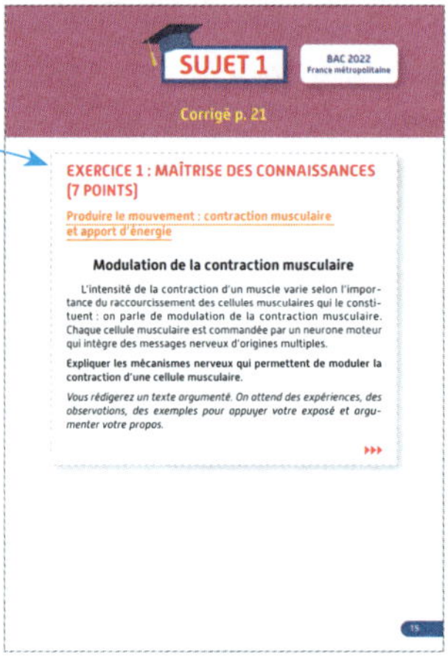
SUJET 1

BAC 2022
France métropolitaine

Corrigé p. 21

EXERCICE 1 : MAÎTRISE DES CONNAISSANCES (7 POINTS)

Produire le mouvement : contraction musculaire et apport d'énergie

Modulation de la contraction musculaire

L'intensité de la contraction d'un muscle varie selon l'importance du raccourcissement des cellules musculaires qui le constituent : on parle de modulation de la contraction musculaire. Chaque cellule musculaire est commandée par un neurone moteur qui intègre des messages nerveux d'origines multiples.

Expliquer les mécanismes nerveux qui permettent de moduler la contraction d'une cellule musculaire.

Vous rédigerez un texte argumenté. On attend des expériences, des observations, des exemples pour appuyer votre exposé et argumenter votre propos.

15

Sujet 1 | Sujet type complet de l'épreuve écrite

EXERCICE 2 : PRATIQUE DU RAISONNEMENT SCIENTIFIQUE (8 POINTS)

De la plante sauvage à la plante domestiquée

Allogamie chez les angiospermes

Contrairement à l'autogamie, l'allogamie correspond à la fécondation croisée entre individus distincts d'une même espèce. D'une manière générale, l'allogamie est plus favorable à la diversité génétique que l'autogamie. Des mécanismes favorisant ce mode de reproduction ont été sélectionnés dans de nombreux groupes d'angiospermes au cours de l'évolution. C'est le cas en particulier au sein d'espèces capables de produire de la chaleur (thermogéniques) comme chez les philodendrons.

Expliquer en quoi les particularités des philodendrons thermogéniques favorisent l'allogamie.

Vous organiserez votre réponse selon une démarche de votre choix intégrant des données des documents et les connaissances utiles.

DOCUMENT 1 • *Les inflorescences de philodendrons*

Les philodendrons ont des fleurs mâles et des fleurs femelles disposées sur un axe. L'ensemble forme une inflorescence entourée par une structure ressemblant à une grande feuille, la bractée.

Photographies de l'inflorescence des philodendrons

D'après www.researchgate.net

16

36 sujets de l'épreuve écrite entièrement corrigés, pour bien vous préparer

Les chapitres du programme

La mention du type d'exercice

SUJET 11

Génétique et évolution

EXERCICE 2 : PRATIQUE DU RAISONNEMENT SCIENTIFIQUE

Un exemple de spéciation chez un papillon

La définition de l'espèce prend en compte l'évolution. Ainsi, l'espèce n'existe que sur une période de temps. L'histoire évolutive d'un papillon appartenant au genre *Zerynthia* illustre cette notion. *Zerynthia cassandra* et *Zerynthia polyxena* sont deux espèces de papillons très semblables morphologiquement. Il est donc très difficile de les distinguer. Cependant, des critères morphologiques basés sur les structures génitales permettent de les délimiter. Ainsi, des chercheurs ont montré que ces deux espèces sont issues d'une espèce ancestrale.

Zerynthia cassandra | *Zerynthia polyxena*

Montrez, à l'aide des documents proposés et de vos connaissances, quels processus ont entraîné l'apparition des deux espèces de papillons, le *Zerinthia cassandra* et le *Zerinthia polyxena*, à partir d'une population ancestrale commune.

112

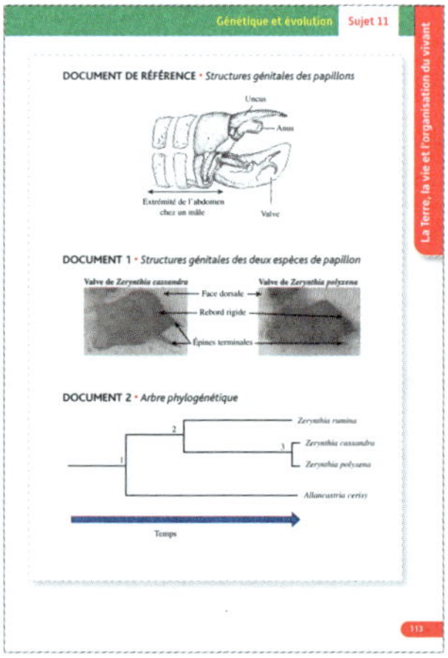
Génétique et évolution | Sujet 11

La Terre, la vie et l'organisation du vivant

DOCUMENT DE RÉFÉRENCE • *Structures génitales des papillons*

DOCUMENT 1 • *Structures génitales des deux espèces de papillon*

DOCUMENT 2 • *Arbre phylogénétique*

113

Des onglets mentionnant les thèmes du programme pour se repérer rapidement dans l'ouvrage

ISBN : 978-2-01-719425-5

Des corrigés conformes à ce que l'on attend de vous à l'examen

Chaque corrigé est introduit par un travail préparatoire, qui doit être conduit avant de rédiger, pour définir les termes du sujet, analyser les documents, choisir les connaissances à mobiliser, et enfin élaborer son plan

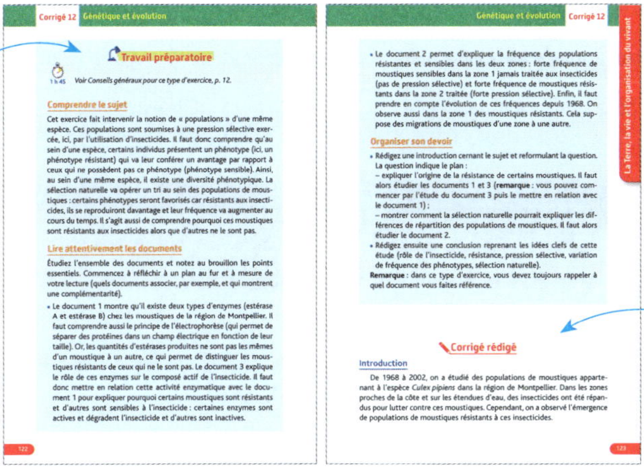

Des corrigés complets

4 sujets pour préparer l'évaluation des compétences expérimentales (ECE)

4 sujets pour s'entraîner en vue de l'épreuve pratique

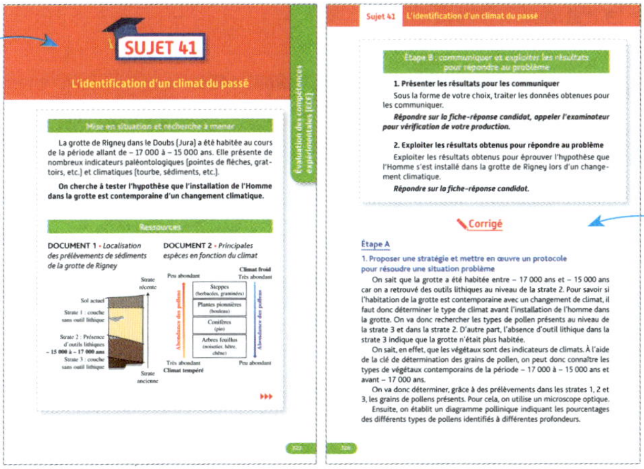

Les corrigés associés

Conception graphique
Couverture : Audrey Izern
Intérieur : Alicia Dassonville

Réalisation
Couverture : Audrey Izern
Intérieur : STDI

Éditrices : Barbara Jung, Gwendoline Rousseau

Sommaire

Thème 1
La Terre, la vie et l'organisation du vivant

Génétique et évolution

À la recherche du passé géologique de notre planète

CHAPITRE 4 LE TEMPS ET LES ROCHES

CHAPITRE 5 LES TRACES DU PASSÉ MOUVEMENTÉ DE LA TERRE

Thème 2
Enjeux planétaires contemporains

De la plante sauvage à la plante domestiquée

CHAPITRE 6 L'ORGANISATION FONCTIONNELLE DES PLANTES À FLEURS

CHAPITRE 7 LA PLANTE, PRODUCTRICE DE MATIÈRE ORGANIQUE

Définition des épreuves

L'épreuve terminale de Sciences de la vie et de la Terre

• L'épreuve porte sur les compétences, connaissances, capacités et attitudes figurant dans la partie du programme de l'enseignement de spécialité Sciences de la vie et de la Terre du cycle terminal. Les thématiques des sujets portent sur le programme de Terminale et les compétences mobilisées sont celles du cycle terminal.

• Les parties suivantes du programme de Terminale ne pourront pas faire l'objet d'une évaluation lors de cette épreuve terminale :
– dans la thématique « La Terre, la vie et l'organisation du vivant » : la partie « D'autres mécanismes contribuent à la diversité du vivant » ;

– dans la thématique « Enjeux planétaires contemporains » :
  ▪ la partie « La domestication des plantes »,
  ▪ la partie « Comprendre les conséquences du réchauffement climatique et les possibilités d'actions » ;

– Dans la thématique « Corps humain et santé » : la partie « L'organisme débordé dans ses capacités d'adaptation ».

Évaluation et notation

• L'épreuve de Sciences de la vie et de la Terre comporte **deux parties** :
– **une partie écrite**, comptant pour **15 points sur 20** ;
– et **une partie pratique** avec évaluation des compétences expérimentales (ECE), comptant pour **5 points sur 20**.
• La note globale de l'épreuve est donnée sur 20 points.

Structure

Première partie : épreuve écrite de Sciences de la vie et de la Terre

Durée	3 h 30
Notée sur 15 points	

• Cette épreuve a pour objectif de valider la maîtrise des connaissances et compétences acquises dans le cadre du programme du cycle terminal à l'exception des parties signalées ci-dessus.
• L'épreuve est constituée de **deux exercices**.

Exercice 1 (noté sur 6 ou 7 points)
Dans cette première partie de l'épreuve écrite, le candidat rédige un texte argumenté répondant à la question scientifique posée. Le questionnement peut être accompagné d'un ou plusieurs documents. L'exercice permet d'évaluer la capacité du candidat à mobiliser des connaissances, à les organiser et à les exposer avec la syntaxe, le vocabulaire scientifique et tout mode de communication scientifique approprié. Il appuie son exposé et argumente ses propos à partir d'expériences, d'observations, d'exemples éventuellement issus du ou des documents proposés dans le sujet.

Exercice 2 (noté sur 8 ou 9 points)
- Dans cette seconde partie de l'épreuve écrite, le candidat développe un raisonnement scientifique pour résoudre le problème posé.
- L'exercice permet d'évaluer sa capacité à pratiquer une démarche scientifique, à partir de l'exploitation d'un ensemble de documents et en mobilisant ses connaissances.

Le questionnement amène le candidat à :
– choisir une démarche de résolution du problème posé et à l'exposer ;
– analyser les documents fournis et intégrer leur analyse ;
– structurer et rédiger correctement son raisonnement.

Seconde partie : épreuve pratique d'évaluation des compétences expérimentales

Durée	1 heure
Notée sur 5 points	

- L'évaluation des compétences expérimentales se déroule au cours du second trimestre pendant la période de l'épreuve écrite de spécialité.
- Le calcul de la note se fait sur 20 points ramenée à une note sur 5 pour compléter la note de l'épreuve écrite sur 15.
- Chaque académie retient vingt situations d'évaluation parmi celles publiées dans une banque nationale numérique portant sur l'ensemble des acquis du cycle terminal à l'exception des parties précisées p. 8.

Le candidat tire un sujet au sort parmi les situations retenues par l'établissement.
- Le candidat doit concevoir une stratégie pour résoudre une situation-problème et mettre en œuvre un protocole avec le matériel mis à sa disposition. Il doit être capable de présenter, de manière claire et organisée, les résultats attendus pour répondre au problème, en les mettant en relation avec ses connaissances.
- Deux professeurs examinateurs sont présents dans la salle où a lieu l'évaluation.

Les professeurs examinateurs disposent d'une grille d'observation au nom de chaque candidat. Cette grille sert de support à l'évaluation du candidat ; elle porte la note qui lui est attribuée sur 20 points et un commentaire qualitatif.

L'épreuve orale de contrôle (rattrapage)

Durée	20 minutes
Préparation	20 minutes

- Le candidat tire au sort un sujet comportant deux questions, portant sur deux thématiques différentes de l'ensemble du programme de spécialité du cycle terminal, et doit traiter les deux questions. Dans l'esprit défini pour les épreuves écrites et conformément au programme officiel, les sujets proposés doivent permettre d'évaluer les compétences, connaissances, capacités et attitudes acquises dans le cadre du programme du cycle terminal. L'un des deux exercices, au moins, comporte des documents choisis parmi ceux que les professeurs utilisent habituellement dans les situations d'apprentissage.
- Cette épreuve a lieu dans une salle comportant du matériel de sciences de la vie et de la Terre afin que des questions puissent être posées sur le matériel expérimental et son utilisation, le candidat pouvant être amené à réaliser un geste manipulatoire simple.
- Une importance égale est attribuée à l'évaluation de la maîtrise des compétences (pratiquer des démarches scientifiques ; concevoir, créer, réaliser ; utiliser des outils et mobiliser des méthodes pour apprendre ; pratiquer des langages ; adopter un comportement éthique et responsable) et à celle des connaissances, capacités et attitudes associées.

Conseils méthodologiques

L'épreuve écrite

- L'épreuve écrite dure 3 h 30. Nous vous conseillons de consacrer à peu près 15 minutes à la prise de connaissance de l'ensemble du sujet dès le début de l'épreuve et à la relecture de votre copie, lorsque vous avez terminé votre travail.
- Vous pouvez ensuite répartir le temps restant de manière équivalente entre l'exercice 1 et l'exercice 2.

L'exercice 1

Dans cet exercice, on attend de vous que vous répondiez à un problème en mettant en relation et en organisant vos connaissances. Ce problème peut mobiliser des connaissances apprises dans des thèmes et des chapitres différents. Cela nécessite donc une très bonne connaissance du cours et le recul nécessaire pour faire le lien entre les différentes parties du programme.

Avant de commencer

- Lisez le sujet plusieurs fois et repérez-en les limites (ce qui doit être traité, ce qui serait hors sujet).
- Notez au brouillon les notions essentielles qui seront à développer, faites une liste de mots-clés liés au sujet.
- Ébauchez un plan en ordonnant de façon logique les notions à développer.
- Décidez des schémas à réaliser pour illustrer le devoir.
- Après ce travail au brouillon (15 minutes environ), commencez la rédaction : bannissez la première personne, faites des phrases simples et courtes, écrivez proprement (utilisez un stylo-bille non effaçable, les copies seront numérisées). Les dessins devront être réalisés au stylo-bille de couleur non effaçable pour qu'aucune donnée ne soit perdue au moment du scan de la copie.

⚠ Attention

Pensez à bien gérer votre temps car il y a un autre exercice à traiter.

L'organisation du devoir

Introduction

Il est important de commencer par une introduction. Elle doit montrer que le sujet est compris et bien cadré. Elle sera donc concise et se détachera, sur la forme, de quelques lignes en en-tête du devoir. Elle doit définir les termes du sujet, formuler le problème à résoudre et cerner les limites du sujet.

Développement

- Selon les questions posées, le développement peut s'organiser en une ou plusieurs parties. S'il y a plusieurs parties, il est préférable de les identifier en précisant le titre de chaque partie.
- Si le sujet l'impose, il est nécessaire de réaliser des schémas cohérents et soignés, en lien avec les notions abordées.
- Ce développement doit être rédigé correctement (orthographe, syntaxe et vocabulaire scientifique adéquat).

Conclusion

- Elle est importante car elle donne son unité à l'ensemble et influence l'impression finale que le lecteur a du devoir. Elle doit être rédigée à l'avance au brouillon.
- Elle peut prendre la forme d'un schéma (obligatoire si cela est demandé dans le sujet).
- Il ne faut surtout pas y évoquer des notions nouvelles qui n'auraient pas été traitées dans le développement, mais, au contraire, reprendre les grandes notions évoquées afin de répondre au problème et d'apporter un point de vue global définitif.

Les capacités évaluées dans l'exercice 1

Le correcteur va évaluer votre copie en se posant successivement **3 questions** :

1. Quelle est la qualité de la synthèse ? Cette première question va conditionner votre note car si vous récitez votre leçon sans réaliser de tri efficace, sans véritablement répondre à la question posée et en réalisant un ou plusieurs hors-sujet, votre correcteur cochera la case « Pas de synthèse » pour évaluer votre travail.

2. Les connaissances sont-elles suffisantes ? Les connaissances prises en compte sont celles qui se rapportent uniquement au sujet.

3. Quelle est la qualité « formelle » ? Cette dernière question prend en compte la syntaxe, la qualité rédactionnelle, la présentation, la clarté des schémas, etc. Le correcteur pourra alors juger si la rédaction de votre copie est correcte ou maladroite.

L'exercice 2

Avant de commencer

- Lisez bien le sujet et regardez tous les documents. Lors de cette première approche, des notions peuvent être notées au brouillon.
- Les documents peuvent être traités dans n'importe quel ordre. De plus, certains peuvent être traités simultanément.

L'organisation du devoir

- Une **introduction** très concise est conseillée pour cerner le sujet et présenter le problème posé.
- Le **développement**

– Il est fortement conseillé de construire un **plan en deux ou trois paragraphes**. Chaque paragraphe traite d'informations apportant un éclairage sur une notion qui

doit être mise en relation avec le paragraphe suivant. Vous devez éviter de faire une simple liste des informations sans prendre la peine d'établir des liens.
– À chaque fin de paragraphe, vous pouvez rédiger un bilan des informations extraites des documents.
– Il faut référencer tous les documents analysés (« Le document 1 présente... »).
– Pour chacun des documents, il est nécessaire, dans un premier temps, de réaliser une extraction documentaire (dire ce que l'on voit sur le document), suivie d'une interprétation (c'est-à-dire donner une explication de ce que l'on voit). C'est au cours de l'interprétation que vos connaissances doivent être introduites mais il faut absolument qu'elles restent en rapport avec le document (il ne s'agit pas ici de réciter son cours).
• Une **conclusion** permettra de reprendre succinctement les informations principales répondant au problème posé.

Les capacités évaluées dans l'exercice 2

Vous serez évalué(e) sur votre capacité à mettre en œuvre une démarche explicative répondant précisément à la problématique. Cette démarche doit mettre en relation les éléments scientifiques issus des documents et les notions tirées de vos connaissances. Il est fortement conseillé de réaliser cette mise en relation au fur et à mesure. Vous ne devez pas réciter votre leçon mais utiliser les documents fournis (n'oubliez pas de les citer) en reprenant les interprétations formulées précédemment. Le développement ou la conclusion peuvent être accompagnés d'un schéma.

L'évaluation des capacités expérimentales (ECE)

Même si cette épreuve évalue des capacités expérimentales, elle nécessite d'avoir déjà révisé l'ensemble des leçons de Sciences et vie de la Terre étudiées en classe. Par ailleurs, le calme et la concentration y sont indispensables pour être le plus précis possible dans la réalisation des gestes techniques, travaillés tout au long du cursus secondaire.
• Il faut lire avec attention les fiches fournies :
– les fiches « sujet-candidat » comportent les 2 étapes composant l'épreuve d'ECE ;
– la fiche « protocole-candidat » donne les informations nécessaires pour réaliser un protocole ou utiliser un logiciel.
• Avant de commencer les manipulations, prenez bien connaissance de la totalité du sujet et du matériel mis à disposition.
• Il faut réaliser toutes les activités décrites dans la fiche « protocole-candidat » et appeler le professeur pour qu'il vérifie le travail lorsque cela est indiqué. Cette vérification peut intervenir en milieu d'épreuve à plusieurs reprises.
• Le candidat doit se vêtir d'une blouse. L'organisation et, en particulier, la gestion raisonnée du matériel sur la paillasse sont nécessaires à la réussite de l'épreuve. N'oubliez pas de ranger la paillasse en fin d'épreuve (matériel lavé et essuyé, microscope rangé correctement, paillasse propre, logiciel fermé, etc.).

Les conseils pour l'étape A

- L'étape A est intitulée « Proposer une stratégie et mettre en œuvre un protocole pour résoudre une situation problème ».
- Dans un premier temps, vous allez donc présenter une démarche d'investigation : votre stratégie. Vous devez argumenter vos choix. Trois points devront être abordés en terme de mode opératoire à mettre en œuvre ensuite :
– ce que vous allez faire en utilisant ce que vous savez (utilisez alors les documents ressources et vos connaissances). Il est important de bien présenter ce premier point car il ne s'agit pas de réciter un protocole mais de montrer que vous avez bien compris la problématique posée ;
– comment vous allez faire, vous devez alors décider du matériel nécessaire, des mesures à réaliser et des manipulations à faire. Il faut toujours que vous sachiez pourquoi vous faites une expérience, une observation et pouvoir justifier vos choix ;
– ce que vous attendez comme résultats possibles : il faut alors, en partant par exemple d'une hypothèse de départ, indiquer « si j'observe tel ou tel résultat, alors je peux en déduire que ».
- Votre démarche est présentée à l'oral à l'examinateur. Vous pouvez, à tout moment, appeler l'examinateur pour lui préciser ou modifier un aspect de votre démarche, même après avoir commencé la manipulation.
- L'activité pratique proposée dans l'énoncé est volontairement ouverte, mais elle précise, par contre, les informations nécessaires pour la manipulation comme le temps de mesure, des valeurs de réglage de l'appareil ou des volumes ou des concentrations à respecter. Les fiches techniques sont à votre disposition dès le début de l'épreuve.
- Veillez à bien organiser votre paillasse, prenez des notes sur un brouillon.

Les conseils pour l'étape B

- L'étape B est intitulée « Communiquer et exploiter les résultats pour répondre au problème ».
- Sur la fiche réponse candidat, vous présenterez vos résultats (tableau, schémas, dessins, images numérisées, etc.). Attention, vos résultats ne devront pas être présentés sous la forme d'un texte. L'observation microscopique induit forcément la réalisation d'un croquis, dessin ou la prise photographique. N'oubliez pas de mettre un titre, éventuellement de légender si nécessaire. On attend de vous que votre présentation des résultats soit :
– techniquement correcte (soignée, lisible, correspondant au problème posé, etc.) ;
– bien légendée ou renseignée (l'examinateur n'a pas à deviner la signification, par exemple, d'abréviations, de signes, etc.).

SUJET 1

BAC 2022
France métropolitaine

Corrigé p. 21

EXERCICE 1 : MAÎTRISE DES CONNAISSANCES (7 POINTS)

Produire le mouvement : contraction musculaire et apport d'énergie

Modulation de la contraction musculaire

L'intensité de la contraction d'un muscle varie selon l'importance du raccourcissement des cellules musculaires qui le constituent : on parle de modulation de la contraction musculaire. Chaque cellule musculaire est commandée par un neurone moteur qui intègre des messages nerveux d'origines multiples.

Expliquer les mécanismes nerveux qui permettent de moduler la contraction d'une cellule musculaire.

Vous rédigerez un texte argumenté. On attend des expériences, des observations, des exemples pour appuyer votre exposé et argumenter votre propos.

▸▸▸

EXERCICE 2 : PRATIQUE DU RAISONNEMENT SCIENTIFIQUE (8 POINTS)

De la plante sauvage à la plante domestiquée

Allogamie chez les angiospermes

Contrairement à l'autogamie, l'allogamie correspond à la fécondation croisée entre individus distincts d'une même espèce. D'une manière générale, l'allogamie est plus favorable à la diversité génétique que l'autogamie. Des mécanismes favorisant ce mode de reproduction ont été sélectionnés dans de nombreux groupes d'angiospermes au cours de l'évolution. C'est le cas en particulier au sein d'espèces capables de produire de la chaleur (thermogéniques) comme chez les philodendrons.

Expliquer en quoi les particularités des philodendrons thermogéniques favorisent l'allogamie.

Vous organiserez votre réponse selon une démarche de votre choix intégrant des données des documents et les connaissances utiles.

DOCUMENT 1 • *Les inflorescences de philodendrons*

Les philodendrons ont des fleurs mâles et des fleurs femelles disposées sur un axe. L'ensemble forme une inflorescence entourée par une structure ressemblant à une grande feuille, la bractée.

Photographies de l'inflorescence des philodendrons

Vue d'ensemble

1 : fleurs femelles
2 : fleurs mâles
3 : partie stérile

Les différentes parties de l'inflorescence

D'après www.researchgate.net

DOCUMENT 2 • *La thermogenèse chez les angiospermes*

Document 2.a : *la respiration alternative*

La majorité des angiospermes présente une température proche de celle de l'environnement. Cependant, certains végétaux ont des tissus qui sont capables de produire de la chaleur par un ensemble de mécanismes que l'on nomme « thermogenèse ». La thermogenèse a lieu au sein des membranes mitochondriales des tissus concernés.

Schéma simplifié de la synthèse d'ATP et de la production de chaleur au sein des membranes mitochondriales des cellules thermogéniques

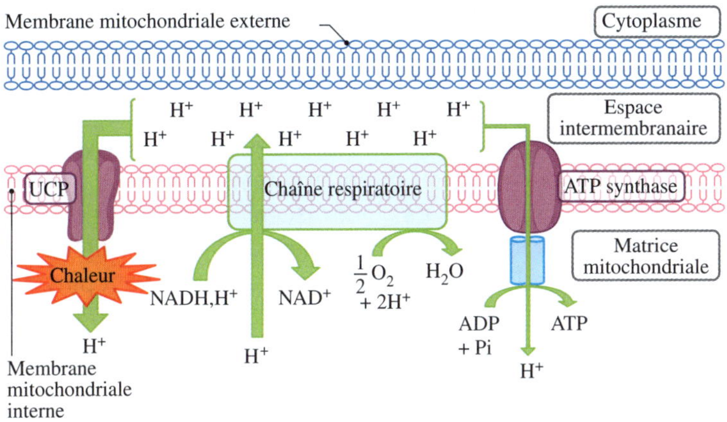

D'après www.researchgate.net

Document 2.b : *profil d'expression du gène UCP*

Une analyse de l'expression du gène codant pour la protéine UCP a été réalisée dans différentes parties d'un plant de philodendron thermogénique et à différents moments. Les résultats sont présentés dans le document page suivante. La présence d'une bande blanche indique que le gène UCP est exprimé et son intensité traduit le niveau d'expression du gène.

Profil d'expression du gène UCP dans différentes parties d'un plant de philodendron

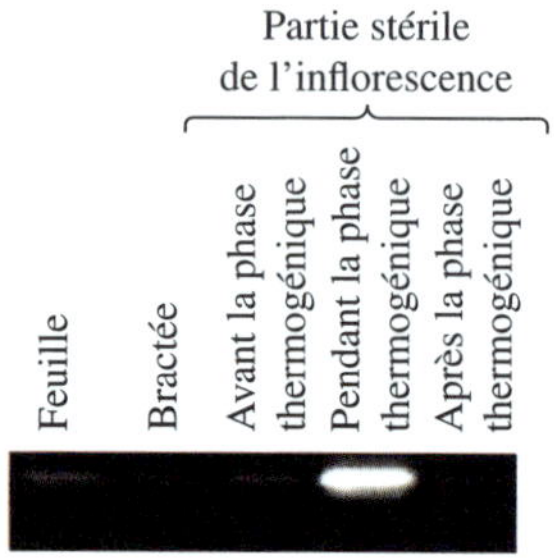

D'après www.researchgate.net

DOCUMENT 3 • *Thermogenèse et reproduction sexuée*

Document 3.a : *photographies de l'inflorescence de* Philodendron adamantum *pendant la période de reproduction sexuée*

L'inflorescence de chaque individu suit le processus de maturation décrit ci-dessous. Cependant, il existe un décalage dans le temps de la maturation des inflorescences de différents individus. Par ailleurs, lorsque les fleurs mâles d'un organisme deviennent matures, les pistils de la même inflorescence ne sont plus réceptifs aux pollens.

1er jour : maturation des fleurs femelles	2e jour : maturation des fleurs mâles

07h00 – 09h00 | 18h30 – 21h30 | 07h00 | 11h00 – 12h30 | 18h00

Coléoptère (*Erioscelis emarginata*) | Production de résine collante sur la bractée | Coléoptère recouvert de pollen s'apprêtant à quitter l'inflorescence

Sur les différentes observations effectuées pendant l'expérience, seule l'espèce de coléoptère *Erioscelis emarginata* a été trouvée au contact de l'inflorescence.

D'après *International Journal of Plant Sciences*, septembre 2010.

Document 3.b : *évolution de la thermogenèse de* Philodendron solimoesense

L'évolution de la thermogenèse de *Philodendron solimoesense* est comparable à celle de *Philodendron adamantum*. On a mesuré la différence de température entre l'inflorescence et l'air ambiant à partir du moment où les fleurs femelles atteignent leur maturité.

Évolution de la différence de température entre l'inflorescence et l'air ambiant pendant la période de reproduction sexuée

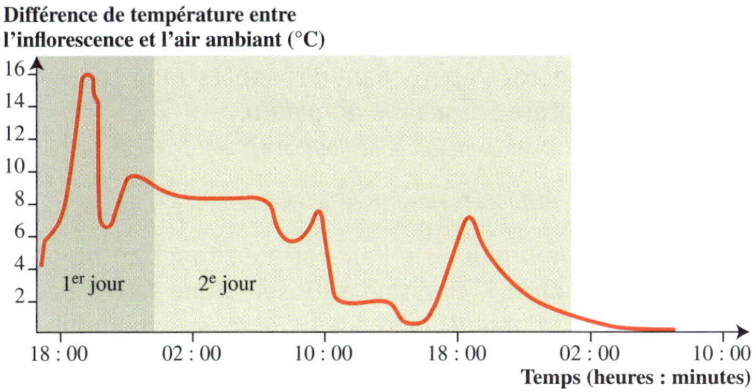

D'après *Pour la Science*, septembre 2007.

DOCUMENT 4 • *Libération de molécules odorantes par l'inflorescence des philodendrons*

Document 4.a : *effet des molécules odorantes*

Des études menées sur *Philodendron adamantum* ont montré que ses inflorescences émettaient une odeur lors du premier jour de la période de reproduction sexuée vers 18 h 30. La présence de 39 composés volatils différents a été révélée. Le dihydro-β-ionone et le jasmonate de méthyle faisaient partie des composés les plus présents. Pour comprendre le rôle de ces substances émises par le végétal, on a placé à l'extérieur des appâts parfumés contenant ces deux molécules pendant 4 nuits et on a compté le nombre d'insectes s'en approchant.

Évolution du nombre d'insectes s'approchant des appâts en fonction de la nature des substances déposées

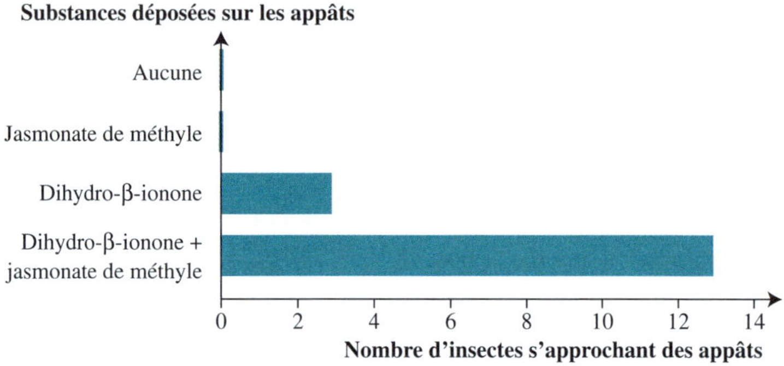

Tous les insectes s'approchant des appâts appartenaient à l'espèce de coléoptère *Erioscelis emarginata*.

D'après *International Journal of Plant Sciences*, septembre 2010.

Document 4.b : *effet de la température sur le mouvement des masses d'air*

La masse volumique de l'air varie en fonction de différents paramètres comme la pression atmosphérique, la température et l'humidité. Une diminution locale de la masse volumique de l'air conduit à un mouvement ascendant de cette masse.

Évolution de la masse volumique de l'air sec en fonction de la température à une pression de 1 atmosphère

Température (en °C)	Masse volumique (en kg/m^3)	Température (en °C)	Masse volumique (en kg/m^3)
– 5	1,316	25	1,184
0	1,292	30	1,164
5	1,269	35	1,146
10	1,247	40	1,127
15	1,225	45	1,110
20	1,204	50	1,092

D'après Wikipédia.

EXERCICE 1

Travail préparatoire

1 h 45 *Voir conseils généraux pour ce type d'exercice p. 11.*

Comprendre le sujet

La difficulté essentielle de ce sujet est de comprendre la notion de modulation. En effet, l'introduction du sujet est assez explicite mais il faut bien la lire pour éviter le hors-sujet.

On cherche à comprendre comment le fonctionnement du neurone moteur permet d'obtenir des raccourcissements différents pour une cellule musculaire. Il ne faudra donc pas expliquer le mécanisme de la contraction musculaire mais plutôt centrer le devoir sur le codage du message nerveux au niveau du motoneurone et au niveau de la plaque motrice (synapse neuro-musculaire). Il faudra aussi expliquer comment le motoneurone intègre des messages nerveux d'origines multiples sans développer le réflexe myotatique ni la voie descendante du cortex moteur.

Organiser son devoir

Une introduction, un développement structuré et une conclusion sont attendus.

- L'introduction doit permettre de cerner le sujet et de poser la problématique. Pour cela, vous devez définir la cellule musculaire, faire le lien avec le motoneurone qui le commande et mettre en avant la capacité de la cellule musculaire à se raccourcir différemment selon les messages nerveux qui lui arrivent.
- Le développement peut être construit en deux parties :
  – l'une présentant le fonctionnement du motoneurone ;
  – l'autre expliquant comment le motoneurone intègre les différents messages nerveux.

Vous pourrez illustrer vos propos en proposant un schéma de la transmission synaptique au niveau de la plaque motrice et un schéma de l'intégration des messages nerveux par le motoneurone.

Corrigé rédigé

Introduction

Le muscle squelettique est composé de fibres musculaires. Ce sont des cellules spécialisées caractérisées par un cytosquelette particulier permettant leur raccourcissement. Selon l'importance du raccourcissement de ses fibres musculaires, l'intensité de la contraction du muscle sera variable.

Sachant que chaque fibre musculaire est commandée par un neurone moteur (motoneurone), on peut alors se demander comment le système nerveux intervient pour moduler la contraction d'une fibre musculaire.

Nous verrons dans un premier temps les mécanismes qui permettent au motoneurone de moduler directement la contraction de la fibre musculaire. Puis, nous verrons comment ce motoneurone intègre des messages nerveux d'origines multiples.

I. Le fonctionnement du motoneurone

Le muscle comme le motoneurone sont des cellules excitables. La contraction de la fibre musculaire dépend de l'état de stimulation du motoneurone qui lui est associé. Le message nerveux passe du motoneurone à la fibre musculaire au niveau d'une zone appelée « synapse neuro-musculaire » ou « plaque motrice ».

A. Le fonctionnement de la plaque motrice

Les synapses sont les zones de jonction entre cellules excitables. Dans les synapses, un espace synaptique ou fente synaptique de l'ordre de 50 nm sépare les deux membranes. Cet espace ne peut pas être franchi par les messages nerveux (sous forme de potentiel d'action), ce qui nécessite l'intervention d'une substance chimique, un neurotransmetteur : ici, l'acétylcholine (ACh).

La terminaison présynaptique renferme de nombreuses vésicules synaptiques contenant un neurotransmetteur, tandis que la membrane de la cellule musculaire présente de nombreux récepteurs spécifiques à l'ACh.

Schéma fonctionnel d'une synapse neuro-musculaire

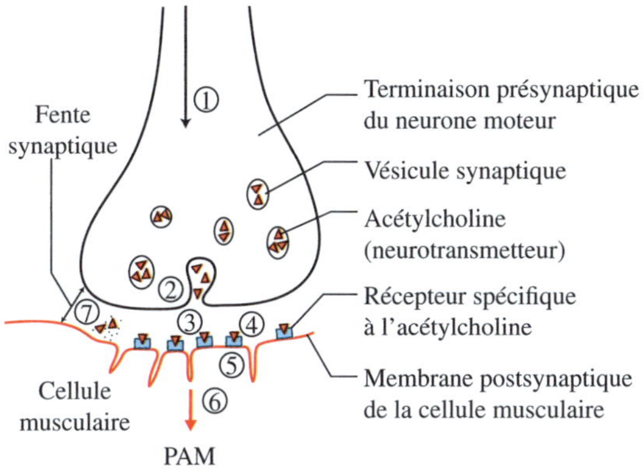

L'arrivée de potentiels d'action ① au niveau de la terminaison présynaptique du neurone moteur provoque la fusion des vésicules synaptiques avec la membrane du neurone présynaptique ②, puis l'exocytose ③ de vésicules synaptiques au niveau de la membrane présynaptique, et la libération de neurotransmetteurs, l'acétylcholine, dans la fente synaptique ④. L'acétylcholine se fixe sur des récepteurs spécifiques de la membrane musculaire postsynaptique ⑤.

Cette fixation peut déclencher, si la quantité de neurotransmetteurs fixés est suffisante, un potentiel d'action musculaire (PAM) ⑥. L'arrivée de ce potentiel d'action musculaire au sein de la fibre musculaire déclenche sa contraction.

L'inactivation rapide du neurotransmetteur dans la fente synaptique par des enzymes ⑦ interrompt la transmission synaptique.

La contraction musculaire dépend de la concentration d'ACh libérée au niveau de la plaque motrice par le motoneurone.

Toutefois, la quantité de neurotransmetteurs libérée va dépendre de l'activité du motoneurone.

B. La transmission du message nerveux dans le motoneurone

Le neurone est une cellule spécialisée dans la propagation du message nerveux. Chaque motoneurone conduit un message nerveux vers une cellule musculaire. Dans le neurone, le message nerveux est unidirectionnel.

La membrane du motoneurone au repos est polarisée. Il existe une différence de potentiel permanente de l'ordre de – 70 mV entre les deux faces, l'intérieur étant électronégatif par rapport à l'extérieur. Ce potentiel transmembranaire, en dehors de toute activation, est appelé « potentiel de repos ». Ce potentiel de repos peut être enregistré avec des micro-électrodes.

Le message nerveux qui se propage le long d'un neurone est constitué d'une succession de signaux élémentaires identiques, d'amplitude constante (de l'ordre de 100 mV) et de faible durée (environ 1 ms) : ce sont des potentiels d'action. Un message nerveux est donc constitué d'un train de potentiels d'action.

On peut provoquer expérimentalement la naissance d'un potentiel d'action en effectuant une stimulation électrique grâce à des micro-électrodes placées au contact du motoneurone. Le potentiel d'action obéit à la loi du « tout ou rien ». Si l'intensité de la stimulation du motoneurone dépasse un certain seuil, un train de potentiels d'action est constitué.

L'amplitude du potentiel d'action étant invariable, l'intensité de la stimulation est codée en modulation de fréquence des potentiels d'action : une augmentation de l'intensité de la stimulation se traduit par une augmentation de la fréquence des potentiels d'action.

On a vu précédemment que l'intensité de la contraction d'une cellule musculaire est modulée par la concentration d'ACh libérée au niveau de la plaque motrice par le motoneurone : on parle de « codage chimique en concentration du message nerveux ».

Cette concentration d'ACh libérée par le motoneurone dépend quant à elle de la fréquence des potentiels d'action émis par celui-ci : on parle de « codage électrique en fréquence du message nerveux ».

Par ailleurs, l'activité du motoneurone dépend des messages nerveux qu'il intègre.

II. L'intégration des messages nerveux par le motoneurone

Le corps cellulaire du motoneurone se trouve dans la substance grise au niveau de la corne ventrale de la moelle épinière. Il reçoit des messages nerveux transmis par des neurones sensoriels (mis en jeu au cours de réflexes myotatiques) mais aussi par des neurones issus de faisceaux descendant du cortex moteur.

Ces voies peuvent être stimulées indépendamment, ou simultanément lorsqu'on réalise une flexion volontaire du pied (mouvement volontaire) et que l'on stimule en même temps le tendon d'Achille. Dans ce cas, on constate que le réflexe myotatique achilléen est aboli.

En effet, le motoneurone peut recevoir des messages de neurones inhibiteurs et de neurones excitateurs. Le corps cellulaire du motoneurone va traiter ces différents messages nerveux. On parle d'« intégration » des messages nerveux lorsque ces messages sont simultanés.

Nous prendrons pour exemple une situation où un motoneurone est stimulé par un neurone inhibiteur (neurone A) et un neurone excitateur (neurone B).

Schéma de l'intégration de messages nerveux par le motoneurone

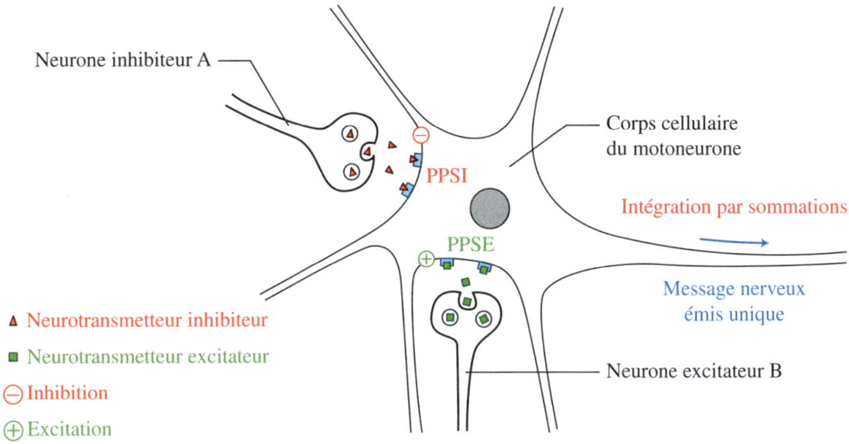

La stimulation du neurone A entraîne la libération de neurotransmetteurs inhibiteurs dans la fente synaptique. Ces neurotransmetteurs, en se fixant sur des récepteurs spécifiques (sur la membrane du motoneurone), vont provoquer l'apparition d'un potentiel postsynaptique (PPS). Le PPS est une modification locale, sur le corps cellulaire, du potentiel de repos des neurones postsynaptiques. Il se forme lors de la fixation des neurotransmetteurs sur leurs récepteurs spécifiques sur la membrane plasmique du neurone postsynaptique. Ici, les neurotransmetteurs inhibiteurs vont créer une hyperpolarisation (diminution du potentiel de membrane) : on parle alors de « potentiel postsynaptique inhibiteur » (PPSI).

La stimulation du neurone B entraîne la libération de neurotransmetteurs excitateurs dans la fente synaptique. Ces neurotransmetteurs, en se fixant sur des récepteurs spécifiques (sur la membrane du motoneurone), vont créer une dépolarisation (augmentation du potentiel de membrane), ce qui va provoquer l'apparition d'un potentiel postsynaptique excitateur (PPSE).

Si les deux neurones (A et B) sont stimulés en même temps, on a donc des neurotransmetteurs excitateurs et inhibiteurs qui se fixent sur leurs récepteurs spécifiques sur la membrane plasmique du motoneurone. Le motoneurone réalise alors la somme algébrique des PPS qui lui parviennent : c'est l'intégration nerveuse.

Si le résultat de la somme algébrique déclenche une dépolarisation qui dépasse le seuil de stimulation, alors des potentiels d'action (message nerveux unique) sont émis au niveau de l'axone vers la fibre musculaire ; sinon, le neurone reste au repos.

Le motoneurone a donc intégré deux informations (PPSI et PPSE) de deux neurones (A et B) avec des synapses localisées à deux endroits différents : il y a sommation spatiale.

Le même motoneurone intègre des informations en continu de ces deux neurones : il y a sommation temporelle.

Conclusion

La modulation de la contraction d'une cellule musculaire dépend donc de l'activité du motoneurone. Celui-ci intègre par sommations spatiale et temporelle des messages nerveux provenant des voies sensorielles et du cortex moteur. Si un message nerveux moteur unique est émis, il est codé en fréquence de potentiels d'action. De cette fréquence de potentiels d'action dépend la concentration d'ACh libérée au niveau de la plaque motrice, ce qui entraîne un raccourcissement plus ou moins important de la fibre musculaire.

EXERCICE 2

Travail préparatoire

1 h 45 *Voir conseils généraux pour ce type d'exercice p. 12.*

Comprendre le sujet

Ce sujet traite de la collaboration entre les philodendrons thermogéniques et des insectes pollinisateurs. On cherche à déterminer les stratégies mises en place par ces végétaux pour faciliter la fécondation croisée, c'est-à-dire l'allogamie. Certaines notions abordées dans cet exercice peuvent surprendre car vous ne les aurez pas forcément vues en classe, mais il faudra s'appliquer à toujours mettre en relation les documents pour montrer le mécanisme d'allogamie.

La notion de pollinisation est essentielle dans cet exercice. De même, il faudra se rappeler que la reproduction sexuée est assurée par la fleur et que les gamètes femelles et mâles sont fabriqués par des parties différentes dans cette fleur.

Lire attentivement les documents

- Prenez connaissance de l'ensemble des documents et relevez les informations nécessaires pour répondre à la question. Puis, passez à une analyse des documents. Il ne faut pas se contenter de décrire, on vous demande aussi d'interpréter, de déduire et d'expliquer en mettant en relation les documents. N'hésitez pas à utiliser vos connaissances. Au fur et à mesure de votre lecture, commencez à réfléchir à un plan.
- Le document 1 permet de montrer la structure de l'inflorescence de philodendron. La séparation spatiale des fleurs femelles et mâles permet de limiter l'autogamie sur le plant.
- Le document 2 permet d'expliquer l'origine du dégagement de chaleur de ces plantes. Ce document montre que cette thermogenèse est limitée à la partie stérile de l'inflorescence (entre les fleurs mâles et femelles) et qu'elle est liée à la présence d'une protéine UCP présente dans la membrane interne des mitochondries. Ce mécanisme de dégagement de chaleur est associé à un mécanisme qualifié de « respiration alternative ».
- Le document 3 permet de montrer qu'il existe une séparation temporelle de la maturation des fleurs mâles et femelles sur une inflorescence (d'abord les fleurs femelles et ensuite les fleurs mâles) et que la libération de chaleur est associée essentiellement à la maturité des fleurs femelles. De même, ce document montre que des coléoptères *Erioscelis emarginata* ne visitent les inflorescences que le 2e jour, lorsque les fleurs mâles sont matures. La petite libération de chaleur le 2e jour est associée à la sortie du coléoptère de l'inflorescence.
- Le document 4 permet de montrer que la libération de chaleur permet de diffuser dans l'air des molécules volatiles et que celles-ci attirent spécifiquement les coléoptères *Erioscelis emarginata*.

Organiser son devoir

- Rédigez une introduction cernant le sujet et reformulez la question.
- Dans votre développement, de façon à montrer votre raisonnement dans un souci de mise en relation, vous pouvez exploiter les

documents dans un ordre différent. En effet, on peut distinguer deux grandes stratégies mises en place pour faciliter l'allogamie :

- Les documents 1 et 3a montrent que la séparation spatiale des fleurs sur l'inflorescence et la séparation temporelle de la maturation des fleurs sur l'inflorescence favorisent l'allogamie.
- Les documents 2, 3 et 4 montrent que la libération de chaleur facilite la pollinisation croisée par le biais de pollinisateurs spécifiques et donc facilitent l'allogamie.

• Vous rédigerez une conclusion résumant les deux grandes stratégies mises en place par les philodendrons thermogéniques pour faciliter l'allogamie.

Corrigé rédigé

Introduction

Chez les angiospermes, l'allogamie correspond à la fécondation croisée entre individus distincts d'une même espèce ; elle favorise la diversité génétique. Certains angiospermes ont développé des stratégies favorisant cette allogamie.

On cherche à déterminer les stratégies adoptées par les philodendrons thermogéniques pour favoriser cette allogamie.

I. L'allogamie favorisée par la structure et la maturation des inflorescences des philodendrons thermogéniques

Les philodendrons thermogéniques possèdent des inflorescences particulières. Le document 1 permet de mieux comprendre leur organisation. On observe que, sur une même inflorescence, il y a des fleurs mâles et des fleurs femelles mais ces deux types de fleurs ne se trouvent pas au même endroit. Les fleurs femelles sont situées sur la partie inférieure de l'axe de l'inflorescence alors que les fleurs mâles sont placées sur la partie supérieure de l'inflorescence. Chez les angiospermes, la reproduction sexuée est assurée par la fleur. Les fleurs femelles fabriquent les gamètes femelles au niveau du pistil, et les fleurs mâles fabriquent les grains de pollen, vecteurs des gamètes mâles, au niveau des étamines. On observe aussi que ces fleurs sont séparées par une partie stérile.

On peut donc en déduire qu'il y a une séparation spatiale des fleurs mâles et des fleurs femelles. Cela peut limiter l'autogamie (c'est-à-dire la fécondation entre des gamètes du même individu).

Les philodendrons thermogéniques ont également adopté une autre stratégie pour limiter l'autogamie. Le document 3a nous montre que l'inflorescence de chaque individu suit un processus de maturation précis caractérisé par un décalage temporel entre la maturation des fleurs femelles (1er jour) et la maturation des fleurs mâles (2e jour). Ainsi, les périodes de maturation des fleurs femelles et mâles ne se chevauchent pas ; les fleurs femelles sont matures en premier. *La maturation des inflorescences des différents individus de cette espèce se réalisera à différents moments. On peut donc en déduire que cette particularité favorise l'allogamie et donc la fécondation croisée entre les individus.*

On vient de montrer que la séparation spatiale des fleurs sur l'inflorescence et la séparation temporelle de la maturation des fleurs sur l'inflorescence favorisent l'allogamie.

Toutefois, la fécondation croisée implique une mobilité des grains de pollen d'une plante à l'autre. Quels sont les mécanismes mis en jeu pour favoriser cette pollinisation ?

II. L'allogamie favorisée par des pollinisateurs spécifiques

Le document 2 nous apprend que les philodendrons thermogéniques tirent leur nom de leur capacité à produire de la chaleur.

Le document 2a précise que cette production de chaleur est réalisée par le biais de la respiration alternative. Cette production de chaleur (thermogenèse) a lieu au niveau de la membrane interne des mitochondries. Au cours d'une respiration « classique », le flux de protons (H^+) passe exclusivement à travers l'ATP synthase, ce qui permet la synthèse d'ATP. Au cours de la respiration alternative, le flux de protons passe aussi à travers une protéine transmembranaire : la protéine UCP. Ce passage de protons de l'espace intermembranaire dans la matrice mitochondriale permet la libération de chaleur.

De plus, le document 2b montre que le gène codant pour la protéine UCP s'exprime fortement dans la partie stérile de l'inflorescence durant la phase thermogénique. *On peut donc en déduire que la production de chaleur ne se réalise qu'à un endroit précis : la partie stérile de l'inflorescence et qu'elle nécessite la présence de la protéine UCP dans la membrane interne des mitochondries.*

Comme nous l'avons vu précédemment, la maturation des fleurs mâles au sein de l'inflorescence est décalée par rapport à celle des fleurs femelles : 1er jour maturation des fleurs femelles et 2e jour maturation des fleurs mâles. On observe sur le document 3a que des coléoptères *Erioscelis emarginata* sont visibles au contact de l'inflorescence au début (à 7 h) du 2e jour. Les coléoptères ne quittent l'inflorescence qu'à la fin du 2e jour (à 18 h). Ils sont couverts de grains de pollen. *On peut supposer que la production de résine collante sur la bractée entre 11 h et 12 h 30 le 2e jour favorise la fixation du pollen sur les coléoptères.*

De même, *on peut supposer que les coléoptères qui quittent l'inflorescence couverts de pollen se dirigent vers une autre inflorescence où les fleurs femelles sont à maturité.* Cela peut favoriser fortement la pollinisation et surtout l'allogamie.

Par ailleurs, on constate sur le document 3b que, au niveau de l'inflorescence, un pic de chaleur (plus de 16 °C par rapport à l'air ambiant) se produit vers 19 h le 1er jour, au moment où les fleurs femelles sont à maturité. On peut alors se demander quel lien existe entre la thermogenèse et la pollinisation par les insectes.

Le document 4 permet d'apporter des éléments de réponse. En effet, le document 4a indique que l'inflorescence des philodendrons thermogéniques émet une odeur vers 18 h 30 le 1er jour. L'analyse de composés volatils témoigne de la présence importante de dihydro-β-ionone et de jasmonate de méthyle. Pour montrer l'importance de ces composés volatils dans l'attraction des insectes, les scientifiques ont placé trois types d'appâts : les premiers ne contiennent aucun de ces deux composés (témoins), les deuxièmes ne contiennent que l'un des deux composés, et les troisièmes contiennent les deux composés simultanément. On constate que l'association de ces deux molécules attire plus de quatre fois plus l'espèce de coléoptère observée dans le document 3a (*Erioscelis emarginata*) que le dihydro-β-ionone seul. *La seule différence avec les données du groupe témoin (sans composé volatil) étant la présence des deux composés volatils, on peut donc en déduire que l'association des deux molécules attire spécifiquement cette espèce de coléoptère.*

Le document 4b permet de montrer que l'augmentation de température provoque une diminution de la masse volumique de l'air, ce qui crée un mouvement ascendant. *On peut donc dire que l'augmentation de la température au cours de la thermogenèse facilite la diffusion des molécules dans l'air et notamment des molécules odorantes, ce qui entraîne une attraction importante des coléoptères* Erioscelis emarginata.

Ainsi, on peut dire que les coléoptères sont attirés spécifiquement par les odeurs dégagées par les inflorescences de philodendrons thermogéniques. Cette attraction se réalise lorsque les fleurs femelles sont à maturité (1er jour). La production de chaleur est permise grâce à la respiration alternative nécessitant la présence de la protéine UCP. Lorsque les insectes arrivent, ils sont potentiellement chargés du pollen d'un autre plant de philodendron, ce qui favorise la fécondation croisée (donc l'allogamie). Les insectes quittent l'inflorescence uniquement lorsque les fleurs mâles sont à maturité. Ils pourront s'être chargés de pollen auparavant. Ils peuvent alors être attirés par un autre plant dont les fleurs femelles sont à maturité. Il y a une véritable collaboration entre la plante et le pollinisateur : on peut parler de « coévolution ».

Conclusion

Les philodendrons thermogéniques ont des particularités qui favorisent l'allogamie car leurs inflorescences se caractérisent par une séparation spatiale des fleurs et une séparation temporelle de la maturation des fleurs sur cette inflorescence. De plus, ils attirent des insectes pollinisateurs spécifiques en libérant une odeur qui se diffuse facilement grâce à une production importante de chaleur. Cette thermogenèse se réalise à un moment précis qui facilite une pollinisation croisée entre les différents plants de philodendrons thermogéniques.

SUJET 2

BAC 2022
France métropolitaine

Corrigé p. 39

EXERCICE 1 : MAÎTRISE DES CONNAISSANCES (7 POINTS)

Les climats de la Terre : comprendre le passé pour agir aujourd'hui et demain

Géologie et climat

L'étude des paléoclimats a permis d'identifier des paramètres utiles pour le développement des modèles climatiques afin d'envisager les climats du futur. Ces paramètres sont divers et liés à des phénomènes géologiques variés. Leurs importances relatives dépendent de l'échelle de temps considérée.

Montrer comment des phénomènes géologiques ont pu influencer les climats du passé.

Vous rédigerez un texte argumenté. Vous appuierez votre exposé et argumenterez votre propos à partir d'expériences, d'observations et/ou d'exemples judicieusement choisis.

EXERCICE 2 : PRATIQUE DU RAISONNEMENT SCIENTIFIQUE (8 POINTS)

Produire le mouvement : contraction musculaire et apport d'énergie

Régulation de la glycémie lors d'un jeûne

Le jeûne correspond à la privation totale ou partielle de nourriture pour une période donnée. Au-delà de 10 heures de jeûne, des mécanismes physiologiques particuliers impliqués dans la régulation de la glycémie et nécessaires à son maintien autour de sa valeur de consigne se mettent en place. On cherche à comprendre certains mécanismes impliqués dans la régulation de la glycémie lors d'un jeûne prolongé.

Expliquer les mécanismes pouvant être impliqués dans le maintien de la glycémie dans un intervalle de valeurs normales lors d'un jeûne prolongé.

Vous organiserez votre réponse selon une démarche de votre choix intégrant des données des documents et les connaissances utiles.

▶▶▶

DOCUMENT 1 • *Concentration de cortisol sanguin avant et après un jeûne prolongé*

On mesure la concentration de cortisol sanguin chez 8 hommes avant la période de jeûne et après un jeûne de 5 jours. Les résultats sont présentés dans le graphique.

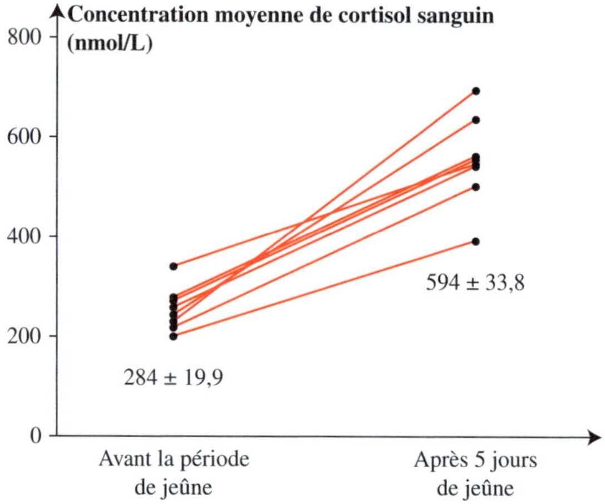

Chaque point sur le graphique correspond à la moyenne des valeurs de cortisol sanguin mesurées chez un homme pendant 24 heures. Les valeurs obtenues chez un même individu sont reliées par un trait.

Les valeurs indiquées dans le graphique sous les points correspondent aux moyennes calculées à partir des valeurs des concentrations moyennes des 8 hommes avant et après un jeûne de 5 jours.

D'après Bergendahl *et al.*, "*Cortisol secretion during fasting*", *Journal of Clinical Endocrinology and Metabolism*, 1996.

DOCUMENT 2 • *Rôle des glucocorticoïdes dans l'expression de certains gènes*

Afin de comprendre le rôle des glucocorticoïdes (par exemple le cortisol) dans la régulation de la glycémie, on mesure la quantité de deux ARN messagers différents extraits de cellules du foie de souris sauvages, 2 heures après l'injection d'une solution physiologique (PBS) ou de dexaméthasone (DEX), un analogue des glucocorticoïdes qui possède les mêmes effets (agonistes) que les glucocorticoïdes.

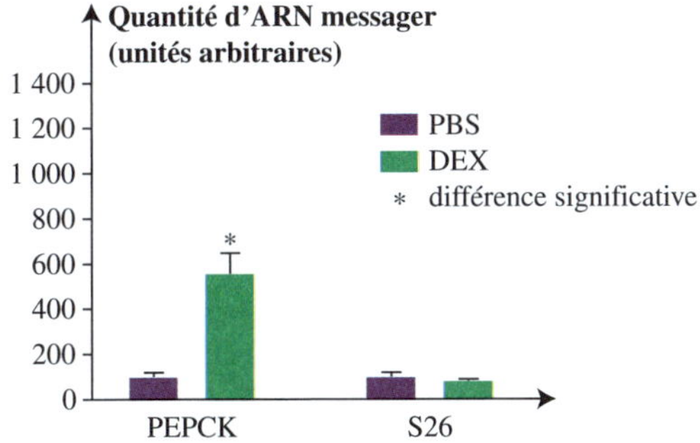

PEPCK : ARN messager issu de la transcription du gène codant la protéine phosphoénolpyruvate carboxykinase.

S26 : ARN messager issu de la transcription du gène codant la protéine ribosomique S26 exprimée de manière constitutive dans toutes les cellules quelles que soient les conditions et qui est donc utilisée pour vérifier la qualité technique de la manipulation.

D'après Opherk *et al.*, *Glucocorticoid Receptor and Gluconeogenesis*, 2004.

DOCUMENT 3 • *Exemples de réactions chimiques pouvant se dérouler dans les cellules hépatiques*

En moyenne, chez un homme de 70 kg, les réserves de glycogène sont estimées à 100 g et sont utilisées à une vitesse de 5 g par heure lors d'un jeûne.

D'autres réactions que celles impliquées dans la glycogénolyse peuvent se dérouler dans les cellules hépatiques. Certaines d'entre elles sont présentées sur le schéma ci-dessous. Elles sont catalysées par différentes enzymes (protéines notées dans les encadrés jaunes).

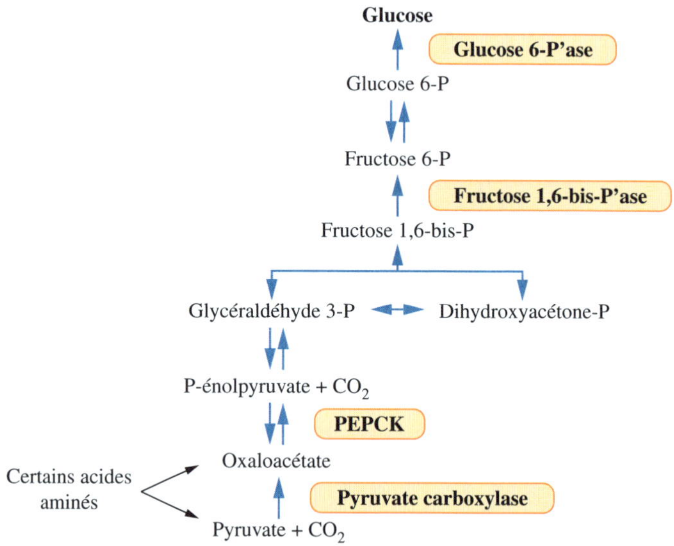

D'après Beale *et al.*, *Cell Biochem. Biophys.*, 2007.

DOCUMENT 4 • *Rôle du récepteur des glucocorticoïdes dans l'expression de certains gènes lors d'un jeûne*

Afin de comprendre le mode d'action des glucocorticoïdes dans la régulation de la glycémie, on réalise des expériences sur des souris sauvages et des souris mutantes dont le gène codant pour le récepteur des glucocorticoïdes a été inactivé dans les cellules de leur foie.

Le Northern blot est une méthode de biologie moléculaire permettant l'analyse des ARN messagers. Les ARN messagers sont extraits de cellules, séparés par électrophorèse en fonction de leur taille puis détectés grâce à des sondes (séquences de nucléotides complémentaires à l'ARN messager étudié). La présence d'un ARN messager spécifique est révélée par radiographie et apparaît sous forme d'une tache noire (plus la tache est sombre et grande, plus la quantité d'ARN messagers détectée est importante).

Résultats de Northern blot obtenus à partir d'ARN messagers extraits des cellules du foie de souris sauvages et de souris mutantes

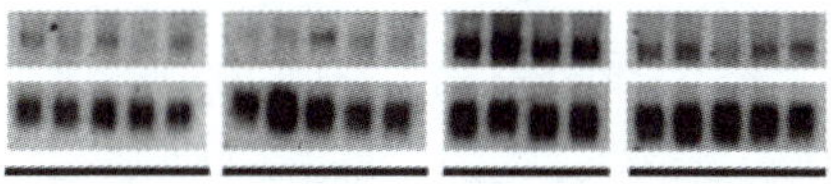

5 souris sauvages nourries	5 souris mutantes nourries	5 souris sauvages après un jeûne de 48 h	5 souris mutantes après un jeûne de 48 h

PEPCK : ARN messager issu de la transcription du gène codant la protéine phosphoénolpyruvate carboxykinase.

S26 : ARN messager issu de la transcription du gène codant la protéine ribosomique S26 exprimée de manière constitutive dans toutes les cellules quelles que soient les conditions et qui est donc utilisée pour vérifier la qualité technique de la manipulation.

D'après Opherk *et al.*, *Glucocorticoid Receptor and Gluconeogenesis*, 2004.

DOCUMENT 5 • *Étude de la localisation cellulaire des récepteurs des glucocorticoïdes*

Pour étudier le mode d'action des glucocorticoïdes au niveau cellulaire, on intègre une construction génique comportant le gène codant pour le récepteur des glucocorticoïdes associé au gène codant pour la GFP [*green fluorescent protein*] dans des cellules vivantes [fibroblastes de singe] en culture. Une cellule ayant intégré dans son génome la construction génique exprime alors des récepteurs émettant une fluorescence observable avec un microscope optique à fluorescence lorsque la cellule est éclairée avec des rayons ultraviolets.

Photographies de l'observation au microscope optique à fluorescence d'un fibroblaste de singe ayant intégré la construction génique depuis 24 heures

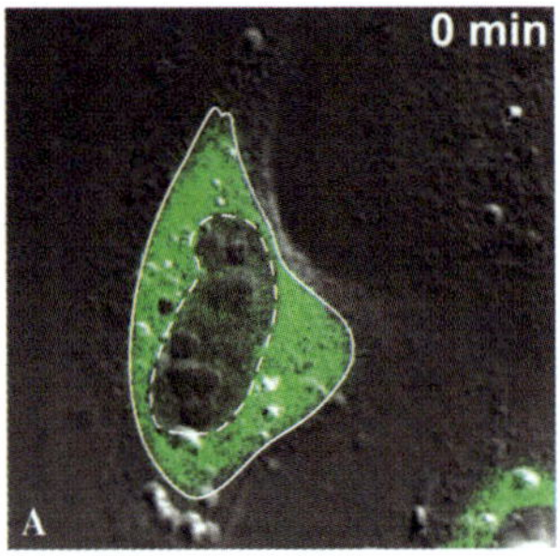

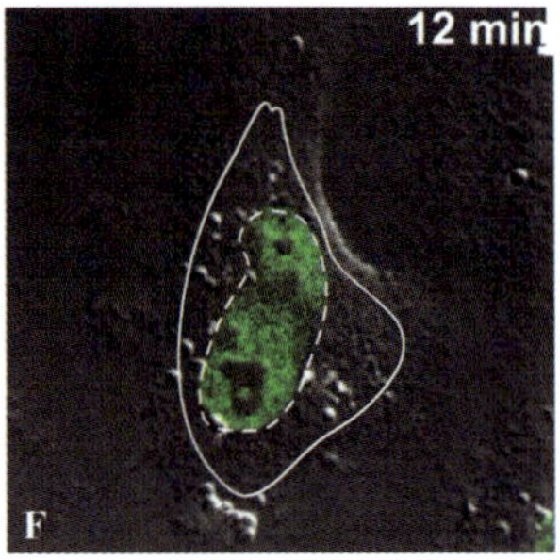

Sur les deux photographies (A et F), on repère la membrane plasmique de la cellule étudiée par le trait blanc continu et l'emplacement de son noyau par les pointillés blancs.

À t = 0 min, on injecte dans le milieu extracellulaire de la dexaméthasone.

La photographie A est réalisée à t = 0 minute et la photographie F à t = 12 minutes.

La fluorescence observée apparaît en vert sur les photographies ; l'intensité de fluorescence se maintient tout au long de l'expérience.

En absence d'injection de dexaméthasone dans le milieu extracellulaire, la localisation de la fluorescence est équivalente à celle observée dans la cellule correspondant à la photographie A tout au long de l'expérience.

D'après Kino *et al.*, "*GR Nucleocytoplasmic Trafficking and Glucocorticoid Resistance*", *The Journal of Clinical Endocrinology & Metabolism*, 2001.

EXERCICE 1

Travail préparatoire

1 h 45 *Voir conseils généraux pour ce type d'exercice p. 11.*

Comprendre le sujet

Le sujet ne comporte pas de difficulté majeure si ce n'est qu'il faut bien cibler les phénomènes géologiques qui ont influencé les climats du passé. Le sujet stipule aussi que l'argumentation doit s'appuyer sur des expériences, des observations et/ou des exemples. Par conséquent, vous devez aussi mobiliser les activités effectuées en cours d'année sur le thème « Les climats de la Terre ».
Deux grandes idées clés doivent être présentes à propos des phénomènes géologiques : ceux qui modifient la teneur en dioxyde de carbone dans l'atmosphère et ceux qui sont à l'origine de changements de position des continents, modifiant ainsi les régimes de circulation des courants océaniques. Une difficulté cependant demeure : il faut avoir une connaissance des grandes ères et étages qui découpent les temps géologiques de façon à situer un peu les variations de climats à de grandes échelles de temps.
Attention : les variations climatiques du Quaternaire ne sont pas à exploiter (alternance cyclique d'ères glaciaire et interglaciaire) car ces variations cycliques ont pour origine des modifications cycliques de paramètres astronomiques à des échelles de temps de l'ordre de la centaine de milliers d'années à la dizaine de milliers d'années.

Organiser son devoir

Une introduction, un développement structuré et une conclusion sont attendus.

- L'introduction doit permettre de cerner le sujet et de poser la problématique.

Pour cela, vous pouvez reprendre les idées énoncées dans l'intitulé du sujet, puis reformuler la problématique.

- Le développement peut être construit en deux parties :
  - L'une présentant les phénomènes géologiques qui modifient la teneur en CO_2 de l'atmosphère : par exemple, le volcanisme de

dorsale, l'altération des chaînes de montagnes, le piégeage de carbone organique dans les roches carbonées. Dans cette partie, bien sûr, il faudra parler de l'effet de serre liée aux concentrations en CO_2 atmosphérique. Enfin, vous devrez donner des exemples : ceux du Permo-Carbonifère et du Crétacé sont au programme. Mais si vous avez traité d'autres exemples en classe au cours d'une activité ou d'un devoir, vous pouvez aussi vous appuyer dessus. On peut aussi attendre des amplitudes de températures relatives au climat global de la Terre.

– L'autre partie s'attachera à montrer les conséquences de la répartition des masses continentales sur la circulation des courants océaniques. Vous aurez donc à citer les conséquences de la tectonique des plaques sur les variations du climat. Lors des mouvements des masses continentales, les transports de chaleur sont modifiés.

Enfin, vous pouvez exposer rapidement les facteurs amplificateurs de ces variations (solubilité du CO_2 dans les océans, albédo) mais sans entrer dans le détail. L'albédo peut être par exemple explicité à propos de l'englacement de l'Antarctique au Cénozoïque.

- La conclusion permet de répondre à la problématique et donc d'expliquer que les phénomènes géologiques envisagés ont des conséquences sur des variations climatiques à de grandes échelles de temps. Il sera intéressant de situer la période actuelle par rapport à ces variations climatiques.

Corrigé rédigé

Introduction

Afin de comprendre les évolutions actuelles et futures du climat de la Terre, les scientifiques ont étudié les paléoclimats. Leurs travaux ont permis d'appréhender les facteurs qui sont intervenus dans les variations des climats anciens. Les géologues ont ainsi pu comparer, à l'aide d'indices géologiques divers, les modifications des climats globaux de la Terre.

Ils ont notamment pu reconstituer le climat global de la Terre au Permo-Carbonifère (de – 350 à – 250 Ma) qui correspond à une période globalement froide avec une température moyenne de surface de l'ordre de 12 à

14 °C (autrement dit, proche de la température actuelle moyenne qui est de 15 °C). De même au Crétacé (de – 145 à – 65 Ma), les géologues ont déduit de divers indices géologiques que cette période était globalement très chaude avec une absence de climat polaire. La température moyenne de surface estimée était alors de l'ordre de 17 à 22 °C.

Ces modifications du climat global de la Terre à de grandes échelles de temps sont liées à un certain nombre de facteurs géologiques. On se propose de montrer quels sont les facteurs géologiques ayant joué un rôle dans les modifications du climat du passé.

On montrera dans un premier temps les facteurs géologiques qui influencent le taux de dioxyde de carbone atmosphérique et dans un second temps ceux qui, en modifiant les régimes de circulation océanique, entraînent des variations du climat.

I. Les phénomènes géologiques à l'origine de variations du taux de CO_2 atmosphérique

On sait que le CO_2 atmosphérique est un gaz à effet de serre (GES). Comme tous les GES, il a la particularité de piéger les radiations infrarouges émises par la surface de la Terre. Ce piégeage a pour effet de réchauffer l'atmosphère et la surface de la Terre. Sans cet effet de serre, la température globale de la Terre, compte tenu de sa distance au Soleil, serait de l'ordre de – 18 °C. L'effet de serre naturel permet donc un réchauffement de la Terre de 33 °C.

Cependant, diverses manifestations géologiques modifient la teneur moyenne en CO_2 et donc l'effet de serre.

A. Un climat globalement froid au Permo-Carbonifère

Pourquoi le climat global de la Terre s'est-il refroidi au Permo-Carbonifère ?

- **Une hydrolyse des roches à l'origine d'une consommation de CO_2**

Des reconstitutions paléogéographiques ont permis de montrer que les masses continentales formaient un vaste continent, la Pangée. À cette époque, il y a 320 millions d'années, dans tout ce qui deviendra l'Europe, une immense chaîne de montagnes se met en place. Cette chaîne, dite hercynienne, est à l'origine de la formation des roches granitiques et métamorphiques de ce que nous appelons aujourd'hui les massifs anciens (Massif central, Massif armoricain, Vosges). Cette vaste chaîne de montagnes a été soumise à une altération importante.

Une observation à l'échelle microscopique de roches silicatées, comme le granite, montre que l'altération de certains minéraux entraîne la formation de minéraux argileux. Au cours de cette altération, d'un point de vue chimique, il y a consommation de dioxyde de carbone.

Par exemple, l'altération chimique du granite s'effectue par hydrolyse. Un plagioclase calcique, minéral composant le granite, s'hydrolyse avec consommation de CO_2. L'équation bilan de cette hydrolyse montre que l'hydrolyse d'une mole de plagioclase calcique consomme 2 moles de CO_2. Les produits de cette hydrolyse sont des ions HCO_3^- et du Ca^{2+}. Emportés par les fleuves vers les océans, ces ions précipitent pour former du carbonate de calcium. La précipitation des carbonates dans les océans produit du CO_2.

Globalement, en faisant le bilan du CO_2 consommé et produit, lorsqu'une mole de plagioclase calcique est hydrolysée, et en prenant en compte la précipitation des carbonates, ce sont deux moles de CO_2 qui sont retirées de l'atmosphère.

On peut résumer le phénomène de la façon suivante :

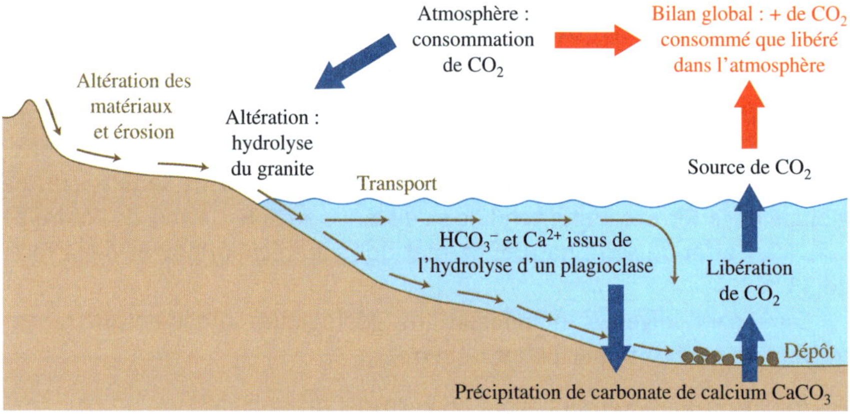

- **Le piégeage de la matière organique dans les roches**

Dans la biosphère, un équilibre s'établit entre la production de matière organique par les végétaux photosynthétiques, consommatrice de CO_2, et sa dégradation par les processus respiratoires ou fermentaires producteurs de CO_2. Cependant, une partie de la matière organique peut échapper à ce recyclage et conduire à l'accumulation de molécules organiques complexes non dégradées à l'origine de la formation de roches carbonées comme le pétrole ou le charbon. Le carbone se trouve alors piégé dans les roches carbonées : il y a donc moins de CO_2 produit car la matière organique n'est pas minéralisée.

Au Permo-Carbonifère, ce piégeage a été particulièrement important. Plusieurs indices montrent en effet qu'à cette époque de vastes forêts existaient : les fossiles de végétaux datés de cette époque montrent une très grande biodiversité végétale. Les grands gisements de charbon datent de cette époque et proviennent de l'accumulation et de la transformation de la biomasse végétale.

Ainsi, au Permo-Carbonifère, la baisse de CO_2 atmosphérique a entraîné une diminution de la température globale de la Terre. Cette période globalement froide fut suivie par un réchauffement climatique qui débuta au début du Mésozoïque.

B. Un climat globalement chaud au Crétacé

De nombreux indices géologiques datant du Crétacé témoignent d'une absence de glaciation aux latitudes élevées, et la présence de certaines roches (bauxite et latérite) confirme l'existence d'un climat chaud. Le calcul des rapports isotopiques effectués sur des tests de foraminifères concorde avec ces augmentations de température.

Comment expliquer ce réchauffement global ?

Au début du Mésozoïque, la Pangée commence à se morceler. Le Crétacé est ainsi caractérisé par un « éclatement » des continents lié à la formation de dorsales océaniques responsables d'une expansion océanique. L'activité volcanique est donc intense : il y a libération d'une grande quantité de CO_2 dans l'hydrosphère (les océans) ; ce CO_2 passe dans l'atmosphère et augmente de ce fait l'effet de serre. L'augmentation de l'effet de serre a occasionné un réchauffement climatique global entraînant la fonte des calottes glaciaires. Par ailleurs, au Crétacé, l'érosion des reliefs aplanis durant la période précédente est moins intense : la consommation de CO_2 est donc plus faible lors des processus d'érosion.

Les variations de température liées à des variations de l'effet de serre modifient également la solubilité du CO_2 dans les océans. Par exemple, en cas de refroidissement, la solubilité du CO_2 augmente et les océans deviennent des puits de carbone ; et inversement lorsque la température augmente.

II. Position des continents et circulation des courants océaniques

Au Cénozoïque, il y a 34 millions d'années, à la transition entre l'Éocène et l'Oligocène, le climat global s'est refroidi rapidement. C'est à ce moment que la calotte antarctique actuelle, inexistante auparavant, a commencé à se former.

Comment expliquer à nouveau ce refroidissement global ?

Des indices permettent de prouver ce refroidissement : globalement, à l'échelle du Cénozoïque, et depuis 30 millions d'années, les indices géochimiques des sédiments marins montrent une tendance générale à la baisse de la température moyenne du globe ; d'autres indices confirment cette tendance, à l'instar des indices stomatiques des végétaux en relation avec le taux de CO_2.

Un climat polaire, disparu au Crétacé, réapparaît. On s'intéresse en particulier ici au continent antarctique qui est centré sur le pôle Sud.

Au début du Cénozoïque, le continent antarctique n'est pas isolé. Des reconstitutions paléogéographiques montrent qu'il est relié aux continents sud-américain et australien.

Cependant, peu à peu, ces deux continents s'éloignent du continent antarctique : deux passages se forment alors, le passage de Drake, entre la pointe de l'Amérique du Sud et l'Antarctique, et le passage de Tasmanie, entre l'Australie et l'Antarctique. La tectonique des plaques est à nouveau responsable de cette situation.

Les eaux froides qui entourent l'Antarctique ne se mélangent pas avec les eaux plus chaudes de l'océan Indien et de l'océan Pacifique. Un courant froid autour de l'Antarctique se met en place, empêchant tout échange thermique avec les eaux plus chaudes des autres océans.

Schéma montrant les deux passages à l'origine d'un courant circumpolaire

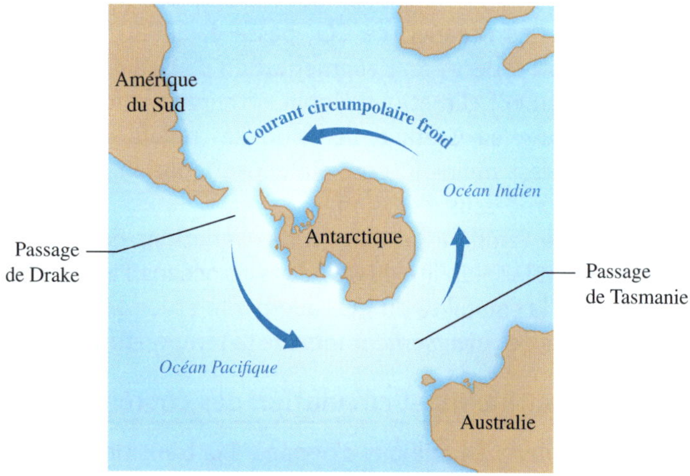

Deux facteurs vont alors être propices à l'englacement de l'Antarctique : la position du continent antarctique au pôle Sud, à hautes latitudes et donc avec un plus faible ensoleillement, et la formation du courant circumpolaire froid. L'Antarctique se refroidit donc de plus en plus, une calotte polaire se forme.

Cet englacement entraîne l'augmentation de l'albédo : ce phénomène amplifie encore le refroidissement du continent antarctique car les surfaces blanches réfléchissent davantage d'énergie, le sol se refroidit donc encore plus.

Actuellement, les deux passages sont toujours empruntés par ce courant froid circumpolaire qui limite les transferts de chaleur en direction de l'Antarctique.

Conclusion

Plusieurs types de phénomènes géologiques ont influencé les climats du passé.

D'une part, par la modification du cycle biogéochimique du carbone qu'elles ont entraînée, l'altération de la chaîne hercynienne et la fossilisation importante de matière organique (grands gisements carbonés) sont tenues responsables d'un refroidissement à l'échelle globale de la planète au Permo-Carbonifère : la diminution du taux de CO_2 atmosphérique entraîne un effet de serre moins important. À l'inverse, l'effet de serre au Crétacé augmente par le CO_2 produit par les dorsales océaniques.

D'autre part, le changement de position des continents (regroupement ou éclatement des masses continentales) modifie les régimes de circulation des courants océaniques qui jouent également un rôle dans les changements climatiques.

Enfin, des facteurs tels que l'albédo et la solubilité du CO_2 dans les océans jouent un rôle d'amplification de ces variations climatiques déclenchées par des phénomènes géologiques.

EXERCICE 2

Travail préparatoire

1 h 45 *Voir conseils généraux pour ce type d'exercice p. 12.*

Comprendre le sujet

Ce sujet traite de la régulation de la glycémie mais en exploitant le rôle du cortisol lors d'un jeûne. Il ne s'agit donc pas du mode de régulation traitée en cours avec les hormones pancréatiques. Cependant, certaines notions seront utiles comme le mode d'action des hormones (circulation par voie sanguine, organe cible et récepteur spécifique). Ce sujet mobilise aussi des notions sur la transcription d'un gène et le rôle de l'ARN messager lors de la traduction en protéines (ici, une protéine enzymatique). Enfin, l'importance des enzymes comme biocatalyseurs est à évoquer pour comprendre le déroulement des réactions biochimiques nécessaires à la synthèse de glucose.

Lire attentivement les documents

- Prenez connaissance de l'ensemble des documents et relevez les informations nécessaires pour répondre à la question. Puis, passez à une analyse des documents. Il ne faut pas se contenter de décrire, on vous demande aussi d'interpréter, de déduire et d'expliquer en mettant en relation les documents. N'hésitez pas à utiliser vos connaissances. Au fur et à mesure de votre lecture, commencez à réfléchir à un plan.
- Le document 1 permet de montrer, après analyse du graphique, que la concentration en cortisol augmente pendant une période de jeûne. Les valeurs clés à citer sont les moyennes des mesures effectuées. Le jeûne déclenche une sécrétion de cortisol. Vous pouvez aussi utiliser vos connaissances sur l'organe qui produit le cortisol (les glandes corticosurrénales).
- Le document 2 précise que le cortisol fait partie d'une famille de molécules, les glucocorticoïdes. On cherche à montrer le rôle du cortisol sur la synthèse d'ARNm produits par des cellules du foie. Cet ARNm est traduit ensuite en PEPCK, une enzyme hépatique. Dans cette expérience, il faut bien comprendre qu'on utilise un analogue du cortisol, la dexaméthasone (DEX), ayant les mêmes effets que l'hormone. Cette DEX est injectée dans des extraits de cellules hépatiques dont on mesure ensuite la quantité d'ARNm. Le PBS sert de témoin. L'expérience avec S26 permet de vérifier la qualité technique de la manipulation.
- Le document 3 montre les réactions chimiques successives qui permettent la synthèse de glucose à partir d'acides aminés dans les cellules hépatiques. Il faut relever en particulier la réaction de transformation de l'oxaloacétate en P-énolpyruvate catalysée par l'enzyme PEPCK. Ce document permet alors d'établir un lien entre cortisol, ARNm PEPCK, PEPCK et la synthèse de glucose. Ce document informe en outre sur la consommation du stock de glycogène du foie : un rapide calcul permet de montrer que ce stock est utilisé au cours d'un jeûne prolongé et que la glycogénolyse ne peut pas se faire. Cela permet d'établir un lien avec la nécessaire synthèse de glucose à partir d'acides aminés pour maintenir la glycémie à sa valeur de référence.

- Le document 4 montre le rôle des récepteurs au cortisol dans l'expression du gène de la PEPCK. Pour cela, on compare la présence d'ARNm de la PEPCK produits dans des cellules hépatiques chez des souris sauvages possédant le récepteur au cortisol et des souris mutées n'exprimant pas ce récepteur. Les résultats doivent être comparés entre souris sauvages et mutées d'une part, et entre souris nourries ou soumises à un jeûne de 48 heures d'autre part. L'expérience avec l'ARNm S26 sert à nouveau de témoin pour vérifier la qualité technique de la manipulation (apparition de taches sombres). On observe que seules les souris sauvages après un jeûne de 48 heures produisent l'ARNm de la PEPCK. Il faut donc établir un lien entre l'expression du gène du récepteur au cortisol et l'activation du gène de la PEPCK.
- Le document 5 permet de montrer que le cortisol se fixe sur un récepteur intracytosolique, puis migre vers le noyau. Cette migration ne se fait que si la DEX, analogue du cortisol, est présente. C'est donc bien le récepteur associé au cortisol qui migre vers le noyau. Sans DEX, le récepteur reste dans le cytosol.

Organiser son devoir

- Rédigez une introduction cernant le sujet et reformulez la question.
- Dans votre développement, de façon à montrer votre raisonnement dans un souci de mise en relation, vous pouvez exploiter les documents dans un ordre différent. Cependant, en lisant attentivement les informations apportées par les documents 1 à 5, on se rend compte que les documents 1, 2 et 3 peuvent faire l'objet d'une première partie permettant de comprendre l'action du cortisol sur le foie ; et que les documents 4 et 5, étudiés dans une seconde partie, permettent de comprendre le mode d'action de cette hormone au niveau cellulaire et moléculaire.
- Vous rédigerez une conclusion résumant les idées clés de ce sujet : le cortisol permet la synthèse de glucose à partir de molécules non glucidiques au niveau du foie ; le cortisol se fixe sur un récepteur cytosolique puis migre vers le noyau ; le cortisol active la transcription d'un gène intervenant dans la synthèse de glucose ; le cortisol est donc hyperglycémiant et permet de rétablir la glycémie à sa valeur de référence en cas de jeûne prolongé.

Corrigé rédigé

Introduction

La glycémie est un paramètre sanguin dont la valeur de référence est de 1 g/L (intervalle 0,8 à 1,2 g/L). L'homéostasie glucidique est régulée par des flux de glucose de type apport, consommation et stockage. Cette régulation fait intervenir des hormones pancréatiques, insuline et glucagon, qui, en fonction des besoins de l'organisme, agissent sur le foie, organe de stockage important du glucose.

Cependant, d'autres hormones, comme le cortisol, interviennent dans la régulation de la glycémie, par exemple en période de jeûne prolongé.

Quels sont les effets d'un jeûne prolongé sur la production de cortisol et quelles sont les conséquences du cortisol sur la glycémie ? Comment agit le cortisol sur les cellules hépatiques ?

I. Les effets d'un jeûne prolongé sur la production de cortisol et ses conséquences sur la glycémie

On sait que le cortisol, hormone produite au cours d'un stress, entraîne une hyperglycémie. On se propose de montrer qu'un jeûne prolongé a le même effet. Pour cela, on réalise une expérience au cours de laquelle on mesure la concentration en cortisol dans le sang chez huit personnes soumises à un jeûne de cinq jours.

Le document 1 montre l'évolution de la concentration sanguine en cortisol de ces individus. On observe que, dès le 1er jour, la concentration en cortisol augmente et ne cesse d'augmenter pendant les jours suivants. Même si on observe des variations individuelles, la concentration moyenne passe de 284 nmol/L à 594 nmol/L en cinq jours.

On peut en déduire qu'un jeûne déclenche assez rapidement une hausse de la production de cortisol par la glande corticosurrénale (lieu de production de cette hormone).

Afin de comprendre le rôle du cortisol (molécule faisant partie de la famille des glucocorticoïdes), on cherche à montrer que cette hormone intervient sur les cellules hépatiques en activant certains gènes comme celui d'une protéine enzymatique, la PEPCK ou phosphoénolpyruvate carboxykinase. D'après le document 3, cette enzyme intervient dans le métabolisme glucidique.

Pour cela, une expérience est réalisée consistant à mesurer les quantités d'ARN messagers produits par des cellules hépatiques issus de la transcription du gène de la PEPCK. On mesure en parallèle la quantité d'ARNm S26 produits, ce qui permet d'évaluer la qualité technique de la manipulation.

Le document 2 montre les résultats de cette expérience. On utilise un analogue du cortisol, la dexaméthasone (DEX), ayant les mêmes effets que l'hormone (molécule agoniste) et que l'on a injecté à des souris 24 heures avant d'extraire des cellules de foie. On mesure dans ces cellules la quantité d'ARNm.

On observe que, chez ces souris sauvages (c'est-à-dire non mutées, cf. le document 4), la quantité d'ARNm est d'environ 600 fois supérieure à celle de souris sauvages témoins chez lesquelles on avait au préalable injecté du PBS (solution physiologique).

La seule différence entre les deux lots de souris est la nature de la solution injectée. On peut en déduire que la DEX, et donc le cortisol, active le gène de l'enzyme PEPCK, qui est ensuite transcrit en ARNm. Le PBS n'a aucun effet. Le cortisol permet donc la synthèse de la phosphoénolpyruvate carboxykinase issue de la traduction de son ARNm.

La manipulation est techniquement réussie, comme le montrent les résultats avec l'ARNm S26 : il y a bien transcription des gènes correspondants.

L'enzyme PEPCK joue un rôle important dans la régulation de la glycémie en cas de jeûne.

En effet, comme le précise le document 3, la quantité de glycogène hépatique d'un homme de 70 kg est de 100 g. Or, en cas de jeûne prolongé et donc en l'absence d'alimentation apportant des glucides, ce stock diminue rapidement : les réserves de glycogène étant utilisées à une vitesse de 5 g par heure lors d'un jeûne, on calcule qu'en vingt heures, ce stock est épuisé et non renouvelé. La glycogénolyse hépatique ne permettra pas le maintien de la glycémie.

Or, d'autres réactions chimiques vont intervenir. La succession des réactions présentées dans le document 3 montre qu'à partir de certains acides aminés, des molécules non glucidiques (ce sont des protides), les cellules hépatiques synthétisent du glucose. Ce processus est appelé « néoglucogenèse ».

Une de ces réactions fait intervenir l'enzyme PEPCK qui catalyse la transformation oxaloacétate en P-énolpyruvate. *En mettant en relation les informations issues du document précédent et celui-ci, on en déduit que cette étape dépend donc de la présence de cortisol. La production de glucose par cette voie métabolique permettra de maintenir la glycémie grâce à la transformation d'acides aminés en glucose.*

Il s'agit maintenant de comprendre comment le cortisol active le gène de la PEPCK des cellules hépatiques.

II. Le mode d'action du cortisol sur l'activation du gène PEPCK

Comme toutes les hormones, le cortisol a un effet sur des cellules cibles uniquement si celles-ci possèdent des récepteurs spécifiques au cortisol.

Dans l'expérience décrite dans le document 4, on cherche à montrer que le récepteur au cortisol est indispensable pour que le gène PEPCK soit activé.

Pour cela, on utilise deux types de souris : des souris sauvages possédant ce récepteur et des souris mutées dont le gène du récepteur au cortisol est inactivé. Les souris mutées ne peuvent donc pas produire ce récepteur. On utilise ensuite une technique, le Northern blot, qui permet d'analyser des ARNm. Les ARNm sont extraits des cellules, séparés par électrophorèse puis détectés par des sondes spécifiques à l'ARNm étudié : ici, il s'agit de l'ARNm de PEPCK. Quatre groupes de souris sont utilisés : des sauvages nourries ou en jeûne, des mutées nourries ou en jeûne. L'expérience réalisée dans les mêmes conditions avec l'ARNm S26 permet de vérifier la qualité de l'expérience grâce à la présence de taches noires révélant la présence d'ARNm.

Les résultats de l'électrophorèse après radiographie montrent l'absence d'ARNm PEPCK chez les souris sauvages nourries, alors qu'il est présent chez les souris sauvages soumises à un jeûne de 48 heures.

La seule différence entre ces deux expériences étant la nourriture, on peut en déduire que c'est en l'absence de nourriture que les souris synthétisent cet ARNm et donc que les souris en état de jeûne pourront réguler leur glycémie.

En revanche, pour les souris mutées, les résultats montrent qu'elles ne produisent pas d'ARNm PEPCK.

La seule différence entre les souris sauvages et les souris mutées dans les mêmes conditions de jeûne étant la présence ou non du récepteur au cortisol, on en déduit que chez les mutées c'est l'absence de ce récepteur au cortisol qui n'a pas permis l'activation du gène PEPCK, et donc la transcription de ce gène en ARNm PEPCK.

On peut donc conclure à ce stade que, sous l'effet d'un jeûne, la glande corticosurrénale produit du cortisol qui se fixe sur des récepteurs des cellules hépatiques. Cette fixation déclenche l'activation du gène PEPCK chez les souris sauvages (souris utilisées dans l'expérience décrite dans le document 2). Le gène PEPCK est alors transcrit en ARNm PEPCK. Sans ce récepteur au cortisol, celui-ci n'a aucun effet.

On cherche enfin à mettre en évidence la localisation de ce récepteur au niveau des cellules cibles.

Pour cela, il faut pouvoir repérer au niveau cellulaire la présence du récepteur.

Le document 5 explique que, pour repérer la présence du récepteur au cortisol, on associe au gène du récepteur un autre gène qui produit une protéine fluorescente dite « GFP ». On intègre cette association dans des cellules (des fibroblastes de singe) en culture. Si le récepteur au cortisol est présent, il est alors associé à la GFP et émettra une fluorescence repérable au microscope optique sous UV.

On en déduit que cette technique permet de détecter la présence du récepteur au cortisol.

Les cellules en culture ainsi modifiées subissent ou non une injection de la molécule DEX (analogue du cortisol). Les cellules mises en culture sans DEX sont des témoins.

On observe alors que les cellules témoins présentent une fluorescence localisée dans le cytosol alors que les cellules ayant baigné dans un milieu extracellulaire avec DEX présentent une fluorescence dans le cytosol à $t = 0$ min (photographie A), puis à $t = 12$ min dans le noyau (photographie F).

La seule différence entre les deux expériences est la présence de DEX. On en déduit qu'en présence de DEX (analogue du cortisol), la molécule se fixe sur son récepteur puis migre dans le noyau de la cellule. En l'absence de DEX, le récepteur ne migre pas seul dans le noyau.

Conclusion

Au cours d'un jeûne, la glycémie diminue. Cette hypoglycémie est détectée par les cellules corticosurrénales qui produisent alors du cortisol. Ce cortisol est libéré dans la circulation sanguine et se fixe au niveau des cellules cibles hépatiques après avoir franchi la membrane plasmique. Le cortisol se fixe sur des récepteurs intracytosoliques puis l'ensemble migre dans le noyau. Il y a alors activation du gène PEPCK qui est transcrit en ARNm PEPCK. Cet ARNm passe dans le cytosol où il est traduit en protéine enzymatique PEPCK. Cette enzyme, la phosphoénolpyruvate carboxykinase, permet alors la transformation d'acides aminés en glucose (il s'agit d'une néoglucogenèse). Cette synthèse de glucose permet alors un maintien de la glycémie lors d'un jeûne prolongé.

Thème 1

La Terre, la vie et l'organisation du vivant

SUJET 3

Génétique et évolution

EXERCICE 1 : MAÎTRISE DES CONNAISSANCES

Brassage génétique et diversité phénotypique

Des généticiens étudient le brassage génétique et sa contribution à la diversité génétique. Ils prennent comme modèle d'étude deux populations de drosophiles constituées d'individus mâles et femelles homozygotes pour deux gènes indépendants (document). Des mâles de la population 1 sont placés avec des femelles de la population 2 dans le même flacon d'élevage. Leur croisement aboutit à la génération F1. Les individus issus de la première génération (F1) obtenue sont ensuite croisés avec des individus de la population 2. On obtient une deuxième génération (F2) dans laquelle les généticiens observent, pour les caractères étudiés, une diversité des combinaisons phénotypiques.

En vous appuyant sur cet exemple, proposez un texte illustré montrant par quels mécanismes la reproduction sexuée aboutit, ici, à la diversité phénotypique observée.

L'exposé doit être structuré avec une introduction et une conclusion et sera accompagné de schémas.

DOCUMENT DE RÉFÉRENCE • *Phénotypes et représentations chromosomiques pour deux populations de drosophiles*

– Le gène « couleur du corps » présente deux allèles :
- e^+ : corps clair, dominant ; e^- : corps sombre, récessif.

– Le gène « longueur des ailes » présente deux allèles :
- vg^+ : ailes longues, dominant ; vg^- : ailes courtes, récessif.

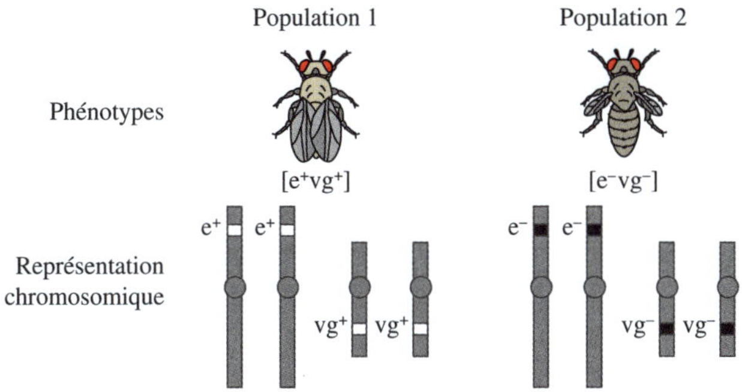

Travail préparatoire

1 h 45 *Voir Conseils généraux pour ce type d'exercice, p. 11.*

Comprendre le sujet

Dans cet exercice assez classique, il s'agit d'expliquer la diversité de phénotypes chez une génération F2 de drosophiles. Il faut partir du document fourni avec le sujet. On étudie, ici, deux gènes gouvernant la couleur du corps et la longueur des ailes. Ces deux gènes sont placés sur des paires de chromosomes homologues différentes. Les deux gènes étudiés sont donc indépendants. Chaque gène présente deux allèles. Dans le cas étudié ici, la diversité des phénotypes observée pourra s'expliquer par la succession du brassage interchromosomique au cours de la première division de méiose, et de la fécondation. Ici, il ne faut pas développer le brassage intrachromosomique. Il a bien lieu au cours de la méiose mais il n'intervient pas ici dans la diversité des phénotypes de F2, car on étudie des gènes indépendants. Votre exposé devra contenir des schémas et, notamment, un schéma de la méiose chez les individus de la F1. Vous devrez donc partir d'une cellule à $2n = 4$ avec 2 paires de chromosomes homologues (pour la taille et le positionnement des gènes et des allèles, référez-vous au document du sujet). Souvenez-vous, avant la méiose, il y a une duplication des chromosomes. Vous devez donc dessiner des chromosomes à deux chromatides en prophase 1.

Organiser son devoir

Votre exposé doit être structuré. Il contiendra donc une introduction, un développement structuré accompagné de schémas et une conclusion.

- L'introduction doit contenir les éléments suivants :
  – les définitions des termes du sujet tels que reproduction sexuée, méiose, fécondation et phénotype ;
  – la formulation du problème : « Comment la reproduction sexuée permet d'obtenir cette diversité phénotypique constatée par les généticiens » ;
  – la limitation du sujet : présenter les données fournies dans le document avec les populations de drosophiles étudiées ainsi que les gènes et leur localisation sur les chromosomes.
- Dans le développement, vous expliquerez les deux croisements réalisés par les généticiens sur les deux populations de drosophiles. Un schéma clair et légendé de méiose avec un brassage interchromosomique est attendu. Les deux mécanismes de la reproduction sexuée (méiose et fécondation) doivent apparaître clairement dans votre exposé. L'échiquier de croisement est indispensable pour expliquer les phénotypes obtenus.
- La conclusion doit répondre clairement au problème posé en reprenant l'idée essentielle : la diversité des phénotypes observés en F2 s'explique par la succession du brassage interchromosomique durant la méiose, et de la fécondation.

Corrigé rédigé

Introduction

La reproduction sexuée met en jeu deux mécanismes qui se succèdent : méiose et fécondation. La méiose est un mécanisme composé de deux divisions cellulaires successives (sans réplication intermédiaire) permettant la formation de quatre gamètes haploïdes à partir d'une cellule mère diploïde. La fécondation permet de rétablir la diploïdie par la fusion de deux gamètes haploïdes. Au cours de la reproduction sexuée, des brassages génétiques se réalisent ; ceci entraîne une diversité génétique mais aussi phénotypique chez les descendants. Le phénotype est l'ensemble des caractères issus de l'expression des gènes. À partir de deux populations de drosophiles de phénotypes différents (population 1 : [corps clair ; ailes longues] et population 2 : [corps sombre ; ailes courtes]), des généticiens réalisent deux croisements successifs permettant d'aboutir à une diversité des combinaisons phénotypiques. On cherche à expliquer comment la reproduction sexuée permet d'obtenir cette diversité phénotypique constatée par les généticiens. Les deux populations de drosophiles étudiées sont formées d'individus homozygotes pour les gènes considérés. On s'intéressera ici à deux gènes, un gouvernant la couleur du corps et un gouvernant la longueur des ailes. Ces deux gènes sont sur des paires de chromosomes différentes (on a donc des gènes indépendants). On étudiera les deux croisements réalisés par les généticiens afin d'expliquer la diversité phénotypique observée chez les descendants du deuxième croisement.

I. Premier croisement

Les généticiens ont à leur disposition deux populations de drosophiles de phénotypes différents (population 1 : [corps clair ; ailes longues] et population 2 : [corps sombre ; ailes courtes]) et on sait que les individus mâles et femelles sont homozygotes pour les deux gènes considérés. Chaque gène présente deux allèles :

– le gène « couleur du corps » présente les allèles e^+ et e^-. L'allèle e^+ correspond au corps clair et il est dominant sur l'allèle e^- qui correspond au corps sombre ;

– le gène « longueur des ailes » présente les allèles vg^+ et vg^-. L'allèle vg^+ correspond aux ailes longues et il est dominant sur l'allèle vg^- qui correspond aux ailes courtes.

On peut donc écrire le génotype de chaque population de drosophiles :
– les individus de la population 1 de phénotype [corps clair ; ailes longues] ont pour génotype ($e^+//e^+$; $vg^+//vg^+$) ;
– les individus de la population 2 de phénotype [corps sombre ; ailes courtes] ont pour génotype ($e^-//e^-$; $vg^-//vg^-$).

Chaque individu ne peut former qu'un seul type de gamète de génotype ($e^+/$; $vg^+/$) pour les individus de la population 1 et ($e^-/$; $vg^-/$) pour les individus de la population 2. Si on croise des mâles de la population 1 avec des femelles de la population 2, après fécondation, on obtient une première génération F1 hétérozygote pour les gènes considérés. Le génotype sera alors ($e^+//e^-$; $vg^+//vg^-$). Sachant que les allèles e^+ et vg^+ sont dominants, on a une génération F1 homogène de phénotype [corps clair ; ailes longues]. Ce croisement n'entraîne donc pas de diversité phénotypique chez les drosophiles. Les généticiens réalisent un second croisement entre les drosophiles hétérozygotes de F1 et des individus doubles homozygotes récessifs de la population 2. Ils réalisent un croisement test.

II. Deuxième croisement

A. La méiose des individus de F1

Au cours de la méiose, chez les individus de F1 (hétérozygotes pour les gènes considérés), un brassage génétique est réalisé. En effet, au cours de la première division de méiose, il y a séparation des chromosomes homologues en anaphase 1, provoquant la séparation des deux allèles parentaux pour chaque gène. Au cours de cette première division de méiose (en anaphase 1), la séparation indépendante des paires de chromosomes homologues et leur migration au hasard vers les pôles de la cellule conduit à de multiples arrangements entre chromosomes. Ainsi, chaque cellule, en fin de première division (division réductionnelle), ne reçoit que l'un ou l'autre des chromosomes de chacune des paires d'homologues : c'est un brassage interchromosomique. Un brassage intrachromosomique peut aussi avoir lieu pour apporter une diversité supplémentaire, mais il ne sera pas visible ici au niveau phénotypique avec des gènes indépendants. On part donc de cellules à $2n = 4$ avec des chromosomes à deux chromatides (il y a eu une duplication des chromosomes avant la première division de méiose).

Schéma de la méiose chez les individus de la F1

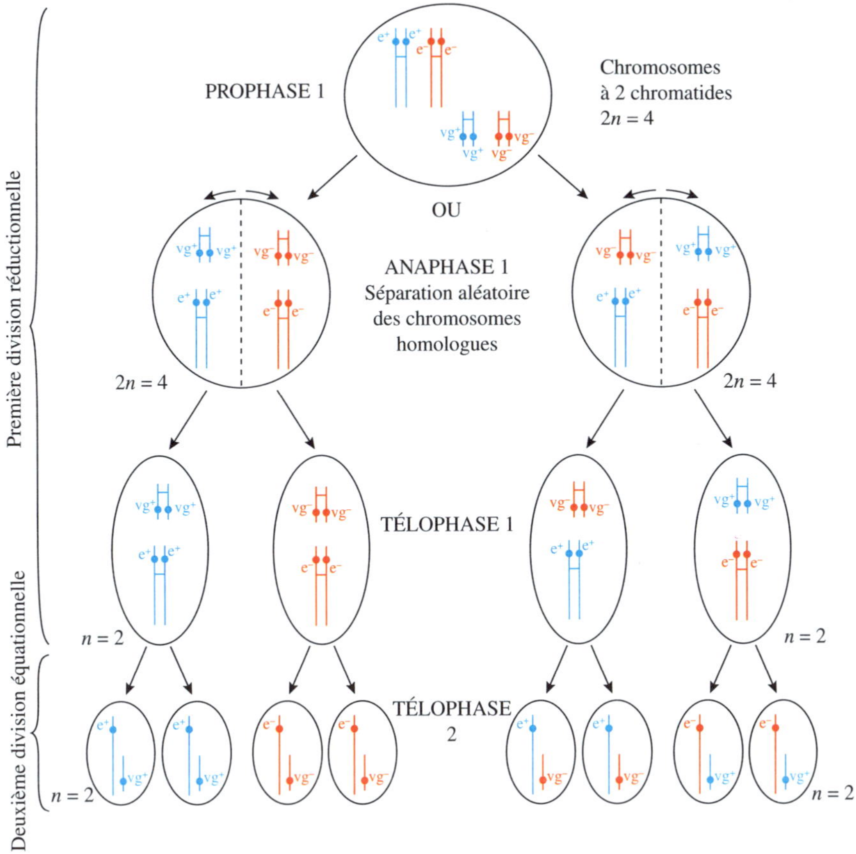

On obtient ainsi quatre types de gamètes en proportions équiprobables : deux gamètes de type parental avec comme génotype (e^+/ ; vg^+/) et (e^-/ ; vg^-/) et deux gamètes avec une nouvelle combinaison d'allèles (e^+/ ; vg^-/) et (e^-/ ; vg^+/). Le brassage interchromosomique a permis d'introduire une diversité génétique avec l'apparition de gamètes de type recombiné.

B. La fécondation entre les gamètes de F1 et les gamètes de la population 2

Si on croise ces individus de F1 avec des drosophiles de la population 2 (avec des gamètes de génotype (e^-/ ; vg^-/), lors de la fécondation, il y a une rencontre aléatoire des gamètes, ce qui amène à la production d'une grande diversité phénotypique. On obtient la génération F2 suivante.

Échiquier de croisement

Gamètes de F1 / Gamètes de P2	(e^+/ ; vg^+/)	(e^-/ ; vg^-/)	(e^+/ ; vg^-/)	(e^-/ ; vg^+/)
(e^-/ ; vg^-/)	(e^+//e^- ; vg^+//vg^-)	(e^-//e^- ; vg^-//vg^-)	(e^+//e^- ; vg^-//vg^-)	(e^-//e^- ; vg^+//vg^-)
Phénotypes obtenus en F2	[corps clair ; ailes longues]	[corps sombre ; ailes courtes]	[corps clair ; ailes courtes]	[corps sombre ; ailes longues]
	Phénotypes parentaux		Phénotypes recombinés	

On obtient donc une génération F2 avec quatre phénotypes différents : deux phénotypes de type parental ([corps clair ; ailes longues] et [corps sombre ; ailes courtes]) et deux nouveaux phénotypes de type recombiné ([corps clair ; ailes courtes] et [corps sombre ; ailes longues]). Ces drosophiles de F2 se retrouvent dans des proportions équiprobables (25 %).

Conclusion

Dans le cas étudié, la reproduction sexuée par le biais de la méiose avec un brassage interchromosomique et la fécondation permettent d'obtenir une diversité génétique mais aussi une diversité des combinaisons phénotypiques avec, notamment, l'apparition de deux nouveaux phénotypes de drosophiles. L'apparition de cette diversité phénotypique a toutefois nécessité deux croisements à partir des populations initiales.

SUJET 4

Génétique et évolution

EXERCICE 1 : MAÎTRISE DES CONNAISSANCES

Le syndrome « triplo X », un exemple de diversité du vivant

Louise est une fillette de trois ans qui se distingue de ses camarades de classe par sa grande taille et un léger retard dans l'acquisition du langage. Lorsque ses parents consultent le médecin traitant, celui-ci leur propose de déterminer le caryotype de Louise. Cet examen génétique révèle que la fillette possède une particularité chromosomique, le syndrome « triplo X ».

En tant que généticien, expliquez aux parents de Louise comment méiose et fécondation maintiennent normalement la stabilité du caryotype. Précisez ensuite comment une perturbation au cours de la méiose d'un des parents peut aboutir à la présence de trois chromosomes X dans le caryotype de leur fille.

Votre exposé comportera une introduction, un développement structuré et une conclusion. Il sera illustré de schémas dans lesquels on ne représentera, pour chaque cellule, que les chromosomes sexuels et une autre paire de chromosomes.

▸▸▸

DOCUMENT DE RÉFÉRENCE • *Caryotype de Louise*

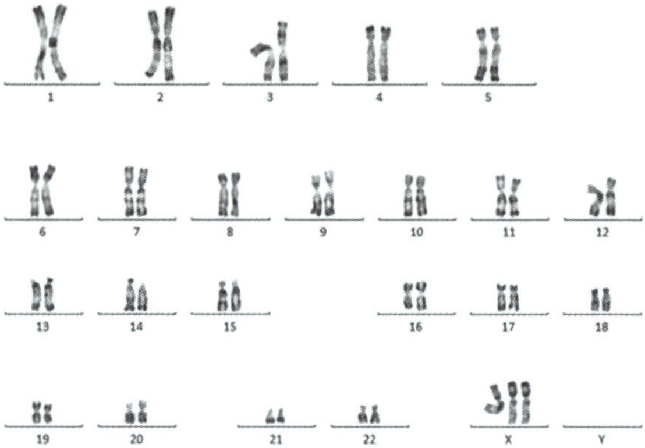

D'après le docteur Hélène Zattara, Unité de génétique chromosomique, Département de génétique médicale, Hôpital d'enfants de la Timone, Marseille.

Travail préparatoire

1 h 45 *Voir Conseils généraux pour ce type d'exercice, p. 11.*

Comprendre le sujet

La formulation de la question demande à vous placer du point de vue du généticien qui reçoit les parents de la petite fille présentant le syndrome « triplo X ».

Ainsi, vous devrez, dans un premier temps, expliquer le mécanisme de la méiose en vous basant sur l'exemple des chromosomes sexuels et d'une autre paire de chromosomes (comme le stipule le sujet), et préciser que la fécondation permet ensuite un retour au caryotype attendu de l'espèce humaine.

Dans un second temps, il faut montrer l'origine de la présence de trois chromosomes X en vous basant à nouveau sur une erreur de répartition des chromosomes X lors de la méiose (que cela soit chez le père ou la mère).

Il est bien précisé que des schémas sont à réaliser. On vous impose aussi le nombre de chromosomes à dessiner (4 chromosomes, donc 2 paires de chromosomes).
Comme il s'agit d'expliquer l'apparition du syndrome « triplo X », il faudra obligatoirement dessiner une paire de chromosomes sexuels (gonosomes) et une paire d'autosomes.

Organiser son devoir

- Une introduction, un développement structuré et une conclusion sont attendus. Il faut donc organiser votre copie et faire correctement apparaître ces trois parties.
- L'introduction doit comprendre les éléments suivants :
  – la définition rapide de la reproduction sexuée ;
  – la formulation du problème ;
  – l'annonce du plan en deux parties.
- Le développement sera accompagné de schémas bien titrés et légendés qui doivent comporter de manière redondante les informations développées dans le texte. Un schéma pourra représenter la méiose se déroulant « normalement » et des schémas permettront de montrer les perturbations de la méiose amenant à la cellule-œuf avec les trois chromosomes X.
- La conclusion doit répondre au problème posé. N'oubliez pas que vous devez vous placer du point de vue du généticien qui doit expliquer aux parents l'apparition d'une anomalie chromosomique dans le caryotype de leur enfant.

Corrigé rédigé

Introduction

La reproduction sexuée est assurée par une fécondation entre un gamète mâle et un gamète femelle. Or, lors de la formation des gamètes à partir de cellules diploïdes, des erreurs de répartition des chromosomes au cours de la méiose peuvent survenir et modifier le caryotype attendu des gamètes haploïdes. Dans le cas étudié ici, les conséquences de ces erreurs ont eu pour résultat la présence de trois chromosomes X au lieu de deux chez la petite fille présentant alors le syndrome du « triplo X ».

Le généticien doit expliquer aux parents l'origine de ce syndrome. Dans un premier temps, il explique le déroulement normal de la méiose et le rétablissement de la diploïdie lors de la fécondation. Dans un second temps, il expose les erreurs chromosomiques lors de la méiose à l'origine du syndrome « triplo X ».

I. Le rétablissement d'une diploïdie normale au cours de la reproduction sexuée

Chez chaque parent, les gamètes se forment à partir de cellules diploïdes, c'est-à-dire des cellules dont chaque chromosome est en double exemplaire. La formule chromosomique est notée $2n$. Par exemple, dans l'espèce humaine, $2n = 46$ chromosomes signifie qu'il y a 23 paires de chromosomes.

Pour simplifier, on part de l'exemple d'une cellule à $2n = 4$ chromosomes avec deux chromosomes sexuels et deux autosomes. Chez le père, il y a dans cette cellule un chromosome sexuel X et un Y. Chez la mère, il y a deux chromosomes X.

La cellule diploïde entre en méiose. La méiose correspond à deux divisions cellulaires successives permettant le passage d'une cellule diploïde 2n à quatre cellules haploïdes n. Chaque division est composée de 4 étapes (prophase, métaphase, anaphase et télophase).

Les cellules haploïdes ne possèdent qu'un seul exemplaire de chaque chromosome. La formule chromosomique est notée n.

La méiose est précédée d'une duplication des chromosomes : après cette duplication, les chromosomes, composés au départ d'une seule chromatide, sont alors formés de deux chromatides.

A. Première étape de la méiose : la division réductionnelle

Cette première division permet de réduire de moitié le nombre de chromosomes car, au cours de cette première division, il y a une séparation des paires de chromosomes homologues (durant l'anaphase 1). Ainsi à partir d'une cellule mère à $2n = 4$ chromosomes à deux chromatides, on obtient deux cellules filles qui ne possèdent plus que $n = 2$ chromosomes à deux chromatides. Ces cellules sont haploïdes.

B. Deuxième division de méiose : la division équationnelle

Cette deuxième division ne modifie pas le nombre de chromosomes, elle permet seulement de séparer les chromatides sœurs de chaque chromosome (durant l'anaphase 2) et entraîne ainsi le passage de cellules à n = 2 chromosomes à deux chromatides à n = 2 chromosomes à une chromatide.

Les cellules obtenues en fin de méiose ne possèdent plus qu'un seul chromosome de chaque paire.

Ainsi, la méiose permet la formation de gamètes (cellules haploïdes). Chez le père, on obtiendra des spermatozoïdes et chez la mère, on aura la formation d'ovocytes.

Méiose chez la mère

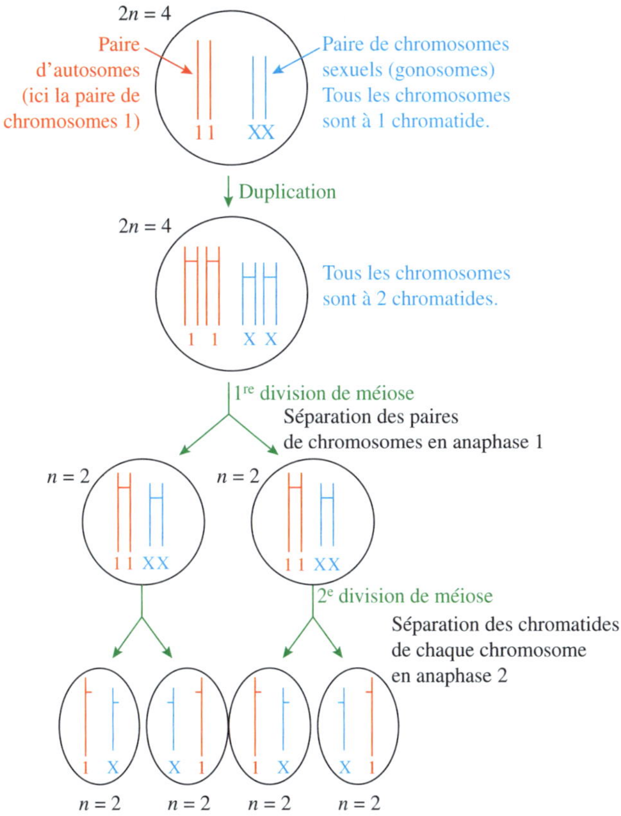

C. La fécondation rétablit la diploïdie

La fécondation est l'union de deux cellules haploïdes possédant dans notre exemple n = 2 chromosomes à une chromatide.

La cellule issue de cette fécondation se nomme « cellule-œuf » et constitue la première cellule de l'organisme. Cette cellule-œuf possède donc ici 2 paires de chromosomes homologues $2n$ = 4.

Cette cellule-œuf sera à l'origine d'un nouvel individu par mitoses successives. La fécondation a permis de rétablir la diploïdie.

Dans le cas d'une petite fille, c'est un spermatozoïde porteur d'un chromosome X qui féconde un ovocyte porteur d'un chromosome X. La petite fille hérite donc de deux chromosomes X. Le caryotype est normal.

La méiose et la fécondation sont complémentaires dans le maintien du caryotype d'une espèce.

II. Les perturbations de la méiose qui conduisent au syndrome « triplo X »

Dans le cas de votre fille, il y a eu une perturbation au cours de la méiose chez l'un des deux parents.

Ces perturbations peuvent intervenir soit durant la première, soit durant la deuxième division de méiose. Il s'agit d'anomalies de la séparation du matériel chromosomique durant une étape appelée l'anaphase. On gardera ici pour la schématisation une cellule à $2n = 4$ avec une paire de gonosomes (les deux chromosomes X chez la cellule mère des ovocytes de madame) et une paire d'autosomes.

A. Les perturbations durant la première division de méiose

Elles consistent en la non-séparation des paires de gonosomes (chromosomes X) lors de l'anaphase 1. Une des deux cellules filles hérite ainsi des deux chromosomes X (à deux chromatides) au lieu d'un seul. La deuxième division de méiose dans ce cas va se dérouler normalement.

Schéma des perturbations durant la première division de méiose

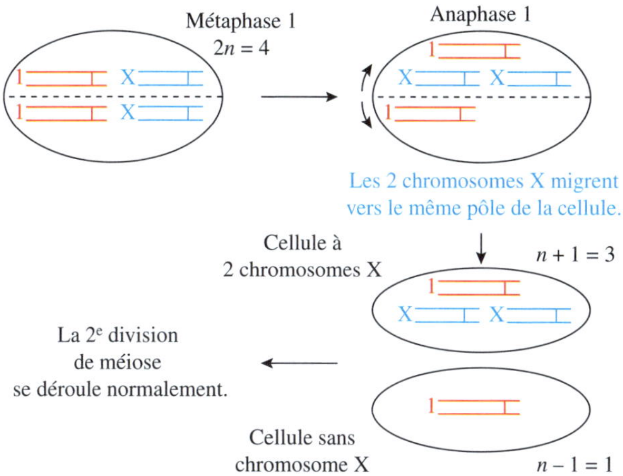

B. Les perturbations durant la deuxième division de la méiose

Dans ce cas, la première division de méiose se déroule normalement, puis au cours de l'anaphase 2, il y a une non-séparation des chromatides d'un chromosome X. Une des deux cellules filles hérite alors d'un chromosome X avec deux chromatides au lieu d'une.

Schéma des perturbations durant la deuxième division de méiose (la première s'est déroulée normalement)

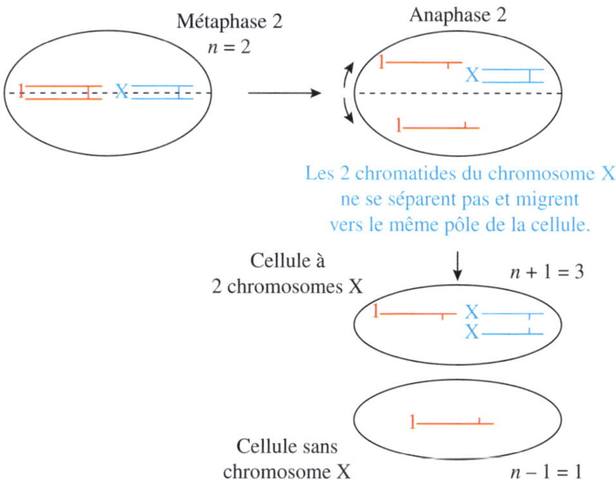

Dans les deux situations, certains gamètes chez la femme auront ainsi deux chromosomes X (avec donc un chromosome X en trop). La formule chromosomique est donc $n + 1 = 3$ au lieu de $n = 2$. Lorsque ces gamètes sont fécondés avec un spermatozoïde à $n = 2$ (avec un chromosome sexuel X), on obtient une cellule œuf à $2n + 1 = 5$ avec trois chromosomes X d'où le syndrome « triplo X » constaté chez votre fille.

Schéma du résultat de ces perturbations

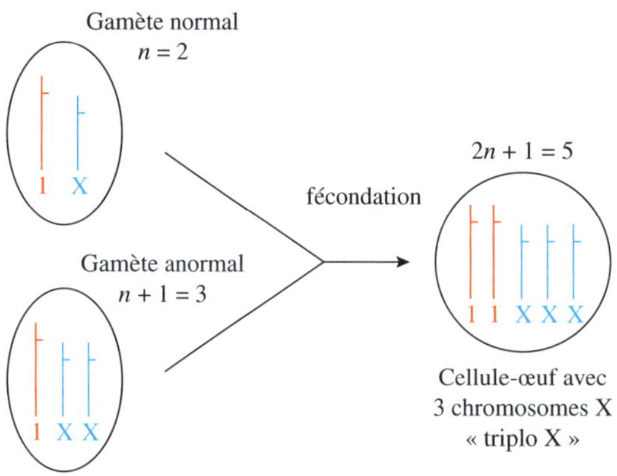

Cette anomalie de la méiose peut aussi intervenir au cours de la deuxième division de méiose chez le père pour les cellules possédant le chromosome X. Certains spermatozoïdes auront donc comme formule chromosomique $n + 1 = 3$. Dans ce cas, l'union de ce spermatozoïde avec n'importe quel ovule à n chromosomes entraînera le « triplo X ».

Conclusion

L'alternance méiose fécondation contribue à la stabilité du caryotype de l'espèce. La méiose produit des gamètes haploïdes et la fécondation rétablit la diploïdie. Cependant, des perturbations durant la première ou la deuxième division de méiose peuvent conduire à la formation de gamètes avec un chromosome supplémentaire (dans le cas de Louise, il s'agit d'un chromosome X) et après fécondation de ces gamètes anormaux, à l'apparition d'une cellule œuf avec trois chromosomes X au lieu de deux, d'où le syndrome « triploX ». La fillette aura alors une formule chromosomique $2n + 1 = 47$ au lieu de $2n = 46$.

SUJET 5

Génétique et évolution

EXERCICE 2 : PRATIQUE DU RAISONNEMENT SCIENTIFIQUE

Les chats calico

Certains chats possèdent un pelage composé d'une mosaïque de taches blanches, rousses et noires. On les appelle des « calico ».

Photographie d'une chatte calico.

Chacune de ces mosaïques forme un motif unique qui permet de reconnaître un individu calico aussi sûrement qu'avec des empreintes digitales.

On a découvert que tous les chats calico sont des femelles.

À l'aide de l'exploitation des documents proposés et de vos connaissances :

- **montrer que la méiose et la fécondation permettent d'expliquer les résultats du croisement présenté dans le document 2 ;**
- **expliquer comment des chattes calico possédant un même génotype peuvent avoir des pelages différents.**

Le candidat ne cherchera pas à expliquer la présence de poils blancs : ce travail ne porte que sur le déterminisme des taches rousses et noires.

▸▸▸

DOCUMENT 1 • *Relation entre les allèles (O^+ et O^-) portés par les chromosomes sexuels et la couleur du pelage chez le chat*

Chat mâle	
Génotype	**Phénotype**
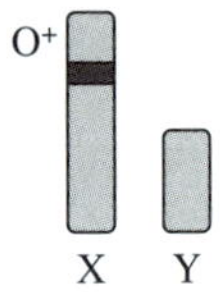	poils roux
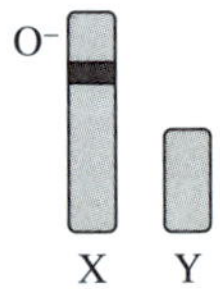	poils noirs

Chat femelle	
Génotype	**Phénotype**
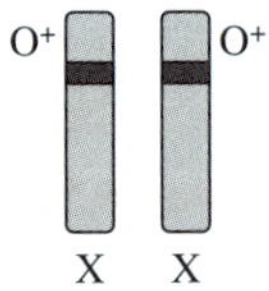	poils roux
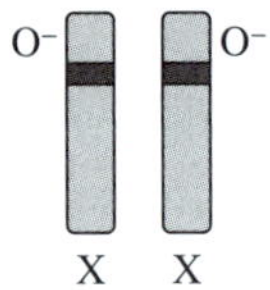	poils noirs
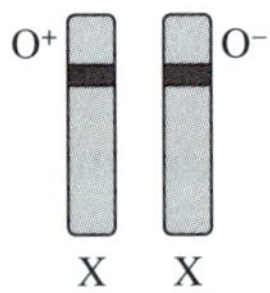	calico

D'après A. Jaraud-Darnault, thèse, 2015.

La paire de chromosomes sexuels subit la même méiose que les autres chromosomes.

DOCUMENT 2 • *Résultat d'un croisement*

On croise un chat roux avec une chatte calico. Le tableau suivant présente le résultat de ce croisement.

Proportions	25 % des descendants	25 % des descendants	25 % des descendants	25 % des descendants
Phénotype	calico	poils roux	poils roux	poils noirs
Sexe	femelles	femelles	mâles	mâles

Aspects du pelage de trois des chatons femelles calico

DOCUMENT 3 • *La coloration d'un poil*

Les mélanocytes sont des cellules qui fabriquent les pigments responsables de la coloration d'un poil. Les mélanocytes de chat produisent tous un pigment roux appelé trichochrome. Mais les mélanocytes peuvent aussi former un autre pigment, l'eumélanine, qui masque le trichochrome et rend le poil noir.

On a découvert que l'expression de l'allèle O^+ empêche la biosynthèse d'eumélanine.

DOCUMENT 4 • *Le corpuscule de Barr*

Document 4.a : *l'hypothèse de Mary Lyon*

En 1949, le docteur Murray Barr découvre que le noyau de certaines cellules contient un amas d'ADN qu'il baptise « corpuscule de Barr ». Douze ans plus tard, la généticienne Mary Lyon propose que le corpuscule de Barr corresponde à un chromosome X inactivé. Les gènes de ce chromosome ne pourraient plus s'exprimer et seuls les gènes portés par l'autre chromosome X seraient utilisés par la cellule.

Selon cette hypothèse, dans une cellule embryonnaire possédant deux chromosomes X, c'est le hasard qui déterminerait lequel des deux se transforme en corpuscule de Barr. Toutes les cellules filles de la cellule embryonnaire conserveraient ensuite le même chromosome X inactivé.

Document 4.b : *l'aspect du noyau d'un mélanocyte de chat mâle (A) et du noyau d'un mélanocyte de chatte calico (B)*

Sur ce type d'image un corpuscule de Barr apparaît sous la forme d'une tache blanche.

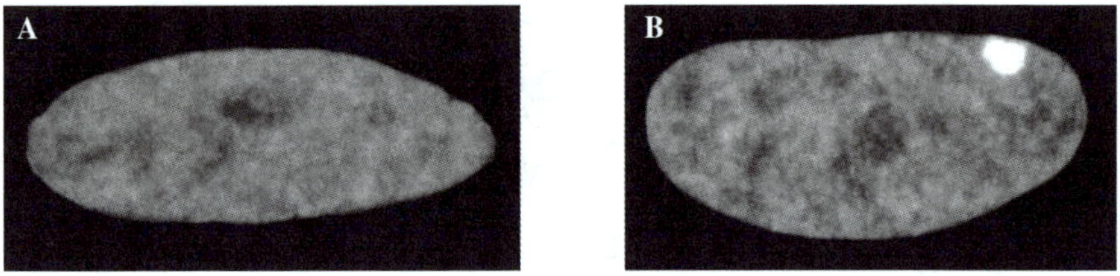

D'après B. Hong *et al.*, PNAS, 2001.

On retrouve les mêmes résultats dans tous les mélanocytes responsables des poils roux ou noirs des femelles.

Travail préparatoire

1 h 45 *Voir Conseils généraux pour ce type d'exercice, p. 12.*

Comprendre le sujet

La couleur du pelage des chats dépend de l'expression des gènes. Le gène qui détermine ici la couleur des poils est situé sur le chromosome X.

Ce gène présente deux allèles : O^+ et O^-. On s'intéresse, en particulier, au pelage des chattes calico. Seules les femelles présentent ce type de pelage caractérisé par une mosaïque de poils blancs, noirs et roux. Cette mosaïque est différente d'une chatte à une autre. Ainsi, deux chattes calico issues d'une même portée n'ont pas la même répartition de couleurs de poils.

Il s'agit donc, dans cet exercice, de montrer que la couleur dépend du génotype des chats, mais aussi d'un autre phénomène lié à l'inactivation d'un chromosome X dans les mélanocytes des chattes calico.

Lire attentivement les documents

Vous devez faire une lecture attentive de l'ensemble des documents et prendre des notes au brouillon afin d'extraire les informations qui vous permettront de répondre aux questions : expliquer les résultats du croisement présenté dans le document 2 et expliquer comment des chattes calico qui ont le même génotype ont cependant une mosaïque de couleur de pelage différente. Enfin, dans ce type d'exercice, il faut penser à donner les génotypes en utilisant les conventions habituelles : (…//…) pour les cellules diploïdes et (…/) pour les gamètes (cellules haploïdes).

- Le document 1 permet d'établir les génotypes des chats mâles et femelles et de relever que le gène responsable de la couleur des poils est situé sur le chromosome sexuel X. Il permet d'établir le rôle des deux allèles O^+ et O^-.
- Le document 2 permet ici de répondre à la première question du sujet : la méiose explique la diversité des génotypes des gamètes et la fécondation explique la diversité des phénotypes des descendants. Ce document montre également que les femelles calico ont le même génotype mais pas le même phénotype.

Remarque : les proportions obtenues sont de 1/4 pour chaque génotype. Attention de ne pas parler de gènes indépendants car ici l'étude porte sur un seul gène !

- Le document 3 permet de comprendre le rôle des deux allèles : l'expression de ces allèles permet ou non la synthèse d'un pigment, l'eumélanine, dans les mélanocytes.
- Le document 4 apportera, enfin, une réponse au fait qu'à un même génotype peuvent correspondre plusieurs phénotypes. Il faut comprendre que le hasard intervient : dans les cellules embryonnaires des femelles, certaines cellules ont un chromosome X inactivé ; dans ce cas, un seul des deux allèles s'exprime dans le phénotype.

Organiser son devoir

- Dans une première partie, vous utiliserez les documents 1 et 2 pour montrer que le phénotype calico dépend du génotype.
- Dans une deuxième partie, vous utiliserez essentiellement les documents 3 et 4 pour expliquer les différents phénotypes observés chez les femelles calico.
- **N'oubliez pas de citer régulièrement les documents utilisés dans votre texte argumentatif.**

Corrigé rédigé

Introduction

La couleur du pelage des chats dépend de l'expression des gènes. Le gène étudié ici est présent sur le chromosome sexuel X et possède deux allèles. Certains chats présentent un phénotype particulier caractérisé par une mosaïque de poils blancs, roux et noirs : ce sont des chats calico. Cependant, seules les chattes possèdent ce type de pelage et la répartition des couleurs est propre à chaque chatte.

On cherche à montrer que la couleur du pelage des chats dépend du génotype, et donc des allèles transmis par les parents. Mais on recherche également l'origine de la diversité du phénotype calico chez les chattes.

I. La couleur des chattes calico dépend du génotype

Le gène responsable de la couleur du pelage des chats est porté par le chromosome sexuel X. Ce gène présente deux allèles O^+ et O^- (document 1). Ce gène n'est pas présent sur le chromosome Y. Ainsi, le chat mâle, qui possède un chromosome X et un chromosome Y, ne possède qu'un seul exemplaire du gène responsable de la couleur du pelage.

Pour être de couleur calico, il faut obligatoirement posséder les deux allèles O^+ et O^-, c'est-à-dire être hétérozygote pour ce gène. Le génotype correspondant est ($X^{O+}//X^{O-}$). *De ce fait, les chats mâles ne pourront jamais être de couleur calico car ils ne pourront jamais être hétérozygotes pour ce gène.*

Si on croise un chat roux et une chatte calico (document 2), on obtient des descendants présentant quatre types de phénotypes différents. Ces quatre phénotypes sont en proportions égales. Lors de la méiose, plusieurs types de gamètes sont produits ; et la combinaison des allèles au hasard lors de la fécondation permet d'avoir des chats noirs, des chats roux, des chattes rousses et des chattes calico.

D'après le document 1, on sait que le génotype du père chat roux est ($X^{O+}//Y$). Il produit deux types de gamètes équiprobables à l'issue de la méiose, de génotype : 50 % ($X^{O+}/$) et 50 % (Y/).

Le génotype de la mère chatte calico est ($X^{O+}//X^{O-}$). Elle produit aussi deux types de gamètes à l'issue de la méiose : 50 % ($X^{O+}/$) et 50 % ($X^{O-}/$).

On peut alors établir un tableau de croisement permettant d'expliquer les proportions des différents phénotypes observés dans la descendance :

Échiquier de croisement entre un chat roux et une chatte calico

Gamètes femelles / Gamètes mâles	$(X^{O+}/)$	$(X^{O-}/)$
$(X^{O+}/)$	$(X^{O+}//X^{O+})$ 25 % femelle [pelage roux]	$(X^{O+}//X^{O-})$ 25 % femelle [calico]
(Y/)	$(X^{O+}//Y)$ 25 % mâle [pelage roux]	$(X^{O-}//Y)$ 25 % mâle [pelage noir]

La couleur des chattes calico dépend donc bien du génotype et ce génotype peut être transmis à la descendance au cours de la reproduction sexuée.

Toutefois, on observe que les chattes calico présentent une répartition de pelage noir, blanc et roux différente (document 2). Ainsi, malgré un génotype identique, le phénotype est différent quant à la mosaïque des couleurs de poils. Un autre facteur intervient donc dans le phénotype des chattes calico.

II. La couleur des chattes calico ne dépend pas uniquement du génotype

La pigmentation des poils dépend de l'activité des mélanocytes : si la cellule produit un pigment, le trichochrome, le poil est roux ; en revanche, si la cellule produit un autre pigment, l'eumélanine, celui-ci masque le pigment « roux » et le poil est noir (document 3).

L'allèle O^+ empêche la synthèse d'eumélanine, il est donc responsable de la présence de poils roux. En l'absence de l'allèle O^+, la synthèse d'eumélanine peut se faire et le poil est noir.

Or, les femelles calico présentent à la fois des poils noirs et des poils roux (document 2). De plus, elles ont un génotype $(X^{O+}//X^{O-})$ (document 1).

La présence de l'allèle O^+ devrait empêcher la synthèse d'eumélanine, ce qui explique la présence de poils roux. Cependant, on observe chez ces femelles la présence de poils noirs. Des mélanocytes produisent donc de l'eumélanine. On en déduit qu'un autre phénomène explique le phénotype calico, qui ne dépend pas strictement du génotype.

Cette caractéristique de leur pelage s'explique par l'inactivation d'un des deux chromosomes X dans les mélanocytes. Ainsi, les gènes portés par ce chromosome, appelé « corpuscule de Barr », ne s'expriment pas (document 4). Selon cette hypothèse, c'est l'un ou l'autre des deux chromosomes X qui est inactivé dans les cellules embryonnaires. Cette caractéristique est transmise ensuite aux cellules filles issues de la cellule embryonnaire : c'est toujours le même chromosome X qui est inactivé.

Ainsi, chez les femelles calico, on en déduit que si un chromosome X porteur de l'allèle O^+ est inactivé, on retrouvera cette caractéristique dans toutes les cellules filles. Seul l'allèle O^- porté par l'autre chromosome s'exprime dans ces cellules. *Les cellules issues de ces cellules embryonnaires exprimeront plus tard le phénotype (pelage noir).*

En revanche, dans les cellules embryonnaires où le chromosome X porteur de l'allèle O^- est inactivé, c'est l'allèle O^+ qui s'exprime : les cellules issues de ces cellules embryonnaires permettront d'exprimer le phénotype (pelage roux).

Cette déduction est confirmée par les observations du noyau de mélanocytes (document 4). En effet, dans le noyau de mélanocyte d'un chat mâle, on note l'absence d'un corpuscule de Barr. Chez les mâles, le chromosome X n'est jamais inactivé.

Par contre, chez les chattes calico, on observe toujours la présence d'un corpuscule de Barr (document 4), donc la présence d'un chromosome X inactivé et cela, quel que soit le mélanocyte. *Chez les femelles, il y a donc toujours un des deux chromosomes X inactivé : soit le X^{O+}, soit le X^{O-}.*

Enfin, l'inactivation d'un des deux chromosomes étant due au hasard, cela explique que les chattes calico, bien qu'ayant le même génotype, n'ont pas une répartition identique des zones de poils noirs et roux.

Conclusion

Le phénotype calico dépend du génotype car il est lié à la présence des deux allèles O^+ et O^- simultanément. La répartition des tâches, elle, ne dépend pas du génotype mais plutôt de l'inactivation d'un des deux chromosomes X dans les cellules embryonnaires à l'origine des mélanocytes.

SUJET 6

Génétique et évolution

EXERCICE 2 : PRATIQUE DU RAISONNEMENT SCIENTIFIQUE

Anomalie de la méiose

La trisomie est une anomalie du caryotype. Elle se caractérise par un chromosome supplémentaire au niveau d'une paire. Lors de la fécondation, la cellule-œuf hérite d'un lot haploïde avec n chromosomes d'un des parents et d'un lot haploïde avec $n + 1$ chromosomes de l'autre parent et, dans ce cas, l'individu issu de cette fécondation a $2n + 1$ chromosomes.

À l'aide des documents et de vos connaissances sur la méiose, montrez pourquoi le risque d'avoir un enfant trisomique augmente avec l'âge de la mère.

DOCUMENT DE RÉFÉRENCE • *Rôle du fuseau de division*

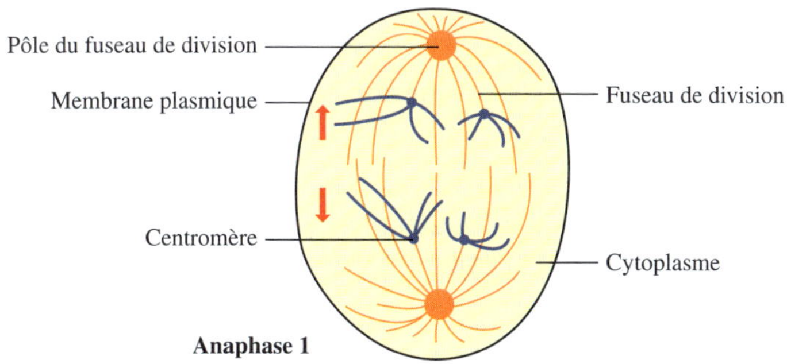

Le fuseau de division apparaît pendant la prophase de chacune des deux divisions de méiose. Son raccourcissement permet la migration vers les pôles des chromosomes en anaphase I et des chromatides en anaphase II.

DOCUMENT 1 • *Fréquence des anomalies chromosomiques et âge des gamètes*

Exemple de la trisomie 21

	Père	Mère
Anaphase I	5 %	70 %
Anaphase II	5 %	20 %
Total	**10 %**	**90 %**

www.planet-vie.ens.fr.

Chez l'homme, la formation de nouveaux gamètes mâles est continue à partir de la puberté. Les spermatozoïdes sont ainsi renouvelés à partir de cellules souches : les spermatogonies.

À la naissance, la petite fille naît avec un stock d'ovocytes et, à partir de la puberté, ce stock est d'environ 200 000 ovocytes. Ces ovocytes sont bloqués en prophase I de méiose. Au cours du cycle ovarien, peu de temps avant l'ovulation, l'ovocyte achève la première division de méiose, puis entre en deuxième division méiotique, mais reste bloqué en métaphase 2. Ce n'est qu'au moment de la fécondation que l'ovocyte achève la méiose.

DOCUMENT 2 • *Liaisons normales et anormales des chromosomes au fuseau de division en première division de méiose*

Lors de la méiose, la cohésion entre les chromosomes homologues est assurée par des protéines appelées « cohésines ».

Au cours de la métaphase I d'une méiose anormale, un même chromosome peut être attaché par le fuseau de division aux 2 pôles opposés de la cellule.

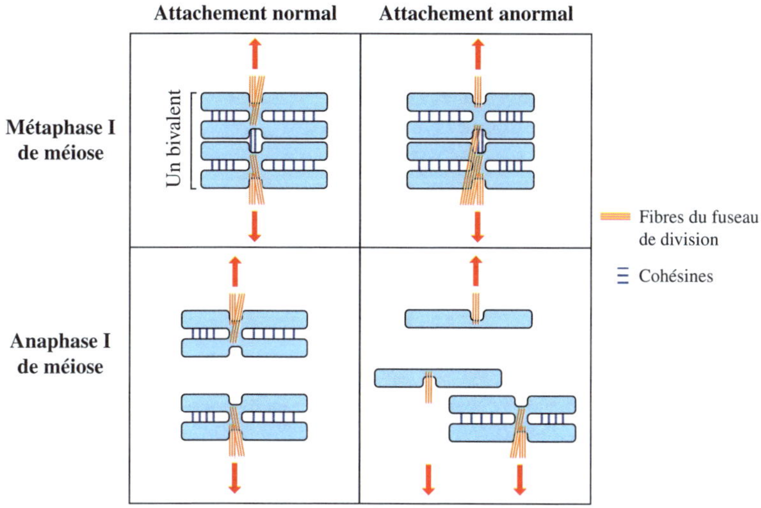

DOCUMENT 3 • *Cohésines et méiose*

Document 3.a : *taux de cohésines selon l'âge des souris*

Les ovocytes, au moment de leur formation, ont la même quantité de cohésines synthétisées en une seule fois pour toute leur durée de vie.

Current Biology, n° 20, pp. 1522-1528, 2010.

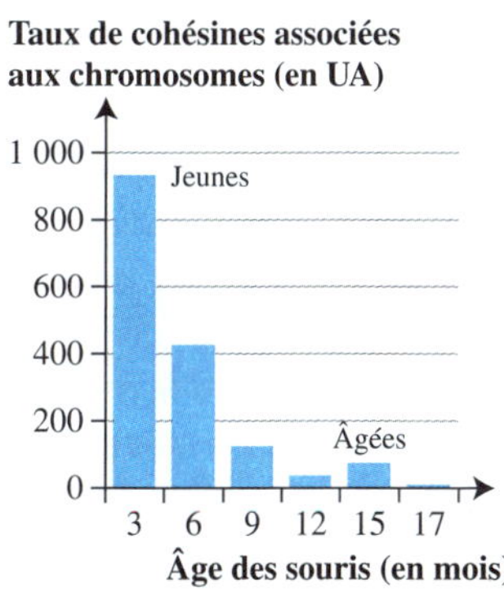

Document 3.b : *évolution de la distance entre les centromères chez la souris*

Une augmentation de la distance entre les centromères des chromosomes homologues augmente la probabilité d'une fixation anormale de ceux-ci sur le fuseau de division.

Current Biology, n° 20, pp. 1522-1528, 2010.

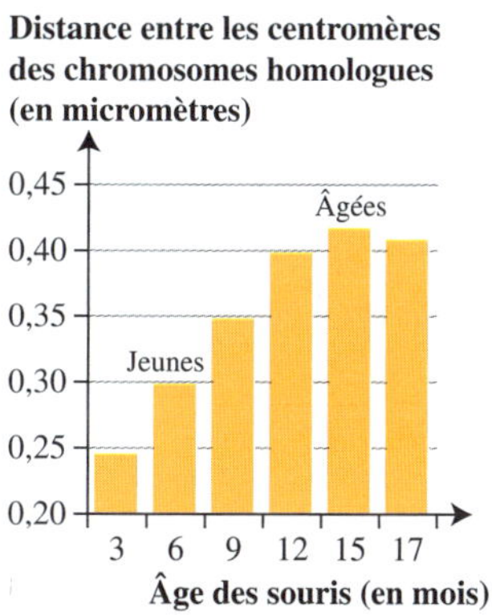

DOCUMENT 4 • *Le pourcentage d'erreur de séparation des chromosomes chez la souris*

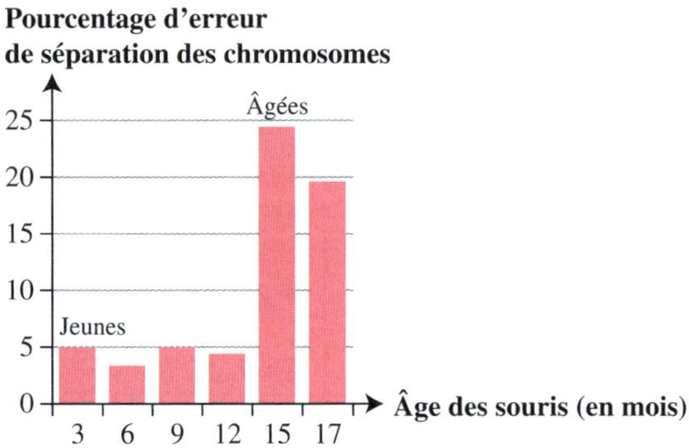

Current Biology, n° 20, pp. 1522–1528, 2010.

Travail préparatoire

1 h 45 *Voir Conseils généraux pour ce type d'exercice, p. 12.*

Comprendre le sujet

Il s'agit ici de mobiliser ses connaissances sur les étapes de la méiose (comprenant une première division méiotique ou division réductionnelle, suivie d'une seconde division ou division équationnelle). Les cellules germinales qui entrent en méiose sont à $2n$ chromosomes et chaque chromosome est à deux chromatides (la méiose étant précédée d'une duplication des chromosomes). Ce sujet permet de mettre en évidence le rôle important que joue le fuseau de division dans la répartition et la migration des chromosomes lors de la méiose. Il faut aussi bien comprendre le rôle joué par les cohésines, des protéines qui assurent une liaison entre les chromatides sœurs mais aussi entre les deux chromosomes homologues appariés. Pour comprendre pourquoi

l'augmentation de l'âge de la mère est un facteur de risque, il faut prendre en compte l'âge des ovocytes : un stock d'ovocytes est présent dès la naissance et il n'est pas renouvelé. Ainsi, les ovocytes ont le même âge que la femme, ce qui n'est pas le cas pour les hommes (renouvellement des spermatozoïdes).
Le document de référence sert de support, il peut être utilisé à tout moment de votre développement.

Lire attentivement les documents

Il faut vous astreindre à décrire les documents et en extraire les informations qui vont vous permettre de répondre à la question.

- Le document 1 montre que la fréquence des anomalies chromosomiques est plus élevée chez la femme que chez l'homme, ce qui est à mettre en relation avec l'âge des ovocytes. Le document 2 introduit l'idée que ces anomalies sont dues à des liaisons anormales des chromosomes au fuseau de division et cela, en relation avec des protéines, les cohésines. Ces liaisons anormales expliquent pourquoi en métaphase I, il peut y avoir séparation des deux chromatides homologues.
- Les documents 3 et 4 donnent les résultats d'une étude effectuée chez des souris. Ils permettent de confirmer l'importance du rôle joué par les cohésines.

Organiser son devoir

- Après avoir rédigé une introduction qui cerne le sujet (de quoi s'agit-il ?) et qui reformule la question, vous pouvez commencer par l'étude des documents 1 et 2. Dans une première partie, ces documents vont vous permettre de mettre en relation la fréquence des anomalies et le rôle du fuseau de division dans les anomalies chromosomiques. Les documents 3 et 4 vous permettent de montrer l'influence du rôle de l'âge de la femme sur les molécules de cohésine.
- Vous rédigerez une conclusion reprenant les idées principales.

Corrigé rédigé

Introduction

Les cellules germinales sont à l'origine des gamètes. Au cours d'un cycle cellulaire, ces cellules entrent en méiose. La méiose, précédée d'une duplication des chromosomes, permet le passage de cellules diploïdes à $2n$ chromosomes à des gamètes, cellules haploïdes à n chromosomes. Lors de la fécondation entre un gamète mâle et un gamète femelle, la diploïdie est rétablie : la cellule-œuf est à $2n$ chromosomes. Or, il arrive que des gamètes présentent une anomalie chromosomique avec $n + 1$ chromosomes. La fécondation avec ce type de gamète aboutit à une trisomie avec une cellule œuf à $2n + 1$ chromosomes.

On se propose de montrer que le risque de trisomie augmente avec l'âge de la mère et qu'il s'explique par la formation de gamète $n + 1$ liée à une erreur de répartition des chromosomes pendant la méiose.

I. La fréquence des anomalies chromosomiques et le rôle du fuseau de division

A. La fréquence des anomalies chez l'homme et la femme

Le document 1 montre que la fréquence des anomalies chromosomiques (avec l'exemple ici de la trisomie 21) est plus élevée chez la mère que chez le père, respectivement 90 % et 10 %. D'autre part, si ces anomalies résultent d'une erreur en anaphase 1 ou en anaphase 2, cette étude montre qu'à 70 % l'erreur a lieu au moment de l'anaphase 1. Comme le montre le document de référence, c'est pendant cette phase que les chromosomes homologues à deux chromatides se séparent et migrent en sens opposé vers un des pôles de la cellule. Chaque cellule héritera ensuite d'un lot haploïde n de chromosomes à deux chromatides. *On en déduit que ces anomalies sont dues à des erreurs de répartition des chromosomes homologues lors de l'anaphase 1 ou des chromatides sœurs en anaphase 2.*

On peut se demander alors pourquoi la fréquence de ces anomalies est plus élevée chez la femme que chez l'homme.

Le document 1 précise que chez ce dernier, les spermatozoïdes sont renouvelés en permanence alors que, chez la femme, le document précise que « à partir de la puberté, un stock d'environ 200 000 ovocytes » est constitué, et ces derniers sont bloqués en prophase 1. Ce n'est qu'à chaque cycle que l'ovocyte achèvera sa première division puis restera bloqué en métaphase 2. *On en déduit que ces ovocytes ont le même âge que la femme.*

B. Le rôle du fuseau de division et des cohésines

Le document de référence indique que, lors de la méiose, la migration est assurée par le raccourcissement du fuseau de division sur lequel est attaché le centromère de chaque chromosome.

Le document 2 indique que la cohésion des chromosomes homologues est assurée par des protéines, les cohésines.

Sur le schéma, lors d'un attachement normal, les cohésines établissent une liaison entre les deux chromosomes homologues ainsi qu'entre les deux chromatides sœurs. Lors de la séparation des chromosomes homologues, la cohésine disparaît et le fuseau de division assure la migration des deux chromosomes en sens opposé. Or, lors d'un attachement anormal, le schéma montre que la cohésine liant les deux chromatides sœurs disparaît. Elles ne sont donc plus liées l'une à l'autre. Dans ce cas, une des deux chromatides rattachées au fuseau sera tirée vers un des pôles de la cellule et l'autre chromatide sera entraînée avec l'autre chromosome homologue vers l'autre pôle de la cellule.

On peut en déduire que la fréquence des anomalies est due à une séparation prématurée des deux chromatides sœurs, chaque pôle de la cellule héritant, dans ce cas, d'un chromosome supplémentaire à une chromatide, et que l'erreur de répartition est due à un « dysfonctionnement » en relation avec la cohésine.

De cette étude résultent deux questions : comment montrer qu'effectivement l'âge de la femme est un facteur de risque et que ce facteur est lié aux cohésines ?

II. L'étude expérimentale montrant le rôle des cohésines

Des études réalisées chez des souris permettent de mettre en relation l'âge de la mère et le rôle des cohésines.

Le graphique du document 3.a montre l'évolution du taux de cohésines associées au chromosome en fonction de l'âge des souris. On observe que ce taux diminue rapidement entre l'âge de 3 et 9 mois chez les jeunes souris (900 UA à 150 UA) et qu'il est très faible chez les souris âgées. Or, les ovocytes, au moment de leur formation, ont la même quantité de cohésine synthétisée en une seule fois pour toute la durée de leur vie. *On en déduit donc que la cohésine n'est pas renouvelée dans les ovocytes et que ces molécules sont dégradées.*

Le document 3.b permet de montrer les conséquences de la diminution de ce taux. Le graphique montre l'évolution de la distance entre les centromères des chromosomes homologues et l'âge des souris. On observe que cette distance augmente avec l'âge des souris. Chez les jeunes souris de 3 à 6 mois, elle passe de presque 0,25 µm à 0,35 µm et, chez les souris âgées, cette distance atteint 0,42 µm environ. Or, cette augmentation de distance entre les chromosomes homologues augmente la probabilité d'une fixation anormale de ceux-ci sur le fuseau de division.

En mettant en relation ces observations avec la diminution du taux de cohésine avec l'âge ainsi qu'avec le schéma du document 2, on en déduit que la probabilité qu'une chromatide se détache de la chromatide sœur en métaphase 1 augmente avec l'âge de la mère (donc augmente avec l'âge de l'ovocyte).

Le document 3 corrobore cette déduction : le pourcentage d'erreur de séparation des chromosomes reste en moyenne de 5 % chez les jeunes souris, alors que chez les souris âgées de 15 à 17 mois, ce pourcentage atteint 25 %. *On en déduit ainsi qu'une souris âgée a effectivement un risque plus élevé de produire des gamètes à* n + *1 chromosomes.*

Conclusion

Les anomalies du caryotype comme les trisomies sont plus fréquentes lorsque la mère est plus âgée, ses ovocytes ayant l'âge de la mère elle-même. Les études chez les souris ont montré que la diminution du taux de cohésine dans les ovocytes en est à l'origine car l'appariement des chromosomes n'est plus maintenu. En métaphase 1, deux chromatides sœurs peuvent, alors, ne plus être attachées correctement, ce qui entraîne une anomalie dans la répartition des chromosomes dans l'ovocyte lors de l'achèvement de la méiose.

SUJET 7

Génétique et évolution

EXERCICE 1 : MAÎTRISE DES CONNAISSANCES

Transferts horizontaux et endosymbiose

La complexification des génomes ne s'explique pas uniquement par des modifications génétiques du génome. Des transferts horizontaux participent aussi à cette complexification.

À la fin du XIXe siècle et au début du XXe siècle, différents scientifiques ont émis des hypothèses sur l'origine de certains organites présents dans les cellules eucaryotes. Cette hypothèse a permis d'élaborer la théorie de l'endosymbiose.

En vous appuyant sur les documents et à l'aide de vos connaissances, montrez sur quels arguments cette théorie s'appuie et expliquez pourquoi la théorie de l'endosymbiose a permis de fournir une explication supplémentaire au processus d'évolution du vivant.

Vous illustrerez l'endosymbiose par un schéma permettant de comprendre la façon dont un organisme procaryote (photosynthétique ou non) a pu devenir un organite d'une cellule.

▸▸▸

DOCUMENT DE RÉFÉRENCE

Structure d'un chloroplaste

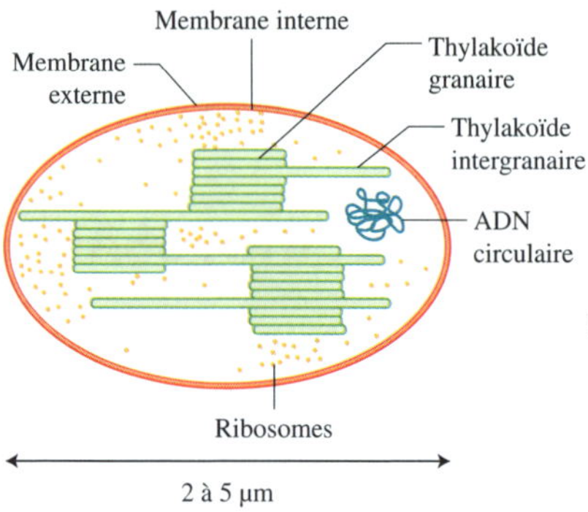

Structure d'une mitochondrie

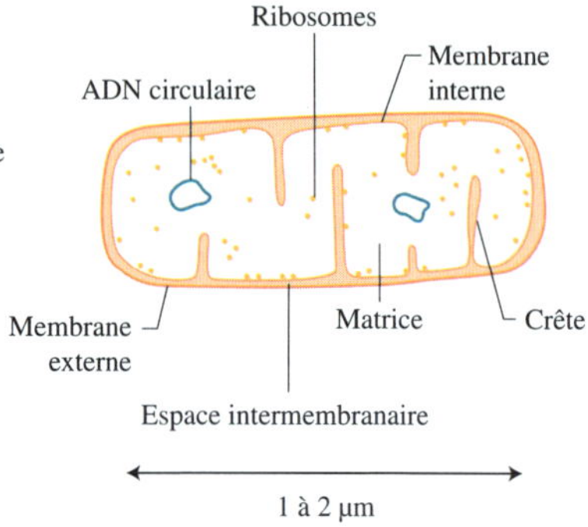

Travail préparatoire

1 h 45 *Voir Conseils généraux pour ce type d'exercice, p. 11.*

Comprendre le sujet

Ce sujet nécessite de bien définir la théorie de l'endosymbiose qui postule que des organites des eucaryotes proviennent d'une symbiose entre un organisme procaryote et une autre cellule. Il faut donc distinguer *a priori* les cellules procaryotes et les cellules eucaryotes. Les documents doivent vous servir d'appui et vous orienter vers l'origine des chloroplastes, à savoir des cellules procaryotes photosynthétiques, et vers l'origine des mitochondries, à savoir des cellules procaryotes capables de respirer. Il faudra tenir compte des caractéristiques à la fois structurales (présence de membranes), mais aussi utiliser vos connaissances sur l'ADN circulaire des bactéries, les protéines des organites étudiées ainsi que les ribosomes. La taille des bactéries et celle des organites doivent aussi être prises en compte et doivent être comparées à celle des cellules eucaryotes. L'étude des bactéries a permis d'apporter des arguments sur l'origine de ces organites en les comparant aux protéines et ribosomes des procaryotes. Il faut aussi utiliser les connaissances à propos du rôle de ces deux organites, photosynthèse pour le chloroplaste et respiration pour la mitochondrie, et des conséquences sur l'évolution du vivant.

Organiser son devoir

- Vous rédigerez une introduction permettant de cerner le sujet, de définir la théorie de l'endosymbiose, puis il faudra reformuler la question, ce qui permettra d'annoncer votre plan.
- Un premier paragraphe pourra être consacré à une étude comparative entre les organites et les cellules procaryotes.
- Un second paragraphe permettra de développer les conséquences de l'endosymbiose sur l'évolution du vivant : cellules végétales photosynthétiques sans oublier le rôle joué par les chloroplastes (production de molécules organiques et de dioxygène), cellules ayant un métabolisme respiratoire grâce aux mitochondries (consommation de molécules organiques et de dioxygène). Les notions d'autotrophie et d'hétérotrophie pourront être ainsi abordées. Vous pourrez alors schématiser la façon dont une cellule procaryote peut devenir un endosymbiote.
- Une conclusion permettra de reprendre le concept d'endosymbiose et d'élargir aux conséquences de ce phénomène sur les écosystèmes.

Corrigé rédigé

Introduction

La théorie de l'endosymbiose postule que des organites des cellules eucaryotes proviennent d'une symbiose entre un organisme procaryote et une autre cellule. La symbiose est une association entre deux organismes vivants ; cette association est durable et à bénéfice réciproque pour les deux organismes. Ici, l'endosymbiose est caractérisée par la présence d'un organisme à l'intérieur de cellules hôtes : cet organisme est appelé endosymbiote. Il s'agit donc d'une symbiose particulière pour laquelle les deux organismes sont encore plus étroitement associés.

On se propose de développer les arguments qui permettent d'appuyer cette théorie puis d'expliquer pourquoi l'endosymbiose a été source de diversité phénotypique et d'évolution.

I. Les arguments en faveur de la théorie endosymbiotique

La cellule eucaryote possède des organites spécialisés comme un noyau, des mitochondries et des chloroplastes qui participent au métabolisme de la cellule. Ces organites sont délimités par des membranes. La cellule procaryote possède tout le matériel moléculaire nécessaire à son métabolisme mais, dans le cytoplasme, elle ne possède donc pas d'organites spécialisés, délimités par des membranes. Enfin, si la taille moyenne d'une cellule eucaryote est de 10 µm à 20 µm, celle d'une cellule procaryote est d'environ 1 à 2 µm.

Les cellules procaryotes sont apparues avant les cellules eucaryotes. Elles appartiennent toutes à un vaste groupe : celui des bactéries. Un certain nombre d'arguments plaident en faveur d'une origine bactérienne des mitochondries et des chloroplastes des cellules eucaryotes.

Des points communs existent avec les bactéries :

- la taille : la mitochondrie (1 à 2 µm de long) et le chloroplaste (2 à 5 µm) ont une taille très proche de celle d'une bactérie, qui fait environ 1 à 2 µm ;
- les membranes :
  – les deux organites sont entourés d'une membrane externe et d'une membrane interne. La membrane externe présente une composition proche de celle de la membrane plasmique d'une cellule eucaryote. La membrane externe dériverait de la membrane de la cellule hôte ;
  – la membrane interne des mitochondries contient des protéines qui présentent une grande similitude avec des protéines bactériennes anciennes ;
  – la membrane interne des mitochondries présente une composition en lipides proche de celle de la membrane bactérienne et celle du chloroplaste ainsi que des thylakoïdes ont des points communs avec la membrane des bactéries.
- le génome et la synthèse de protéines :
  – la mitochondrie et le chloroplaste contiennent une molécule d'ADN circulaire comme l'ADN d'une bactérie ;
  – l'ADN du chloroplaste contient des gènes impliqués dans la photosynthèse.
- la mitochondrie et le chloroplaste contiennent aussi des ribosomes qui ressemblent à ceux de certaines bactéries ;

- ADN et ribosomes présents dans ces organites leur confèrent la capacité de synthétiser des protéines.

Ces arguments permettent d'appuyer l'hypothèse d'une origine bactérienne des mitochondries et des chloroplastes. De plus, le chloroplaste possède des pigments comme la chlorophylle a, présente aussi chez des bactéries photosynthétiques appartenant à une lignée très ancienne, les cyanobactéries.

II. Les conséquences sur l'évolution du vivant

L'association entre cellules bactériennes et cellule hôte confère à cette dernière de nouvelles caractéristiques.

- Nous avons vu que différents arguments confortent l'origine bactérienne des mitochondries : cette endosymbiose a permis aux cellules hôtes de respirer et d'acquérir un métabolisme de type hétérotrophe. La cellule eucaryote peut alors utiliser l'énergie chimique de molécules organiques : les molécules organiques sont oxydées en présence du dioxygène qui est consommé. Cela suppose que du dioxygène est présent dans l'environnement de ces cellules.

- Chez les cellules eucaryotes photosynthétiques, le chloroplaste a pour origine une cyanobactérie (bactérie photosynthétique) qui aurait intégré le cytoplasme de cellules hôtes ancestrales. Ces dernières ont alors acquis la possibilité d'effectuer la photosynthèse et de devenir autotrophes. Les cellules peuvent alors capter l'énergie lumineuse grâce aux pigments chlorophylliens, convertir cette énergie en énergie chimique et synthétiser des molécules organiques. Ce processus libère du dioxygène.

Processus d'endosymbiose par absorption d'une cyanobactérie dans une cellule

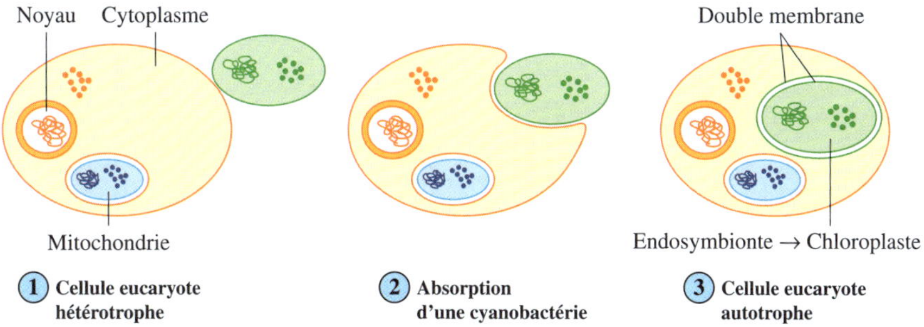

L'endosymbiose par absorption de bactéries par des cellules hôtes a donc contribué à l'acquisition de nouveaux phénotypes. Il y a ainsi évolution des systèmes cellulaires. D'autre part, le génome de l'endosymbiote régresse au cours des générations et certains de ses gènes sont transférés dans le noyau de la cellule hôte. Ainsi, l'organite qui résulte de l'endosymbiote devient semi-autonome. Il devient partie intégrante de la cellule.

Conclusion

Différents arguments (taille, composition, ADN, ribosomes, etc.) appuient l'hypothèse d'une origine bactérienne des mitochondries et des chloroplastes des cellules eucaryotes. Des bactéries ont été absorbées par des cellules hôtes qui acquièrent de nouvelles caractéristiques, facteurs d'évolution du vivant. L'apparition de cellules eucaryotes aura des conséquences sur le fonctionnement des écosystèmes, les organismes chlorophylliens étant des producteurs primaires, ils permettent l'entrée d'énergie et de matière dans les réseaux trophiques.

SUJET 8

Génétique et évolution

EXERCICE 2 : PRATIQUE DU RAISONNEMENT SCIENTIFIQUE

La digestion des sushis

Les algues du genre *Porphyra* constituent un élément de base dans la fabrication des sushis, aliment très consommé par les Japonais (en moyenne 14,2 g par jour), et qu'ils parviennent à digérer facilement, contrairement aux Occidentaux.

Les scientifiques estiment que cette capacité particulière est due à un transfert horizontal, mais celui-ci ne touche pas les cellules des Japonais.

À partir de l'étude des documents et de vos connaissances :

- **montrez ce qui permet aux Japonais de digérer les sushis ;**
- **donnez des arguments en faveur d'un transfert horizontal dont vous préciserez les êtres vivants impliqués.**

DOCUMENT 1 • *Les algues du genre* Porphyra

Document 1.a : *les algues rouges qui servent à confectionner les sushis*

Une algue du genre *Porphyra* utilisée pour la confection des sushis. Les algues rouges deviennent noires ou vertes après séchage.

▸▸▸

Document 1.b : *des bactéries marines à la surface de la paroi des algues*

Ces algues contiennent, dans leur paroi, des glucides complexes appelés « porphyranes » qui ne sont dégradés que par des enzymes spécifiques : les porphyranases.

Des bactéries marines telles que *Zobellia galactanivorans* sont capables de digérer la paroi des algues rouges du genre *Porphyra*.

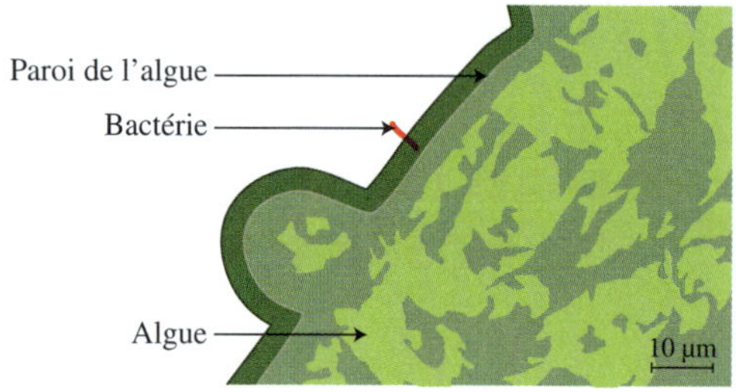

Une bactérie du genre *Zobellia* à la surface de la paroi d'une algue brune

Lorsqu'on prélève ces algues dans la nature pour confectionner les sushis, on retrouve de très grande quantité de bactéries à leur surface.

DOCUMENT 2 • *Le microbiote intestinal impliqué dans la digestion*

Document 2.a : *composition et rôle du microbiote intestinal*

Le microbiote intestinal est l'ensemble des microorganismes (bactéries essentiellement) présents dans notre tube digestif. Ce microbiote participe, avec nos enzymes digestives, à la digestion des aliments (notamment les glucides).

Parmi les glucides, des aliments d'origine végétale, seuls le lactose, le saccharose et, en partie, l'amidon, peuvent être dégradés par nos enzymes digestives. Les autres glucides, comme la cellulose, composant la paroi des cellules des végétaux, sont digérés par les enzymes produites par le microbiote. Sans ce microbiote intestinal, l'homme ne peut pas dégrader les molécules présentes dans la paroi des végétaux.

Le génome humain ne contient donc pas l'information génétique nécessaire pour synthétiser les enzymes permettant de dégrader les parois végétales.

Document 2.b : *étude du microbiote intestinal de quelques individus*

Les scientifiques ont étudié les bactéries constituant le microbiote intestinal d'individus japonais et nord-américains.

Ils ont recherché la présence de la porphyranase dans le microbiote intestinal.

Résultats de recherche de séquences similaires à la porphyranase de *Zobellia galactanivorans* dans le microbiote intestinal de quelques individus

Individus testés	Japonais n° 1	Japonais n° 2	Japonais n° 3 (fils du Japonais n° 2)	Japonais n° 4	Japonais n° 5	Américains (18 testés)
Nombre de séquences similaires à la porphyranase	3	1	2	0	1	0
Pourcentage d'identité de séquence	83 %, 84 %, 93 %	84 %	87 % et 94 %	/	100 %	/

Remarque : la bactérie marine *Zobellia galactanivorans* n'a jamais été retrouvée dans le microbiote des individus.

▶▶▶

DOCUMENT 3 • *Transfert de matériel génétique entre bactéries*

Du matériel génétique peut être échangé entre bactéries même si elles n'appartiennent pas à la même espèce.

Représentation schématique de deux mécanismes de transfert horizontal (adaptée d'après Furuya & Lowy, 2006)

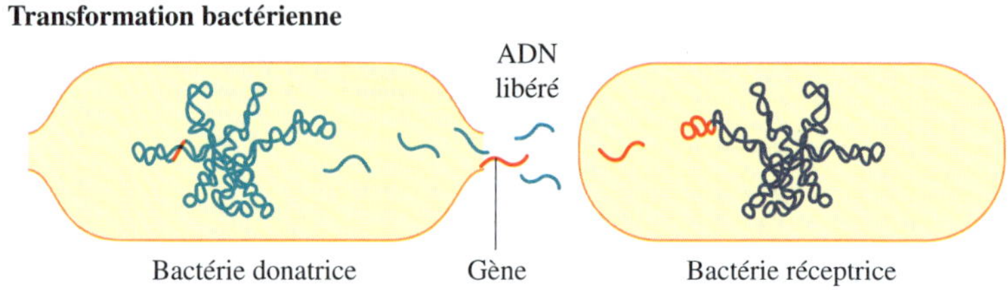

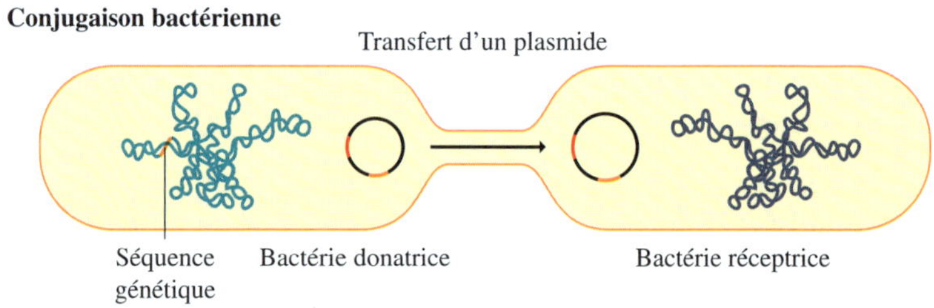

Narimane Dahmane, *Caractérisation des éléments intégratifs conjugatifs de la famille ICESt3 et des facteurs influençant leur mobilité*, Bactériologie, Université de Lorraine, 2017.

Remarque : un plasmide est un ADN circulaire que peuvent posséder les bactéries. Ce plasmide peut comporter plusieurs gènes.

Travail préparatoire

1 h 45 *Voir Conseils généraux pour ce type d'exercice, p. 12.*

Comprendre le sujet

Ce sujet met en avant deux notions importantes :
- une abordée en première : les enzymes ;
- l'autre étant la notion de transfert horizontal de gènes.

Un transfert horizontal est un transfert de gènes entre des espèces qui peuvent être très éloignées (virus et animaux, bactéries et champignons) ou entre espèces différentes mais plus proches. Ces transferts sont dits « horizontaux », par opposition aux transferts de gènes verticaux liés à la reproduction sexuée.
Ici, le gène étudié est celui qui permet la synthèse d'une enzyme, la porphyranase. Les enzymes ont une double spécificité (de substrat et d'action). Les porphyranases dégradent spécifiquement les porphyranes qui sont des glucides complexes se trouvant dans la paroi cellulaire des cellules des algues rouges du genre *Porphyra*. Ces algues servent à confectionner les sushis. Normalement, nous ne savons pas digérer les sushis car nous ne possédons pas cette enzyme spécifique, donc nous ne digérons pas correctement une partie du sushi. Certains Japonais ont la capacité de digérer convenablement cet aliment. Cela sous-entend qu'ils possèdent l'enzyme porphyranase.
On cherche donc à montrer d'où provient ce gène. Quels sont les arguments permettant de dire qu'il y a eu un transfert horizontal et qui sont les donneurs et les receveurs de ce gène ?

Lire attentivement les documents

Il faut étudier tous les documents au brouillon afin de les comprendre et de les répartir dans les deux grandes parties du sujet.

- Les documents 1 et 2 montrent que la capacité à digérer les sushis est associée au microbiote des individus. Les bactéries du microbiote des Japonais ont le gène de la porphyranase.
- Le document 3 permet de montrer qu'un transfert horizontal de gènes peut se réaliser entre bactéries d'espèces différentes.

Organiser son devoir

La question posée indique le plan à suivre :

- déterminer d'où provient cette capacité à digérer les sushis. Pour cela, il faut étudier les documents 1 et 2 ;
- expliquer des arguments en faveur d'un transfert horizontal : pour cela, il faut utiliser les 3 documents. Le gène de la porphyranase se trouve uniquement chez les bactéries marines du type *Zobellia galactanivorans*. Ces bactéries se trouvent à la surface des algues rouges du genre *Porphyra* qui servent à confectionner les sushis. La grande consommation de sushis augmente les chances de transfert horizontal du gène étudié entre les bactéries marines et les bactéries du microbiote intestinal de l'individu.

Corrigé rédigé

Introduction

Les sushis sont un plat traditionnel au Japon. Les algues servant à leur préparation sont bien digérées par les Japonais, ce qui n'est pas le cas des Occidentaux. Les scientifiques estiment que cette particularité est liée à un transfert horizontal de gènes.

On peut alors s'interroger sur ce qui facilite cette digestion chez les Japonais et sur les arguments qui ont permis de penser à un transfert horizontal.

I. La digestion des sushis par les Japonais

Les sushis sont un des éléments de base de la nourriture des Japonais. Ils sont fabriqués à partir d'une algue rouge du genre *Porphyra* (document 1.a). D'après le document 2.a, l'homme ne sait pas dégrader tous les glucides complexes d'origine végétale. Il ne possède pas les enzymes nécessaires à leur dégradation. La digestion de la plupart des glucides complexes d'origine végétale, comme la cellulose (constituant de la paroi des cellules végétales), est réalisée grâce à des enzymes d'origine bactérienne. Ces bactéries forment le microbiote intestinal (document 2.a).

D'après le document 1.b, les algues du genre *Porphyra* possèdent un glucide complexe particulier dans leur paroi : les porphyranes. Les enzymes permettant de digérer ces glucides sont les porphyranases. Si on recherche ces porphyranases dans le microbiote des Occidentaux (document 2.b), on constate qu'elles ne sont pas présentes.

On peut donc en déduire que les Occidentaux n'ont pas la capacité de produire la porphyranase et donc de digérer les porphyranes (constituant la paroi des algues rouges entourant le sushi). Les Occidentaux ont donc des difficultés à digérer entièrement les sushis.

Toutefois, si on recherche ces porphyranases dans le microbiote de quelques individus japonais, on constate que certains individus (les Japonais 1, 2, 3 et 5) possèdent des enzymes proches de la porphyranase. *On peut donc en déduire que ces individus ont la capacité de digérer plus facilement les porphyranes et donc de digérer la totalité des sushis.*

D'après le document 1.b, dans la nature, *cette porphyranase est synthétisée par des bactéries marines (*Zobellia galactanivorans*)* que l'on trouve en grande quantité à la surface des algues rouges du genre *Porphyra*. Ces bactéries se retrouvent sur les sushis consommés par les individus. *On peut supposer que la capacité à digérer les sushis chez les Japonais vient du fait qu'une grande consommation de cet aliment entraîne une présence importante des bactéries marines du genre* Zobellia *dans leur tube digestif et donc dans leur microbiote*. Or, d'après le document 2.b, on ne retrouve aucune bactérie marine du genre *Zobellia* dans le microbiote de ces individus. De plus, les cellules des Japonais ne possèdent pas le gène permettant la synthèse de la porphyranase.

On peut donc en déduire que la capacité à digérer les sushis chez certains Japonais vient uniquement du fait que leur microbiote intestinal a la capacité à synthétiser les enzymes porphyranases qui dégradent la paroi des algues rouges du genre Porphyra.

Cette capacité ne se retrouve toutefois pas chez tous les Japonais qui consomment des sushis. D'après le document 2.b, le microbiote intestinal du Japonais 4 ne synthétise pas la porphyranase.

Comment certains Japonais ont-ils acquis cette particularité ?

II. Le transfert horizontal à l'origine de cette capacité particulière des Japonais

D'après le document 1.b, les bactéries *Zobellia galactanivorans* possèdent la capacité à synthétiser la porphyranase. Cette capacité de synthèse se retrouve dans les bactéries du microbiote intestinal de certains Japonais (document 2.b). Toutefois, on constate que, pour leur microbiote, la similitude de séquences par rapport à la porphyranase de *Zobellia galactanivorans* est variable selon les individus testés, mais toujours supérieur à 80 %. *Cette porphyranase ne provient pas directement des bactéries marines car on a vu précédemment qu'elles sont absentes du microbiote de ces Japonais* (document 2.b).

De plus, d'après le document 3, il peut exister des transferts de gènes entre bactéries n'appartenant pas à la même espèce. Ces transferts que l'on peut qualifier d'« horizontaux », entre bactéries, peuvent se faire de différentes façons (par transformation ou par conjugaison bactérienne). *Même si on n'a pas d'information sur le type de transfert dans le cas étudié, on peut imaginer que plus un individu mange de sushis, plus il ingère des bactéries marines telles que* Zobellia galactanivorans. *Les chances de transfert horizontal de gènes sont donc accrues entre les bactéries* Zobellia *et celles du microbiote. Si c'est le cas, les bactéries de leur microbiote pourront acquérir le gène de la porphyranase et celle-ci pourra être synthétisée dans le tube digestif des individus, d'où la capacité à digérer les sushis. Toutefois, ces transferts horizontaux ne sont pas systématiques et, même en mangeant beaucoup de sushis, ce transfert de gène peut très bien ne pas se réaliser (Japonais 4, document 2.b).*

Conclusion

La digestion des sushis par certains Japonais vient du fait qu'il y a eu un transfert horizontal entre des bactéries marines *Zobellia galactanivorans* (présentes à la surface des algues que l'on trouve dans les sushis) et les bactéries de leur microbiote intestinal. Chez ces individus, leurs bactéries intestinales ont acquis le gène de la porphyranase. Cette molécule est une enzyme permettant la digestion de la paroi des algues rouges que l'on trouve dans les sushis. Ces bactéries intestinales synthétiseront alors la porphyranase, ce qui leur permet de mieux digérer les sushis.

SUJET 9

Génétique et évolution

EXERCICE 2 : PRATIQUE DU RAISONNEMENT SCIENTIFIQUE

La syncytine

La syncytine est une protéine produite chez l'homme dans certains tissus. Les chercheurs pensent que son existence témoigne d'un transfert de gènes par voie virale.

À partir de l'étude des documents et de l'utilisation de vos connaissances :

- **expliquez le rôle de la syncytine ;**
- **donnez des arguments en faveur du transfert par voie virale du gène de la syncytine.**

DOCUMENT 1 • *Organisation comparée du gène de la syncytine humaine et de la structure schématique d'une séquence d'ADN d'une catégorie de virus (exemple : virus MSRV)*

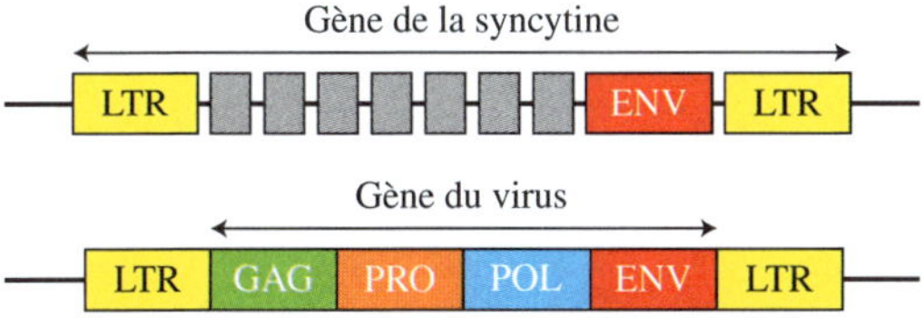

D'après Dupressoir et coll., 2005, PNAS, et Mayer, 2013.

Les séquences LTR sont spécifiques à l'ADN de certaines catégories de virus. Elles sont nécessaires à l'intégration des gènes viraux dans le génome de la cellule hôte. Parmi les gènes viraux étudiés, la séquence ENV permet la synthèse de l'enveloppe virale.

DOCUMENT 2 • *La comparaison de deux protéines : la syncytine humaine et une protéine de l'enveloppe du virus MSRV*

Les deux protéines sont constituées d'environ 542 acides aminés ; 473 acides aminés sont identiques, soit 87,3 % d'identité. Le document ci-dessous montre la comparaison effectuée de l'acide aminé 145 avec l'acide aminé 173.

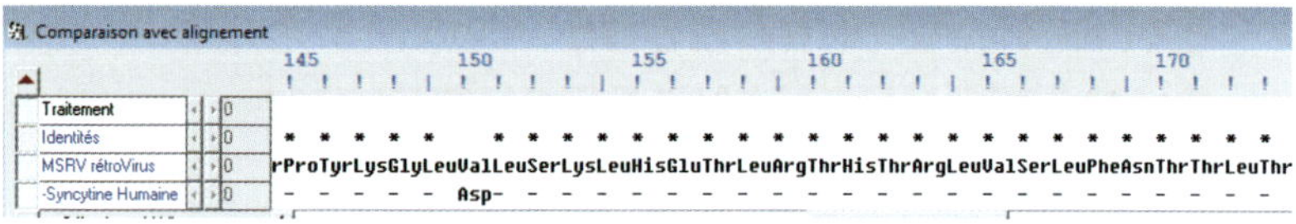

Logiciel Anagène.

DOCUMENT 3 • *Expression du gène de la syncytine*

Document 3.a : *dans différents organes chez la souris adulte*

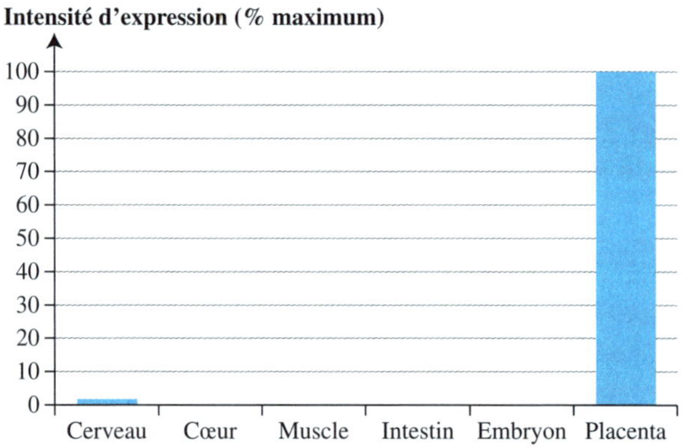

D'après Dupressoir et coll., 2005, PNAS.

Document 3.b : *au niveau du placenta humain*

La zone d'expression de la syncytine est visualisée dans une villosité placentaire grâce à une coloration cytoplasmique sombre.

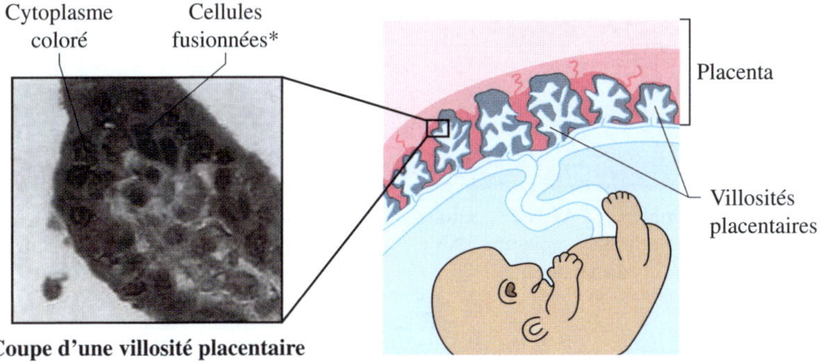

Coupe d'une villosité placentaire

* Dans le placenta, la présence de cellules fusionnées est indispensable à la mise en place des échanges placentaires entre la mère et le fœtus.

D'après Dupressoir et coll., 2012, Placenta 33.

DOCUMENT 4 • *L'action de la syncytine et d'une séquence nucléotidique de virus sur des cultures cellulaires*

Cellules de cultures humaines

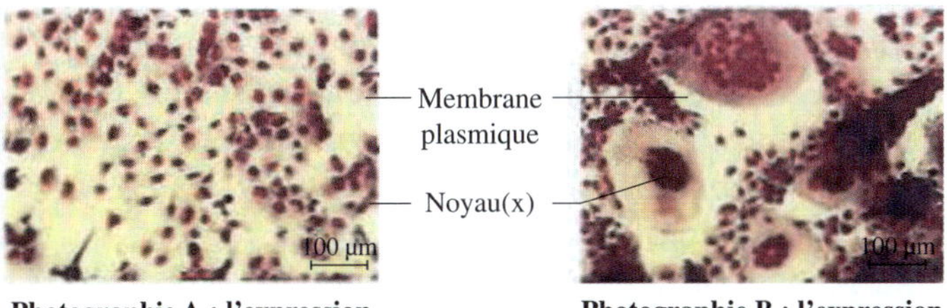

Photographie A : l'expression du gène de la syncytine est inactivée

Photographie B : l'expression du gène de la syncytine est activée

D'après Mi et coll., 2000, Nature 403, pp. 785-789.

Culture de cellules humaines (lignée TELac2) : pour cette souche de cellules humaines, le gène de la syncytine est inactif.

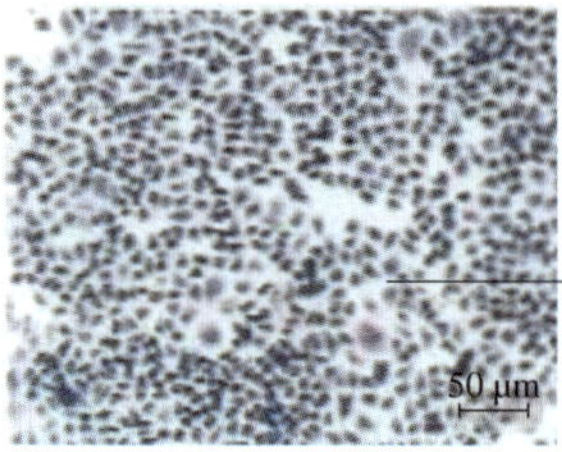

Photographie C : l'ADN des cellules ne contient pas la séquence ENV du virus

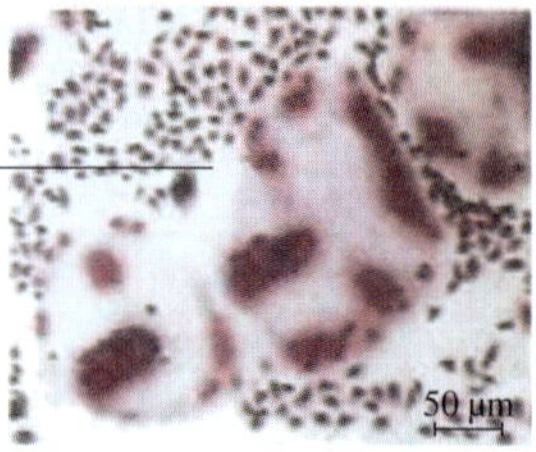

Photographie D : l'ADN des cellules a intégré la séquence ENV du virus

D'après Blond et coll., J. Virol. 74, pp. 3321-3323.

Travail préparatoire

1 h 45 *Voir Conseils généraux pour ce type d'exercice, p. 12.*

Comprendre le sujet

Cet exercice fait intervenir la notion de « transfert horizontal ». Un transfert horizontal est un transfert de gènes entre des espèces qui peuvent être très éloignées (virus et animaux, bactéries et champignons) ou entre espèces différentes, mais plus proches. Ces transferts sont dits « horizontaux », par opposition aux transferts de gènes verticaux liés à la reproduction sexuée.

Si les gènes transférés apportent un avantage aux individus qui les reçoivent, ils peuvent être conservés dans le génome et se répandre chez tous les individus par reproduction sexuée.

Ici, le gène étudié est celui qui permet la synthèse de la syncitine qui intervient dans la fusion des cellules. Ce gène est présent chez tous les mammifères placentaires (mammifères dont le développement embryonnaire se réalise entièrement dans l'utérus de la mère). Les échanges entre la mère et l'enfant se font par le placenta.

Cette propriété de fusion cellulaire existe aussi chez les virus. Elle est essentielle, car elle permet aux virus de fusionner leur enveloppe avec la membrane plasmique de la cellule hôte. Ceci constitue la première étape du cycle viral dans sa cellule hôte.

Lire attentivement les documents

Il faut étudier tous les documents au brouillon afin de les comprendre et de les répartir dans les deux grandes parties du sujet :
- le document 3 permet de déterminer que ce gène ne s'exprime que dans certaines cellules spécialisées et que ces cellules ont la particularité d'être fusionnées ;
- la première partie du document 4 permet de montrer que c'est bien la syncytine qui est à l'origine de la fusion de ces cellules. On n'exploitera pas la totalité du document 4, car la deuxième expérience va servir à la deuxième partie du devoir ;
- le document 1 permet de montrer qu'une partie du gène de la syncytine et des séquences du génome viral sont identiques et possèdent la même organisation sur le génome. Deux séquences sont communes : les séquences LTR qui encadrent le gène de la syncytine et la séquence ENV ;
- le rôle de la séquence ENV du virus est expliqué grâce à la deuxième expérience du document 4. La protéine issue de l'expression de cette séquence semble impliquée dans la fusion des cellules ;
- enfin, le document 2 montre une grande similarité dans les séquences d'acides aminés de la syncytine humaine et une protéine de l'enveloppe du virus. Il faut considérer que, s'il y a une grande similarité dans les séquences d'acides aminés, alors les séquences nucléotidiques sont très proches. Tous ces arguments sont en faveur d'un transfert horizontal par voie virale du gène de la syncytine.

Organiser son devoir

La question posée indique le plan à suivre :
- expliquer le rôle de la syncytine chez l'homme. Il faut, pour cela, étudier le document 3 et la première partie du document 4 ;
- donner des arguments en faveur d'un transfert horizontal d'origine viral pour le gène étudié. Il faut, pour cela, étudier les documents 1, 4 (deuxième expérience) et 2.

Corrigé rédigé

Introduction

Les êtres vivants pluricellulaires possèdent des cellules spécialisées. Toutes les cellules d'un individu pluricellulaire possèdent la même information génétique mais les cellules ne vont exprimer que certains gènes. Ainsi, certains tissus sont capables de synthétiser des molécules spécifiques et pas d'autres. C'est le cas de la syncytine chez l'homme.

On peut alors se demander ce que va apporter la syncytine dans les cellules qui la synthétisent.

De plus, les scientifiques pensent que le gène de la syncytine est d'origine virale, c'est-à-dire qu'elle serait liée à un transfert horizontal entre un virus et l'homme. Quels sont les arguments qui ont permis aux scientifiques d'avancer cette hypothèse ?

I. Le rôle de la syncytine dans l'organisme

La syncytine est une protéine, elle est issue de l'expression d'un gène. Le document 3 permet de déterminer où se déroule l'expression du gène de la syncytine.

Chez la souris adulte, on constate que les cellules du placenta expriment à 100 % le gène de la syncytine. Le cerveau exprime très légèrement ce gène (0,2 %) et les autres cellules pas du tout. *On peut donc supposer que la syncytine a un rôle particulier associé au fonctionnement du placenta.*

Si on observe la zone d'expression du gène de la syncytine dans un placenta humain (par une coloration du cytoplasme des cellules – document 3.b), on observe que la syncytine s'exprime dans les villosités placentaires et que, dans cette zone, on observe des cellules qui ont fusionné.

Or, la présence de ces cellules fusionnées est essentielle pour réaliser les échanges entre le fœtus et la mère. *On peut alors émettre l'idée que la syncytine a peut-être un rapport avec la fusion des cellules qui est une caractéristique du placenta.*

Afin de vérifier cette hypothèse, on réalise une expérience sur des cellules humaines. On va inactiver ou activer volontairement le gène de la syncytine dans ces cellules. Lorsque le gène de la syncytine est inactivé, on constate uniquement la présence de cellules isolées ne possédant qu'un seul noyau. Dans le cas où on active le gène de la syncytine, on observe la présence de cellules avec un très grand nombre de noyaux.

La seule différence entre ces deux expériences est l'activation du gène de la syncytine, ce qui induit la synthèse de la protéine syncytine. En présence de protéine syncytine, les cellules peuvent fusionner et former une cellule unique avec plusieurs noyaux.

Le gène de la syncytine, qui s'exprime dans les cellules du placenta, permet donc de synthétiser de la syncytine. Cette protéine permet de faire fusionner les cellules et d'obtenir ainsi des cellules qui facilitent les échanges entre la mère et le fœtus au niveau du placenta.

On peut maintenant se demander quels sont les arguments avancés par les scientifiques pour dire que le gène de la syncytine est lié à un transfert horizontal d'origine virale.

II. Les arguments permettant de penser que le gène de la syncytine provient d'un transfert horizontal par voie virale

Afin de déterminer si le gène de la syncytine chez l'homme a une origine virale, il faut comparer le gène de la syncytine chez l'homme et chez les virus : c'est ce qui est fait dans le document 1. On constate que chez l'homme, le gène de la syncytine possède une séquence LTR en début et en fin de gène. On constate aussi, dans le génome du virus MSRV, la présence de ces séquences LTR en début et en fin de séquence. Ces séquences LTR sont spécifiques de certaines catégories de virus et elles permettent d'insérer le génome du virus dans le génome de la cellule hôte du virus.

On observe aussi la présence d'une séquence ENV juste avant la séquence terminale (LTR) du gène, aussi bien dans le gène de la syncytine humaine que dans les gènes du virus MSRV. Chez le virus, cette séquence ENV sert à synthétiser une enveloppe virale.

Pour montrer le rôle de cette séquence ENV, les scientifiques ont fait une expérience décrite dans le document 4. Ils ont pris des cultures de cellules humaines (lignée TLEac2) qui ont le gène de la syncytine inactif. Ces cellules ne peuvent donc pas contenir de la syncytine. On constate que ces cellules sont isolées les unes des autres. Puis, ils ont inséré la séquence ENV du virus dans ces cellules. On constate alors que les cellules ont fusionné. La seule différence est la présence de la séquence ENV du virus dans ces cellules. *On peut donc en déduire que les cellules qui ont inséré la séquence ENV du virus ont synthétisé une protéine permettant la fusion des cellules.*

La présence de ces séquences (ENV et LTR) dans le gène de la syncytine est donc un argument solide pour dire que ce gène est d'origine virale.

Pour être sûr, il faut comparer les séquences nucléotidiques du gène ou les séquences protéiques issues de l'expression de ces gènes.

Dans le document 2, les scientifiques ont comparé une partie de la séquence protéique issue de l'expression du gène de la syncytine humaine avec celle d'une protéine de l'enveloppe du virus MSRV.

Ces deux protéines ont le même nombre d'acides aminés (542). On constate aussi qu'il y a plus de 87 % d'identité entre les deux séquences car 473 sur 542 sont strictement identiques. Entre l'acide aminé 145 et le 173e acide aminé, il n'y a qu'un seul acide aminé différent en position 150 (la valine chez le virus a été remplacé par l'aspartine chez l'homme).

La grande similitude des séquences d'acides aminés permet de déduire qu'il existe aussi une grande similitude dans la séquence nucléotidique pour les gènes considérés chez le virus et chez l'homme. *On peut donc dire que le gène humain de la syncytine a une très grande similitude avec un gène viral responsable de la fusion des cellules.*

Ces similitudes importantes dans le positionnement des séquences et dans les séquences nucléotidiques et le fait que le gène humain possède des séquences spécifiques de certains virus permettent aux scientifiques d'émettre l'hypothèse que le gène humain de la syncytine provient d'un transfert horizontal d'origine virale. Ce gène a été conservé, avec peu de modifications, dans le génome humain.

Conclusion

Chez l'homme, le gène de la syncytine ne s'exprime que dans certaines cellules spécialisées. Il permet la fusion entre les cellules, notamment au niveau du placenta. La structure de ce gène se retrouve chez certaines catégories de virus et la séquence nucléotidique a subi peu de modifications. Chez les virus, ces séquences interviennent dans la synthèse de protéines impliquées dans la fusion de la membrane virale avec les cellules hôtes. Les scientifiques émettent donc l'hypothèse que ces séquences nucléotidiques spécifiques des virus se sont retrouvées dans le génome humain par transfert horizontal. On peut supposer que ces séquences ont été conservées au cours de l'évolution car elles donnent un avantage sélectif aux êtres vivants qui ont intégré ces gènes viraux.

SUJET 10

Génétique et évolution

EXERCICE 1 : MAÎTRISE DES CONNAISSANCES

Les mécanismes de l'évolution

La biodiversité actuelle résulte de la transformation des populations au cours du temps.

Montrer, à partir d'exemples, comment la dérive génétique et la sélection naturelle participent à l'évolution de la biodiversité.

L'exposé doit être structuré avec une introduction et une conclusion. Vous vous appuierez sur un exemple pour chaque mécanisme.

Travail préparatoire

1 h 45 *Voir Conseils généraux pour ce type d'exercice, p. 11.*

Comprendre le sujet

Pour comprendre les processus évolutifs au cours du temps, il faut étudier la biodiversité génétique des populations. Les mutations sur la molécule d'ADN créent de nouveaux allèles et, donc, de la biodiversité intra-spécifique dans ces populations. Ces allèles sont transmis aux générations suivantes par reproduction sexuée. Deux mécanismes évolutifs vont faire un tri dans cette biodiversité en faisant varier fortement la fréquence des allèles. Soit ces allèles sont favorables ou défavorables dans un milieu donné aux individus qui les portent, dans ce cas c'est le mécanisme de sélection naturelle qui entre en jeu. Soit ces allèles sont dits « neutres », ils n'apportent aucun avantage ou désavantage, et la transmission se fait au hasard par le mécanisme de dérive génétique.

On vous demande d'expliquer ces deux mécanismes en partant d'exemples concrets que vous avez vus en classe. Prenez des exemples simples à retranscrire et partez d'exemples pour expliquer ensuite le principe général du mécanisme étudié.

Organiser son devoir

- Rédigez une introduction permettant de cerner le sujet (de quoi s'agit-il ?), définissez les termes du sujet (biodiversité, populations), reformulez la question et annoncez le plan.
- Vous pouvez commencer par le mécanisme que vous voulez. Ici, nous avons choisi de commencer par expliquer le mécanisme de la sélection naturelle. L'exemple choisi est celui de la phalène du bouleau (assez classique). Il faudra préciser les allèles avantageux et désavantageux ainsi que la pression de sélection exercée par le milieu.
- La deuxième partie traitera de la dérive génétique. L'exemple de la communauté des Huttérites est également assez facile à retenir. Vous devrez préciser l'influence de l'effectif de la population et le fait que les allèles étudiés dans ce cas sont dits « neutres ».
- Rédigez enfin une conclusion reprenant les deux mécanismes et précisez qu'ils réalisent un tri dans la biodiversité créée par les mutations.

Corrigé rédigé

Introduction

La biodiversité actuelle peut se définir à différentes échelles. Elle peut être décrite comme la diversité intra-spécifique, c'est-à-dire la diversité génétique des individus au sein d'une même espèce. Cette diversité est le résultat des mutations affectant l'ADN. La biodiversité peut aussi être considérée comme la diversité des espèces existantes dans un milieu donné. Une espèce est un ensemble de populations d'individus pouvant se reproduire entre eux avec une descendance fertile. Les individus peuvent donc transmettre leurs caractères par le biais de la reproduction sexuée.

Actuellement, la biodiversité est le résultat de la transformation des populations au cours du temps. Quels sont les mécanismes mis en jeu pour transformer les populations au cours du temps ?

Deux mécanismes évolutifs participent à ces transformations : l'un faisant intervenir les conditions environnementales, la sélection naturelle, et l'autre faisant intervenir le hasard, la dérive génétique.

I. La sélection naturelle

Au sein d'une population, la diversité intra-spécifique est due à la grande variabilité de la fréquence des allèles. Ces allèles sont créés au hasard par les mutations. Ils sont transmis de génération en génération par le biais de la reproduction sexuée.

Prenons l'exemple de la phalène du bouleau. Il existe deux phénotypes possibles : la forme claire et une forme noire. Cette différence phénotypique est due à la présence de deux allèles. La forme claire est associée à l'allèle c et la forme sombre est associée à l'allèle C.

L'allèle C est apparu par mutation dans une population de phalènes de forme claire. Avant le début de l'ère industrielle et dans les zones rurales, les formes sombres étaient désavantagées car les papillons sombres étaient plus visibles sur le tronc des arbres recouverts de lichen clair. Les oiseaux (prédateurs naturels des papillons) repéraient plus facilement ces papillons de forme sombre. Ils exerçaient sur eux une pression de sélection (pression de prédation). On pouvait considérer alors l'allèle C comme désavantageux car les papillons le possédant avaient moins de chance de survivre, de se développer et donc de se reproduire. La fréquence de cet allèle C était donc faible dans la population.

À l'inverse, l'allèle c (permettant d'avoir la forme claire) pouvait, au contraire, être considéré comme avantageux car les papillons avec une forme claire étaient moins visibles par les oiseaux. Ces papillons avaient plus de chances de survivre (car ils étaient moins mangés), de se développer et donc de se reproduire. La fréquence de l'allèle c était donc très importante dans la population.

Au cours de la révolution industrielle, au XIXe siècle, la pollution atmosphérique a détruit le lichen sur le tronc des arbres. Le lichen étant de couleur relativement claire, sa disparition a induit un assombrissement du tronc des arbres. La forme sombre s'est trouvée alors plus camouflée par rapport à la forme claire des papillons. L'allèle C qui était désavantageux est devenu avantageux pour les papillons sous la pression de sélection des oiseaux. L'allèle c, lui, est devenu désavantageux pour les papillons le possédant. On a pu alors constater que la fréquence de l'allèle C a augmenté alors que celle de l'allèle c a diminué fortement.

La fréquence des allèles a évolué en fonction des conditions du milieu sous la pression de sélection des oiseaux.

Les facteurs du milieu qui peuvent influencer le potentiel reproducteur des individus de la population sont variés (sélection sexuelle, meilleure résistance à un facteur du milieu ou à un prédateur, meilleur accès à la nourriture, etc.).

Le mécanisme mis en évidence ici est celui de la sélection naturelle. Cette sélection naturelle effectue un tri dans la population en ne gardant que les individus les plus adaptés à leur milieu et, donc, en privilégiant les allèles les plus favorables.

Ce mécanisme n'est, cependant, pas le seul à intervenir car tous les allèles d'un individu n'apportent pas forcément un avantage ou un désavantage. Ces allèles ne sont pas soumis à la sélection naturelle.

II. La dérive génétique

La transmission de génération en génération des allèles se réalise par le biais de la reproduction sexuée. Le hasard y intervient à deux reprises : au moment de la production des gamètes (méiose) et au moment de la rencontre des gamètes (fécondation).

De nombreux allèles n'apportent ni avantage, ni désavantage. Ils sont dits « neutres ». Pour illustrer le mécanisme mis en jeu, nous allons prendre l'exemple chez l'homme du gène HLA-A qui intervient dans le mécanisme d'histocompatibilité et, notamment, dans le rejet des greffons. Il existe de nombreux allèles pour ce gène mais les scientifiques en ont étudié trois : A10, A11 et A28. Dans les populations européennes, ces allèles ont relativement la même fréquence en moyenne, autour de 5 %. Il existe des communautés religieuses aux États-Unis, parmi lesquelles les Huttérites. Ils sont originaires d'Europe, un très petit groupe d'individus ayant migré aux États-Unis au XIXe siècle. Ils y ont formé de petites communautés isolées du reste de la population. Les mariages se font au sein de la communauté. Chez les Huttérites, la fréquence des allèles étudiés est très surprenante car les allèles A11 et A28 ne sont pas présents dans ces communautés et la fréquence de l'allèle A10 est de 14 %, donc très supérieure à la fréquence de l'allèle observée chez les Européens.

Cette fréquence très élevée de l'allèle A10 peut s'expliquer par le mécanisme de dérive génétique.

La dérive génétique correspond à une variation aléatoire de la fréquence des allèles au sein d'une population. La dérive génétique s'observe dans des populations caractérisées par un petit effectif et lorsqu'un allèle est neutre, ne présentant ni avantage, ni inconvénient.

Dans ces populations, la fréquence d'un allèle peut varier de façon aléatoire, sans pression sélective exercée sur les phénotypes des individus porteurs de cet allèle.

Ainsi, la fréquence d'un allèle peut augmenter au fil des générations jusqu'à être fixée dans la population pour atteindre alors une fréquence de 1 (100 % des locus du gène sont occupés par cet allèle). La fréquence de l'allèle peut, au contraire, diminuer au fil des générations jusqu'à disparaître pour atteindre une fréquence de zéro (l'allèle en question n'est plus présent dans la population) : c'est le cas pour les allèles A11 et A28 chez les Huttérites.

Dans les populations à grand effectif, la dérive génétique existe mais elle n'a pas un effet aussi puissant car la fréquence des allèles est relativement stable à cause des échanges aléatoires nombreux entre les individus.

Donc, lorsque l'effectif de la population est petit, la dérive génétique effectue un tri dans la biodiversité intra-spécifique, en éliminant certains allèles et en favorisant l'expansion d'autres.

Conclusion

La fréquence des allèles évolue au cours du temps. Ces variations peuvent être dues au hasard : c'est la dérive génétique. Celle-ci agit surtout lorsque l'effectif de la population est petit. Ces variations peuvent être aussi dues à la sélection naturelle. Sous l'action d'une pression de sélection et en fonction du milieu de vie, certains allèles apportent un avantage aux individus qui le possèdent. Ces individus vivent plus longtemps et ont davantage de descendants, ce qui entraîne une augmentation de la fréquence de ces allèles.

Ces deux mécanismes effectuent un tri dans la biodiversité intra-spécifique et sont à l'origine de son évolution au cours du temps.

SUJET 11

Génétique et évolution

EXERCICE 2 : PRATIQUE DU RAISONNEMENT SCIENTIFIQUE

Un exemple de spéciation chez un papillon

La définition de l'espèce prend en compte l'évolution. Ainsi, l'espèce n'existe que sur une période de temps. L'histoire évolutive d'un papillon appartenant au genre *Zerynthia* illustre cette notion. *Zerynthia cassandra* et *Zerynthia polyxena* sont deux espèces de papillons très semblables morphologiquement. Il est donc très difficile de les distinguer. Cependant, des critères morphologiques basés sur les structures génitales permettent de les délimiter. Ainsi, des chercheurs ont montré que ces deux espèces sont issues d'une espèce ancestrale.

Zerynthia cassandra

Zerynthia polyxena

Montrez, à l'aide des documents proposés et de vos connaissances, quels processus ont entraîné l'apparition des deux espèces de papillons, le *Zerinthia cassandra* et le *Zerinthia polyxena*, à partir d'une population ancestrale commune.

DOCUMENT DE RÉFÉRENCE • *Structures génitales des papillons*

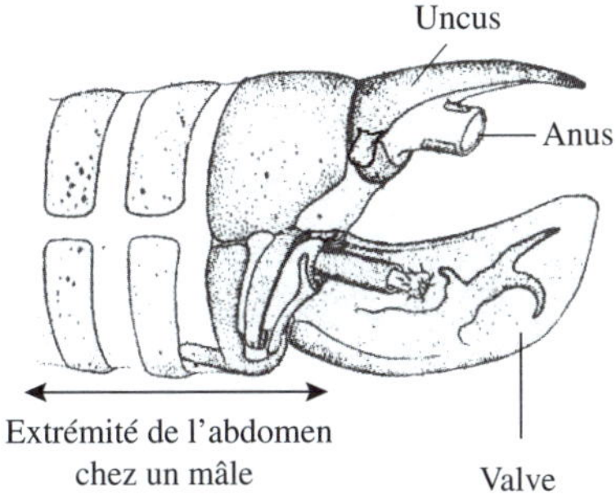

DOCUMENT 1 • *Structures génitales des deux espèces de papillon*

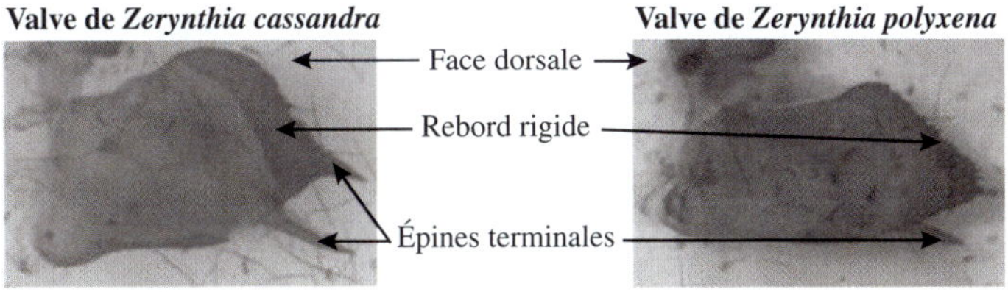

DOCUMENT 2 • *Arbre phylogénétique*

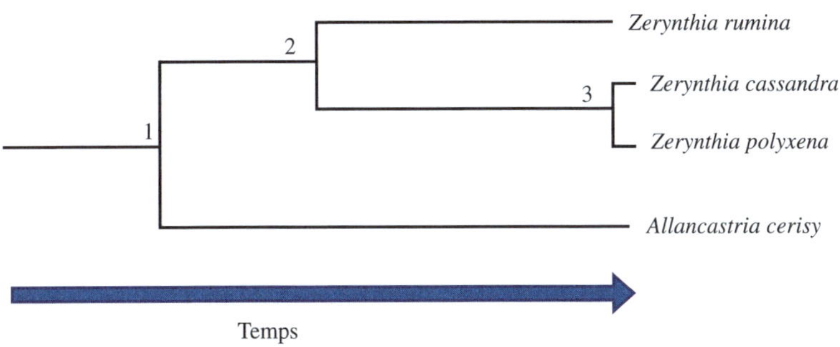

DOCUMENT 3 • *Aire de répartition de* Zerynthia

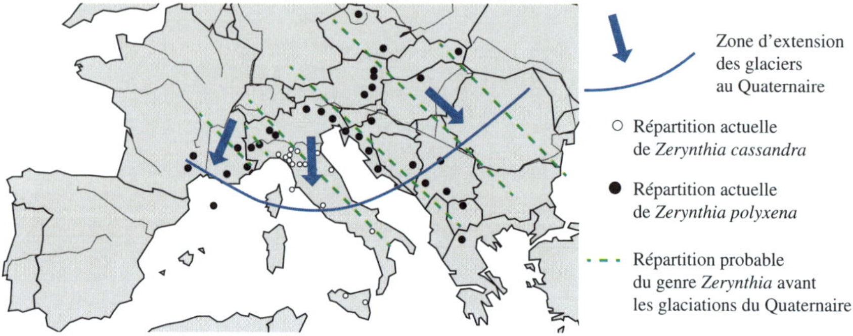

Travail préparatoire

1 h 45 *Voir Conseils généraux pour ce type d'exercice, p. 12.*

Comprendre le sujet

Ce sujet fait appel à la notion d'« espèce ». Il permet d'illustrer un exemple de l'évolution des génomes au sein des populations. Il s'agit donc de bien cerner le concept d'espèce, de comprendre les conséquences d'une différenciation génétique. En effet, les deux types de papillons étudiés se rencontrent dans des zones géographiques proches. Leur ressemblance morphologique ne permet pas de les distinguer de façon absolue. Un des critères à prendre à compte est celui des structures génitales qui explique leur isolement reproductif. On aborde donc, ici, le phénomène de spéciation qui entraîne l'apparition de nouvelles espèces à partir d'une population ancestrale. Le premier facteur à l'origine de cette spéciation est un isolement géographique qui a entraîné un isolement génétique de deux sous-populations.

Lire attentivement les documents

- Comme avec tout sujet comportant des documents, il faut lire l'ensemble des informations proposées et noter au brouillon les idées qui se dégagent de chaque document. Dès cette première lecture, essayez de voir comment organiser votre développement.
- Le document 1 permet d'expliquer pourquoi on distingue deux espèces de papillons en se basant sur le fait qu'elles ne peuvent pas se reproduire. Le document de référence, s'il n'a pas à être décrit, sert de support à cette affirmation. Le document 1 doit également être décrit.
- Le document 2 permet de montrer que ces deux espèces sont génétiquement les plus proches. Il ne s'agit pas de décrire l'ensemble de l'arbre, mais de situer la lignée des *Zerynthia*. Une étude exhaustive n'est donc pas attendue. Le document 3 suggère un isolement géographique de deux populations de papillons, provoqué par un épisode de glaciation. Il faut décrire la carte proposée et la mettre en relation avec l'information apportée par le document 2, qui figure sous l'arbre, afin de valider la date de séparation des deux lignées de papillons.

Organiser son devoir

- Rédigez une introduction cernant le sujet et qui reformule la question. Vous pouvez opter pour un développement en deux parties :
  – dans une première partie, vous vous intéresserez à la notion d'« espèces » et vous vous appuierez, alors, sur les documents 1 et 2 ;
  – dans la seconde partie, à l'aide du document 3 mis en relation avec le document 2, vous pourrez expliquer l'origine des deux espèces de papillons par spéciation.
- Rédigez enfin une conclusion rappelant les points essentiels.

Corrigé rédigé

Introduction

Les papillons *Zerinthia cassandra* et *Zerinthia polyxena* sont très semblables mais appartiennent bien à deux espèces différentes. On cherche à montrer que ces deux espèces sont issues d'une spéciation par isolement génétique d'une population ancestrale. Pour cela, on montrera quels sont les critères qui permettent de distinguer les deux espèces et d'établir leur lien de parenté et comment, à partir d'une espèce ancestrale, il y a eu spéciation.

I. Des critères permettant de distinguer les deux espèces de papillons et d'établir leur lien de parenté

L'étude du document 1 apporte des renseignements sur les structures génitales des deux espèces.

Leur comparaison montre des différences dans la forme de ces structures chez les mâles des deux espèces. En effet, chez *Zerinthia cassandra*, la forme de la valve est plus trapue et le rebord rigide plus important que chez *Zerinthia polyxena*.

D'autre part, *Zerinthia cassandra* possède deux épines terminales développées, l'une du côté dorsal et l'autre du côté ventral. Alors que chez *Zerinthia polyxena*, seule l'épine ventrale est présente et, par ailleurs, moins développée.

Or, d'après le document de référence, les structures génitales sont typiques d'une espèce de papillon.

On peut en déduire que, malgré une très forte ressemblance morphologique, ces deux papillons appartiennent bien à deux espèces différentes.

De plus, d'après le document de référence, les valves interviennent dans l'accouplement entre mâle et femelle et « les structures génitales des papillons peuvent être comparées à une serrure, chaque espèce a sa propre clef, ce qui empêche les accouplements entre différentes espèces ».

On peut en déduire que les deux espèces ont des structures génitales qui empêchent un croisement entre un mâle d'une espèce et la femelle de l'autre espèce. Le mâle d'une espèce ne peut donc pas s'accoupler avec la femelle de l'autre espèce. Ainsi, ces différences expliquent un isolement reproductif.

Le document 2 permet d'établir des liens de parenté entre différents papillons grâce à la comparaison de molécules homologues, par exemple ici des gènes. D'après l'arbre de parenté, les quatre espèces sont issues d'une espèce ancestrale représentée par le nœud 1. Deux branches se détachent de ce nœud, l'une à l'origine de la lignée *Zerinthia* et l'autre de la lignée *Allancastria*.

Au sein de la lignée *Zerinthia*, on constate que les deux espèces *Zerinthia cassandra* et *Zerinthia polyxena* sont placées sur deux branches issues du nœud 3, très courtes comparées aux autres branches.

On en déduit que la distance génétique entre ces deux espèces est très faible et, donc, que ces deux espèces ont des liens de parenté très étroits.

D'autre part, les deux espèces *Zerinthia cassandra* et *Zerinthia polyxena* sont issues d'une espèce ancestrale représentée par le nœud 3.

On peut en déduire que ces deux lignées ont évolué indépendamment l'une de l'autre. La population ancestrale, commune aux deux espèces, s'est retrouvée séparée en deux sous-populations : l'une à l'origine de la lignée Zerinthia cassandra *et l'autre à l'origine de* Zerinthia polyxena.

Comment expliquer l'apparition de deux espèces différentes ?

II. Les processus permettant d'expliquer une spéciation à partir d'une espèce ancestrale

D'après le document 3, les deux espèces actuelles de papillons se répartissent différemment : *Zerinthia polyxena* est localisé en Italie, en Sicile, et *Zerinthia cassandra* en France ainsi qu'en Europe de l'Est.

Toutefois, le genre *Zerinthia* était localisé, avant les glaciations du Quaternaire, sur l'ensemble de ces deux aires de répartition des espèces actuelles.

On peut donc penser qu'une seule population de Zerinthia *vivait dans cette région de l'Europe avant les glaciations du Quaternaire.*

Les glaciations du Quaternaire, progressant du nord vers le sud, ont atteint une grande partie de l'Italie du Nord et du Sud. Seule l'extrémité sud de la péninsule italienne a été épargnée. D'autre part, ces glaciations ont également atteint la partie septentrionale de l'Europe de l'Est. La partie la plus méridionale a été épargnée.

On peut en déduire que ces glaciations ont entraîné un isolement géographique de deux populations : celle de l'extrémité sud de l'Italie et celle de la partie la plus méridionale de l'Europe de l'Est. Cet isolement géographique a empêché tout échange reproductif entre les deux populations.

D'autre part, d'après le document 2, « les deux lignées *Zerinthia cassandra* et *Zerinthia polyxena* seraient issues d'un ancêtre commun qui date de 1 million d'années à 800 000 ans. Cette période correspond approximativement à une période glaciaire du Quaternaire ». L'étude génétique des deux espèces corrobore donc qu'une séparation a eu lieu entre deux populations de l'espèce ancestrale pendant les glaciations du Quaternaire. *On en déduit que ces deux populations ont été isolées et que, depuis, des mutations génétiques se sont accumulées dans chaque lignée, entraînant l'apparition de structures génitales différentes, notamment chez le mâle. Ceci explique l'isolement reproducteur et, malgré la disparition des glaciers et donc l'absence de barrière géographique, les deux populations ne peuvent plus se reproduire : il y a bien deux espèces maintenant différentes.*

Conclusion

Les deux papillons étudiés appartiennent bien à deux espèces distinctes car leurs structures génitales sont différentes et empêchent tout accouplement entre les mâles d'une espèce et les femelles de l'autre espèce. Il y a donc un isolement reproductif. Toutefois, ces deux espèces sont étroitement apparentées et sont issues de la même population ancestrale. Mais les dernières glaciations du Quaternaire ont provoqué un isolement géographique de deux sous-populations. Chaque population a ensuite évolué indépendamment l'une de l'autre (isolement génétique) et ont donné deux espèces différentes : *Zerynthia cassandra* et *Zerinthia polyxena*. Cet exemple illustre donc bien un phénomène de spéciation.

SUJET 12

Génétique et évolution

EXERCICE 2 : PRATIQUE DU RAISONNEMENT SCIENTIFIQUE

La sélection naturelle chez une espèce de moustiques

De 1968 à 2002, la population de moustiques *Culex pipiens L.* est contrôlée dans le sud de la France par l'épandage d'insecticides organophosphorés sur les étendues d'eau dans lesquelles se développent leurs larves. On s'intéresse à la résistance développée par certains moustiques à ces insecticides dans la région de Montpellier.

À partir de l'étude des documents et de l'utilisation des connaissances :

- **expliquer la résistance de certains moustiques aux insecticides organophosphorés ;**
- **montrer comment la sélection naturelle pourrait expliquer la proportion de formes résistantes dans les populations de la zone 2 étudiée.**

DOCUMENT 1 • *Quantité d'estérases chez les moustiques étudiés dans la région de Montpellier*

Les estérases (A et B) sont des enzymes naturellement produites par tous les moustiques. Les protéines de différents moustiques ont été séparées par électrophorèse. Les estérases apparaissent sous la forme de taches noires dont la taille est proportionnelle à la quantité d'enzyme produite par le moustique.

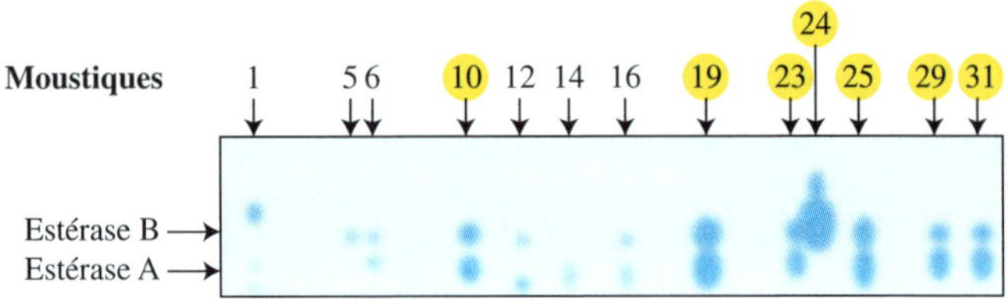

10, 19, 23, 24, 26, 29 et 31	Moustiques résistants aux insecticides organophosphorés
1, 5, 6, 12, 14 et 16	Moustiques sensibles aux insecticides organophosphorés

D'après www.ac-grenoble.fr, consulté en octobre 2017.

DOCUMENT 2 • *Étude de la mortalité des larves de moustiques dans la région de Montpellier*

En 2002, des larves de moustiques ont été échantillonnées dans différentes communes de la région de Montpellier. La carte ci-dessous repère les sites d'échantillonnage :

– La **zone 1**, située au nord, n'a jamais été traitée avec des insecticides organophosphorés.
– La **zone 2**, située au sud, a été traitée avec des insecticides organophosphorés depuis 1968. À cette époque, ces insecticides étaient très efficaces dans cette zone et tuaient la majorité des moustiques.

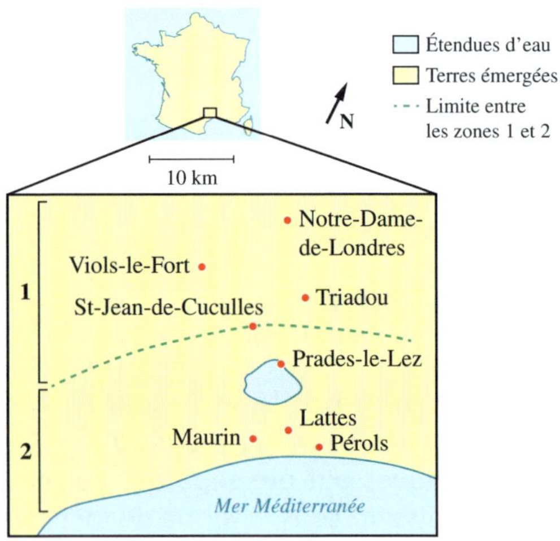

Des larves prélevées dans les zones 1 et 2 ont été soumises à une dose d'insecticide organophosphoré (cette dose suffisait à tuer presque tous les moustiques en 1968, dans toute la région). Vingt-quatre heures après traitement, on compte les larves survivantes. Les résultats sont présentés dans le tableau ci-dessous.

	Communes	Nombre total de larves prélevées	Larves survivantes après 24 heures
Zone 1	Notre-Dame-de-Londres	196	41
	Viols-le-Fort	167	74
	St-Jean-de-Cuculles	154	81
Zone 2	Prades-le-Lez	132	112
	Lattes	137	95
	Maurin	227	227
	Pérols	168	147

D'après www.acces.ens-lyon.fr, consulté en octobre 2017.

DOCUMENT 3 • *Action des estérases sur le parathion*

Le parathion est, comme tous les insecticides organophosphorés, un ester qui altère le fonctionnement du système nerveux du moustique, entraînant sa mort. Pour qu'il soit efficace, il doit pénétrer dans l'organisme de l'insecte et atteindre le système nerveux sous forme d'ester.

Les estérases sont des enzymes qui catalysent des réactions d'hydrolyse comme celle présentée ci-dessous :

Parathion (ester) + Eau —*Estérase*→ Alkylphosphate + Alcool

(Alkylphosphate + Alcool : Molécules non toxiques pour le moustique)

D'après www.acces.ens-lyon.fr, consulté en octobre 2017.

Travail préparatoire

1 h 45 *Voir Conseils généraux pour ce type d'exercice, p. 12.*

Comprendre le sujet

Cet exercice fait intervenir la notion de « populations » d'une même espèce. Ces populations sont soumises à une pression sélective exercée, ici, par l'utilisation d'insecticides. Il faut donc comprendre qu'au sein d'une espèce, certains individus présentent un phénotype (ici, un phénotype résistant) qui va leur conférer un avantage par rapport à ceux qui ne possèdent pas ce phénotype (phénotype sensible). Ainsi, au sein d'une même espèce, il existe une diversité phénotypique. La sélection naturelle va opérer un tri au sein des populations de moustiques : certains phénotypes seront favorisés car résistants aux insecticides, ils se reproduiront davantage et leur fréquence va augmenter au cours du temps. Il s'agit aussi de comprendre pourquoi ces moustiques sont résistants aux insecticides alors que d'autres ne le sont pas.

Lire attentivement les documents

Étudiez l'ensemble des documents et notez au brouillon les points essentiels. Commencez à réfléchir à un plan au fur et à mesure de votre lecture (quels documents associer, par exemple, et qui montrent une complémentarité).

- Le document 1 montre qu'il existe deux types d'enzymes (estérase A et estérase B) chez les moustiques de la région de Montpellier. Il faut comprendre aussi le principe de l'électrophorèse (qui permet de séparer des protéines dans un champ électrique en fonction de leur taille). Or, les quantités d'estérases produites ne sont pas les mêmes d'un moustique à un autre, ce qui permet de distinguer les moustiques résistants de ceux qui ne le sont pas. Le document 3 explique le rôle de ces enzymes sur le composé actif de l'insecticide. Il faut donc mettre en relation cette activité enzymatique avec le document 1 pour expliquer pourquoi certains moustiques sont résistants et d'autres sont sensibles à l'insecticide : certaines enzymes sont actives et dégradent l'insecticide et d'autres sont inactives.

- Le document 2 permet d'expliquer la fréquence des populations résistantes et sensibles dans les deux zones : forte fréquence de moustiques sensibles dans la zone 1 jamais traitée aux insecticides (pas de pression sélective) et forte fréquence de moustiques résistants dans la zone 2 traitée (forte pression sélective). Enfin, il faut prendre en compte l'évolution de ces fréquences depuis 1968. On observe aussi dans la zone 1 des moustiques résistants. Cela suppose des migrations de moustiques d'une zone à une autre.

Organiser son devoir

- Rédigez une introduction cernant le sujet et reformulant la question. La question indique le plan :
  – expliquer l'origine de la résistance de certains moustiques. Il faut alors étudier les documents 1 et 3 (**remarque** : vous pouvez commencer par l'étude du document 3 puis le mettre en relation avec le document 1) ;
  – montrer comment la sélection naturelle pourrait expliquer les différences de répartition des populations de moustiques. Il faut alors étudier le document 2.
- Rédigez ensuite une conclusion reprenant les idées clefs de cette étude (rôle de l'insecticide, résistance, pression sélective, variation de fréquence des phénotypes, sélection naturelle).

Remarque : dans ce type d'exercice, vous devez toujours rappeler à quel document vous faites référence.

Corrigé rédigé

Introduction

De 1968 à 2002, on a étudié des populations de moustiques appartenant à l'espèce *Culex pipiens* dans la région de Montpellier. Dans les zones proches de la côte et sur les étendues d'eau, des insecticides ont été répandus pour lutter contre ces moustiques. Cependant, on a observé l'émergence de populations de moustiques résistants à ces insecticides.

On se propose d'expliquer l'origine de cette résistance et de montrer comment un processus de sélection naturelle a entraîné une augmentation de la fréquence des moustiques résistants.

I. L'origine de la résistance des moustiques aux insecticides

La résistance à l'insecticide est due à une enzyme, appelée estérase. Le document 3 explique que le parathion, molécule présente dans les insecticides organophosphorés utilisés dans la région de Montpellier, est responsable d'une altération du système nerveux, entraînant la mort des moustiques. Or, pour cela, le parathion, qui est un ester, ne doit pas être dégradé.

Pourtant, des enzymes, les estérases, catalysent la dégradation du parathion en deux molécules non toxiques pour les moustiques. *On en déduit que, dans ce cas, les moustiques qui possèdent ces enzymes sont résistants à l'insecticide*.

De plus, le document 1 indique que « les estérases sont des enzymes naturellement produites par tous les moustiques ». Comment expliquer alors l'efficacité des insecticides contenant du parathion ?

Des chercheurs ont réalisé des électrophorèses des protéines enzymatiques de différents moustiques. Ils ont réalisé ces électrophorèses avec les deux types d'estérase : une estérase de type A et une estérase de type B. D'autre part, « les estérases apparaissent sous la forme de taches noires dont la taille est proportionnelle à la quantité d'enzyme produite par le moustique ».

Le document 1 montre les résultats de ces électrophorèses. On observe alors que les différents moustiques ne produisent pas en même quantité ces enzymes. Par exemple, les moustiques 10, 19, 23, 24, 26, 29 et 31 produisent de grandes quantités d'estérase et ils sont résistants aux insecticides. Les autres moustiques 1, 5, 6, 12, 14 et 16 en produisent peu et ils sont sensibles aux insecticides.

On en déduit par cette comparaison que la résistance ou non aux insecticides dépend de la quantité d'estérases produite par les moustiques. D'autre part, cette étude montre que chez cette espèce de moustiques existent différentes populations : ceux qui sont sensibles (peu d'estérases) et ceux qui sont résistants (beaucoup d'estérases). Ces derniers dégraderont donc le parathion de façon efficace.

II. L'évolution de la fréquence des moustiques résistants au cours du temps

Le document 2 montre le résultat d'une étude (effectuée en 2002) sur la mortalité des larves de moustiques dans la région de Montpellier.

Pour effectuer cette étude, les chercheurs ont prélevé des larves de moustiques dans deux zones : la zone 1 qui n'a pas été traitée aux insecticides et la zone 2 qui a été traitée depuis 1968.

À cette époque, dans les premières années de traitement, les insecticides étaient très efficaces et tuaient la majorité des moustiques.

On en déduit, qu'à cette époque, de très nombreux moustiques étaient sensibles : la fréquence de ces populations de moustiques sensibles était bien supérieure à celle des populations de moustiques résistants.

Les larves prélevées en 2002 dans les deux zones puis soumises à un traitement avec l'insecticide montrent une modification de ces fréquences :

- dans la zone 2 : les larves présentent un taux de survie très élevé. Sur un nombre total de 664 larves, 581 larves sont toujours vivantes au bout de 24 heures, soit presque 88 % de survie. *On en déduit que la fréquence des moustiques résistants dans cette zone est largement supérieure à celle des moustiques sensibles, alors qu'en 1968, la fréquence des premiers était très faible et celle des seconds très élevée.* L'insecticide a donc exercé une pression sélective sur les populations de moustiques : les phénotypes résistants ont été favorisés, ils ont eu plus de chance de se reproduire entre eux et de transmettre à leur descendance ce caractère. Par contre, pour les moustiques sensibles, l'insecticide a exercé une pression sélective négative. Dans cette zone, il y a donc eu une sélection naturelle au sein des populations de moustiques qui a modifié la fréquence des deux phénotypes.
- dans la zone 1 (non traitée depuis 1968) : les larves présentent un taux de survie nettement moins élevé. Sur 517 larves, 196 survivent, soit 26 % environ de survie. *On peut en déduire que, dans cette zone, en l'absence de pression sélective, la fréquence des moustiques sensibles est plus élevée que dans la zone 2.* Cependant, on peut quand même remarquer qu'en 2002, la fréquence des moustiques résistants est plus importante qu'en 1968. On peut penser que des migrations de moustiques résistants venant de la zone 2 sont passées en zone 1. Comme dans la zone 1, ces moustiques ne sont pas soumis non plus à une pression sélective, ils se sont reproduits.

Conclusion

Les moustiques produisent des quantités d'estérases plus ou moins importantes : ceux qui en produisent beaucoup sont résistants aux insecticides organophosphorés.

Dans la région de Montpellier, lorsque les premiers épandages d'insecticides ont été effectués, la fréquence des moustiques sensibles était plus élevée que celle des moustiques résistants. Mais, sous la pression sélective des insecticides, la fréquence des phénotypes résistants a augmenté entre 1968 et 2002 et celle des moustiques sensibles a diminué. La sélection naturelle a donc opéré un tri sélectif dans les populations de moustiques.

SUJET 13

À la recherche du passé géologique de notre planète

EXERCICE 1 : MAÎTRISE DES CONNAISSANCES

La mesure du temps dans l'histoire de la Terre

Afin de reconstituer l'histoire géologique d'une région, les géologues sont amenés à dater les roches, les fossiles qu'elles contiennent et les événements géologiques.

Présentez les méthodes utilisées pour mesurer le temps et montrez leur intérêt respectif.

Votre devoir devra être structuré et illustré de schémas.

Travail préparatoire

1 h 45 *Voir Conseils généraux pour ce type d'exercice, p. 11.*

Comprendre le sujet

Il faut traiter des deux méthodes de datation dont disposent les géologues à l'heure actuelle : la datation relative, qui permet d'ordonner les événements les uns par rapport aux autres, et la datation absolue, qui permet de dater précisément un événement géologique.
Il faut aussi montrer l'intérêt et la complémentarité de ces deux méthodes de datation.

Organiser son devoir

Une introduction, un développement structuré et une conclusion sont attendus.

- L'introduction doit resituer le sujet dans un contexte plus général. Il faut y définir les termes du sujet et poser la problématique.
- Le plan en deux parties, une sur la datation relative et l'autre sur la datation absolue, doit préciser les principes généraux des deux méthodes et expliquer ensuite, à l'aide d'exemples schématisés, comment ils peuvent être utilisés.
- La conclusion permet de répondre à la problématique en précisant les intérêts de l'utilisation de ces deux méthodes de datation.

Corrigé rédigé

Introduction

Pour mesurer la durée d'événements longs par rapport à l'échelle humaine et anciens par rapport à l'approche historique, les géologues interprètent les enregistrements naturels dans les paysages et les roches. Différents principes sont utilisés pour réaliser la chronologie relative d'événements géologiques. Cette chronologie relative consiste à ordonner des événements géologiques les uns par rapport aux autres. Cette méthode de datation est, en permanence, complétée par les outils géochimiques de la chronologie absolue, qui permet de donner un âge plus ou moins précis à un événement géologique.

Quels sont les principes de ces deux méthodes et quels sont leurs apports respectifs pour réaliser une chronologie d'événements géologiques ?

Nous détaillerons, dans un premier temps, les principes de la chronologie relative, puis nous préciserons les principes de la chronologie absolue.

I. La chronologie relative

A. Des datations d'événements

La succession des phénomènes géologiques entraîne des modifications des roches et des paysages. Les ensembles rocheux conservent le témoignage des événements successifs qu'ils ont subis. Les géologues peuvent, ainsi, reconstituer l'histoire géologique d'une région.

Ils utilisent notamment, le principe d'actualisme qui précise que les phénomènes observables aujourd'hui ont pu se réaliser dans le passé selon les mêmes lois physico-chimiques. Ce principe est fondamental car il permet d'interpréter tous les événements géologiques du passé.

La datation relative détermine la succession des événements les uns par rapport aux autres : « tel évènement géologique est plus récent que… mais plus ancien que…, etc. »

Cette datation peut se faire à différentes échelles : à l'échelle de la région, de l'affleurement, de la roche ou minéralogique. Elle repose sur l'application de plusieurs principes.

B. L'utilisation des principes de datation relative

a) À partir de données stratigraphiques

Le temps est enregistré dans les séries sédimentaires (ou magmatiques volcaniques).

Les séries sédimentaires (ou coulées de lave), constituées de strates superposées, renseignent sur la chronologie des dépôts. Elles se lisent de bas en haut quand elles sont restées en place depuis leur formation.

Une couche qui en recouvre une autre lui est postérieure ; c'est le principe de superposition.

Les couches de terrains sont caractérisées par leur faciès. Le faciès d'un terrain est l'ensemble de ses caractères lithologiques (types de roches calcaires, argiles, sables, etc.) et paléontologiques (fossiles qu'il renferme).

On considère qu'une couche sédimentaire définie par un même faciès a le même âge sur toute son étendue ; c'est le principe de continuité.

- La figure ci-contre représente 4 couches de terrains sédimentaires superposées.
- La couche D est sur la couche C, elle-même sur la couche B, elle-même sur la couche A. D'après le principe de superposition, la couche A est la couche la plus ancienne alors que la couche D est la plus récente.
- Dans les régions 1 et 2, les couches B et B' possèdent les mêmes faciès (même lithologie et même fossile ). De plus, elles possèdent la même couche à la base (A et A'). D'après le principe de continuité, les couches B et B' dans les régions 1 et 2 ont le même âge (elles se sont formées en même temps).

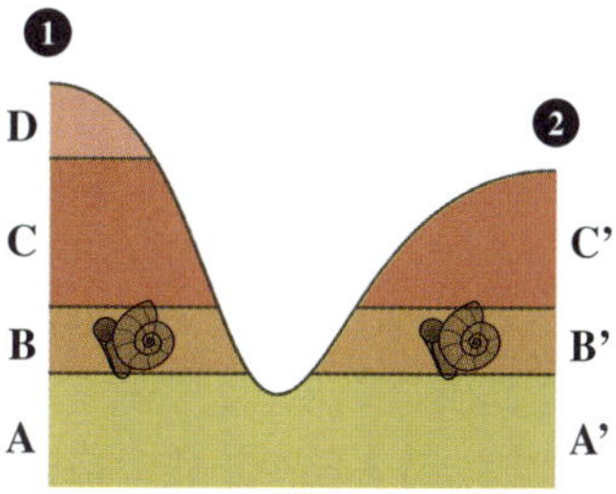

Principe de superposition et principe de continuité

b) À partir des données géométriques

Les formations sédimentaires sont souvent affectées par des mouvements tectoniques, des événements magmatiques, ou décapées par l'érosion. La disposition relative des traces laissées par ces événements a permis d'établir une chronologie relative des événements géologiques les uns par rapport aux autres.

Ces traces sont postérieures aux terrains qu'elles affectent : c'est le principe de recoupement.

Parmi ces traces, on retrouve :

- des discordances : elles sont marquées par le dépôt d'une série sédimentaire sur un ensemble plissé ou basculé, plus ancien et érodé ;
- des intrusions : des massifs intrusifs de roches magmatiques ou salines qui recoupent les formations déjà constituées ;
- des failles : des fractures de terrains qui peuvent entraîner un déplacement relatif des parties séparées.

Certains objets (galets, fossiles) peuvent être emprisonnés dans une strate. On parle d'inclusions. Toute inclusion est plus ancienne que la structure qui l'entoure : c'est le principe d'inclusion.

- La faille recoupe les structures A, B, C et D mais pas E. Donc, d'après le principe de recoupement, la faille est postérieure à A, B, C et D mais antérieure à E.
- A, B, C et D sont plissés mais pas E, qui est en discordance sur l'ensemble. D'après le principe de recoupement, les plissements sont postérieurs aux couches A, B, C et D mais antérieurs à E.
- Les galets sont inclus dans la couche E, donc d'après le principe d'inclusion, les galets sont plus anciens que la couche E.

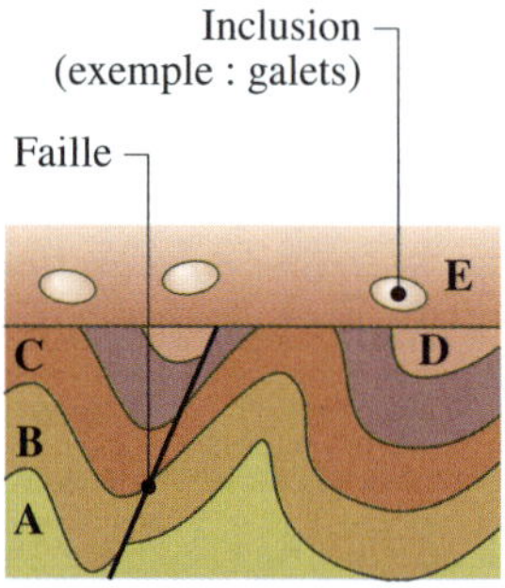

Recoupement et inclusion

c) À partir des fossiles

Les fossiles sont des restes, traces ou empreintes d'organismes conservés dans des sédiments, ou des traces de leur activité.

Parmi les fossiles, les meilleurs candidats présentent une durée de vie brève et une grande extension géographique. On les qualifie de fossiles stratigraphiques.

Ils ont permis d'établir le principe d'identité paléontologique : deux couches renfermant les mêmes fossiles stratigraphiques ont le même âge.

Les couches C' et B possèdent les mêmes fossiles stratigraphiques, donc d'après le principe d'identité paléontologique, ces deux couches ont le même âge.

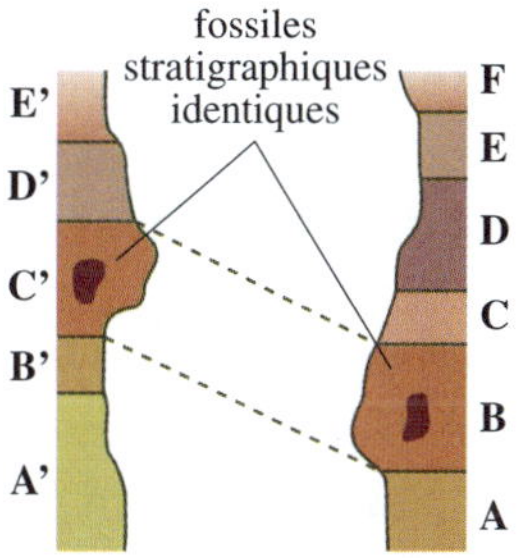

Identité paléontologique

La datation relative a permis d'établir l'échelle stratigraphique des temps géologiques. Elle divise le temps en unités facilement reconnaissables dans les roches, ceci sur l'ensemble de la Terre. Elle est admise par la communauté scientifique. Les coupures dans les temps géologiques sont établies sur des critères paléontologiques : l'apparition ou la disparition de groupes fossiles.

II. La chronologie absolue

A. Le principe de la datation absolue

La datation absolue attribue un âge à une roche, à un fossile ou permet de dater un événement dans le temps, ce que ne peut faire la datation relative.

Les géologues utilisent la désintégration des éléments radioactifs des minéraux des roches ou d'un fossile pour obtenir une date. Effectivement, cette désintégration est continue, irréversible, mesurable et dépend du temps : les isotopes radioactifs sont des chronomètres naturels.

L'échantillon à dater doit répondre à certains critères car la date obtenue, grâce aux mesures, est en fait celle où les isotopes ont été piégés. Il faut que les éléments mesurés soient restés prisonniers dans l'échantillon depuis sa formation et qu'il n'y ait pas eu apport depuis l'extérieur ou la fuite de ces mêmes éléments. Un tel système est appelé « système fermé ».

- Pour une roche magmatique, la fermeture du système correspond au moment où la cristallisation du magma est achevée : les isotopes sont alors piégés dans les minéraux.
- Les roches sédimentaires sont difficiles à dater par radiochronologie car elles sont soumises généralement à des échanges avec l'extérieur et elles ne constituent que très rarement des systèmes fermés.

B. L'exemple d'utilisation d'un radiochronomètre pour calculer des temps anciens : le couple Rb/Sr

Le rubidium et le strontium sont des atomes qui peuvent prendre la place du potassium et du calcium dans les réseaux cristallins. Les granitoïdes sont des roches contenant des Feldspaths (minéraux riches en K et Ca). Ces roches peuvent donc être datées par la méthode Rb/Sr.

Le ^{87}Rb se désintègre pour donner du ^{87}Sr. Le strontium possède un autre isotope stable, le ^{86}Sr. À la fermeture du système (cristallisation de la roche), le rapport ^{87}Sr/^{86}Sr est le même pour tous les minéraux de la roche, car ils incorporent la même proportion des deux isotopes du strontium.

Par contre, les minéraux sont plus ou moins riches en ^{87}Rb. Ainsi, le rapport ^{87}Rb/^{86}Sr est variable selon les minéraux de la roche.

- Les quantités initiales des noyaux du ^{87}Rb et du ^{87}Sr ne sont pas connues. Le coefficient directeur de la droite isochrone obtenue varie en fonction de l'âge de la roche.
- Dans ce cas, l'âge de la roche est obtenu par résolution graphique d'un système simple d'équations linéaires (du type $y = ax + b$).
- Il suffit de calculer le coefficient directeur graphiquement, puis de calculer l'âge de la roche : $t = \ln(a + 1)/\lambda$

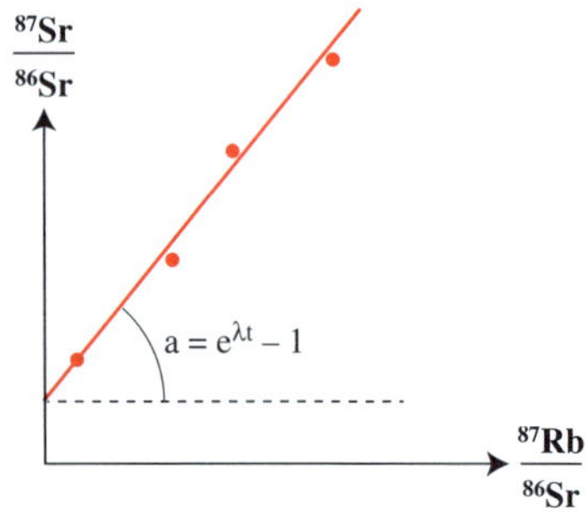

- L'âge de la roche dépend donc du coefficient directeur de la droite isochrone et du λ (pour le rubidium, $\lambda = 1{,}42.10^{-11}$ an^{-1}).

Le domaine d'utilisation de ce couple permet de dater des roches âgées d'une dizaine de millions d'années à plusieurs milliards d'années.

Conclusion

La datation relative fournit un moyen efficace d'ordonner dans le temps une succession d'objets ou d'événements (plus jeune ou plus vieux). Cette méthode peut permettre un repérage d'une grande finesse mais ne donne pas l'âge d'un événement ou peut permettre d'aborder directement la durée du phénomène.

Il a fallu attendre le début du XXe siècle et la découverte de la radioactivité pour envisager de réaliser des datations plus précises. La datation absolue a permis de placer des âges en millions d'années sur les coupures réalisées par la datation relative.

SUJET 14

À la recherche du passé géologique de notre planète

EXERCICE 2 : PRATIQUE DU RAISONNEMENT SCIENTIFIQUE

La datation de projections de ponces

Des projections de ponces ont été observées dans une caldeira de Haute-Dordogne.

Une caldeira est une vaste dépression circulaire, souvent à fond plat, située au cœur de certains grands volcans.

À partir des informations extraites des documents et de vos connaissances, datez ces projections de ponces et expliquez pourquoi, dans cette situation, la datation relative de ces ponces est plus fiable que leur datation absolue.

Aucun développement n'est attendue sur les méthodes de datation absolue.

DOCUMENT 1 • *Informations sur les projections de ponces*

Les projections de ponces se sont mises en place lors d'une phase éruptive explosive. Elles contiennent des cristaux arrachés au soubassement granitique (le granite est composé de quartz, micas et feldspaths potassiques) lors des émissions fortement explosives. Il est impossible de séparer ces cristaux des ponces.

DOCUMENT 2 • *Coupe de la caldeira de Haute-Dordogne*

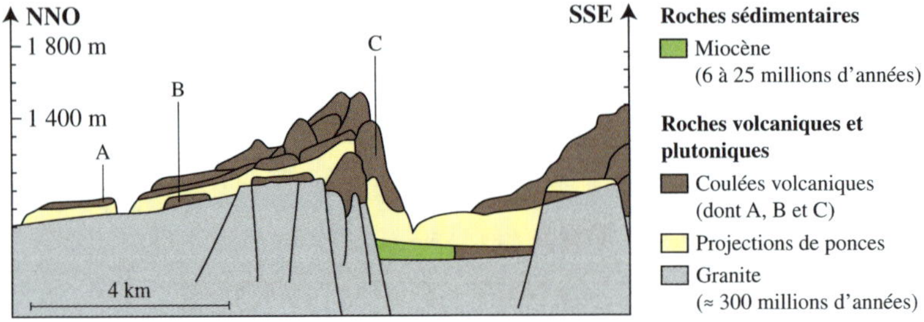

DOCUMENT 3 • *Résultat de la datation de diverses roches par la méthode potassium-argon*

Terrain	Nature	Âge (en millions d'années)
Ponces		18 à 80 selon les échantillons
A	Coulée volcanique du Bois des Bruyères	2,17
B	Coulée volcanique du Pont de Fredet	3,4
C	Coulée volcanique de la Gacherie	2,25

Cantagrel & Baubron, *Géologie de la France 1983 : chronologie des éruptions dans le massif volcanique des Monts Dore.*

Travail préparatoire

1 h 45 *Voir Conseils généraux pour ce type d'exercice, p. 12.*

Comprendre le sujet

On propose de résoudre deux problèmes :

- d'une part, on cherche à dater des projections de ponces en Haute-Dordogne. Il ne s'agira pas ici de chercher à dater d'autres couches de terrains. Cette datation peut être réalisée par deux méthodes :

la datation relative et la datation absolue. Comme il est précisé dans le sujet, il n'est pas question de détailler les méthodes de datation absolue, mais il est nécessaire de préciser et de définir les principes utilisés pour la datation relative (le principe d'inclusion et le principe de superposition) ;

- d'autre part, on cherche à expliquer pourquoi la datation relative est plus fiable et plus précise ici que la datation absolue des ponces. Pour répondre à ce problème, il faudra comparer la datation absolue des ponces avec la datation absolue des coulées volcaniques qui entourent les ponces.

Lire attentivement les documents

- Le document 2 permet d'établir la datation relative des projections de ponces grâce au principe de superposition. On pourra aussi établir la datation des ponces par rapport aux coulées volcaniques et à la série du Miocène.
- Les documents 1, 2 et 3 permettent de préciser l'âge des ponces grâce à la datation relative déduite du document 2 et aux datations absolues des coulées volcaniques du document 3.

Organiser son devoir

Comme tout sujet comportant des documents, il faut lire l'ensemble des informations proposées et noter au brouillon les idées qui se dégagent de chaque document.

- Pour établir la datation relative des projections de ponces, vous devrez utiliser le document 2.
- L'exploitation des documents 1, 2 et 3 permet de donner un âge absolu des ponces plus précis que la datation relative.

Corrigé rédigé

Introduction

La datation de la mise en place d'une roche, ici une projection de ponces, peut être réalisée selon deux méthodes : la datation relative, qui permet de dater les terrains par rapport aux terrains ou structures géologiques alentour, et la datation absolue, qui permet de dater les terrains en millions d'années en utilisant la radioactivité.

On cherche ici à dater ces projections de ponces et à démontrer que la méthode relative est appropriée dans ce cas.

I. La datation relative des projections de ponces

Le document 2 représente la coupe schématique de la caldeira de Haute-Dordogne. Il permet de réaliser une datation relative des ponces, car elles sont disposées entre différentes couches de terrains.

Le principe de superposition (« les couches ou strates sédimentaires se sont déposées à l'horizontale, donc, pour deux couches superposées, celle du dessous est plus ancienne que celle du dessus. ») nous permet d'interpréter la coupe.

- À gauche de la coupe, on observe que la couche de ponces se trouve sous la couche A (coulée volcanique). *On peut donc dire que la couche de ponces est plus ancienne que la couche A.*
- On peut aussi observer que la couche de ponces se trouve au-dessus du granite (datant d'environ 300 millions d'années). *On peut donc en déduire que la couche de ponces est plus récente que le granite.*
- En allant vers le centre de la coupe, on constate que la couche de ponces est au-dessus de la couche B (coulée volcanique). *On peut donc en déduire que la couche de ponces est plus jeune que la couche B.*
- Plus au centre de la coupe, on observe que la couche de ponces est sous la couche C (coulée volcanique), *donc on peut en déduire que les ponces sont plus anciennes que la couche C.* Toutefois, on constate que les ponces reposent sur le Miocène (formé entre – 25 et – 6 millions d'années). *La couche de ponces est donc plus récente que la dernière sédimentation du Miocène datant de – 6 mA.*

À partir de l'exploitation de ces documents, on peut donc dire que les projections de ponces sont plus récentes que le granite, la dernière sédimentation du Miocène datant de – 6 Ma, et la coulée volcanique B, mais elles sont plus anciennes que les coulées volcaniques A et C.

II. L'apport de la datation absolue des projections de ponces

D'après le document 3, on constate que la datation absolue des ponces est assez imprécise car elle est comprise entre – 18 et – 80 Ma. Cette imprécision vient du fait que les ponces ont été contaminées par des cristaux de granite au cours de leurs mises en place (document 1). *Cette contamination des cristaux de granite dans les ponces a rendu difficile la datation absolue car ces cristaux de granite, très anciens et antérieurs aux ponces, ont faussé la datation absolue.*

Le document 3 précise aussi la datation absolue des coulées volcaniques A, B et C. Ces datations sont plus précises. *Si on compare ces datations absolues avec la datation relative vue précédemment, on peut dire que la couche de ponces qui est comprise entre les coulées volcaniques A et C et la coulée volcanique B peut être datée entre – 3,4 Ma (coulée B) et – 2,25 Ma (coulée C). La coulée C étant plus ancienne que la coulée A, on peut négliger la coulée A pour établir la datation relative de la couche de ponces.*

Conclusion

Les projections de ponces étant contaminées par des cristaux de granite, la datation absolue de cette roche n'est pas aisée.

La datation absolue apporte un résultat peu précis entre – 80 Ma et – 18 Ma.

La datation relative par rapport aux coulées volcaniques B et C (avec la datation absolue de ces coulées) permet de dater plus précisément les projections de ponces entre – 3,4 Ma et – 2,25 Ma.

SUJET 15

À la recherche du passé géologique de notre planète

EXERCICE 2 : PRATIQUE DU RAISONNEMENT SCIENTIFIQUE

Datations relative et absolue d'événements géologiques

En utilisant les informations fournies dans les trois documents, établissez, dans un premier temps, la chronologie relative des événements géologiques observés sur la coupe du document 1, puis précisez l'âge absolu du granite.

DOCUMENT 1 • *Coupe simplifiée*

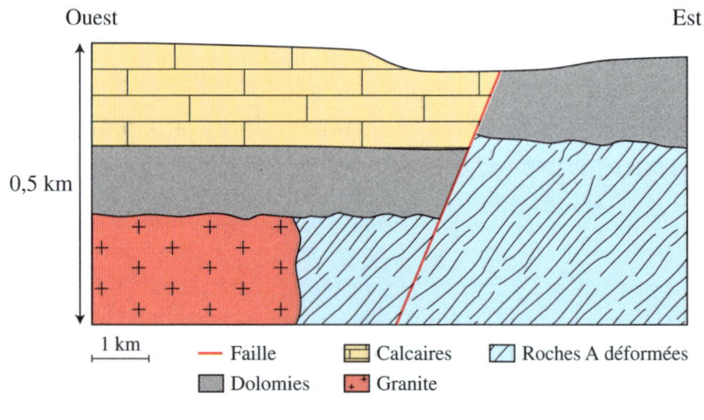

DOCUMENT 2 • *Données paléontologiques et échelle stratigraphique*

Document 2.a : *les fossiles présents dans les calcaires et les roches A*

Couches	Fossiles présents
Calcaires	Ammonites de la famille des Lytocératidés
Roches A	Trilobites de la famille des Olénellidés

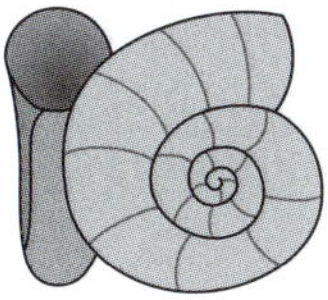
Exemple de Lytocératidés

Exemple de Olénellidés

Document 2.b : *échelle stratigraphique en millions d'années*

Ère mésozoïque	– 145 à – 65	Crétacé	
	– 200 à – 145	Jurassique	Lytocératidés
	– 245 à – 200	Trias	
Ère paléozoïque	– 290 à – 245	Permien	
	– 362 à – 290	Carbonifère	
	– 408 à – 362	Dévonien	
	– 439 à – 408	Silurien	
	– 510 à – 439	Ordovicien	
	– 570 à – 510	Cambrien	Olénellidés

DOCUMENT 3 • *La datation absolue par la méthode Rubidium/Strontium*

Document 3.a : *la datation du granite à partir de certains éléments radioactifs présents dans les minéraux de cette roche*

Certains minéraux du granite ont incorporé lors de leur formation, du rubidium ^{87}Rb ainsi que du strontium ^{87}Sr et ^{86}Sr. Au cours du temps, la quantité de strontium (^{87}Sr) augmente. Elle provient de la désintégration du rubidium ^{87}Rb.

Un spectromètre de masse a mesuré, dans les minéraux du granite, les nombres d'atomes (N) de ^{87}Sr, ^{86}Sr et ^{87}Rb. Les résultats sont exprimés sous la forme d'un rapport isotopique. Le taux de strontium actuel correspond à :

$$\left(\frac{N^{87}Sr}{N^{86}Sr}\right)_{\text{mesuré}} = \left(e^{\lambda t} - 1\right)\left(\frac{N^{87}Rb}{N^{86}Sr}\right)_{\text{mesuré}} + \left(\frac{N^{87}Sr}{N^{86}Sr}\right)_{\text{initial}}$$

Avec la constante de désintégration $\lambda = 1{,}42 \cdot 10^{-11}\ \text{an}^{-1}$

La méthode des isochrones est utilisée pour déterminer l'âge du granite, noté *t*. On construit une droite à partir des couples [$^{87}Rb/^{86}Sr$; $^{87}Sr/^{86}Sr$] de certains minéraux du granite [orthose, mica blanc, mica noir].

La droite obtenue, d'équation $y = ax + b$, est nommée « isochrone ». On en déduit que :

$$t = \frac{\ln(a+1)}{\lambda}$$

Méthode des isochrones : $^{87}Sr/^{86}Sr = f(^{87}Rb/^{86}Sr)$

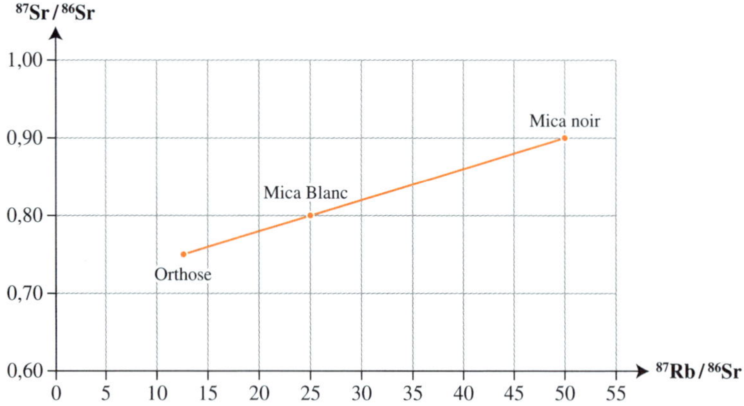

Document 3.b : *table de valeurs de la fonction* $t = \frac{ln(a+1)}{\lambda}$

Coefficient directeur de l'isochrone noté a	Âge du granite noté *t* (en millions d'années)
0,001	70,4
0,002	141
0,003	211
0,004	281
0,005	351
0,006	421
0,007	491

Coefficient directeur de l'isochrone noté a	Âge du granite noté *t* (en millions d'années)
0,008	561
0,009	631
0,01	701

Travail préparatoire

1 h 45 *Voir Conseils généraux pour ce type d'exercice, p. 12.*

Comprendre le sujet

Ce sujet consiste à déterminer la chronologie d'événements pour une région inconnue, représentée sur la coupe géologique du document 1. Les événements à ordonner sont : le dépôt des calcaires, le dépôt des dolomies, la mise en place du granite, la mise en place des roches A et la mise en place de la faille.

C'est une mise en relation des données sur la datation relative du document 1, et des données de datation absolue des documents 2 et 3 qui permettra d'obtenir une chronologie satisfaisante pour les événements considérés.

Il est nécessaire de connaître les principes de datation relative (principes de superposition, de recoupement, d'identité paléontologique) afin d'interpréter les documents 1 et 2.

La méthode Rubidium/Strontium est rappelée dans le document 3, mais il est nécessaire de savoir faire une résolution graphique pour déterminer le coefficient directeur de la droite isochrone du document 3.a, afin de calculer l'âge absolu du granite (ce calcul est demandé dans l'énoncé). L'usage de la calculatrice étant interdit, un simple calcul de division devra être réalisé à la main.

Lire attentivement les documents

- Le document 1 permet d'établir la datation relative de la région (principes de datation à utiliser, voir la rubrique « Comprendre le sujet »).
- Le document 2 permet de réaliser une datation absolue des calcaires et de la roche A grâce aux fossiles stratigraphiques et au principe d'identité paléontologique.
- Le document 3 permet de réaliser la datation absolue du granite grâce à la méthode Rubidium/Strontium.

Organiser son devoir

Comme pour tout sujet comportant des documents, il faut lire l'ensemble des informations proposées et noter au brouillon les idées qui se dégagent de chaque document.

- Il faut, dans un premier temps, établir la datation relative des événements géologiques du document 1, Le document 2 permet de donner un âge absolu aux roches A et aux calcaires et donc de valider la chronologie du document 1.
- L'exploitation du document 3 permet de déterminer l'âge absolu du granite, en utilisant le couple Rubidium-Strontium.

Vous n'oublierez pas de proposer une conclusion pour établir la chronologie des événements en utilisant les techniques des datations relative et absolue.

Corrigé rédigé

Introduction

On cherche à établir la chronologie des événements géologiques observés sur une coupe simplifiée de différentes structures géologiques. On utilisera la datation relative et absolue pour ordonner les événements suivants : dépôts de calcaires, dépôts de dolomies, mise en place du granite (en déterminant son âge absolu), mise en place des roches A et mise en place de la faille.

I. La chronologie relative des événements

Cette chronologie relative peut se faire à partir du document 1.

On constate que le calcaire se trouve sur les dolomies.

D'après le principe de superposition (« les couches ou strates sédimentaires se sont déposées à l'horizontale, donc, pour deux couches superposées, celle du dessous est plus ancienne que celle du dessus »), on peut en déduire que le calcaire s'est mis en place après les dolomies.

On constate que les dolomies reposent directement au-dessus du granite et des roches A déformées.

D'après le principe de superposition, les dolomies se sont donc mises en place après le granite et après les roches A déformées.

Le granite recoupe les roches A déformées.

Le granite est une roche magmatique plutonique. D'après le principe de recoupement (« l'événement ayant généré les changements de géométrie de couches (plis) ou les discontinuités (faille) ou l'intrusion de massif magmatique est postérieur à la formation qu'il affecte »), le massif de granite s'est mis en place après les roches A déformées.

On constate que la faille recoupe le calcaire, les dolomies et les roches A déformées.

D'après le principe de recoupement, on peut dire que la faille s'est mise en place après les roches A déformées, les dolomies et le calcaire.

Grâce aux principes de datation relative, on peut commencer à envisager une chronologie des événements observés dans ce document :

- dépôts des roches A ;
- mise en place du granite ;
- dépôts des dolomies ;
- dépôts du calcaire ;
- mouvement tectonique et mise en place de la faille.

II. L'utilisation de la datation absolue pour compléter la chronologie mise en place

Le document 2 permet de conforter la chronologie mise en place. Le document 2.a précise le type de fossiles retrouvés dans les calcaires et dans les roches A déformées. Le document 2.b précise la localisation de ces fossiles sur une échelle stratigraphique.

On constate que les roches A déformées contiennent des trilobites du Cambrien (entre – 570 et – 510 millions d'années) et que les calcaires contiennent des ammonites du Jurassique (entre – 200 et – 145 millions d'années).

Les trilobites et les ammonites étant d'excellents fossiles stratigraphiques et, d'après le principe d'identité paléontologique, on peut dire que les calcaires se sont formés entre – 200 et – 145 Ma. Les roches A se sont dont formées entre – 570 et – 510 Ma.

Le document 3 présente la méthode de datation absolue au Rubidium/Strontium pour dater le granite. Des mesures de rapports isotopiques $^{87}Rb/^{87}Sr$ et $^{87}Sr/^{86}Sr$ ont été réalisées sur des minéraux appartenant au granite. On estime que tous ces minéraux se sont formés en même temps, donc qu'ils ont le même âge.

Pendant la cristallisation, ces minéraux ont incorporé des quantités différentes de Rubidium et de Strontium. Par contre, les proportions relatives de ^{87}Sr et de ^{86}Sr présentes initialement dans chaque minéral sont identiques. Si on trace le graphe représentant la quantité de $^{87}Sr/^{86}Sr$ en fonction de la quantité de $^{87}Rb/^{87}Sr$, on obtient une droite isochrone (document 3.a). On utilise la méthode des isochrones afin de déterminer l'âge du granite.

On peut donc mesurer graphiquement le coefficient directeur (a) de cette droite.

Ainsi, on obtient $a = \Delta y/\Delta x$.

En considérant les points correspondant au mica blanc et au mica noir, le calcul du coefficient directeur de la droite isochrone (document 3.a) est le suivant :

- le mica blanc a pour coordonnées (25 ; 0,8) et le mica noir a pour coordonnées (50 ; 09).
- *Donc, on a :* $a = (0{,}9 - 0{,}8)/(50 - 25) = 0{,}1/25 = 0{,}004$.
- *On obtient un coefficient directeur,* $a = 0{,}004$. *À l'aide du document 3.b qui correspond à la table des valeurs de la fonction* $t = (\ln(a + 1))/\lambda$, *on obtient* $t = 281$ *Ma.*

Le granite s'est donc mis en place il y a 281 millions d'années, donc après la formation des roches A, elles-mêmes mises en place entre – 570 et – 510 Ma (document 2).

Conclusion

On peut donc établir la chronologie suivante pour les événements considérés :

- mise en place des roches A au Cambrien entre – 570 et – 510 Ma ;
- intrusion du granite dans les roches A à – 281 Ma ;
- dépôt des dolomies ;
- dépôt des calcaires entre – 200 et – 145 Ma ;
- mise en place de la faille.

SUJET 16

À la recherche du passé géologique de notre planète

EXERCICE 1 : MAÎTRISE DES CONNAISSANCES

Ophiolites et chaînes de montagnes

Parmi les nombreux indices géologiques permettant de reconstituer la formation d'une chaîne de montagnes, les ophiolites sont des lambeaux de lithosphère océanique que l'on peut retrouver parfois à plus de 3 000 m d'altitude.

En vous appuyant sur l'interprétation d'indices géologiques, reconstituez un scénario de la formation d'une chaîne de montagnes expliquant la présence d'ophiolites.

Votre exposé comportera une introduction, un développement structuré, une conclusion et sera illustré d'un ou plusieurs schéma(s).

Travail préparatoire

1 h 45 *Voir Conseils généraux pour ce type d'exercice, p. 11.*

Comprendre le sujet

On cherche à expliquer comment on peut retrouver des ophiolites (lambeaux d'une ancienne lithosphère océanique) au sommet d'une chaîne de montagnes. Cela peut effectivement surprendre parce que la lithosphère océanique se forme au fond des océans (2 000 m de profondeur) dans un contexte tectonique de divergence et que les ophiolites se trouvent au sommet des chaînes de montagnes (parfois à 3 000 m) dans un contexte tectonique de convergence.

On demande ici de proposer un scénario permettant d'expliquer ce phénomène. Cela correspond tout simplement au scénario vu en classe pour la formation d'une chaîne de collision. Il faudra obligatoirement s'appuyer sur des indices géologiques pour argumenter vos propos.

Attention, il faudra faire un tri parmi tous les indices géologiques vus en classe. Ainsi, dans la dernière étape du scénario (la collision des deux lithosphères continentales), les indices géologiques profonds ainsi que les indices pétrographiques sont inutiles car vous cherchez juste à montrer que l'ancienne lithosphère océanique a été charriée en surface. Les indices géologiques structuraux de surface suffisent donc à expliquer cette situation.

Organiser son devoir

Une introduction, un développement structuré et une conclusion sont attendus.

- L'introduction doit permettre de définir les termes du sujet (ophiolites) et de poser la problématique. Pour cela, vous devez faire le lien entre la zone de formation de la lithosphère océanique et le fait de la retrouver en lambeaux au sommet des chaînes de montagnes. Ce paradoxe va vous permettre de poser la problématique. Votre problématique sera de rechercher des indices géologiques dans les chaînes de montagnes permettant d'expliquer comment, au cours de l'orogenèse, des morceaux de lithosphère océanique peuvent se retrouver en altitude.
- Le développement se fera en trois parties :

  – vous devrez expliquer quels indices géologiques vous êtes censé trouver pour montrer l'existence d'un ancien océan ;

  – puis vous interpréterez des indices géologiques montrant que cet océan a disparu ;

  – enfin, grâce à d'autres indices géologiques, vous montrerez, qu'au cours de la collision, des lambeaux de lithosphère océanique sont piégés en altitude.

– Ces différents indices permettront de retracer un scénario de la formation d'une chaîne de montagnes contenant des ophiolites.

- Il est demandé de réaliser un ou plusieurs schémas pour illustrer votre devoir. Ces schémas doivent reprendre les indices géologiques que vous étudiez. Si vous décidez de ne réaliser qu'un seul schéma, il faudra que celui-ci regroupe plusieurs indices correspondant aux différentes parties de votre devoir. Vous pouvez aussi en réaliser plusieurs (option privilégiée ici) afin d'illustrer les différents indices géologiques des trois parties du devoir.
- La conclusion doit permettre de reprendre les différentes étapes du scénario de l'orogenèse afin d'expliquer la présence d'ophiolites au sein des chaînes de montagnes.

Corrigé rédigé

Introduction

La lithosphère océanique se forme au fond des océans (2 000 m de profondeur) dans un contexte tectonique de divergence ; or, on peut retrouver des lambeaux de cette ancienne lithosphère océanique à plus de 3 000 m d'altitude dans les chaînes de montagnes (contexte de convergence). Ces lambeaux d'ancienne lithosphère océanique retrouvés en altitude sont appelés « ophiolites ». On peut alors se demander s'il existe au sein des chaînes de montagnes des indices géologiques permettant de retracer le scénario pouvant expliquer la formation d'une chaîne de montagnes là où il existait, autrefois, un océan. Les indices géologiques trouvés dans la chaîne de montagnes doivent nous permettre de montrer qu'un ancien océan était présent, puis qu'il a disparu et qu'enfin des lambeaux de cet ancien océan ont pu se retrouver en altitude.

I. Les indices géologiques de la présence d'un ancien océan

Avant la formation de la chaîne de montagnes, un ancien océan séparait deux masses continentales. On peut ainsi rechercher des indices géologiques permettant de valider cet argument. Ces indices peuvent être de différentes natures (structurales, pétrographiques, paléontologiques).

A. Des marqueurs tectoniques d'une ancienne marge passive

Dans certaines chaînes de montagnes (notamment les Alpes), il est possible de repérer un ensemble de failles d'inclinaison variable qui séparent des blocs de toutes tailles, plus ou moins basculés les uns par rapport aux autres. Ces failles normales sont les témoins de contraintes tectoniques en distension et sont caractéristiques de marges passives anciennes.

B. Des marqueurs sédimentaires

On peut retrouver au sein des chaînes de montagnes des séries sédimentaires parfois très épaisses (plusieurs centaines de mètres). Celles-ci sont souvent formées par l'alternance de couches épaisses de calcaires et de marnes contenant des fossiles marins (ammonites, bélemnites, oursins, etc.). Ces roches sont souvent associées aux marges passives citées auparavant. Ces roches ont une même origine marine, on peut alors interpréter leur présence comme l'indice de la présence d'un ancien océan plus ou moins profond selon les endroits.

Par exemple, la présence de fossiles d'oursins est un marqueur d'une faible profondeur, alors que la présence de fossiles d'ammonites est un marqueur d'un océan plus profond. La présence de radiolarites (roches composées d'assemblages de tests de radiolaires) dans la chaîne de montagnes pourra être interprétée comme un marqueur d'un océan très profond.

C. Des marqueurs d'une ancienne lithosphère océanique : les ophiolites

On peut aussi retrouver au sein de la chaîne de montagnes une série de roches superposées correspondant :

- à des basaltes à l'aspect en coussins (très caractéristiques d'un refroidissement sous l'eau) ;
- à des gabbros, situés en dessous ;
- à des péridotites, à la base, très sombres avec des reflets verts qui leur donnent un aspect particulier à l'origine de leur nom : serpentinites. Basaltes et gabbros ont subi un métamorphisme hydrothermal (durant la phase d'expansion de la lithosphère océanique). Les péridotites sont aussi métamorphisées. Cette association de roches est très inhabituelle au sein d'une croûte continentale car elle constitue la nature même de la lithosphère océanique. Ces roches sont donc les vestiges de l'ancien plancher d'un océan. Ces lambeaux de lithosphère océanique qui se retrouvent dans les chaînes de collision sont appelés « ophiolites ». Les roches qui les constituent (péridotites métamorphisées = péridotites serpentinisées, gabbros et basaltes) sont donc les vestiges d'une ancienne lithosphère océanique.

Coupe schématique d'ophiolites et d'une lithosphère océanique actuelle

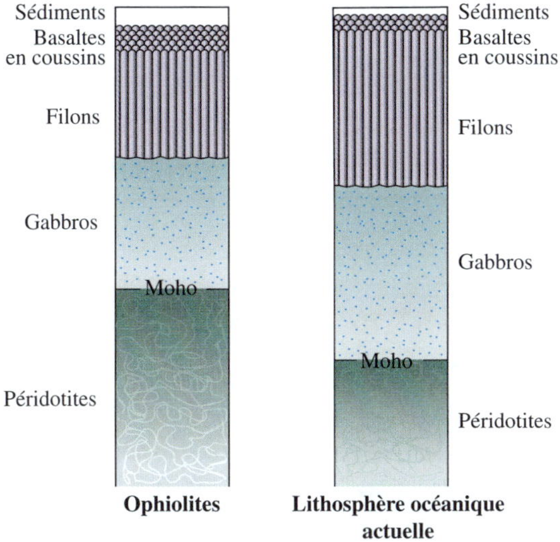

II. Les indices géologiques de la disparition d'un ancien océan

L'ancien océan s'est formé dans un contexte de divergence. Si les contraintes tectoniques dans la région changent, induisant un contexte de convergence, alors cet ancien océan va disparaître. En effet, la lithosphère océanique est plus dense que la lithosphère continentale. Au cours de la convergence, la lithosphère océanique va donc entrer en subduction avec la lithosphère continentale. On peut alors trouver des indices dans la chaîne de montagnes permettant de valider cette disparition. À l'affleurement, on peut retrouver des roches telles que des métagabbros à glaucophane et des éclogites. Ces roches sont des indices d'une subduction d'une lithosphère océanique aujourd'hui disparue. En effet, les métagabbros à glaucophane sont d'anciens gabbros métamorphisés. Or, les gabbros sont des roches magmatiques composées de feldspath plagioclase et de pyroxène et sont caractéristiques de la croûte océanique ; et la glaucophane est un minéral qui se forme dans des conditions de moyenne température et de haute pression, donc à des profondeurs importantes (20 km). Quant aux éclogites, elles contiennent un minéral, le grenat, qui se forme dans des conditions de très fortes pressions, donc à très grande profondeur (50 km). Ces transformations minéralogiques qui se font à l'état solide témoignent d'un enfoncement d'une lithosphère océanique, froide et rigide, dans l'asthénosphère. Ces roches formées en profondeur peuvent se retrouver en surface au moment de la collision ou grâce à l'érosion. Donc, si on retrouve dans la chaîne de montagnes des roches du type métagabbros à glaucophane et/ou de l'éclogite, alors on peut penser qu'un ancien domaine océanique était présent dans cette zone et qu'il a disparu par subduction.

Schéma de la subduction de la lithosphère océanique sous une lithosphère continentale

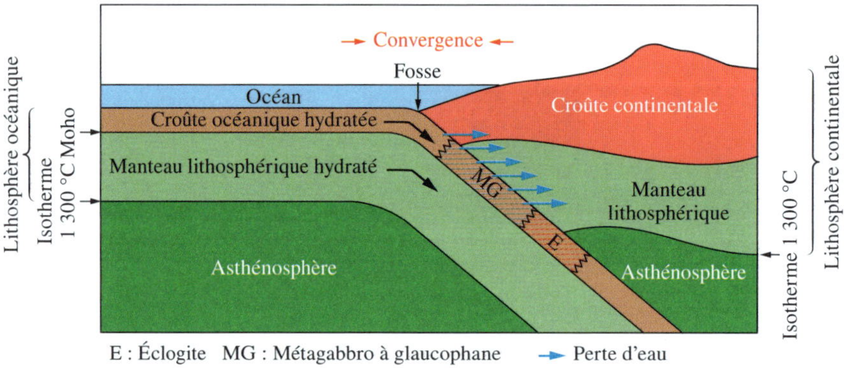

On a pu démontrer grâce aux indices géologiques trouvés sur le terrain la présence d'un ancien océan et sa disparition. Mais on souhaite expliquer la présence d'ophiolites en surface au sein de la chaîne de montagnes. Quels indices géologiques permettent d'expliquer ce phénomène ?

III. Les indices géologiques de la collision

Schéma d'une faille inverse

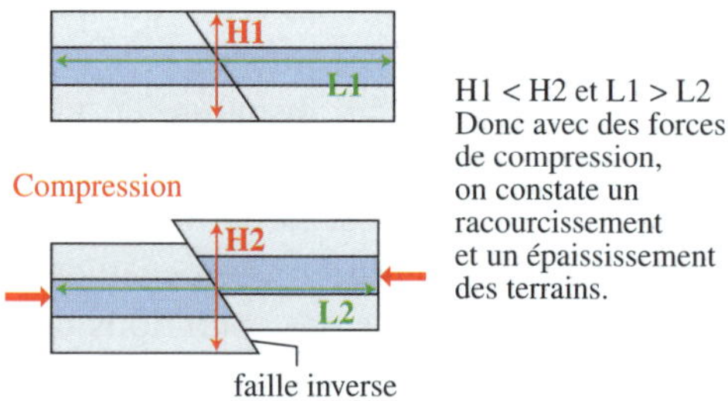

Dans le contexte de convergence, la disparition de l'ancien océan s'accompagne du rapprochement de deux masses continentales. Ce rapprochement va conduire à la collision de ces deux lithosphères continentales. Dans une zone de convergence, lorsque deux masses continentales entrent en collision, on doit pouvoir trouver en surface des indices de cet affrontement, c'est-à-dire des indices montrant que les roches ont subi des contraintes convergentes. On peut donc trouver des plis, des failles inverses, des chevauchements et, éventuellement, des nappes de charriage (si les chevauchements sont de grande ampleur). Toutes ces structures tectoniques sont des indices d'un raccourcissement et d'un épaississement des terrains sous les contraintes convergentes. Ainsi, la présence des ophiolites au sein des chaînes de montagnes nécessite que des lambeaux de cette ancienne lithosphère océanique aient échappé à la subduction et qu'au moment de la collision ces lambeaux aient été apportés par charriage (le long d'une faille inverse) en altitude. La présence de ces ophiolites en altitude dans les chaînes de montagnes est donc un indice de convergence et de collision entre deux lithosphères continentales.

Conclusion

Les ophiolites sont les vestiges d'une ancienne lithosphère océanique que l'on peut retrouver à plus de 3 000 m d'altitude dans les chaînes de collision. Afin d'expliquer leur présence à cette altitude, alors que la lithosphère océanique se forme au fond des océans, il faut reconstituer le scénario suivant :

- un ancien océan se trouvait à la place de la chaîne de montagnes actuelle ;
- cet ancien océan a disparu, en partie par subduction ;
- au cours de la collision des deux masses continentales, une partie de la lithosphère océanique a échappé à la subduction et a été charriée en surface en altitude.

SUJET 17

À la recherche du passé géologique de notre planète

EXERCICE 1 : MAÎTRISE DES CONNAISSANCES

Les marques de la fragmentation continentale et de l'ouverture des océans

La lithosphère est soumise à des forces de divergence et de convergence à l'origine de la dynamique des plaques lithosphériques. Différentes structures géologiques sont des témoignages de cette dynamique. Les marges passives bordant un océan portent des marques de distension qui témoignent ainsi de la fragmentation initiale des continents qui précède l'ouverture océanique.

Après avoir donné les caractéristiques générales des marges passives, vous expliquerez pourquoi leur étude apporte des renseignements sur une fragmentation de la lithosphère continentale et un début d'océanisation (la formation détaillée de la lithosphère océanique n'est pas attendue, ni la phase d'expansion océanique).

Votre exposé comportera une introduction, un développement structuré, une conclusion et sera illustré d'au moins deux schémas.

Travail préparatoire

1 h 45 *Voir Conseils généraux pour ce type d'exercice, p. 11.*

Comprendre le sujet

Ce sujet suppose de bien connaître la structure et les caractéristiques des marges passives : faille normale, blocs basculés, sédiments déposés différemment sur les marges passives. Il faut donc se placer dans un contexte de divergence. Pour ce type de sujet, il est conseillé de faire des schémas qui permettent de mieux comprendre les étapes successives de la fragmentation des continents à l'ouverture d'un océan. Le sujet demande de réaliser au moins deux schémas. Ce sujet ne demande pas un développement excessif, mais il faut, par contre, être attentif aux schémas.

Organiser son devoir

Après avoir rédigé une introduction cernant le sujet et reformulé la question, vous pourrez articuler votre réponse en **deux étapes** :

- la première doit décrire les caractéristiques des marges passives actuelles et expliquer que les failles normales proviennent d'une fracturation de la croûte continentale en contexte de divergence. Les sédiments anterift et synrift seront alors explicités ;
- la seconde étape doit montrer quels sont les témoins de l'ouverture d'un océan. Les sédiments postrift seront alors explicités.

Corrigé rédigé

Introduction

La lithosphère est soumise à des forces de convergence ou de divergence. Dans un contexte de divergence, la lithosphère continentale se fracture. Ce phénomène aboutira, si ces forces persistent, à une fragmentation de la lithosphère continentale et à la formation d'une lithosphère océanique. Les marges passives, bordant les océans, sont des témoins actuels permettant de reconstituer les étapes de ces phénomènes.

Quelles sont les caractéristiques structurales, sédimentaires des marges passives qui témoignent de cette histoire ?

On montrera que les caractéristiques structurales et sédimentaires des marges passives témoignent d'un premier stade de fragmentation et que la présence de sédiments anciens atteste de la formation d'un océan.

I. Les caractéristiques des marges continentales passives : témoins d'un rift continental

Les marges continentales passives marquent le passage progressif de la croûte continentale à la croûte océanique et présentent une faible activité sismique et aucune activité volcanique. Elles sont constituées d'une croûte continentale fracturée par des failles normales inactives, découpant un ensemble de blocs basculés.

Au niveau de ces marges, la croûte continentale s'amincit progressivement, depuis la zone émergée jusqu'à la limite entre la croûte continentale et la croûte océanique.

Schéma 1 : coupe au niveau d'une marge continentale passive

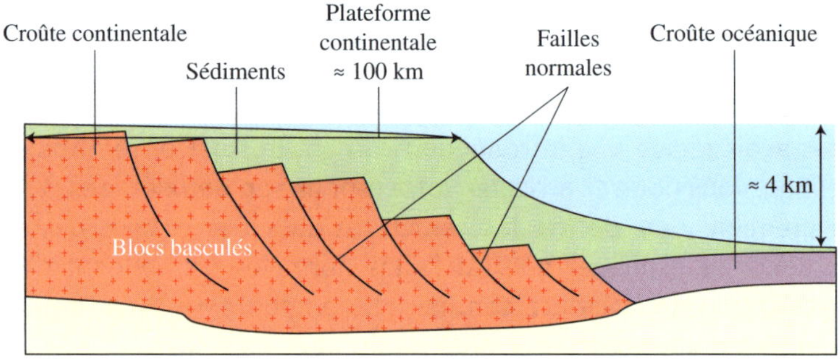

Les marges passives sont la mémoire géologique d'une fracture continentale par distension. En effet, la nature, l'âge et la disposition relative des sédiments qui recouvrent le socle de nature granitique permettent de dater les étapes successives. On distingue :

- les séries sédimentaires solidaires du socle qui sont les plus anciennes. Elles sont affectées par les failles normales, donc antérieures à sa fracture. Elles se sont généralement déposées dans une mer peu profonde ou un milieu lagunaire. Elles sont nommées « anterift » ;
- les séries sédimentaires, déposées initialement à l'horizontale et présentant actuellement un aspect en « éventail », se sont déposées sur un socle instable en phase de fracturation sous l'effet de l'extension. Elles sont nommées « synrift ». Un rift continental s'est mis en place : la croûte continentale est étirée et amincie, des failles normales encadrent un fossé central effondré dans lequel s'accumulent des sédiments fluviatiles et lacustres ou des dépôts d'évaporites en mer peu profonde.

Schéma 2 : le stade rift continental

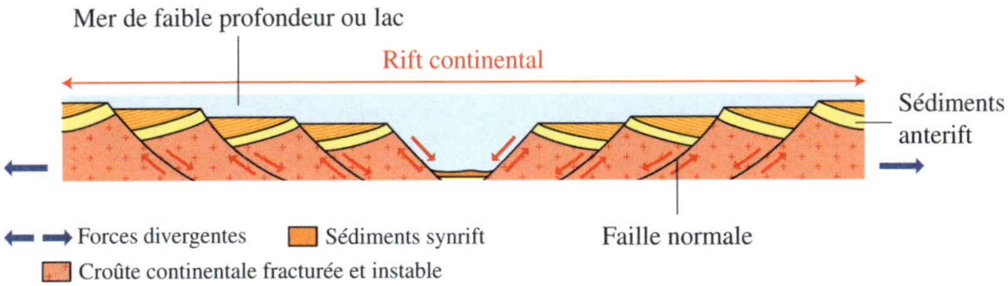

Au cours de cette distension, la croûte continentale s'amincit.

II. Les stades précoces d'une océanisation

Les marges continentales passives témoignent également du stade précoce de l'océanisation lorsqu'une lithosphère océanique se met en place.

En effet, les séries sédimentaires qui reposent en discordance sur les sédiments synrift constituent des strates à l'horizontale. Ces séries se sont formées après la formation du rift, alors que la marge était structurée.

Ces séries ne sont pas affectées par les failles normales dont l'activité cesse dès la mise en place de la lithosphère océanique. Ces séries sédimentaires sont nommées « postrift ». À ce stade, un océan est né.

Schéma 3 : le début de l'océanisation

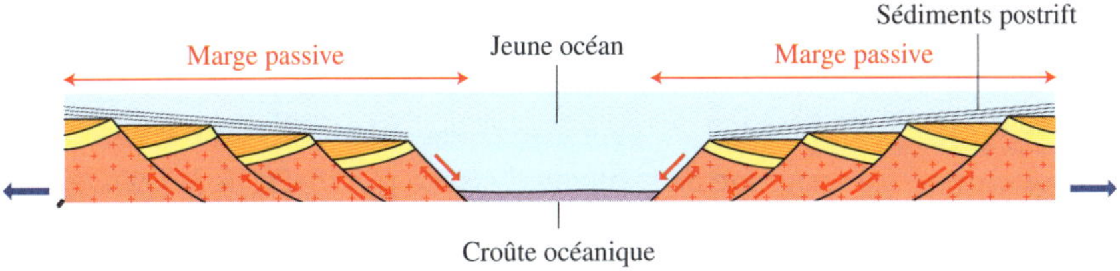

Les marges continentales passives actuelles correspondent donc aux deux bords, autrefois, jointifs de l'ancien rift continental et, maintenant, largement séparés par plusieurs milliers de kilomètres d'océan.

Conclusion

L'étude des marges passives qui bordent un océan permet de reconstituer une partie de l'histoire de la lithosphère. Elles présentent des marqueurs de distension comme les failles normales, les blocs basculés. Ces marqueurs témoignent d'une fragmentation de la croûte continentale aboutissant à la formation d'un rift continental. Cette étape est suivie d'une accrétion océanique avec la mise en place de dorsales océaniques.

SUJET 18

À la recherche du passé géologique de notre planète

EXERCICE 2 : PRATIQUE DU RAISONNEMENT SCIENTIFIQUE

La fragmentation du domaine continental

Dans différentes régions du monde, on observe des marqueurs géologiques témoignant d'une fragmentation d'un domaine continental. On se propose ici de retrouver ces différents marqueurs caractéristiques d'un rift continental.

À l'aide de l'exploitation des documents et de vos connaissances, montrez que les caractéristiques structurales et morphologiques des deux régions étudiées témoignent d'un début de fragmentation d'un domaine continental. Vous récapitulerez sur un schéma synthétique les caractéristiques d'un rift continental.

DOCUMENT 1 • *Paysage de régions avec un fossé d'effondrement*

Document 1.a : *paysage de la plaine d'Alsace (Nord-Est de la France)*

Les traits correspondent à des plans de faille.

Document 1.b : *paysage de la Vallée des grands rifts ou* Rift Valley *(Afrique de l'Est)*

DOCUMENT 2 • *Caractéristiques de la Vallée des grands rift du Sud-Est africain*

Document 2.a : *schéma structural de la vallée des grands rifts*

Document 2.b : *profondeur du manteau asthénosphérique*

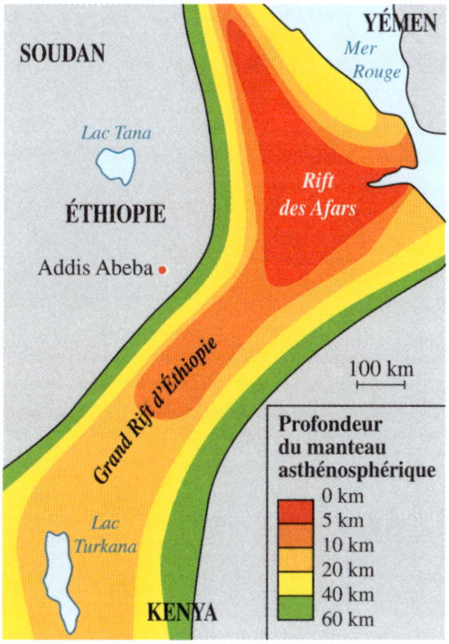

DOCUMENT 3 • *Profil sismique du rift continental sous-marin des Kérimbas*

Ce profil a été réalisé au niveau de la marge continentale du Mozambique dans le prolongement, sous la mer, des *Rift Valleys* (localisation du profil sur le document 2.a).

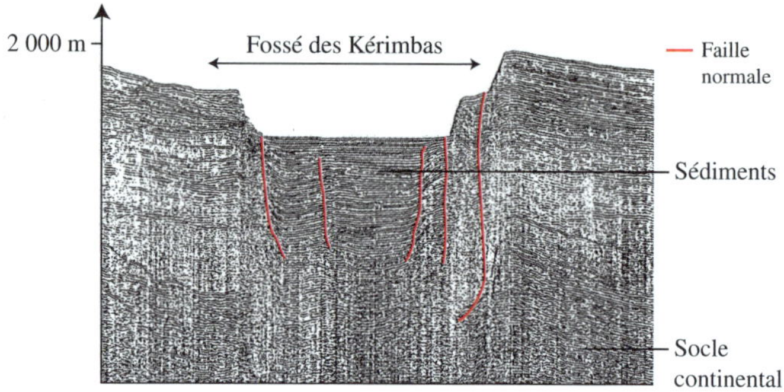

DOCUMENT 4 • *La plaine de la Limagne*

Document 4.a : *la profondeur du Moho sous la plaine d'Alsace*

Document 4.b : *coupe établie au niveau du volcan du Kaiserstuhl selon une ligne AB représentée sur le document 4.a*

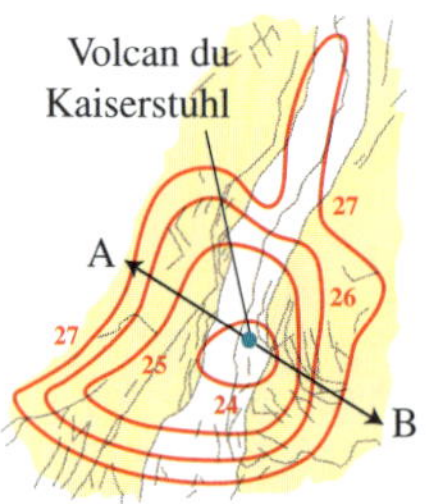

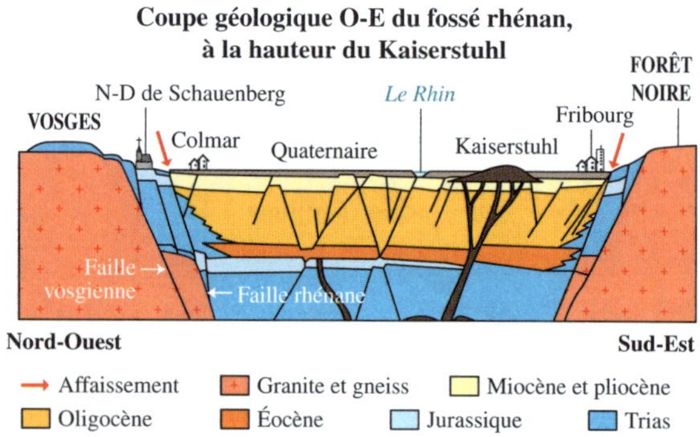

Travail préparatoire

1 h 45 *Voir Conseils généraux pour ce type d'exercice, p. 12.*

Comprendre le sujet

Ce sujet nécessite de bien connaître la partie du cours intitulé « Les traces du passé mouvementé de la Terre » en ciblant l'item « les marques de la fragmentation continentale et de l'ouverture océanique ». Il faut donc investir les connaissances sur le stade de rift continental qui précède l'ouverture océanique (cette dernière n'est pas à traiter). Les documents doivent vous permettre de retrouver les caractéristiques structurales et morphologiques des stades initiaux de la fragmentation continentale correspondant aux rifts continentaux. La Vallée des grands rifts en Afrique de l'Est ainsi que la plaine d'Alsace en sont des témoins. Il ne s'agit pas de rechercher de façon exhaustive tous les marqueurs d'un stade rift continental dans les deux exemples proposés mais votre développement doit s'appuyer sur les deux exemples situés dans des régions géographiques différentes. D'autre part, il faut bien mettre en relation des marqueurs de distension de la croûte continentale, à savoir les failles normales. Les documents sont suffisamment légendés pour que vous puissiez extraire les informations utiles et les interpréter.
Enfin, il vous faut mobiliser les connaissances sur les enveloppes internes de la Terre : croûte, Moho, lithosphère et manteau asthénosphérique.

Lire attentivement les documents

- Il vous faut prendre connaissance de l'ensemble des documents et annoter rapidement les informations utiles pour répondre au sujet. Relevez, notamment, les témoins d'une fragmentation du domaine continental.
- Les documents 1.a et 1.b présentent deux paysages à décrire en tenant compte, bien sûr, du sujet : la présence d'une plaine bordée par des hauts reliefs avec la présence de failles (plans de faille).

- Le document 2.a, correspondant à un schéma structural de la vallée des grands rifts du Sud-Est africain, montre l'ampleur de la vallée qui est bordée de failles normales. Cela suggère donc une zone soumise à des forces de divergence.
- Le document 2.b permet d'observer une remontée de l'asthénosphère, ce qui indique un amincissement de la lithosphère continentale.
- Le document 3 permet de visualiser, dans la continuité de la *Rift Valley*, le profil sismique d'un fossé sous-marin qui révèle la présence de failles normales découpant des blocs continentaux.
- Le document 4.a révèle une croûte continentale amincie au niveau de la plaine d'Alsace car la profondeur du Moho y est plus faible. Le document 4.b révèle la présence de failles normales, caractéristiques d'un contexte de distension et un remplissage du fossé par des sédiments.

Organiser son devoir

- Après avoir rédigé une introduction cernant le sujet et après avoir reformulé la question, cet exercice peut être traité en deux parties :
  – dans une première partie, les documents 1, 2.a et 4.b montrent la morphologie (paysage) et les structures géologiques visibles : plaine correspondant à un fossé d'effondrement, relief bordant ces plaines, présence de failles indiquées par le schéma structural des documents 2.a et 4.b ;
  – dans une seconde partie, on traite des caractéristiques structurales non visibles en surface pour mettre en évidence l'étirement et la fracturation de la croûte continentale. On intègre dans cette partie les documents 2b, 3 et 4a et 4b.
- Vous rédigerez une conclusion **qui comprendra un schéma de synthèse d'un rift continental**.

Corrigé rédigé

Introduction

La reconstitution de l'histoire de la Terre a permis de montrer, grâce à un ensemble de marqueurs géologiques, le passé mouvementé de la planète : fragmentation de la lithosphère continentale, expansion océanique, collision continentale.

À l'aide de deux exemples, on recherche ici quelles sont les caractéristiques structurales et morphologiques des stades initiaux de la fragmentation continentale correspondant aux rifts continentaux.

I. Les caractéristiques morphologiques et structurales des rifts continentaux

Le document 1 montre deux photographies de paysages géographiquement très éloignés : la plaine d'Alsace, en France, et la région des grands rifts, en Afrique de l'Est. On observe, dans les deux cas, une plaine très vaste, de plusieurs kilomètres de large, et bordée par des hauts reliefs.

Au second plan, pour la plaine d'Alsace, on observe des blocs de reliefs découpés par des failles.

Dans le cas de la plaine d'Alsace, le document 4.b permet de comprendre que la plaine est bordée par deux massifs granitiques, les Vosges au Nord-Ouest, et la Forêt-Noire, au Sud-Est. *Les failles observées sur la photographie correspondent à des failles normales, on observe, effectivement, un affaissement de la zone centrale indiquée par les flèches sur le document 4.b.*

Pour la plaine située dans la Vallée des grands rifts, le document 2.a permet de confirmer que la plaine est aussi bordée par des failles normales.

On en déduit que ces deux plaines peuvent correspondre à des fossés d'effondrement en milieu continental ; la présence de failles normales permet de comprendre que cet effondrement s'est effectué dans un contexte de distension.

II. Les caractéristiques structurales profondes des rifts continentaux

Le profil sismique du rift sous-marin des Kérimbas révèle la présence de failles normales et d'un fossé d'effondrement dans le prolongement des rifts africains (Rift Valleys africaines). On observe aussi des dépôts sédimentaires.

On en déduit que le fossé des Kérimbas est donc soumis aussi à des contraintes tectoniques extensives et correspond au prolongement sous la mer des rifts africains.

Le document 2.b donne la profondeur du manteau asthénosphérique dans la région des grands rifts.

On constate qu'au centre des rifts africains, la profondeur du manteau asthénosphérique est de l'ordre de 5 km au niveau du rift des Afars et de 20 km au niveau du grand rift éthiopien. Plus on s'éloigne du centre du rift, et plus la profondeur du manteau asthénosphérique augmente pour atteindre environ 40 à 60 km.

On en déduit qu'au niveau des rifts africains, la faible profondeur de la limite supérieure de l'asthénosphère indique que la lithosphère continentale est plus mince. L'ensemble de ces informations confirme que la région africaine est caractérisée par la présence d'un rift continental de grande envergure.

Au niveau de la plaine d'Alsace, le document 4.a permet de constater que la profondeur du Moho passe progressivement de 27 km en bordure de la plaine d'Alsace à 24 km de profondeur vers le centre de la plaine.

Cette diminution de la profondeur du Moho indique un amincissement de la croûte continentale.

D'autre part, sur la coupe établie selon une ligne du Nord-Ouest vers le Sud-Ouest, on voit que la croûte continentale est fracturée par des failles normales et qu'elle forme un fossé comblé par des sédiments.

Ainsi, au niveau de la plaine d'Alsace, la croûte continentale est particulièrement amincie, fracturée par des failles normales. Les failles normales se sont formées dans un contexte tectonique d'extension. La plaine d'Alsace présente donc les caractéristiques d'un rift continental.

Conclusion

Les différentes régions étudiées ici présentent donc les caractéristiques d'un rift continental :

- une croûte continentale fracturée par des failles normales, marqueurs caractéristiques d'une zone en distension ;
- une diminution de la profondeur du Moho indiquant un amincissement de la croûte continentale liée à des contraintes tectoniques de distension ;
- un affaissement de la croûte continentale fracturée formant un fossé d'effondrement bordé par des failles normales ;
- et globalement un amincissement de la lithosphère continentale.

L'ensemble de ces caractéristiques montre, ici, le début d'une fragmentation de la lithosphère continentale.

Schéma structural d'un rift continental

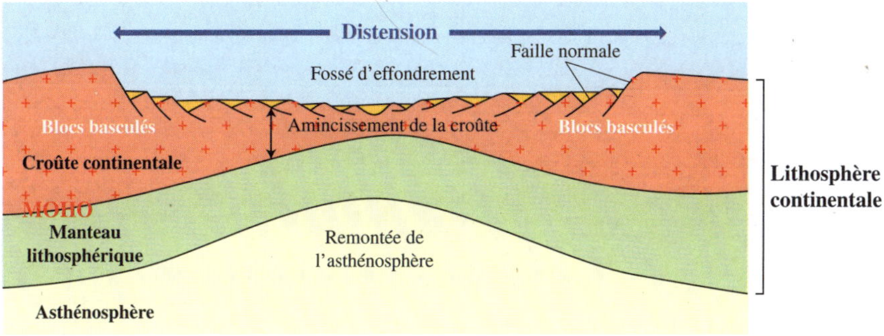

Thème 2

Enjeux planétaires contemporains

SUJET 19

De la plante sauvage à la plante domestiquée

EXERCICE 1 : MAÎTRISE DES CONNAISSANCES

L'organisation fonctionnelle des plantes à fleurs

Dans son ouvrage *Éloge de la plante* (2004), le botaniste Francis Hallé discute des surfaces d'échanges chez les végétaux et animaux.

« Mesurer la surface d'un végétal n'est pas chose facile [...] Quelle peut être la surface aérienne d'un arbre de 40 m de haut ? Une estimation de 10 000 m^2 (1 ha) n'est certainement pas exagérée ; la surface « interne » permettant les échanges gazeux serait 30 fois supérieure. [...] En ce qui concerne les surfaces racinaires, les investigations sont encore plus difficiles et les données encore plus rares : la surface souterraine d'un plant de seigle serait 130 fois plus grande que la surface aérienne. [...] »

Exposez en quoi les structures des organes impliqués dans les échanges nutritifs externes et internes d'une plante sont adaptées à son mode de vie fixé.

L'exposé doit être structuré avec une introduction et une conclusion et sera accompagné d'un schéma fonctionnel synthétique.

Travail préparatoire

1 h 45 *Voir Conseils généraux pour ce type d'exercice, p. 11.*

Comprendre le sujet

Cette question permet de vérifier vos connaissances sur les organes impliqués dans les échanges nutritifs d'une plante avec son environnement. Il faut se limiter aux échanges nutritifs ; donc, vous ne parlerez ni de protection ni de reproduction au cours de votre exposé. Le végétal vit dans un milieu dilué (peu de dioxyde de carbone dans l'atmosphère et peu d'eau dans le sol). De plus, la plante a un mode de vie fixé. Il s'agit, ici, de montrer que les organes du végétal permettent des échanges nutritifs importants avec son environnement. Il faudra, pour cela, montrer qu'à l'interface sol/air, le végétal développe de vastes surfaces d'échange avec son environnement. La délocalisation des entrants (dioxyde de carbone au niveau des feuilles et eau au niveau des racines) implique la présence d'un système de conduction de la matière dans le végétal entre les organes.

Organiser son devoir

Une introduction, un développement structuré et une conclusion sont attendus.

- L'introduction doit permettre de poser la problématique.
- Le développement peut se faire en deux parties :
  – une première partie où on développera les organes impliqués dans les échanges nutritifs externes (aux niveaux foliaire et racinaire) ;
  – une deuxième partie où on décrira les organes impliqués dans les échanges nutritifs internes (au niveau de la tige). Il faudra aussi réaliser un schéma fonctionnel qui doit reprendre tous les organes décrits précédemment. Il est donc préférable de placer ce schéma à la fin de votre développement (et non en conclusion).
- La conclusion doit résumer les principales idées en quelques phrases. Le schéma fonctionnel ne doit pas servir de conclusion.

Corrigé rédigé

Introduction

Un être vivant, quel qu'il soit, a besoin d'énergie pour assurer son développement. Les végétaux chlorophylliens utilisent l'énergie lumineuse pour réaliser la synthèse de matière organique en prélevant dans leur milieu de la matière minérale : dioxyde de carbone, eau, sels minéraux. Ce processus est appelé « photosynthèse » et se déroule au niveau des feuilles.

$$\text{Dioxyde de carbone + eau} \xrightarrow{\text{Énergie lumineuse}} \text{Énergie lumineuse}$$

Le dioxyde de carbone et l'eau sont présents en quantité réduite dans notre environnement. Le dioxyde de carbone est prélevé dans l'atmosphère alors que l'eau est prélevée au niveau des racines. Cela induit des contraintes pour les échanges nutritifs chez les végétaux chlorophylliens. Ces échanges doivent se réaliser avec leur environnement mais aussi au sein du végétal.

Quelles stratégies les végétaux chlorophylliens ont-ils adopté pour permettre les échanges nutritifs ?

Nous développerons, dans un premier temps, les échanges nutritifs externes que les végétaux chlorophylliens réalisent avec leur environnement. Puis, nous nous intéresserons aux échanges nutritifs au sein du végétal chlorophyllien entre les différents organes de la plante.

I. Les échanges nutritifs externes d'un végétal chlorophyllien avec son environnement

A. Les échanges nutritifs au niveau des feuilles

La teneur en dioxyde de carbone atmosphérique est de 0,038 %. On peut donc dire que, pour le dioxyde de carbone, le végétal chlorophyllien vit dans un milieu dilué. Pour pallier cette contrainte, la stratégie adoptée par les plantes est une augmentation de la surface d'échange grâce à une large surface foliaire (d'après le texte de Francis Hallé, on estime qu'un arbre de 40 m de haut a une surface foliaire de 10 000 m^2 ou 1 ha). Au niveau des feuilles, sur les deux surfaces foliaires (surtout sur la face inférieure), on trouve des stomates qui sont des structures permettant les échanges gazeux entre l'atmosphère et la feuille (entrée de dioxyde de carbone et sortie d'eau et de dioxygène). Sous chaque stomate, on trouve une chambre stomatique qui augmente de 30 fois la surface d'échange foliaire.

Cette grande surface foliaire permet aussi de capter une grande quantité d'énergie lumineuse indispensable à la photosynthèse.

B. Les échanges nutritifs au niveau des racines

La teneur en eau et sels minéraux au niveau du sol est faible. Afin de capter le maximum d'éléments nutritifs dans le sol, les plantes possèdent une très grande surface racinaire, ce qui augmente la surface d'échange entre le sol et la plante. Toujours d'après Francis Hallé, « la surface souterraine d'un plant de seigle serait 130 fois plus grande que la surface aérienne ».

Certains végétaux chlorophylliens sont même en symbiose avec des champignons qui forment des mycorhizes autour des racines. Les filaments mycéliens du champignon permettent d'augmenter la surface d'échange et de faciliter les transferts d'eau et de sels minéraux du sol vers la plante.

La plante développe donc des surfaces d'échanges de grande dimension à l'interface sol/air. Ces vastes surfaces d'échanges sont incompatibles avec une mobilité active. Ces structures foliaires et racinaires sont adaptées au mode de vie fixé des végétaux chlorophylliens.

Les éléments entrants (dioxyde de carbone et eau + sels minéraux) sont délocalisés (feuille et racine). Or, la photosynthèse a lieu au niveau des cellules chlorophylliennes des feuilles. Cela nécessite donc un transfert de matière entre la partie souterraine et la partie aérienne.

II. Les échanges nutritifs internes d'un végétal chlorophyllien

Les tiges font la liaison entre les racines et les feuilles de la plante. Au niveau de la tige, on retrouve des systèmes de conduction permettant de transporter de la matière entre les différentes parties de la plante. Les vaisseaux de xylème conduisent la sève brute composée d'eau et de sels minéraux des racines vers les feuilles.

Les vaisseaux de phloème conduisent la sève élaborée transportant entre autres les produits de la photosynthèse (matière organique) dans toutes les parties de la plante (racine, fruit, bourgeon, etc.). Grâce à ses vaisseaux conducteurs, la tige permet donc de réaliser les échanges nutritifs entre les différents organes de la plante.

▶▶▶

Schéma fonctionnel des échanges nutritifs externes et internes d'une plante

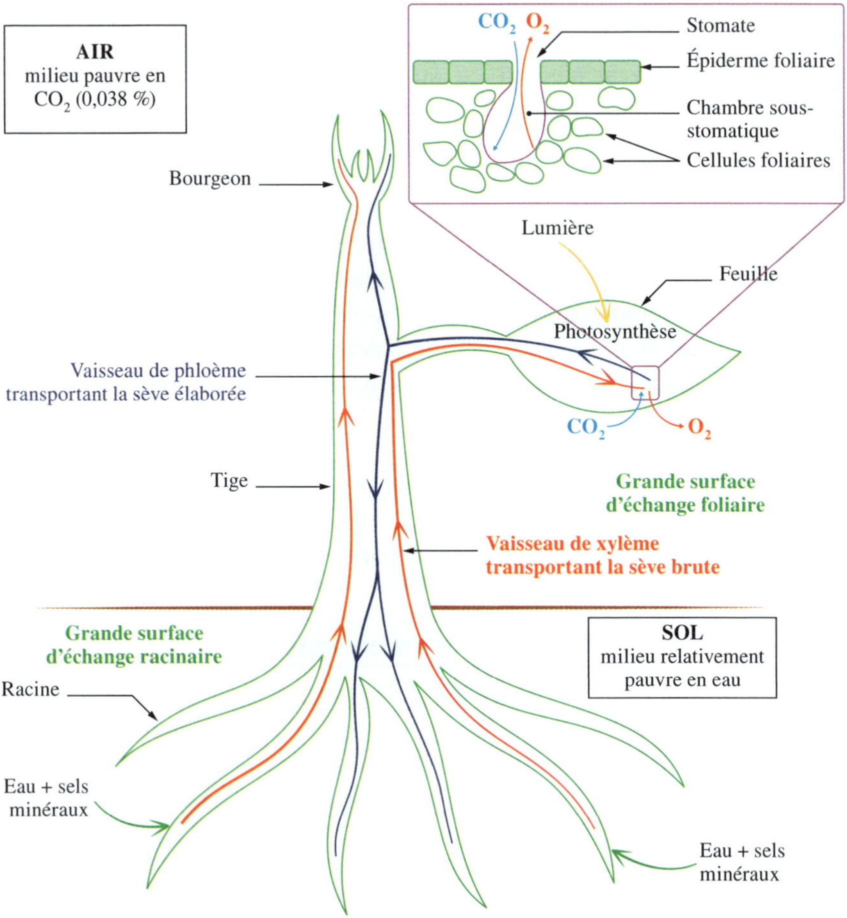

Conclusion

Les végétaux terrestres ont un mode de vie fixé. Cette situation induit un certain nombre de contraintes, notamment au niveau nutritif, qui nécessitent la mise en place par le végétal de stratégies spécifiques (organes particuliers). Afin d'assurer ses fonctions de nutrition, le végétal possède de grandes surfaces d'échanges à l'interface sol/air (aux niveaux foliaire et racinaire), capables de prélever dans son environnement la matière minérale (en faible quantité). La délocalisation des entrants implique la présence de vaisseaux conducteurs dans le végétal pour acheminer la matière minérale au niveau des feuilles (lieu de la photosynthèse) et pour acheminer la matière organique (produits de la photosynthèse) dans toutes les parties de la plante.

SUJET 20

De la plante sauvage à la plante domestiquée

EXERCICE 2 : PRATIQUE DU RAISONNEMENT SCIENTIFIQUE

L'organisation fonctionnelle des plantes à fleurs et la production de matière organique

La vie fixée impose des contraintes aux végétaux. Les plantes doivent notamment trouver dans leur environnement les éléments nutritifs nécessaires à leur fonctionnement comme les éléments minéraux qu'elles puisent grâce à leur système racinaire.

On cherche à démontrer que la nutrition peut également faire intervenir une association avec un autre être vivant.

À partir de l'étude des documents et de l'utilisation des connaissances, trouver des arguments permettant d'expliquer l'intérêt de rajouter la bactérie Bradyrhizobium japonicum dans les sols français lors de la culture du soja.

DOCUMENT 1 • *Les nodosités, association entre soja et* Bradyrhizobium japonicum

Le soja est une fabacée originaire d'Asie, riche en éléments nutritifs, notamment en protéines. Il est utilisé pour l'alimentation animale mais également dans l'alimentation humaine.

▸▸▸

Document 1.a : *photographie de racine de soja cultivée avec* Bradyrhizobium japonicum

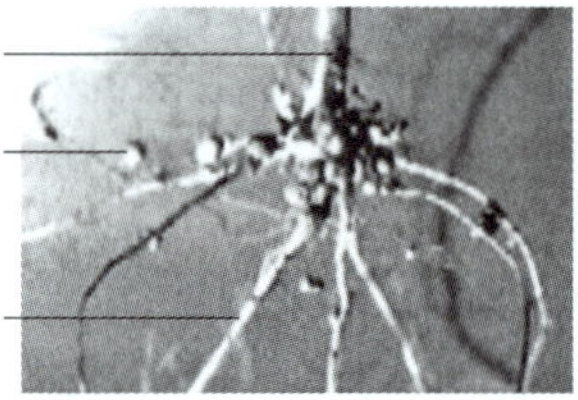

www.INRA.fr.

Document 1.b : *électronographie d'une coupe transversale de nodosité*

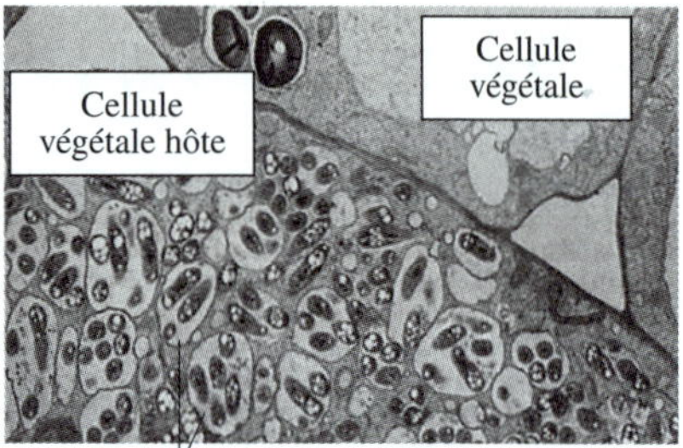

D'après E. H. Newcomb, *University of Wisconsin*, BPS.

DOCUMENT 2 • *Influence de la bactérie* Bradyrhizobium japonicum *sur le rendement du soja*

Les données ont été obtenues en évaluant le nombre de nodosités par plant et la masse des graines obtenues par hectare (rendement).

Type de culture / Mesures effectuées	Soja sans ajout de *Bradyrhizobium japonicum*	Soja avec ajout de *Bradyrhizobium japonicum*
Nombre de nodosités par plant	3,8	32
Rendement en quintaux par hectare	29,4	47,4

Essais réalisés par l'INRA de Dijon sur une parcelle française jamais cultivée en soja (synthèse des années 2007 à 2012).

DOCUMENT 3 • *Influence de* Bradyrhizobium japonicum *sur la teneur en azote des parties aériennes d'une plante proche du soja*

La teneur en azote (présent dans les molécules organiques, telles que les protéines) est mesurée dans les parties aériennes des plantes. Cette mesure est effectuée au cours du temps avec ou sans ajout de *Bradyrhizobium japonicum*.

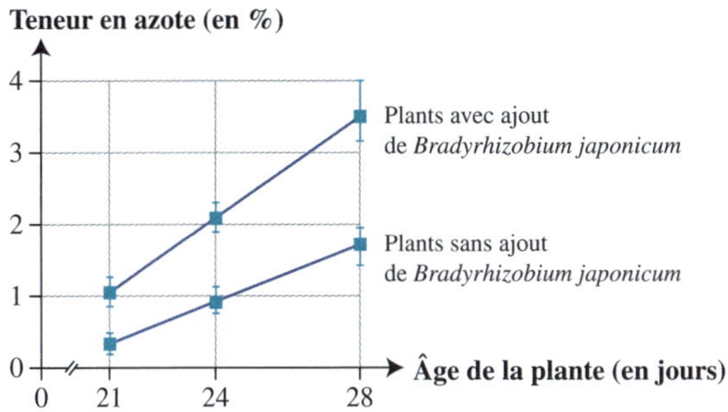

M. Gueye, Thèse de doctorat, 1982.

DOCUMENT 4 • *Activité de* Bradyrhizobium japonicum *et origine de l'azote utilisé par la plante*

Certaines bactéries comme *Bradyrhizobium* sont capables de transformer l'azote atmosphérique (N_2) grâce à une enzyme, la nitrogénase :

$$N_2 \xrightarrow{\text{Nitrogénase}} NH_4^+$$

Les plantes ne peuvent pas prélever l'azote atmosphérique N_2. Pour produire leur matière organique (protéines), elles prélèvent dans le sol l'azote sous forme de NH_4^+ ou de NO_3^-.

On mesure dans la plante le pourcentage d'azote provenant de la fixation par les bactéries des nodosités en fonction de la quantité en azote NH_4^+ et NO_3^- dans le sol.

Quantité d'azote (NO_3^- et NH_4^+) directement utilisable par la plante dans le sol en kg d'azote par hectare	50	125	200
Pourcentage d'azote dans la plante provenant de la fixation bactérienne au sein des nodosités	85	60	42

Expérimentation au champ INRA Dijon modifié, D'après Voisin et coll., 2002.

Travail préparatoire

1 h 45 *Voir Conseils généraux pour ce type d'exercice, p. 12.*

Comprendre le sujet

Ce sujet ne présente pas de difficultés particulières. Il s'inscrit dans le chapitre traitant l'organisation fonctionnelle des plantes à fleurs et la plante, productrice de matière organique. On s'intéresse en particulier au soja, plante chlorophyllienne, qui puise dans le sol, grâce à son système racinaire, les éléments minéraux dont elle a besoin. Les documents apportent suffisamment de renseignements pour comprendre qu'une association symbiotique entre les racines du soja et une bactérie, *Bradyrhizobium japonicum,* favorise l'approvisionnement de la plante en azote. On rappelle que l'azote est un élément chimique indispensable car il entre dans la composition des molécules organiques comme les protéines (C, H, O, N) et aussi, par exemple, dans celle des acides nucléiques (C, H, O, N, P).

Lire attentivement les documents

- Prenez connaissance de l'ensemble des documents et relevez les informations nécessaires pour répondre à la question. Puis, passez à une analyse des documents. Il ne faut pas se contenter de décrire, on vous demande aussi d'interpréter, de déduire et d'expliquer. N'hésitez pas à utiliser vos connaissances.
- Le document 1 montre que les racines de soja présentent des nodosités au niveau des racines. Ces nodosités correspondent à une association entre les cellules végétales racinaires et la bactérie. La culture de soja est utilisée pour l'alimentation humaine et aussi pour les animaux d'élevage. Le soja est riche en protéines, ce qui amènera à s'interroger sur le « pourquoi » de cette richesse en protéines.
- Le document 2 permet de comparer le rendement du soja avec peu ou avec davantage de nodosités : la présence de nodosités augmente les rendements. Il faudra extraire quelques valeurs chiffrées pour argumenter votre réponse.

- Le document 3, à l'aide d'une comparaison, permet de montrer que la présence de rhizobium augmente la teneur en azote de la plante. Or, l'azote est un élément chimique des protéines, ce qui révèle alors que la production de protéines est plus élevée.
- Le document 4 permet, enfin, d'expliquer pourquoi la présence de ces bactéries augmente la richesse en azote des plantes. On s'intéresse alors à une transformation chimique de N_2 en NH_4^+, catalysée par une enzyme des bactéries. La plante ne possède pas cette enzyme ; on comprend, alors, l'avantage de l'association entre plante et bactérie ; la plante va bénéficier d'un apport supplémentaire en ions NH_4^+.
- Une conclusion permettra, ensuite, de montrer, ainsi, pourquoi il est intéressant de mettre dans les sols français des bactéries *Bradyrhizobium japonicum*.

Organiser son devoir

- Rédigez une introduction cernant le sujet et reformulez la question.
- Les documents 1 et 2 peuvent faire l'objet d'une première partie présentant l'intérêt des nodosités. Cette étude amène à vous interroger sur leur rôle.
- On s'intéresse alors, dans une seconde partie, au rôle joué par les nodosités, à l'avantage que présentent les bactéries en relation avec le métabolisme de l'azote à l'aide des documents 3 et 4. Ces documents vous permettent de répondre à la question « Pourquoi cette richesse en protéines ? ». N'oubliez donc pas de mettre en relation les différentes informations, il ne s'agit donc pas de faire uniquement une liste des informations.
- Vous rédigerez une conclusion reprenant les principaux éléments de réponse.

Corrigé rédigé

Introduction

Les plantes absorbent les éléments minéraux indispensables à leur métabolisme par leur système racinaire. Cependant, certaines associations, comme l'association entre des bactéries et des cellules végétales du soja ont un effet bénéfique pour la plante.

On cherche à montrer l'intérêt de l'ajout de ces bactéries dans les sols français lors de la culture du soja.

I. L'influence de la présence de nodosités sur le rendement du soja

Le document 1.a montre que les nodosités correspondent à des petits renflements présents à la base de la tige et sur les racines d'un plant de soja cultivé avec les bactéries *Bradyrhizobium japonicum*. Une coupe transversale au niveau des nodosités observée au microscope électronique permet de montrer que dans l'une des cellules végétales, des bactéries sont présentes dans des vésicules. On peut compter entre trois à cinq bactéries par vésicule.

On en déduit, qu'au niveau des nodosités, il y a une étroite association entre les cellules végétales et les bactéries qui sont dans la cellule dite « hôte ».

Le document 2 montre l'influence de *Bradyrhizobium japonicum* sur le rendement du soja. On compare la masse des graines/ha obtenue pour des cultures de soja sans ajout des bactéries et des cultures avec ajout de bactéries. Les travaux expérimentaux ont été suivis pendant 5 ans. On observe que, pour des plants de soja possédant en moyenne 3,8 nodosités par plant, le rendement est de 29,4 quintaux par hectare alors qu'avec des plants présentant en moyenne 10 fois plus de nodosités par plant, le rendement est multiplié par 1,6.

On peut en déduire, en admettant que le seul paramètre qui varie d'une culture à une autre est le nombre de nodosités par plant, que l'ajout de bactéries augmente la production de graines de soja en favorisant la présence des nodosités sur les plantes.

D'autre part, d'après le document 1, le soja, originaire d'Asie, est riche en éléments nutritifs, notamment en protéines. On peut se demander alors s'il existe un lien entre la présence de *Bradyrhizobium japonicum* et cette richesse en protéines. Pourquoi cette bactérie augmente-t-elle les rendements de soja ?

II. Le métabolisme azoté des plants de soja

- Le document 3 montre l'influence de *Bradyrhizobium japonicum* sur la teneur en azote des parties aériennes d'une plante proche du soja. On évalue cette teneur en fonction de l'âge de la plante. On constate qu'en sept jours, les plants sans ajout de bactérie ont une teneur en azote qui passe de 0,2 % à 1,5 % alors que, pour les plants avec bactéries, ce pourcentage passe de 1 à 3,5 %. *On en déduit que la présence de ces bactéries favorise l'approvisionnement en azote de la plante.*

- Or, on sait que l'azote est un élément chimique essentiel à la synthèse des protéines qui contiennent de l'azote (molécule avec C, H, O et N). *On en déduit que cet approvisionnement supplémentaire, et donc la teneur plus élevée en N dans les feuilles, expliquent la richesse en protéines de ces plantes.*
- Le document 4 nous montre l'origine de cet azote. Les plantes ne peuvent pas prélever l'azote atmosphérique (rappelons que l'atmosphère a une teneur en diazote N_2 d'environ 70 %). Elles prélèvent dans le sol des ions NH_4^+ ou NO_3^-, source d'azote pour produire des protéines.
- Cependant, les bactéries *Bradyrhizobium*, grâce à une enzyme, la nitrogénase, sont capables de transformer l'azote atmosphérique en NH_4^+. *On peut en déduire que, grâce aux nodosités, les plantes peuvent alors bénéficier d'un apport supplémentaire en N sous la forme d'ions NH_4^+ qu'elles sont capables de métaboliser.*
- Pour vérifier cela, des chercheurs de l'INRA ont réalisé des expériences au cours desquelles ils ont mesuré, dans la plante, le pourcentage d'azote provenant de la fixation par les bactéries des nodosités en fonction de la quantité de NH_4^+ et de NO_3^- du sol. Ils ont donc émis l'hypothèse que, si le sol est riche en ions azotés, la plante pourra consommer cet azote, mais si le sol est pauvre en ions azotés, la source principale d'azote viendra des nodosités.
- *Les résultats valident cette hypothèse* : sur des sols pauvres en ions azotés (50 kg d'azote par hectare), le pourcentage d'azote provenant de la fixation bactérienne est de 85 % alors que, sur des sols riches en ions azotés (200 kg/ha), 42 % de l'azote de la plante provient de la fixation bactérienne.
- On peut quand même remarquer que, même sur un sol plus riche en ions azotés, l'azote provenant de la fixation bactérienne reste important (presque la moitié).

Conclusion

Cette étude montre l'intérêt de rajouter des bactéries comme *Bradyrhizobium japonicum* dans les sols car, en s'associant étroitement aux plantes (association qui forme des nodosités), les bactéries transforment alors l'azote atmosphérique en ions NH_4^+ que les plantes peuvent métaboliser. L'apport en azote dans la plante est plus important et la production de protéines aussi. Les plantes ont alors un meilleur rendement.

D'autre part, cela permettrait de diminuer les apports d'engrais azotés.

SUJET 21

De la plante sauvage à la plante domestiquée

EXERCICE 2 : PRATIQUE DU RAISONNEMENT SCIENTIFIQUE

Les mycorhizes, une symbiose importante pour les plantes

À partir des documents et des connaissances, montrer que l'association de l'arganier et de champignons du sol permet à cet arbre de mieux se développer dans un milieu pauvre en sels minéraux.

DOCUMENT 1 • *Présentation de l'arganier*

L'arganier pousse dans des régions arides dont le sol est pauvre en éléments minéraux. Il possède un large système racinaire qui plonge jusqu'à plus de 30 mètres de profondeur. Ses racines sont dépourvues de poils absorbants.

Rachida Nouaïm et Rémi Chaussod, « L'arganier et ses champignons », Dossier *Pour la science*, n° 77, 5 octobre 2012.

DOCUMENT 2 • *L'observation d'une racine mycorhizée à différentes échelles*

Une mycorhize est une association symbiotique entre un champignon et les parties souterraines d'un végétal.

Document 2.a : *la racine d'une plante non mycorhizée ou mycorhizée*

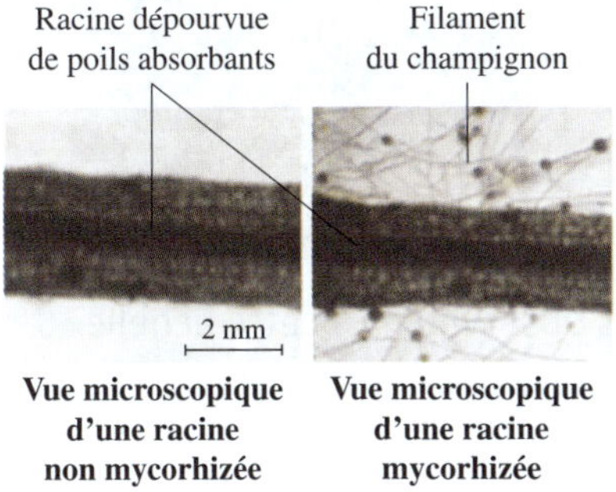

www.usemyke.com.

Document 2.b : *la zone d'échange entre le champignon et les cellules racinaires*

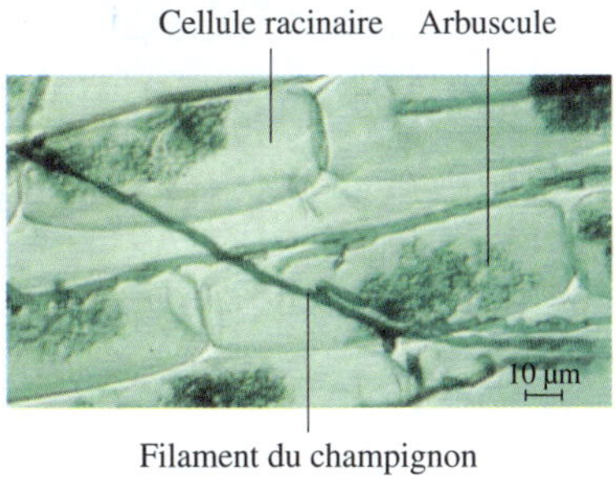

www.manabio.fr.

DOCUMENT 3 • *L'étude de la croissance de l'arganier cultivé en la présence ou en l'absence d'un champignon*

Document 3.a : *moyenne de la longueur de la tige et de ses ramifications pour deux lots d'arganiers mycorhizés (PI) ou non (NI)*

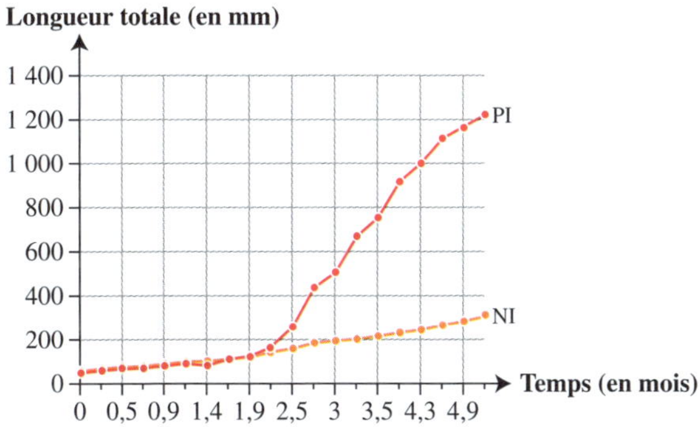

D'après Rachida Nouaïm et Rémi Chaussod, *Effet de la mycorhization contrôlée sur la croissance de l'arganier* (Aragnia spinosa) *après sa transplantation en sol non désinfecté*, 1997.

Document 3.b : *Appareil racinaire d'un plant d'arganier mycorhizé (PI) ou non mycorhizé (NI)*

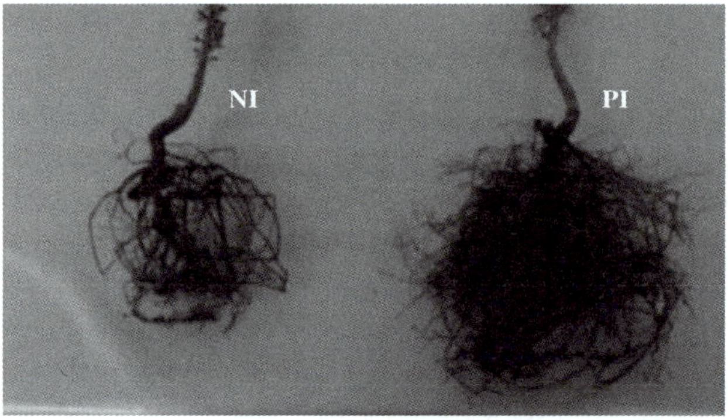

Les mycorhizes ne sont pas observables à cette échelle.

D'après Sellal and Al., *Effect of endomycorhizal inoculum on growth of argan tree*, 2017.

DOCUMENT 4 • *Effet de la mycorhization sur la quantité de phosphore et d'azote dans les différentes parties de l'arganier après 6 mois*

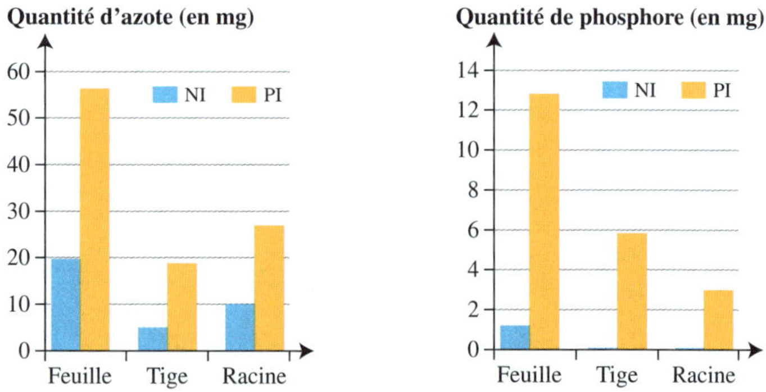

D'après Rachida Nouaïm and Al., *Micorhizaldependency of microporpagatedargan tree*, 1994.

Travail préparatoire

1 h 45 *Voir Conseils généraux pour ce type d'exercice, p. 12.*

Comprendre le sujet

Le sujet présenté fait appel à deux parties du programme : les mécanismes contribuant à la diversité du vivant, avec l'exemple de la symbiose, et l'organisation fonctionnelle des plantes à fleurs, avec les particularités du système racinaire.
L'arbre présenté est un arganier dont la particularité est de ne pas posséder de poils absorbants au niveau de ses racines. Or, les poils absorbants servent à puiser dans le sol de l'eau et des sels minéraux indispensables à la croissance de la plante. La question qui se pose est alors comment cet arbre peut-il se développer en sachant, en outre, qu'il se développe sur des sols pauvres en sels minéraux ? Il faut donc montrer que l'association entre l'arganier et des champignons du sol favorise la croissance de l'arbre ; cette association constitue une symbiose dont il faudra montrer l'étroite relation.

Lire attentivement les documents

Prenez connaissance de l'ensemble des documents et relevez les informations nécessaires pour répondre à la question. Puis, passez à une analyse des documents. Il ne faut pas se contenter de décrire, on vous demande aussi d'interpréter, de déduire et d'expliquer. N'hésitez pas à utiliser vos connaissances.

- Le document 1 est une présentation générale de l'arganier ; il décrit les conditions du milieu dans lequel il vit : milieu aride donc pauvre en eau, sol pauvre en sels minéraux. Sur le plan morphologique, cet arbre atteint une taille importante, son système racinaire est très développé mais sans poils absorbants. La présentation de cet arbre doit donc vous amener à vous interroger sur l'approvisionnement de cet arbre en éléments minéraux.
- Le document 2 permet de montrer l'étroite association entre les filaments mycéliens et les cellules des racines. On se situe donc ici à l'échelle cellulaire. Vous devez faire une description pour en déduire cette association très étroite.

- Le document 3 introduit l'effet de la symbiose mycorhizienne, association racine-champignon, sur le développement racinaire de l'arbre. À l'aide du graphique, vous devez extraire quelques valeurs chiffrées pour comparer les effets de la présence ou non des mycorhizes et mettre en relation ces informations avec les photos montrant les racines d'un arganier mycorhizé et d'un arganier non mycorhizé.
- Le document 4 aborde l'échelle moléculaire avec l'absorption d'éléments minéraux. Il faut extraire quelques valeurs chiffrées et comparer les résultats avec ou sans mycorhizes, ce qui vous permet d'argumenter sur le rôle des mycorhizes qui favorisent l'absorption d'éléments minéraux (azote, phosphore).

Organiser son devoir

- Rédigez une introduction cernant le sujet (de quoi s'agit-il ?) et reformulez la question.
- L'étude des documents 1 et 3 peut faire l'objet d'un premier paragraphe qui cerne l'arbre à l'échelle macroscopique. Le document 1 soulève la problématique des conditions de vie de l'arganier (sol pauvre, milieu aride) et le document 3 présente la symbiose avec des filaments mycéliens à l'échelle macroscopique.
- Les documents 2 et 4 permettent d'expliquer à l'échelle cellulaire puis moléculaire l'intérêt de cette symbiose. Vous abordez alors, dans un second paragraphe, à l'aide de ces documents, la relation étroite entre les cellules racinaires et les filaments du champignon (filaments mycéliens), ce qui permet de comprendre l'effet de la mycorhization sur les quantités de phosphore et d'azote présentes dans les différents organes d'une plante mycorhizée comparées à celle d'une plante non mycorhizée.
- N'oubliez pas de rédiger une conclusion résumant les principaux éléments répondant à la question.

Remarque : dans ce type d'exercice, vous devez toujours rappeler à quel document vous faites référence.

Corrigé rédigé

Introduction

L'arganier est un arbre dont les racines présentent une association avec des champignons. Ce type d'association est une symbiose dès lors qu'elle apporte un bénéfice réciproque aux deux organismes.

On cherche à montrer que cette symbiose est indispensable pour permettre le développement de l'arganier.

I. Morphologie et milieu de vie de l'arganier

Le document 1 présente l'arganier : c'est un arbre qui peut atteindre une grande taille et, pourtant, il vit dans des régions arides, donc pauvres en eau, et sur des sols pauvres aussi en sels minéraux. De plus, son système racinaire est dépourvu de poils absorbants. Or, les poils absorbants permettent d'alimenter la plante en eau et sels minéraux.

On en déduit que cet arbre présente des particularités qui lui permettent d'être adapté à ce milieu.

Une de ces particularités est un développement très important de son système racinaire jusqu'à des profondeurs de plus de 30 mètres. Le volume de sol que l'arbre peut exploiter est donc élevé.

Cependant, cette croissance importante de la partie aérienne et de la partie souterraine de l'arganier est liée à la présence de champignons mycorhiziens.

Pour le démontrer, des chercheurs ont réalisé des expériences avec des arganiers non mycorhizés et des arganiers mycorhizés.

Le document 3.a montre que la longueur moyenne de tige de jeunes arganiers non mycorhizés atteint en 5 mois environ 300 mm alors que celle de jeunes arganiers mycorhizés atteint 1 200 mm : la croissance est quatre fois plus rapide dans le second cas. *On en déduit que la présence de champignons favorise, effectivement, le développement de l'arganier.*

De plus, le document 3.b montre que le développement racinaire est plus important lorsque les arganiers sont mycorhizés.

Ainsi, les mycorhizes favorisent la croissance de la partie aérienne de la plante mais aussi celle de la partie souterraine.

Pourquoi et comment cette association permet-elle un développement plus important de l'arganier ?

II. Une association étroite entre le champignon et l'arganier

Les champignons mycorhiziens vivent dans le sol et forment un réseau de filaments qui s'associent aux racines des arbres. Le document 2.a montre, par une observation effectuée au microscope optique, la présence de ces filaments sur des racines mycorhizées alors que, pour des racines non mycorhizées, ces filaments ne sont pas présents. Ces filaments ont une taille bien inférieure à celle de la racine.

Le document 2.b montre, par une observation au microscope optique avec un grossissement plus important, que les filaments mycéliens pénètrent à l'intérieur de la racine, s'immiscent entre les cellules racinaires et pénètrent dans les cellules.

On en déduit ainsi que les cellules végétales établissent des relations étroites avec le champignon. La présence de filaments mycéliens à l'intérieur des cellules végétales permet de montrer qu'il y a endosymbiose car l'un des deux organismes (le champignon) pénètre dans les cellules de l'autre organisme (le végétal).

On a cherché à montrer que cette relation très étroite permet d'alimenter avantageusement la plante en éléments minéraux.

Le document 4 présente les effets de la mycorhization sur les quantités de phosphore et d'azote dans les différentes parties de l'arganier.

En 6 mois, on observe une plus forte quantité de phosphore et d'azote dans les feuilles, la tige et les racines d'arganier mycorhizé par rapport à celle d'un arganier non mycorhizé. Pour l'azote, ces quantités sont deux à trois fois supérieures à celles mesurées sur un arganier non mycorhizé. Quant au phosphore, en l'absence de mycorhizes, les quantités sont infimes dans les racines et la tige et la quantité est de 1 mg dans une feuille. Par contre, les quantités de phosphore sont nettement plus importantes chez les plantes avec mycorhizes : on a ainsi mesuré 12 mg dans une feuille, 6 mg dans une tige et 3 mg dans une racine. *Ces mesures permettent de déduire qu'il y a circulation des éléments minéraux depuis les racines jusqu'aux feuilles où l'azote et le phosphore sont incorporés dans la matière organique.*

Ainsi, la mycorhization favorise l'absorption des éléments minéraux. Les filaments mycéliens puisent ces éléments minéraux dans le sol et la plante bénéficie de cet apport grâce à l'étroite relation observée entre ces filaments et les cellules racinaires.

Conclusion

L'arganier vit dans un milieu pauvre en éléments minéraux. Cependant, la mycorhization lui permet de suffisamment s'approvisionner en éléments minéraux grâce une étroite association entre les filaments mycéliens et les cellules racinaires. L'arganier développe alors un vaste système racinaire qui permet d'alimenter l'arbre et donc d'assurer une croissance importante.

SUJET 22

De la plante sauvage à la plante domestiquée

EXERCICE 1 : MAÎTRISE DES CONNAISSANCES

La plante, productrice de matière organique

Les végétaux chlorophylliens sont des organismes autotrophes produisant leur matière organique à partir de matières minérales ; ils occupent une place importante dans les écosystèmes en tant que producteurs primaires. Cette capacité à synthétiser des molécules organiques est située dans les chloroplastes.

Expliquez comment une plante utilise l'énergie lumineuse et par quels processus biochimiques elle produit des molécules organiques à partir de dioxyde de carbone, d'eau et de sels minéraux.

Votre exposé comportera une introduction, un développement structuré et une conclusion illustrée par un schéma bilan montrant les organes impliqués dans ces processus.

Travail préparatoire

1 h 45 *Voir Conseils généraux pour ce type d'exercice, p. 11.*

Comprendre le sujet

Le sujet nécessite de mobiliser les connaissances sur le rôle des pigments chlorophylliens qui absorbent certaines radiations lumineuses et permettent à la plante de capter de l'énergie lumineuse. L'équation bilan de la photosynthèse doit être donnée et la première phase de la photosynthèse ou phase photochimique doit montrer par quel type de réaction chimique l'eau est oxydée (photolyse de l'eau avec production de dioxygène). Au cours de cette phase, l'énergie lumineuse est convertie en énergie chimique, de l'ATP (Adénosine triphosphate) est produit. La réduction du dioxyde de carbone se déroule lors d'une phase chimique et consomme l'ATP produit au cours de la première phase. Elle permet la synthèse de glucose, point de départ aux synthèses d'autres molécules organiques. Il faut donc aussi utiliser ses connaissances sur les molécules organiques produites ensuite par la plante – glucides autres que le glucose, lipides, protides – et connaître leur composition en éléments chimiques afin de comprendre que les protides (C, H, O, N) nécessitent un apport d'azote, par exemple. On ne demande pas une liste exhaustive des molécules produites par les plantes.

Le schéma bilan doit s'appuyer sur l'anatomie générale d'une plante avec une partie aérienne chlorophyllienne (la photosynthèse se déroule dans les chloroplastes des feuilles) et une partie souterraine (système racinaire qui permet l'absorption des sels minéraux).

Organiser son devoir

- Il est nécessaire de rédiger une introduction permettant de cerner le sujet (de quoi s'agit-il ?), de reformuler la question et d'annoncer le plan.
- La première partie du développement peut traiter de la première phase de la photosynthèse qui sera située dans les chloroplastes. Le point de départ, par exemple, peut donner l'équation bilan de la photosynthèse. Cette équation amène à s'interroger sur le rôle joué par l'eau dans la production de dioxygène. Le rôle des pigments chlorophylliens est précisé. Pour montrer l'importance de la lumière lors de cette étape, vous pouvez argumenter à l'aide d'expériences étudiées en classe.
- La deuxième partie permet d'expliquer le lien avec la première phase : l'énergie lumineuse étant convertie en énergie chimique, celle-ci est utilisée lors de la réduction du CO_2 qui aboutit à la synthèse de glucose. Les sels minéraux apporteront les éléments chimiques nécessaires à la synthèse d'autres molécules organiques (voir l'indication dans la phase préparatoire « Comprendre le sujet »).

- Enfin, il faudra rédiger une conclusion reprenant les points essentiels et illustrée du schéma bilan demandé.

Corrigé rédigé

Introduction

Les végétaux chlorophylliens sont autotrophes grâce à la photosynthèse qu'ils réalisent dans les chloroplastes.

La photosynthèse comprend deux phases :

- la phase photochimique qui se déroule obligatoirement en présence de lumière ;
- et la phase non photochimique au cours de laquelle s'effectue l'incorporation du dioxyde de carbone. Cette phase permet, ainsi, la synthèse de glucides.

On se propose d'expliquer par quels processus une plante peut produire des molécules organiques à partir de matière minérale.

Une première partie présentera comment la plante convertit l'énergie lumineuse en énergie chimique puis, dans une seconde partie, on évoquera comment, grâce à cette énergie chimique, elle synthétise des molécules organiques.

I. La phase photochimique : conversion de l'énergie lumineuse en énergie chimique

Le bilan des transformations de la matière minérale en matière organique au cours de la photosynthèse, qui se fait dans les feuilles, peut se résumer à l'équation chimique suivante : $6\ CO_2 + 6\ H_2O \rightarrow C_6H_{12}O_6 + 6\ O_2$.

Au cours de la photosynthèse, il y a donc consommation de dioxyde de carbone et d'eau et production de glucose et de dioxygène.

Cette réaction ne se déroule qu'en présence de lumière. Des expériences menées avec des végétaux chlorophylliens et au cours desquelles on mesure la concentration en dioxygène dans le milieu montrent, en effet, qu'en absence de lumière, la concentration en dioxygène n'augmente pas alors qu'elle augmente en présence de lumière. On en déduit que la lumière est indispensable à la production de dioxygène par la plante.

D'où provient le dioxygène produit ? L'utilisation d'un isotope de l'oxygène, ^{18}O, et incorporé dans les molécules d'eau consommées par un végétal, montre que cet oxygène se retrouve dans le dioxygène rejeté. On en déduit que c'est l'eau consommée par le végétal qui fournit le O_2 : ce processus est appelé « photolyse de l'eau ». Elle correspond à une oxydation de l'eau (l'eau perd des électrons mais aussi des protons H^+). La production de dioxygène ne s'effectue qu'en présence de lumière.

Comment le végétal « utilise-t-il » la lumière ? L'énergie lumineuse est captée par les pigments chlorophylliens. Ces pigments absorbent certaines radiations plus que d'autres : on parle de « spectre d'absorption des pigments ». Les radiations lumineuses absorbées par les pigments chlorophylliens sont les radiations les plus efficaces, ce sont les radiations avec lesquelles l'activité photosynthétique est importante.

L'absorption d'énergie lumineuse déclenche une succession de réactions d'oxydo-réductions dont la photolyse de l'eau. Ces réactions libèrent, à leur tour, de l'énergie qui servira à la synthèse d'une molécule, l'ATP. Il y a donc conversion de l'énergie lumineuse en énergie chimique au cours de la première phase de la photosynthèse.

La phase photochimique se déroule plus précisément dans les thylakoïdes des chloroplastes.

Ainsi, au cours de la phase photochimique, la consommation d'eau permet la production de dioxygène et il y a synthèse d'ATP.

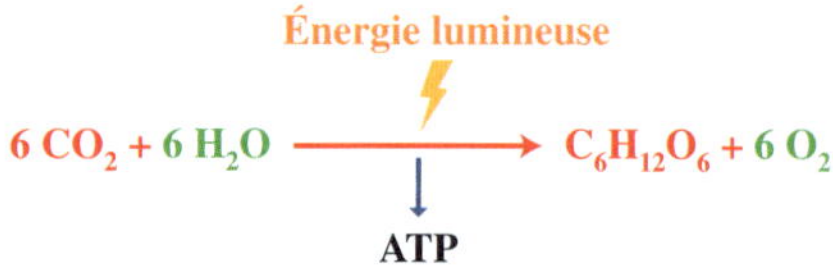

Pendant cette phase, le CO_2 n'est pas intervenu et il n'y a pas synthèse de glucose.

Quel est le lien entre la phase photochimique, étape de conversion de l'énergie lumineuse en énergie chimique, et la synthèse de molécules organiques ?

II. La phase non photochimique : consommation du CO_2 et production de molécules organiques

Que devient le CO_2 consommé ? Un marquage radioactif du C du CO_2 montre que ce carbone se retrouve dans les molécules de glucose : il y a donc incorporation du CO_2.

Énergie lumineuse

$$6\,CO_2 + 6\,H_2O \longrightarrow C_6H_{12}O_6 + 6\,O_2$$

Carbone minéral → Carbone organique

Le carbone C du dioxyde de carbone se trouve incorporé dans une molécule organique, le glucose. Le carbone minéral du CO_2 passe à l'état de carbone organique engagé dans une liaison avec de l'hydrogène ; le CO_2 subit une réduction (il gagne des électrons mais aussi des protons H^+).

L'incorporation du carbone se déroule au cours d'une succession de réactions biochimiques dont l'ensemble constitue le cycle de Calvin.

Cette phase se déroule dans le stroma des chloroplastes.

Quelle est la source d'énergie nécessaire à la synthèse de glucose ? L'ATP formé grâce à la phase photochimique fournit l'énergie nécessaire aux réactions qui se déroulent lors de la phase non photochimique. C'est, en effet, l'hydrolyse de l'ATP, réaction produisant de l'ADP et un groupement phosphate, qui libère l'énergie nécessaire aux réactions de la phase non photochimique.

Comment sont produits les autres molécules organiques ? Ce sont, à nouveau, des expériences de marquage radioactif du carbone qui montrent que le carbone du glucose se retrouve ensuite dans différentes molécules organiques : l'amidon, polymère du glucose, le saccharose (glucide) mais aussi dans les molécules précurseuses des lipides, dans les acides aminés à partir desquels la cellule effectue la synthèse de protéines.

Pour synthétiser toutes les molécules organiques, la plante a besoin de s'approvisionner en éléments chimiques comme l'azote N, le phosphore P ou le soufre S. C'est le système racinaire qui assure l'approvisionnement en sels minéraux ainsi qu'en eau. Ces ions minéraux circulent dans la plante par la sève brute.

Conclusion

La photosynthèse assure l'approvisionnement en énergie lumineuse de la cellule chlorophyllienne (phase photochimique). Cette énergie est convertie en énergie chimique qui va permettre la synthèse de glucose (phase non photochimique). Ces réactions se déroulent dans les chloroplastes. Le végétal produit ensuite divers composés organiques en utilisant les premières molécules organiques produites et des substances minérales apportées par la sève brute.

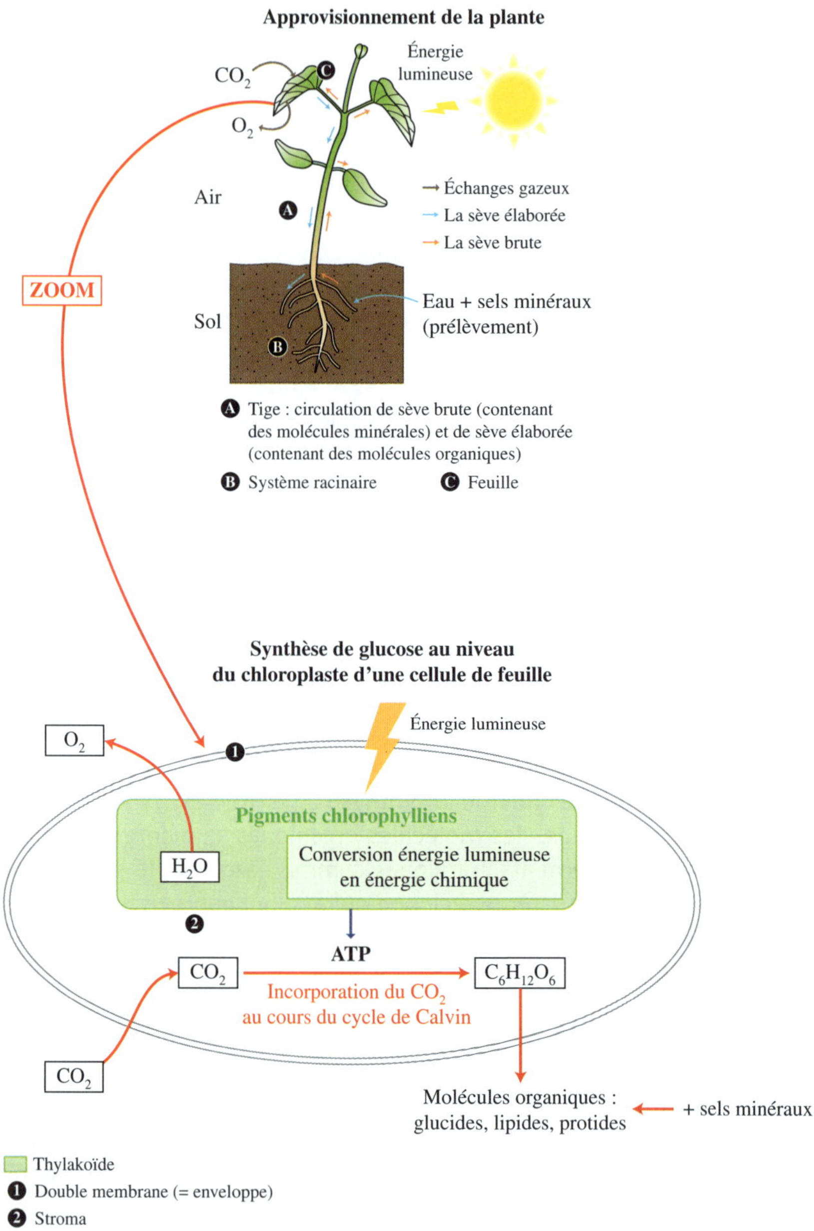
Approvisionnement de la plante
CO_2
O_2
Énergie lumineuse
Air
Sol
A
B
C
Échanges gazeux
La sève élaborée
La sève brute
Eau + sels minéraux (prélèvement)
A Tige : circulation de sève brute (contenant des molécules minérales) et de sève élaborée (contenant des molécules organiques)
B Système racinaire
C Feuille
ZOOM
Synthèse de glucose au niveau du chloroplaste d'une cellule de feuille
Énergie lumineuse
O_2
1
Pigments chlorophylliens
H_2O
Conversion énergie lumineuse en énergie chimique
2
ATP
CO_2
$C_6H_{12}O_6$
Incorporation du CO_2 au cours du cycle de Calvin
CO_2
Molécules organiques : glucides, lipides, protides
+ sels minéraux
Thylakoïde
1 Double membrane (= enveloppe)
2 Stroma

SUJET 23

De la plante sauvage à la plante domestiquée

EXERCICE 2 : PRATIQUE DU RAISONNEMENT SCIENTIFIQUE

La production de matière organique par la plante

La cuscute (*Cuscuta campestris*) est une plante qui parasite des espèces végétales cultivées parmi lesquelles figure la luzerne (*Medicago sativa*).

DOCUMENT DE RÉFÉRENCE • *Dessin d'une cuscute fixée sur un plant de luzerne*

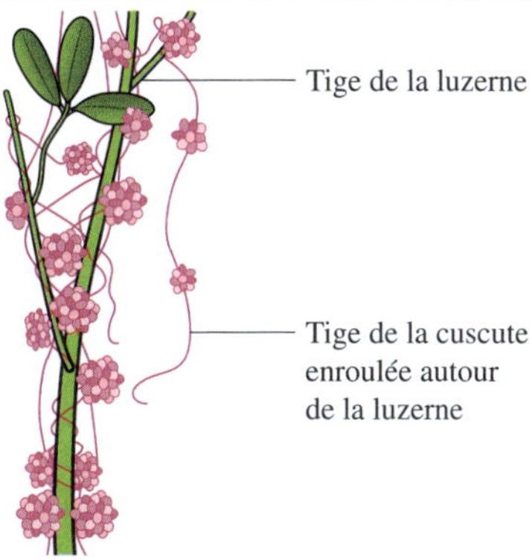

Sa présence dans un champ de luzerne en réduit le rendement. Pour se débarrasser de cette plante envahissante, un agriculteur utilise un herbicide, l'amitrole, sur son champ de luzerne. Ce traitement a éliminé une grande partie de la luzerne mais a épargné la cuscute.

À l'aide de l'exploitation des documents proposés et de vos connaissances, expliquez comment la cuscute parasite les luzernes et montrez que le métabolisme de la cuscute permet d'expliquer pourquoi l'herbicide utilisé n'est pas adapté à la lutte contre ce parasite.

DOCUMENT 1 • *Les résultats de chromatographies*

Principe de la chromatographie : on écrase un végétal afin de récupérer une goutte de solution. On dépose cette goutte sur une bande de papier à chromatographie dont on plonge l'extrémité dans un solvant. Le solvant monte alors par capillarité le long de la bande de papier, entraînant avec lui les différents pigments solubles. Au cours de cette migration, les différents pigments se séparent en fonction de leur degré de solubilité dans le solvant et de leur affinité pour le papier à chromatographie.

Résultats de la chromatographie de la luzerne — Résultats de la chromatographie de la cuscute

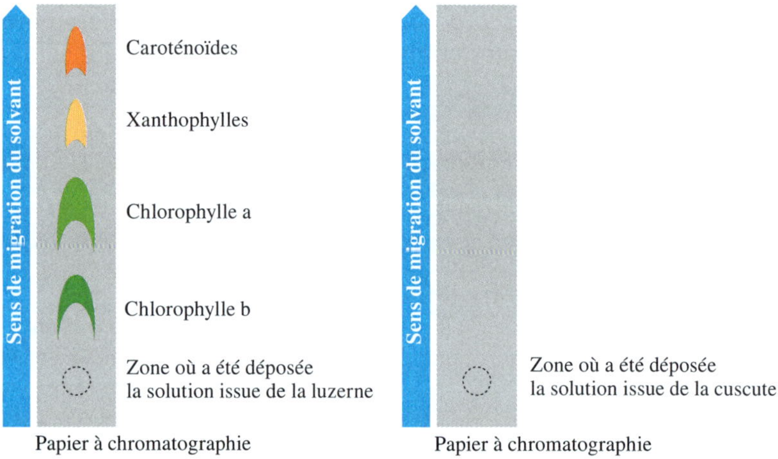

DOCUMENT 2 • *L'expérience de transfert de radioactivité*

La cuscute possède de petits suçoirs qui lui permettent de prélever la sève de son hôte.

Protocole expérimental

1. On place durant plusieurs heures un plant de luzerne dans une enceinte dont l'air contient du CO_2 radioactif ($^{14}CO_2$).

2. Le plant de luzerne est ensuite placé dans une enceinte dont l'air ne contient pas de CO_2 radioactif. Puis, on fixe une cuscute sur la luzerne.

On évalue alors, à intervalles réguliers, la concentration de sucres radioactifs dans la cuscute fixée à la luzerne.

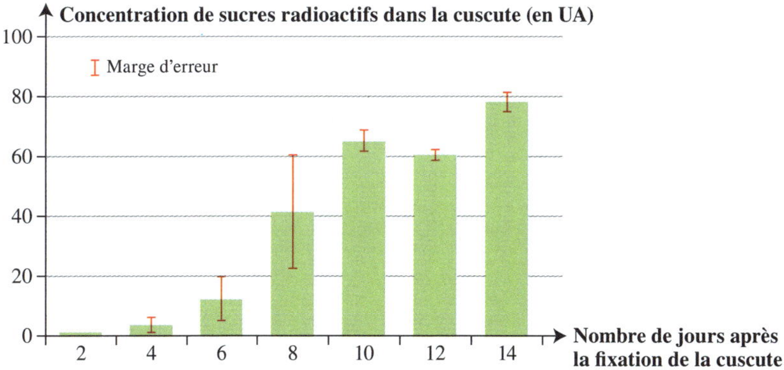

UA : unité arbitraire

D'après M. Birschwilks et al., *Journal of Experimental Botany*, 2006.

DOCUMENT 3 • *La mesure des échanges gazeux chez la cuscute*

Quelques tiges de cuscute sont détachées de la luzerne et introduites dans une cuve hermétiquement fermée, reliée à un dispositif ExAO (expérience assistée par ordinateur). On mesure les variations de la teneur en CO_2 et en O_2 de l'air de la cuve.

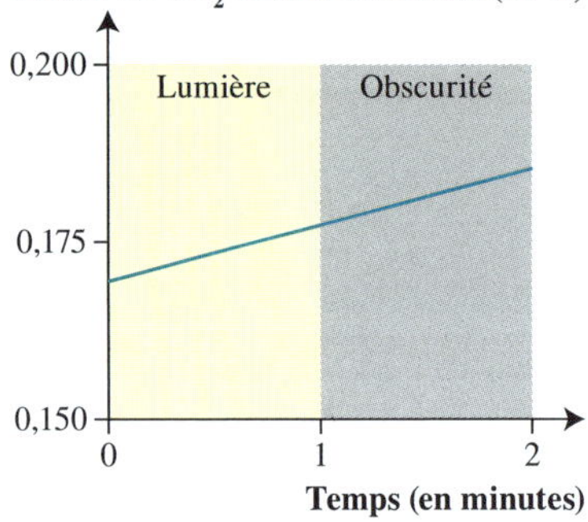

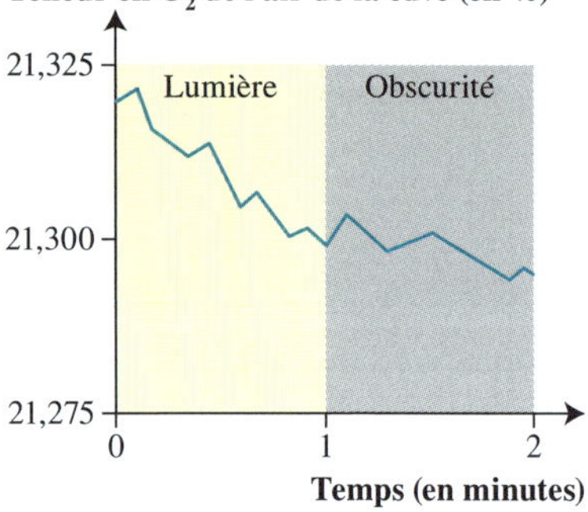

DOCUMENT 4 • *Les effets d'un herbicide, l'amitrole*

Document 4.a : *l'action de l'amitrole sur la photosynthèse de plants de blé*

On mesure l'activité photosynthétique chez des plants de blé 2 heures après un traitement à l'amitrole et chez des plants témoins non traités. Pendant toute la durée de l'expérience, les plants sont maintenus à la lumière.

Le blé a un métabolisme équivalent à celui de la luzerne.

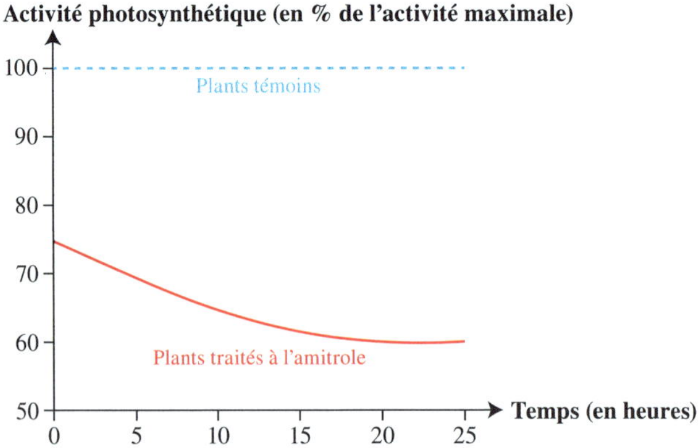

The physiology and biochemistry of herbicides, Academic Press, 1964.

Document 4.b : *la culture de grains de blé germés sur du papier filtre imprégné d'amitrole à différentes concentrations*

On mesure la taille et la concentration en chlorophylles de jeunes plants de blé, douze jours après leur mise en culture.

Concentration en amitrole (en mol.L^{-1})	Taille des jeunes plants (en mm)	Quantité de chlorophylles par plant (en µg)
0 = témoins	105,5	56,6
4.10^{-5}	77,5	7,3
2.10^{-4}	38,3	1,7

The physiology and biochemistry of herbicides, Academic Press, 1964.

Travail préparatoire

1 h 45 *Voir Conseils généraux pour ce type d'exercice, p. 12.*

Comprendre le sujet

Cette étude permet d'investir vos connaissances sur la production de matière organique par les plantes. La photosynthèse doit donc être explicitement citée. Or, certaines plantes, comme la cuscute, parasitent d'autres plantes. La cuscute utilise les produits de la photosynthèse de la plante parasitée qui est capable d'effectuer la photosynthèse. Par contre, la cuscute ne le peut pas car elle ne possède pas de chlorophylle. On cherche donc à éliminer la cuscute à l'aide d'un herbicide. L'herbicide utilisé entraîne des résultats inverses de ceux recherchés : il provoque une baisse de la production des champs de luzerne ; il s'agit, alors, de comprendre pourquoi la luzerne est affectée mais pas la cuscute. Les documents permettent de résoudre ce paradoxe car l'amitrole contenu dans l'herbicide affecte les molécules de chlorophylle, donc affecte la luzerne, mais pas la cuscute.

Lire attentivement les documents

Commencez par lire l'ensemble des documents afin d'extraire des informations utiles à la résolution du problème posé. Prenez des notes au brouillon rapidement :

- le document 1 montre que la cuscute ne possède pas de pigments chlorophylliens. La comparaison du résultat des deux chromatographies montre ainsi que la cuscute ne peut pas réaliser la photosynthèse ;
- le document 2 permet de comprendre que la cuscute utilise, à son profit, les molécules organiques produites par la plante parasitée qui peut effectuer la photosynthèse. Il est nécessaire de bien comprendre l'intérêt d'utiliser, dans une enceinte fermée, du carbone 14 qui va permettre de suivre le devenir du carbone du CO_2. Relevez quelques valeurs chiffrées issues de l'étude du graphique pour montrer l'incorporation progressive du CO_2 dans les glucides (sucres) ;
- le document 3 est une analyse de graphique. L'ExAO permet de suivre par mesure des taux de O_2 et de CO_2 les échanges gazeux chez la cuscute. Cette étude permet de déterminer quel type de métabolisme effectue cette plante. Comparez bien l'évolution des taux de ces gaz à la lumière et à l'obscurité pour en déduire que la lumière n'a pas d'incidence sur l'évolution de ces taux. Ce document vous montre que la cuscute ne fait pas de photosynthèse ;
- le document 4 montre les effets de l'herbicide sur des plantes. Vous devez faire une analyse de graphique avec extraction de valeurs chiffrées pertinentes pour établir des comparaisons. L'amitrole diminue l'activité photosynthétique. Lors de l'étude des résultats donnés dans le tableau, opérez de la même façon en comparant des valeurs. Plus la concentration en amitrole augmente, moins les jeunes plants possèdent de chlorophylles. N'oubliez pas de comparer avec le témoin (sans herbicide).

Une analyse de documents ne doit pas se réduire à une simple liste d'observations ; il faut en tirer des déductions, des mises en relation.

Organiser son devoir

- Rédigez une introduction cernant le sujet et reformulez la question.
- Les documents 1 et 2 peuvent faire l'objet d'une première partie expliquant pourquoi la cuscute est un parasite obligatoire des plantes chlorophylliennes.

- Les documents 3 et 4 permettent de traiter une seconde partie montrant comment la cuscute utilise, à son profit, les molécules organiques mais pourquoi, de par son métabolisme respiratoire, elle ne peut pas être affectée par l'amitrole. En effet, le document 4 montre que l'herbicide diminue les concentrations en chlorophylle ; par conséquent, ce sont les plants de luzerne qui sont affectés mais pas la cuscute.
- Rédigez une conclusion reprenant les éléments principaux répondant à la question posée.

Corrigé rédigé

Introduction

La cuscute est une plante parasite d'espèce végétale comme la luzerne. Un agriculteur a utilisé un herbicide, l'amitrole, pour éliminer la cuscute de ses champs. Ce traitement n'a eu aucun effet sur la plante parasite et a éliminé, par contre, une partie de la luzerne.

On cherche à comprendre pourquoi l'amitrole n'a aucun effet sur la cuscute. Pour cela, on cherche à comprendre la particularité du métabolisme de la cuscute, dans un premier temps, pour expliquer ensuite l'inefficacité de l'herbicide.

I. La cuscute, un parasite des autres plantes

Pourquoi la cuscute est-elle un parasite ? Le document 1 présente les résultats d'une chromatographie permettant de mettre en évidence les pigments présents chez les plantes.

On observe que la chromatographie effectuée avec la luzerne permet de séparer trois types de pigments : des chlorophylles a et b, des carotènes et des xanthophylles.

On sait que les chlorophylles sont des pigments qui permettent d'absorber les radiations lumineuses. De cette façon, la luzerne est capable de capter de l'énergie lumineuse indispensable à la photosynthèse.

Par contre, la chromatographie effectuée avec la cuscute ne montre aucun pigment. *On en déduit que la cuscute ne peut donc pas capter d'énergie lumineuse et ne peut donc pas effectuer la photosynthèse.*

On s'interroge alors sur la façon dont la cuscute s'approvisionne en molécules organiques puisqu'elle ne peut pas effectuer la photosynthèse.

Le document 2 est une expérience de transfert de radioactivité qui permet de suivre le devenir de molécules de CO_2 marquées au carbone 14.

On cherche à montrer que la cuscute, grâce à des suçoirs qui prélèvent la sève de son hôte, utilise les molécules organiques produites lors de la photosynthèse de la plante chlorophyllienne qu'elle parasite. La luzerne est alors enfermée dans une enceinte contenant du $^{14}CO_2$. *On suppose alors que ce CO_2 va servir à la synthèse de molécules organiques selon la réaction :* $6\ ^{14}CO_2 + 6\ H_2O \rightarrow\ ^{14}C_6H_{12}O_6 + 6\ O_2$. Le ^{14}C permet donc de suivre les molécules de glucose. Au bout de plusieurs heures, on met la luzerne dans une autre enceinte (dont l'air contient cette fois du CO_2 non radioactif) et on fixe une cuscute sur le plant de luzerne. On effectue ensuite des prélèvements de cuscute tous les deux jours et on dose la concentration en sucres radioactifs. On observe que les concentrations en sucres radioactifs augmentent avec le temps (presque nulle à 2 jours pour atteindre 80 UA en 14 jours). *Le ^{14}C provient du $^{14}CO_2$ absorbé par la luzerne puis fixé et incorporé lors de la phase non photochimique. La luzerne synthétise ses propres molécules organiques qui vont aussi alimenter la cuscute. On confirme donc l'hypothèse que la cuscute utilise les produits de la photosynthèse de la luzerne.*

Quel est alors le métabolisme de la cuscute ? Et pourquoi l'herbicide à base d'amitrole est-il inefficace ?

II. Métabolisme de la cuscute et résistance à l'amitrole

Le document 3 montre les résultats des échanges gazeux chez la cuscute : on mesure les concentrations en CO_2 et en O_2 dans une enceinte renfermant des tiges de cuscute. Les mesures sont suivies par un dispositif ExAO.

On observe que la teneur en CO_2 dans l'enceinte augmente, à la lumière comme à l'obscurité, et passe de 0,170 à 0,180 %. Dans le même intervalle de temps et dans les mêmes conditions, la teneur en O_2 diminue de 21,310 à 21,290 % (environ).

On en déduit que la cuscute produit du dioxyde de carbone et consomme du dioxygène. Ces échanges gazeux sont caractéristiques de la respiration. Ainsi, la cuscute ne pouvant effectuer la photosynthèse, faute de pigment chlorophyllien, utilise comme métabolisme énergétique la respiration.

On sait que la luzerne est capable d'effectuer la photosynthèse et que la cuscute ne peut pas. La cuscute, après avoir utilisé les molécules organiques produites par la luzerne, les consomme au cours de la respiration.

Ces différences de métabolisme énergétique peuvent-ils expliquer l'effet toxique de l'amitrole sur la luzerne et non sur la cuscute ?

Le document 4 montre les effets de l'amitrole sur des plants de blé qui servent de modèle d'étude, le blé présentant le même métabolisme que celui de la luzerne. Le blé effectue donc aussi la photosynthèse.

Lorsque que l'on étudie l'activité photosynthétique du blé en fonction du temps et en présence de lumière, on observe que des plants témoins non traités à l'amitrole présentent une activité photosynthétique de 100 %. Cette valeur sert de référence. Par contre, en présence d'amitrole, l'activité des plants de blé chute à 70 % pour atteindre 60 % au bout de 15 heures. *On en déduit que l'effet de l'amitrole est rapide et provoque une chute de l'activité photosynthétique de 40 %.*

On se demande alors comment l'amitrole provoque cette diminution d'activité de la photosynthèse.

On cultive alors des grains de blé germés sur du papier imprégné d'amitrole à différentes concentrations. On mesure la taille des jeunes plants et on dose, en parallèle, les quantités de chlorophylles par plant. Un témoin sert de référence, il s'agit de grains de blé germés sur papier sans amitrole. Les mesures sont toutes effectuées au bout de 12 jours.

On observe, par rapport au témoin, une diminution de l'ordre de 30 % de la taille des plants traités avec l'amitrole à une concentration de 4.10^{-5} mol/L et une baisse de la quantité de chlorophylle (56,6 µg chez le témoin à 7,3 µg, soit une baisse de 80 %). L'augmentation de la concentration en amitrole augmente ses effets et avec une concentration de 2.10^{-4} mol/L, la croissance est diminuée de 60 % et la quantité de chlorophylle atteint la faible valeur de 1,7 µg.

On en déduit que l'amitrole empêche la croissance des jeunes plants de blé en détruisant les molécules de chlorophylle (ou en empêchant leur synthèse). L'amitrole empêche donc la photosynthèse, ce qui provoque l'élimination des plantes chlorophylliennes mais pas les plantes non chlorophylliennes comme la cuscute qui effectue la respiration comme seul métabolisme énergétique.

Conclusion

L'amitrole est une molécule toxique qui peut être utilisée comme herbicide.

La cuscute est une plante parasite des champs de luzerne et on cherche donc à l'éliminer. Cependant, l'herbicide contenant de l'amitrole n'a aucun effet sur la cuscute. En effet, l'amitrole entraîne la disparition des molécules de chlorophylle et provoque donc, à terme, un fort ralentissement de la croissance des plantes par diminution de leur activité photosynthétique (ce qu'a bien constaté, par ailleurs, l'agriculteur qui avait utilisé de l'amitrole sur son champ de luzerne). Or, la cuscute ne possède pas de chlorophylle mais, par contre, la luzerne en possède ; par conséquent, cet herbicide élimine la luzerne, ce qui n'est pas l'effet recherché.

SUJET 24

De la plante sauvage à la plante domestiquée

EXERCICE 2 : PRATIQUE DU RAISONNEMENT SCIENTIFIQUE

Les deux phases de la photosynthèse

La photosynthèse se déroule dans les chloroplastes. Elle se déroule en deux phases : la phase photochimique et la phase chimique.

Déterminer les molécules synthétisées lors de la phase photochimique et montrer qu'elles sont nécessaires au déroulement de la phase chimique de la photosynthèse.

DOCUMENT DE RÉFÉRENCE • *Organisation d'un chloroplaste*

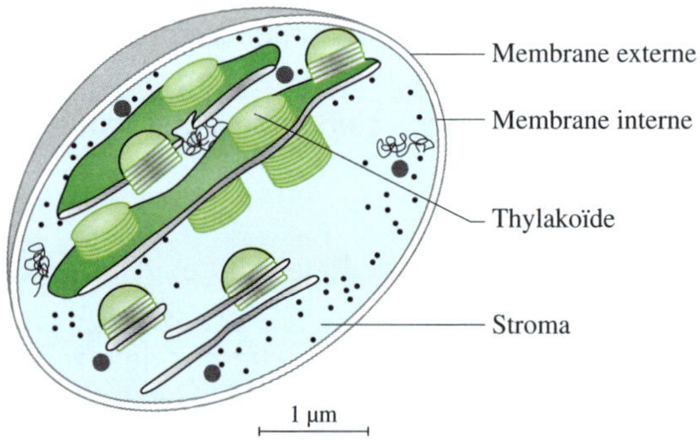

DOCUMENT 1 • *Résultats des expériences de Gaffron (1951)*

Sur des suspensions de chlorelles, Gaffron mesure la quantité de $^{14}CO_2$ incorporée à l'échelle de la seconde dans des molécules organiques, lors du passage entre lumière et obscurité.

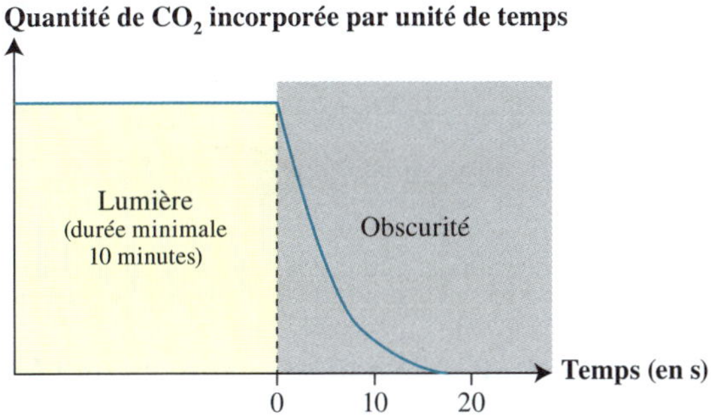

D'après Gaffron et coll., 1951.

DOCUMENT 2 • *Résultats des expériences d'Arnon (1958)*

En 1958, Arnon réalise une série d'expériences en séparant le stroma et les thylakoïdes de chloroplastes :

	Expérience 1	**Expérience 2**	**Expérience 3**	**Expérience 4**
Conditions expérimentales	Thylakoïdes isolés et placés à la lumière en présence de $^{14}CO_2$	Stroma seul, maintenu à l'obscurité et alimenté en $^{14}CO_2$	Stroma seul, maintenu à l'obscurité et alimenté en $^{14}CO_2$ + thylakoïdes ayant séjourné à la lumière	Stroma seul, maintenu à l'obscurité et alimenté en $^{14}CO_2$ + RH_2 et ATP
Radioactivité des molécules organiques ayant incorporé du ^{14}C, en coups par minute ($cps.min^{-1}$)	0	4 000	96 000	97 000

D'après Arnon, 1958.

DOCUMENT 3 • *Réaction de Hill*

Le réactif de Hill est un accepteur d'électrons (de type R). On mesure les variations de concentration en O_2 dans une suspension de thylakoïdes.

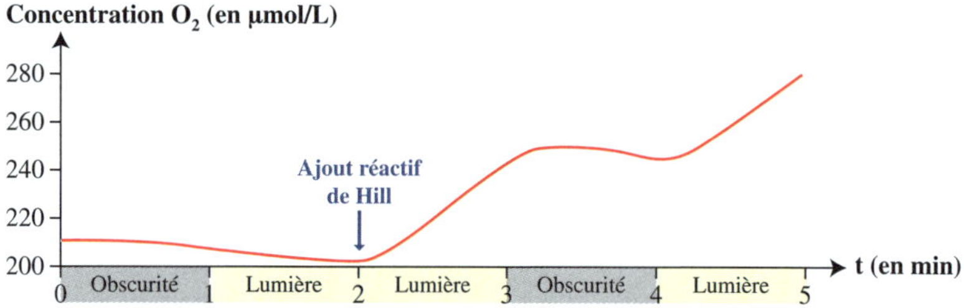

La photo-oxydation de l'eau se réalise selon l'équation d'oxydo-réduction suivante :

$$2\,H_2O + 2\,R \xrightarrow{\text{Énergie lumineuse}} O_2 + 2\,RH_2$$

www.ac-dijon.fr.

DOCUMENT 4 • *Conditions d'éclairement et évolution de la concentration en O_2 et en ATP dans une solution contenant des thylakoïdes*

Des thylakoïdes isolés sont maintenus dans un bioréacteur à pH constant. On mesure la concentration en dioxygène et en ATP au cours du temps dans différentes conditions.

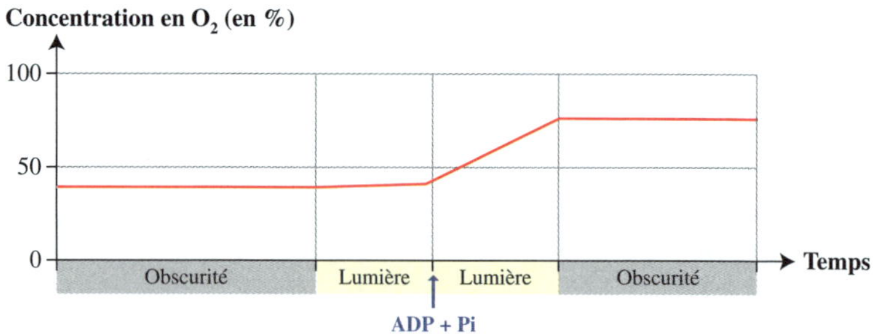

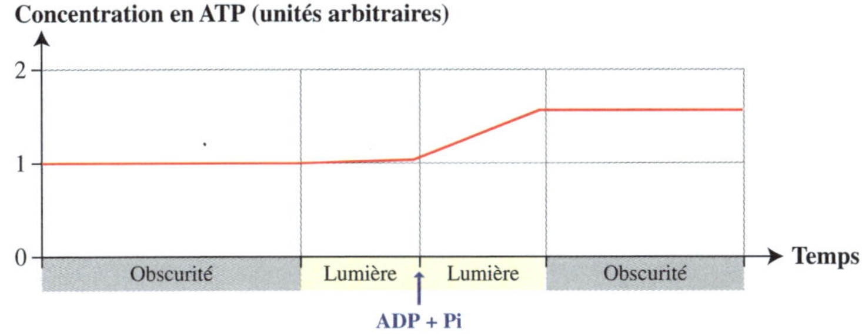

Travail préparatoire

1 h 45 *Voir Conseils généraux pour ce type d'exercice, p. 12.*

Comprendre le sujet

Ce sujet permet de réinvestir vos connaissances sur les deux phases de la photosynthèse. Ces deux phases se déroulent dans deux parties distinctes du chloroplaste : la phase photochimique se déroule au niveau des thylakoïdes et la phase chimique se déroule au niveau du stroma. On cherche à déterminer que les produits de la phase photochimique (ATP et composés réduits RH_2) sont indispensables à la phase chimique pour réaliser la fixation du carbone minéral dans la matière organique. Pour suivre la fixation du carbone minéral, on utilise du dioxyde de carbone avec du carbone radioactif ($^{14}CO_2$). Ainsi, plus il y a de radioactivité dans la matière organique, et plus le carbone minéral aura été fixé.
La phase photochimique est associée à la photo-oxydation de l'eau, qui entraîne une libération de dioxygène.

Lire attentivement les documents

- Le document 1 permet de montrer que l'incorporation de CO_2 se fait s'il y a de la lumière mais qu'il n'est pas strictement dépendant à la présence de lumière.
- Le document 2 permet démontrer que l'incorporation du CO_2 ne peut se réaliser sans les produits de la phase photochimique.

- Le document 3 montre que la photo-oxydation de l'eau est associée à la libération de dioxygène et à la formation de composés réduits RH_2 et qu'il faut obligatoirement un accepteur d'électrons (R) en présence de lumière pour avoir ce dégagement de dioxygène.
- Le document 4 permet de montrer que cette phase photochimique se déroule obligatoirement en présence de ADP + Pi et qu'il y a formation d'ATP.

Organiser son travail

- Rédigez une introduction cernant le sujet et reformulez la question.
- Les documents 3 et 4 permettent de déterminer quels sont les produits de la phase photochimique qui se déroule dans les thylakoïdes. Les produits de la phase photochimique sont donc l'ATP et le RH_2.
- Le documents 1 et 2 permettent de montrer que la phase photochimique ne peut se réaliser qu'à la lumière (document 1) et, plus précisément, qu'avec les produits libérés par la phase photochimique (document 2).
- Pour interpréter les différentes expériences, n'oubliez pas de réaliser des comparaisons afin d'identifier les facteurs qui varient pour réaliser des interprétations cohérentes.

Corrigé rédigé

Introduction

La photosynthèse se déroule dans le chloroplaste des cellules chlorophylliennes. Elle permet de réduire le carbone minéral (CO_2 atmosphérique) en carbone organique. On cherche à déterminer les produits synthétisés au cours de la phase photochimique et à montrer que ceux-ci sont indispensables pour réaliser la phase chimique.

I. Les produits de la phase photochimique

Le document 3 reprend l'expérience de la réaction de Hill. On mesure les variations de concentration de dioxygène dans une suspension de thylakoïdes (en l'absence de stroma). Les thylakoïdes sont des structures caractéristiques des chloroplastes (document de référence). On fait varier, au cours de l'expérience, la luminosité et la quantité de réactif de Hill (accepteur d'électrons de type R).

Au début de l'expérience, à l'obscurité et à la lumière sans réactif de Hill, on constate que la concentration de dioxygène diminue (de 210 à environ 201 µmol/L). *On a juste fait varier la luminosité dans ce début d'expérience, donc la présence de lumière seule sur les thylakoïdes ne permet pas la production de dioxygène, donc pas de photosynthèse car cette réaction est associée à une libération de dioxygène :*

$$6\,CO_2 + 6\,H_2O \xrightarrow{\text{lumière}} C_6H_{12}O_6 + 6\,O_2$$

Si on ajoute le réactif de Hill en présence de lumière, la quantité de dioxygène augmente (de 201 à 250 µmol/L). *La seule différence avec l'étape précédente est la présence du réactif de Hill. On peut donc en déduire que le dégagement de dioxygène (donc la photosynthèse) nécessite la présence d'un accepteur d'électrons.*

Si on place l'expérience à l'obscurité, la quantité de dioxygène diminue (de 250 à 245 µmol/L). *La seule différence avec l'expérience est la présence de lumière, on peut donc dire que l'accepteur d'électrons seul ne suffit pas pour réaliser la photosynthèse.*

On peut donc en conclure qu'au niveau des thylakoïdes, il se déroule une étape dépendante de la lumière et d'un accepteur d'électrons (de type R). Cette étape correspond à la phase dite « photochimique » (car dépendante de la lumière) ; elle est associée à la photo-oxydation de l'eau et à la réduction du composé R (l'accepteur d'électrons) en composé RH_2.

Le document 4 reprend une expérience où on mesure soit la concentration de dioxygène (pour voir s'il y a photosynthèse ou pas), soit la concentration d'ATP pour voir si l'ATP est synthétisé ou consommé au cours de la photosynthèse. On fait varier la luminosité et la quantité d'ADP + Pi (molécules à partir desquelles on forme l'ATP).

Dans un premier graphique, on fait varier la luminosité en l'absence d'ADP + Pi ; on constate que la concentration de dioxygène reste stable (environ 35 %).

Si on rajoute de l'ADP + Pi à la lumière, on constate que la quantité de dioxygène augmente (de 35 à plus de 75 %). *La seule différence avec la manipulation précédente est la présence d'ADP + Pi, on peut en déduire que la phase photochimique au niveau des thylakoïdes nécessite la présence d'ADP + Pi.*

Dans le deuxième graphique, on mesure la concentration d'ATP. On constate qu'en l'absence d'ADP + Pi, à l'obscurité ou à la lumière, la concentration d'ATP reste stable (1 ua). Par contre, en présence d'ADP + Pi, à la lumière, la concentration d'ATP augmente (de 1 à 1,6 ua). *La seule différence étant la présence d'ADP + Pi, on peut en déduire que la phase photochimique se déroule obligatoirement en présence d'ADP + Pi et qu'il y a synthèse d'ATP.*

L'étude des documents 3 et 4 permet de dire que, durant la phase photochimique qui se déroule dans les thylakoïdes, il y a production d'ATP et de molécules réduites RH_2.

On peut alors se demander si ces molécules sont nécessaires à la deuxième phase de la photosynthèse dans le stroma des chloroplastes.

II. La nécessité des produits de la phase photochimique pour réaliser la phase chimique

Au cours de la première phase de la photosynthèse, il n'y a pas eu fixation du CO_2 ; ceci se réalise au cours de la deuxième phase de la photosynthèse.

Le document 1 reprend les résultats de l'expérience historique de Gaffron. Dans une suspension de chlorelles (organismes unicellulaires photosynthétiques), il a mesuré la quantité de carbone fixé dans les molécules organiques. Pour cela, il a utilisé du $^{14}CO_2$, c'est-à-dire du CO_2 avec le carbone marqué radioactivement pour suivre son devenir.

On constate qu'à la lumière, la quantité de CO_2 incorporée dans la matière organique est élevée et stable. Par contre, à l'obscurité, la quantité de CO_2 incorporée diminue fortement.

La seule différence entre ces deux manipulations est la luminosité. On peut donc en déduire que l'incorporation de du carbone minéral dans la matière organique nécessite la lumière, donc la première phase de photosynthèse (phase photochimique).

Le document 2 permet de préciser quelles sont les molécules indispensables pour réaliser la phase chimique. Ce document reprend les résultats des expériences d'Arnon. Ce dernier a séparé les thylakoïdes du stroma des chloroplastes et il a utilisé du $^{14}CO_2$ pour montrer dans quelles conditions le carbone minéral était incorporé dans la matière organique.

Dans l'expérience 1, en présence de thylakoïdes et de lumière, on constate qu'il n'y a pas de radioactivité dans la matière organique. *Donc, on peut en déduire que l'incorporation du carbone minéral ne se fait pas dans les thylakoïdes.*

L'expérience 2, en présence du stroma seul à l'obscurité, montre une légère radioactivité dans la matière organique (4 000 cps/min). *On peut en déduire que l'incorporation du carbone minéral se réalise dans le stroma.*

L'expérience 3 reprend les éléments de l'expérience mais on y ajoute des thylakoïdes ayant séjourné à la lumière. On constate une radioactivité importante dans la matière organique (96 000 cps/min). *La seule différence avec l'expérience 2 est la présence des thylakoïdes placés à la lumière. Cela permet de confirmer que pour fixer du carbone, il faut la phase photochimique qui se déroule dans les thylakoïdes à la lumière.*

Dans l'expérience 4, Arnon prend du stroma et les produits de la phase photochimique (ATP et RH_2) ; on constate que la radioactivité dans la matière organique est la même que dans l'expérience 3. *On peut donc en déduire que la fixation de carbone minéral dans la matière organique se déroule dans le stroma et qu'il faut obligatoirement les produits de la phase photochimique, à savoir l'ATP et les composés réduits RH_2.*

Conclusion

La photosynthèse se déroule dans le chloroplaste en deux étapes. La phase photochimique se déroule dans les thylakoïdes et elle entraîne la production d'ATP et de RH_2. Ces molécules sont indispensables à la réalisation de la deuxième étape de la photosynthèse, qui se déroule dans le stroma des chloroplastes. En effet, grâce à l'ATP et le RH_2, le carbone minéral contenu dans le CO_2 atmosphérique est incorporé dans la matière organique.

SUJET 25

De la plante sauvage à la plante domestiquée

EXERCICE 1 : MAÎTRISE DES CONNAISSANCES

La collaboration entre les plantes à fleurs et des espèces animales

Les végétaux terrestres sont, pour la plupart, des êtres vivants fixés. La vie fixée impose des contraintes, notamment pour la reproduction sexuée.

Expliquer pourquoi une collaboration avec des espèces animales est indispensable, chez certaines espèces de plantes à fleurs, pour assurer la fécondation et la dispersion des graines et, ainsi, la colonisation du milieu.

L'exposé devra comporter une introduction, un développement structuré, une conclusion et sera illustré obligatoirement par, au moins, un schéma montrant l'organisation générale d'une fleur.

Travail préparatoire

1 h 45 *Voir Conseils généraux pour ce type d'exercice, p. 11.*

Comprendre le sujet

Ce sujet s'inscrit dans le chapitre « Reproduction de la plante entre vie fixée et mobilité ». L'intitulé de la question vous permet de ne mobiliser vos connaissances que sur la reproduction sexuée des plantes à fleurs. Il s'agit, ici, de mettre en évidence les stratégies mises en place au cours de l'évolution des plantes à fleurs qui leur ont permis de compenser leur absence de mobilité ; la question cible, ainsi, la problématique de la rencontre des gamètes ainsi que la dispersion des graines qui, une fois germées, assure la pérennité de l'espèce. D'autre part, si différentes stratégies existent pour les plantes à fleurs, la question exige de ne développer que celles comprenant une collaboration avec des espèces animales. Enfin, la question demande d'« Expliquer pourquoi » : cela suppose de mobiliser aussi les connaissances sur l'anatomie des fleurs, organes mâles et femelles séparées ou non, afin de comprendre pourquoi la pollinisation doit être assurée par des insectes pollinisateurs. La dispersion des graines pose aussi la question sur la colonisation du milieu. Il faudra donc aussi expliquer en quoi les espèces animales permettent cette dissémination.

Organiser son devoir

- Vous rédigerez une introduction cernant le sujet et reformulant la question avant d'annoncer votre plan.
- Le développement suivra les deux parties du questionnement :
  – dans une première partie, vous aurez à traiter de la pollinisation par les animaux. Vous devrez alors présenter l'organisation générale d'une fleur (un schéma est, par ailleurs, exigé). Vous devrez développer les différents types de fleurs afin d'expliquer en quoi l'intervention des insectes pollinisateurs est indispensable lors des fécondations croisées. Il faudra donc faire un point sur les différents types de fleurs, fleurs avec organes mâle et femelle réunis, fleurs avec organes mâle et femelle séparés. Cette première partie devra être accompagnée d'un ou deux exemples, au choix, traités en classe ;
  – la deuxième partie traitera de la dissémination des graines par les animaux. Pour faire le lien avec la colonisation des milieux, il sera judicieux de revenir, dans un premier temps, sur la graine : ce qu'elle contient, ce qu'elle devient après germination. Pour les différents modes de dissémination des graines, organisez votre réponse en fonction des principaux types de dissémination (graines présentes dans les excréments des animaux, graines « collantes », graines cachées et perdues par les animaux frugivores ou granivores). Comme pour la première partie, il sera judicieux de citer quelques exemples précis.

- Enfin, vous rédigerez une conclusion reprenant les points essentiels. Une belle ouverture est possible car vous aurez montré que les espèces, en établissant ces relations, sont nécessaires au fonctionnement des écosystèmes. La préservation de la biodiversité des espèces est donc un aspect important.

Corrigé rédigé

Introduction

La vie fixée empêche la recherche active des partenaires sexuels. La plante présente différentes stratégies qui permettent à l'espèce de se reproduire et de coloniser son milieu. Les plantes à fleurs utilisent des vecteurs physiques (par exemple le vent ou l'eau) ou la mobilité d'autres êtres vivants pour assurer la dispersion des gamètes ou des graines.

On se propose d'expliquer comment les plantes à fleurs qui ont un mode de vie fixée réussissent une rencontre des gamètes mâles et femelles et la dissémination de leurs graines, assurant ainsi la pérennisation de l'espèce et la colonisation du milieu.

On présentera, dans une première partie, les organes mâle et femelle d'une fleur et la pollinisation par les insectes, et, dans une seconde partie, la dissémination des graines par les animaux.

I. Organisation anatomique de la fleur et pollinisation entomogame

Les fleurs sont des assemblages de plusieurs types d'organes. Elles peuvent posséder des **sépales** (structures semblables aux feuilles), des **pétales**, des **étamines** (organe reproducteur mâle fabriquant les grains de pollen) et le **pistil** composé d'un ou plusieurs **carpelles** (organe reproducteur femelle : l'ovaire des plantes).

Schéma de l'organisation générale d'une plante à fleur

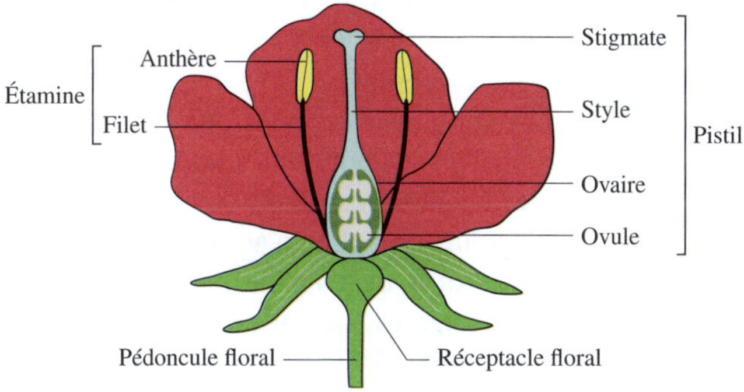

Les anthères des étamines, organes reproducteurs mâles, contiennent les grains de pollen. Chaque grain de pollen contient un gamète mâle. L'ovaire, organe reproducteur femelle, contient des ovules à l'intérieur desquels se trouve le gamète femelle. La pollinisation est le transport du pollen vers l'organe reproducteur femelle.

Comment se réalise la fécondation ? Lorsque les grains de pollen se déposent sur le stigmate, ils germent et un tube pollinique contenant le gamète mâle pénètre dans le style de l'ovaire. Il amène ainsi le gamète mâle vers le gamète femelle et la fécondation a lieu dans l'ovaire. Le transport de pollen est donc indispensable pour permettre la fécondation.

Pourquoi une collaboration avec un animal est-elle indispensable, pour certaines plantes, pour assurer la pollinisation ?

La pollinisation est réalisée de différentes façons selon que les fleurs sont unisexuées ou bisexuées.

Chez les plantes avec des fleurs bisexuées, la fleur possède les deux organes reproducteurs, mâle et femelle. Si chez certaines de ces plantes, la forme de la fleur n'autorise que l'autofécondation, chez la majorité des espèces, les grains de pollen ne peuvent pas féconder les ovules d'une même fleur et l'autofécondation n'est pas possible. Les végétaux utilisent alors une pollinisation croisée entre deux fleurs d'individus différents. C'est dans ce cas que l'on trouve la plus grande variété de stratégies, notamment avec l'aide d'une collaboration animale.

De même, pour les plantes avec des fleurs unisexuées, les organes reproducteurs mâles et femelles se trouvent sur des fleurs différentes. En fonction des espèces, les fleurs mâles et femelles peuvent soit se retrouver sur des individus différents, soit sur le même individu. Dans ce cas, l'intervention d'un animal peut être indispensable pour assurer la pollinisation.

Comment se réalise la collaboration plante/animal pollinisateur ?

La pollinisation entomogame fait intervenir des insectes pollinisateurs.

L'exemple des abeilles pollinisatrices est bien connu. Pour illustrer ce propos, nous allons prendre deux exemples :

- les abeilles pollinisatrices sont bien connues. Au printemps, lorsque les fleurs sont ouvertes, les abeilles les butinent à la recherche de nectar. Or, sur leurs pattes arrière, les abeilles possèdent des peignes, sorte de petits crochets, sur lesquels les grains de pollen s'accrochent quand une abeille vient butiner une fleur. Le corps de l'abeille se recouvre également de grains de pollen. Lorsque l'abeille va butiner une autre fleur, des grains de pollen se détachent et pollinisent, ainsi, la nouvelle fleur visitée ;
- certaines orchidées émettent un parfum similaire à celui de l'insecte femelle auquel la fleur ressemble. L'insecte mâle est attiré par la fleur d'orchidée et essaye de s'accoupler avec elle. Sa tentative de copulation ayant échoué, l'insecte s'envole à la recherche d'une autre partenaire et emporte avec lui les grains de pollen vers une autre fleur de la même espèce.

D'autre part, lorsque l'insecte se pose sur un pétale, celui-ci, sous le poids de l'insecte, fait basculer les étamines vers l'insecte butineur. Cette stratégie est très efficace pour la plante car, en se posant sur la fleur, l'insecte se charge de pollen.

Plusieurs espèces de plantes présentent ce type de stratégie avec une forme de fleur dissymétrique et dont certains pétales sont soudés.

Ces insectes pollinisateurs ont co-évolué avec les plantes à fleurs, au point que certaines plantes ne peuvent plus être fécondées que par une seule espèce d'insecte.

II. Dispersion des graines et collaboration avec des animaux disséminateurs

À l'issue de la fécondation, la fleur se transforme en fruit. La paroi de l'ovaire se transforme, donnant une partie du fruit (exemple : la partie charnue des cerises ou des pommes) et les ovules fécondés se transforment en graines (exemples : noyau des cerises, pépins des pommes).

Que devient la graine ? Lorsque le fruit tombe à terre, se décompose, la graine peut alors germer, si toutefois les conditions du milieu le permettent. La graine contient des réserves ainsi que l'embryon, plantule miniature qui va se développer pour donner une nouvelle plante. Au cours de la germination, les réserves accumulées sont utilisées pour les premières étapes du développement de la plante.

La dissémination des graines dans un milieu est donc capitale pour permettre à l'espèce de coloniser le milieu dans lequel elle vit, mais aussi pour assurer l'exploitation de nouveaux milieux. Cette dissémination peut s'avérer cruciale pour la plante lors du changement des conditions du milieu.

La vie fixée n'empêche pas la plante de s'installer dans de nouveaux milieux. Les graines peuvent être disséminées par le vent si elles sont légères, petites. Mais d'autres formes de dissémination existent.

Comment est assurée la dissémination des graines par les animaux ? Comme pour la pollinisation, plusieurs cas de figures existent :

- les plantes vont développer des odeurs ou/et des couleurs attractives pour attirer les animaux qui vont manger le fruit et disséminer les graines par le biais des excréments et des fientes. C'est le cas, par exemple, des oiseaux frugivores et granivores comme les merles, qui se nourrissent de baies et qui digèrent la partie charnue du fruit, mais pas les pépins. Les petits mammifères comme les renards sont aussi disséminateurs de graines lorsqu'ils se nourrissent de fruits ;
- le transport peut être également réalisé lorsque les animaux récoltent des fruits pour s'en nourrir. Souvent, ils font une collecte, les déposent pour les stocker mais lorsque l'animal oublie sa cachette ou fait tomber les fruits, les graines peuvent alors germer. L'écureuil, les pies et les geais (gros consommateurs de glands) réalisent ainsi la dissémination des graines ;
- d'autres animaux disséminent aussi les graines lorsque celles-ci s'accrochent dans leurs poils ou leurs plumes. Dans ce cas, ces graines présentent des particularités anatomiques : elles possèdent des sortes de petits crochets qui s'accrochent aux animaux qui les touchent.

Exemple du fruit de la bardane

Crochet du fruit de la bardane

Conclusion

La vie fixée implique donc le développement de stratégies spécifiques pour pérenniser l'espèce. La pollinisation peut se réaliser de différentes façons et l'intervention d'insectes est indispensable pour la pollinisation croisée chez une majorité de plantes à fleurs. Les fleurs attirent ainsi les insectes pollinisateurs par leur couleur, leur forme, leur odeur. L'insecte tire une récompense de la fleur, par exemple le nectar. Ces mécanismes assurent une fécondation croisée.

La dissémination des graines est assurée également par des animaux selon différents procédés. Comme pour la pollinisation, il existe une coévolution entre les animaux disséminateurs et la plante.

Cette collaboration plante-animal assure la pérennité de l'espèce et la colonisation du milieu.

On peut alors raisonnablement affirmer que cette collaboration montre toute l'importance de préserver la biodiversité des espèces.

SUJET 26

De la plante sauvage à la plante domestiquée

EXERCICE 2 : PRATIQUE DU RAISONNEMENT SCIENTIFIQUE

Coopération entre le tambalacoque et le dodo

Le tambalacoque (*Calvaria major*) est un arbre endémique de l'île Maurice, c'est-à-dire qu'il n'existe que sur cette île.

En 1973, l'espèce était en voie de disparition : il ne restait, en effet, que 13 spécimens, tous âgés de 300 ans.

Le professeur américain Stanley Temple défendit l'explication selon laquelle la disparition au XVIIe siècle d'un « gros dindon » endémique de l'île Maurice, le dodo (*Raphus cucullatus*), se nourrissant de graines et de fruits, pouvait être mise en relation avec celle du tambalacoque. Il émit l'hypothèse que, pour germer, ces graines devaient transiter par le système digestif du dodo. Ainsi, l'extinction de cet animal condamnait le tambalacoque à la disparition.

Rechercher des arguments favorables à l'existence d'une relation de dépendance exclusive du tambalacoque envers le dodo, défendue par Stanley Temple, et montrer que cette idée divise la communauté scientifique.

Votre réponse s'appuiera sur l'exploitation du dossier et l'utilisation de connaissances.

▶▶▶

DOCUMENT DE RÉFÉRENCE • *Deux représentants endémiques de l'île Maurice*

Document a : *gravure de dodo (fin du XVIIIe siècle)*

Document b : *tambalacoque (Calvaria)*

Document c : *photographie de fruits de tambalacoque*

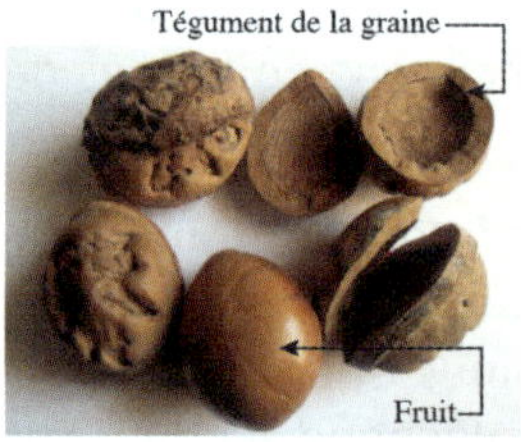

www.svt.ocean-indien.

DOCUMENT 1 • *Extrait de* Le Pouce du Panda *de Stephen Jay Gould*

Les gros fruits du tambalacoque, qui ont quelques cinq centimètres de diamètre, sont composés d'une graine enveloppée dans un tégument dur d'environ un centimètre d'épaisseur. Ce tégument est entouré par une chair juteuse et succulente recouverte par une fine peau externe. Selon les conclusions de Temple, les graines de tambalacoque ne parviennent pas à germer à cause de l'épaisseur du tégument [...].

Les premiers explorateurs ont écrit que le dodo se nourrissait des fruits et des graines des grands arbres des forêts. Le dodo avait un « estomac » puissant, rempli de gros cailloux, qui pouvaient abraser et écraser les aliments durs. [...] Temple estima que les téguments des graines de tambalacoque étaient assez épais pour résister à l'écrasement mais pas à l'abrasion [...].

Les dodos auraient fort bien pu régurgiter les téguments, ou leur faire poursuivre leur chemin dans l'appareil digestif [...].

Stephen Jay Gould, *Le Pouce du Panda*, Éditions Grasset, 1982.

DOCUMENT 2 • *Les conditions de germination des graines de genévrier*

Chez les plantes sauvages, la germination des graines est généralement empêchée par la présence d'un tégument épais, dur et imperméable.

Des suivis de germination ont été réalisés pendant 120 jours sur des graines de genévrier dans différentes conditions. L'abrasion au papier de verre permet d'user les téguments des graines.

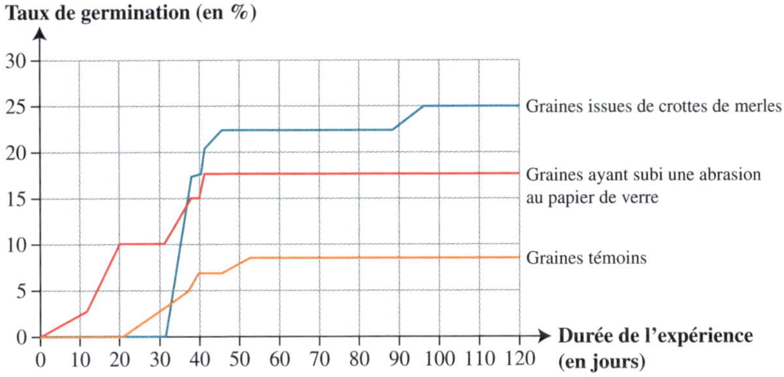

www.biologie.ens-lyon.fr.

DOCUMENT 3 • *Alimentation des oiseaux endémiques et des oiseaux introduits sur l'île de Nouvelle-Zélande*

Une étude a été réalisée, en Nouvelle-Zélande, sur le rôle des oiseaux dans la dispersion des graines de plantes endémiques (*Podocarpus halli*) et de plantes introduites par l'homme. Pour cela, on a capturé des oiseaux endémiques, comme le méliphage carillonneur (*Anthornis melanura*), et différentes espèces de passereaux introduites par l'homme.

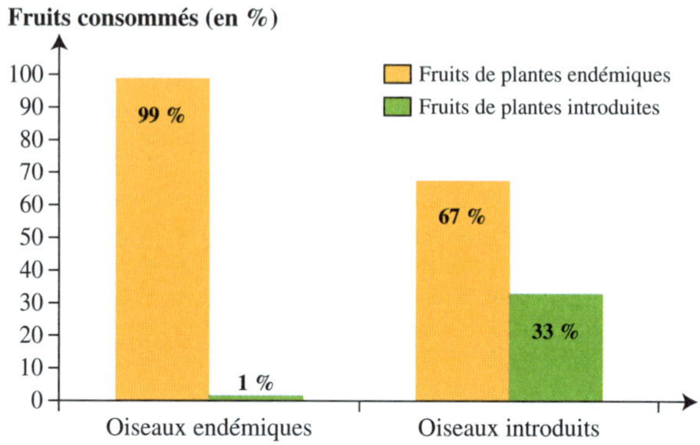

Williams and Karl, *Fruit in the diet of birds in New Zealand, Journal of ecology* (1196).

DOCUMENT 4 • *Extrait de* Le Pouce du Panda *de Stephen Jay Gould*

Le docteur Owadaly, du service mauricien des forêts, mit sérieusement en doute la thèse de Temple dans un commentaire technique publié dans la revue *Science* [...].

[...] Le service des forêts étudie et réalise depuis quelques années la germination des graines de tambalacoque sans intervention d'aucun oiseau.

De plus, un inventaire des forêts tropicales des hautes terres, dressé en 1941, a montré qu'il existait une population assez importante de jeunes plants de tambalacoque qui avaient certainement moins de soixante-quinze ans. L'extinction du dodo remonte à 1675 ! [...]

Stephen Jay Gould, *Le Pouce du Panda*, Éditions Grasset, 1982.

Travail préparatoire

1 h 45 *Voir Conseils généraux pour ce type d'exercice, p. 12.*

Comprendre le sujet

Le sujet consiste à trouver dans les documents fournis, des arguments pour expliquer la lente disparition d'une espèce végétale endémique de l'île Maurice : le tambalacoque.
Deux idées s'affrontent pour expliquer cela :
- une émise par Stanley Temple selon laquelle il existe une relation de dépendance exclusive du tambalacoque envers le dodo (oiseau endémique de l'île Maurice disparu au XVIIe siècle) ;
- une autre soutenue par la communauté scientifique, invalidant cette dépendance exclusive du tambalacoque envers le dodo.

Les documents fournis ne posent pas de difficultés majeures de compréhension. Il faudra chercher dans les différents documents des arguments pour l'une et l'autre idée. Une étude exhaustive des documents n'est pas attendue, il faudra tirer les informations indispensables afin de résoudre convenablement le problème posé.

Lire attentivement les documents

- Le document de référence n'est pas à exploiter. Il sert juste à représenter les deux espèces étudiées dans ce sujet.
- Le document 1 est un texte issu d'un ouvrage de Stephen Jay Gould. L'auteur précise que le tambalacoque produit des graines avec un tégument épais, ce qui peut rendre la germination difficile. Il explique aussi que le dodo possédait un estomac puissant qui pouvait écraser les graines et donc faciliter la germination.
- Le document 2 montre que lorsque les téguments des graines sont abimés, la germination est facilitée.
- Le document 3 montre que les oiseaux endémiques d'une île ne se nourrissent quasi-exclusivement que des graines des plantes endémiques.
- Le document 4 met plus en avant des arguments contre la thèse de Temple.

Organiser son devoir

Avant de vous lancer dans la rédaction de votre sujet, lisez attentivement l'ensemble des documents et utilisez deux marqueurs de couleurs différentes afin de surligner dans les quatre documents les arguments en faveur de l'une ou l'autre idée. **Attention** : les documents 1, 2 et 3 comportent des arguments pour les deux idées. Le document 4 met plus en avant des arguments contre la thèse de Temple.

Vous pourrez, ainsi, organiser votre réponse en deux temps :

- les arguments en faveur de la dépendance exclusive du tambalacoque envers le dodo, soutenue par Temple. Ici, les deux grandes idées à mettre en avant sont les suivantes :
  – le tégument des fruits du tambalacoque est trop épais pour que la graine puisse germer seule ;
  – la germination des graines du tambalacoque nécessite l'intervention exclusive du dodo.
- les arguments en faveur de la non-dépendance exclusive du tambalacoque envers le dodo, soutenue par la communauté scientifique. Ici, vous pourrez mettre en avant le fait que :
  – le dodo n'est pas le seul oiseau à pouvoir manger les fruits du tambalacoque ;
  – la germination peut se passer de l'abrasion du tégument de la graine ;
  – la germination des graines du tambalacoque peut se passer du dodo.

Il est possible de faire une synthèse finale pour répertorier tous les arguments. On peut aussi faire des bilans intermédiaires (cas proposé ici) afin de reprendre les arguments tirés des documents.

Corrigé rédigé

Introduction

On cherche des arguments en faveur de deux idées qui divisent la communauté scientifique :

- une idée défendue par Stanley Temple, disant qu'il existe une dépendance exclusive du tambalacoque envers le dodo ;
- une autre montrant que cette dépendance exclusive n'est pas fondée.

I. Les arguments en faveur de la dépendance exclusive du tambalacoque envers le dodo

Le tégument des fruits du tambalacoque sont trop épais pour que la graine puisse germer seule.

Le document 1 est un extrait d'un ouvrage de Stephen Jay Gould, *Le Pouce du Panda*. Il y précise que le tambalacoque est un arbre qui possède de gros fruits (cinq centimètres de diamètre) avec un tégument de la graine dur et épais, d'environ un centimètre. Ceci peut être aussi vérifié sur le document de référence. *Le fruit est l'organe de dispersion de la plante qui lui permet de coloniser les milieux. Le fruit du tambalacoque renferme une graine. La graine est issue de la fécondation de l'ovule par le pollen. Dans les bonnes conditions, la graine pourra germer pour donner une nouvelle plante.*

Temple émet l'idée que les graines de tambalacoque ne peuvent pas germer seules car le tégument de la graine est trop épais. Le document 2 valide cette idée car on nous précise que, chez les plantes sauvages, le tégument épais, dur et imperméable des graines empêche leur germination.

La germination des graines du tambalacoque nécessite l'intervention exclusive du dodo.

Le document 2 montre le suivi de germination sur des graines de genévrier possédant un tégument épais.

Pour l'expérience témoin, on constate que le taux de germination augmente de 0 à 8 % entre le 20e et le 50e jour de l'expérience ; puis, il reste stable à 8 % jusqu'à la fin de l'expérience (120e jour).

Sans intervention extérieure, le taux de germination des graines de genévriers est faible.

Dans une autre manipulation, on réalise l'abrasion au papier de verre des graines de genévrier. On constate que le taux de germination augmente fortement dès le début de l'expérience, il passe de 0 % à 17 % dans les 40 premiers jours de l'expérience, puis il reste stable à 17 % jusqu'à la fin de l'expérience.

La seule différence entre cette expérience et l'expérience témoin, c'est l'abrasion au papier de verre qui permet d'user les téguments des graines. Si on observe une différence dans les résultats obtenus, cela sera dû à cette abrasion. On peut donc en déduire que l'abrasion du tégument de la graine favorise et accélère le taux de germination des graines.

Dans une dernière expérience, on suit le taux de germination de graines issues de crottes de merles. On constate que le taux de germination augmente très fortement, de 0 % à 23 % entre le 30e et le 45e jour. Puis, il augmente légèrement, de 23 % à 25 %, jusqu'à la fin de l'expérience.

La seule différence entre cette expérience et l'expérience témoin, c'est que la graine est passée par le tube digestif de l'oiseau. Si on observe une différence dans les résultats obtenus, cela sera dû à cette étape. Le tube digestif d'un oiseau (ici, le merle) contient des petits cailloux permettant d'abraser et d'écraser les téguments des graines. On peut donc en déduire qu'une forte abrasion des téguments entraîne un taux de germination important.

Le document 3 nous montre la relation alimentaire entre les oiseaux endémiques et les plantes endémiques et introduites dans l'île de Nouvelle-Zélande. On constate que les oiseaux endémiques (c'est-à-dire qui n'existent que sur cette île) consomment quasi-exclusivement des fruits des plantes endémiques (99 % des fruits consommés).

On peut donc penser que la germination des graines de tambalacoque est directement liée aux oiseaux endémiques de l'île Maurice.

D'après le document 1, Stanley Temple pense que la germination des graines de tambalacoque ne pouvait donc se réaliser que par le passage dans le tube digestif du dodo (animal endémique de l'île Maurice). Le dodo avait un « estomac » puissant, rempli de cailloux assez gros pour abraser le tégument des graines du tambalacoque. Ainsi, soit en régurgitant la graine, soit en l'éjectant dans ses fientes, le dodo aurait pu favoriser grandement le peuplement du milieu par le tambalacoque.

Toutefois, le dodo ayant disparu depuis la fin du XVIIe siècle, ceci a pu entraîner la disparition progressive du tambalacoque. On ne retrouvait d'ailleurs plus que 13 spécimens en 1973, tous âgés de 300 ans.

Bilan

Stanley Temple a émis l'hypothèse suivante : la germination des graines de tambalacoque a une dépendance exclusive avec le passage dans le tube digestif du dodo (document 1). Le dodo était un oiseau endémique de l'île Maurice et on peut supposer qu'il se nourrissait quasi-exclusivement de graines de plantes endémiques (document 3). La disparition du dodo à la fin du XVIIe siècle n'a plus permis au tégument des graines d'être convenablement abrasé. La germination a donc été rendue impossible (document 2), d'où la disparition progressive du tambalacoque.

II. Les arguments en faveur de la non-dépendance exclusive du tambalacoque envers le dodo

Le dodo n'est pas le seul oiseau à pouvoir manger les fruits du tambalacoque.

Le document 3 nous montre aussi la relation alimentaire entre les oiseaux introduits et les plantes endémiques et introduites dans l'île de Nouvelle-Zélande.

On constate que les oiseaux introduits consomment 67 % de fruits de plantes endémiques et 33 % de fruits de plantes introduites.

Les oiseaux endémiques ne sont donc pas les seuls à manger des fruits des plantes endémiques car les oiseaux introduits les utilisent pour les deux tiers de leur régime alimentaire.

La germination peut se passer de l'abrasion du tégument de la graine.

Comme nous l'avons vu dans le document 2, pour l'expérience témoin, une graine non abrasée peut tout de même germer avec un taux de 8 %.

De plus, dans le document 4 qui est tiré du même ouvrage que le document 1, on voit que la germination des graines de tambalacoque peut se réaliser sans l'intervention d'un oiseau.

Le passage dans le tube digestif d'un oiseau n'est donc pas indispensable pour la germination des graines de tambalacoque (même si le taux de germination reste faible).

La germination des graines du tambalacoque peut se passer du dodo.

D'après le document 4, en 1941, on a pu constater l'existence de jeunes plants de tambalacoque âgés de moins de 75 ans. Or, l'extinction du dodo remonte à 1675.

On a donc eu des jeunes plants qui sont apparus bien après la disparition du dodo. La germination des graines a donc pu se réaliser sans lui.

De plus, d'après le document 1, le puissant « estomac » du dodo aurait pu écraser les fruits du tambalacoque et donc détruire les graines, ce qui aurait empêché la germination.

Bilan

D'autres oiseaux endémiques ou introduits peuvent aussi manger les fruits du tambalacoque et donc abraser le tégument de la graine (document 3). La germination de la graine de tambalacoque peut se réaliser sans le dodo puisque de jeunes plants sont apparus récemment (document 4). De plus, la germination de ces graines peut se réaliser sans oiseau (document 4).

Pour la communauté scientifique, il n'y a pas de dépendance exclusive du tambalacoque envers le dodo. La disparition du dodo vers la fin du XVIIe siècle n'est donc pas responsable de la disparition progressive du tambalacoque. On peut imaginer que la modification du milieu par l'homme ou la concurrence d'espèces végétales introduites sont des causes possibles de la lente disparition du tambalacoque.

SUJET 27

Les climats de la Terre : comprendre le passé pour agir aujourd'hui et demain

EXERCICE 1 : MAÎTRISE DES CONNAISSANCES

Les variations climatiques depuis 800 000 ans

La reconstitution des climats anciens s'appuie sur un ensemble de méthodes scientifiques basées sur l'observation et l'analyse des roches sédimentaires, des fossiles ainsi que l'utilisation d'indices géochimiques. Ces méthodes ont permis de montrer des variations climatiques sur les 800 000 dernières années, caractérisées par des périodes de refroidissement généralisé, les périodes glaciaires, alternant avec des périodes de réchauffement, les périodes interglaciaires.

Exposer comment l'étude des grains de pollen et le $\delta\ ^{18}O$ des glaces polaires permettent de reconstituer les climats sur les 800 000 dernières années et expliquer comment certains facteurs déclenchent ou amplifient ces variations climatiques.

L'exposé devra comporter une introduction, un développement structuré et une conclusion. Votre développement sera accompagné d'un ou deux schémas démonstratifs de votre choix.

DOCUMENT DE RÉFÉRENCE • *Variation des écarts de température en Antarctique sur les 800 000 dernières années*

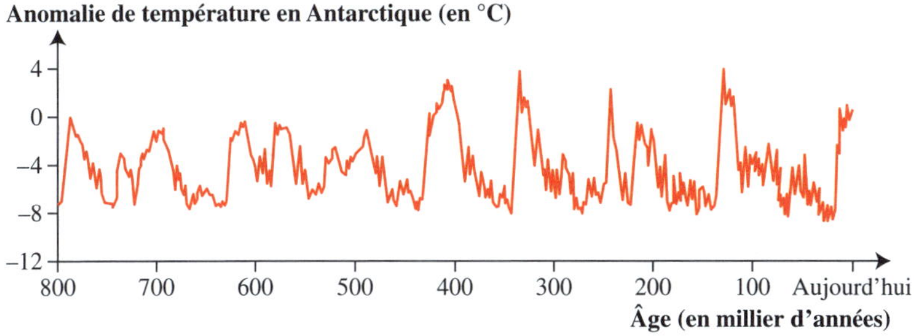

Travail préparatoire

1 h 45 *Voir Conseils généraux pour ce type d'exercice, p. 11.*

Comprendre le sujet

Ce sujet s'inscrit dans le chapitre « Reconstituer et comprendre les variations climatiques passées ». Il est précisé que l'on ne s'intéresse qu'aux variations climatiques des 800 000 dernières années, caractérisées par une alternance de périodes glaciaires et interglaciaires. Vous devez mobiliser vos connaissances sur deux types d'indices : l'étude des grains de pollen et le $\delta\ ^{18}O$ des glaces polaires. Il vous faudra alors expliquer pourquoi les grains de pollen sont des indicateurs de climat et en quoi consiste le $\delta\ ^{18}O$. Pour cet indice, vous devez montrer pourquoi il permet, en plus, de déterminer des variations de températures aux pôles. Il permet donc une quantification des variations climatiques plus précise. La notion de paléothermomètre devra donc apparaître.

Le document de référence doit vous amener à vous interroger sur les variations cycliques de ces températures, ce qui vous amènera sur les paramètres astronomiques mis en jeu. Il ne s'agit pas de développer tous les aspects de ces paramètres, mais de faire comprendre que ce sont des variations qui ont lieu à intervalle régulier et que ce sont des déclencheurs des changements de climats. Des facteurs amplificateurs étudiés en classe doivent, ensuite, vous permettre d'aborder la notion d'amplification des variations climatiques (effet de rétroaction) : les rôles du CO_2 et de l'albédo sont à expliquer.

Organiser son devoir

- Vous rédigerez une introduction cernant le sujet et reformulant la question avant d'annoncer votre plan.
- Le développement pourra suivre les deux parties du questionnement : les indices puis les facteurs (ne faites pas de hors-sujet, prenez garde à bien prendre en compte ce qui a été dit dans la rubrique « Comprendre le sujet »).
- Afin d'argumenter vos réponses, vous pouvez utiliser les exemples étudiés en classe mais aussi pendant les séances de travaux pratiques, lors de l'étude de documents en classe. Réalisez un schéma montrant, par exemple, une relation de cause à conséquence. Organisez votre réponse afin de montrer que votre développement s'articule sur un enchaînement d'observations, de mesures, de déductions amenant de nouvelles interrogations.
- Votre conclusion reprendra les notions essentielles : les méthodes d'investigations et l'intérêt quantitatif du $\delta^{18}O$, les conséquences climatiques des variations des paramètres orbitaux et leur influence sur les facteurs amplificateurs.

Corrigé rédigé

Introduction

Des études ont montré que durant les 800 000 dernières années, des périodes de refroidissement correspondant à des périodes glaciaires, et des périodes de réchauffement correspondant à des périodes interglaciaires, ont alterné de façon cyclique.

On se propose de montrer sur quels types d'indices les scientifiques s'appuient pour déterminer ces changements climatiques et comment ils en expliquent l'origine.

Une première partie s'intéressera, en particulier, à deux types d'indices, l'étude des pollens et celle du δ ^{18}O, et une seconde partie permettra d'expliquer l'origine des variations climatiques avec les modifications des paramètres orbitaux et de montrer comment certains facteurs amplifient ces variations.

I. Des indices permettant de reconstituer les variations climatiques

A. Des indices biologiques : l'étude des grains de pollen

Les variations climatiques locales peuvent être déduites de l'étude de carottes sédimentaires de lacs ou de tourbières. Grâce à ces carottages, on peut effectuer une comparaison des pollens fossiles et des pollens actuels et identifier les végétaux qui se sont succédés au cours du temps dans une région donnée.

Quelles sont les caractéristiques des grains de pollen permettant d'identifier les espèces végétales ? L'identification se fait au microscope optique sur des critères de taille, de forme, de présence de pores ou de sillons, d'ornementation de l'exine (enveloppe externe).

Exemple de grains de pollen observés au microscope au grossissement × 400

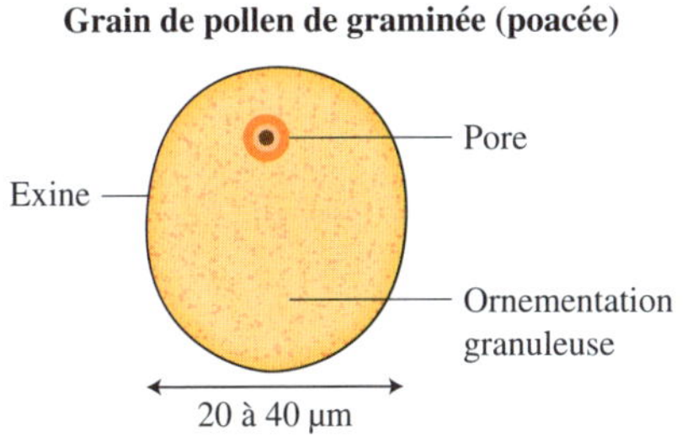

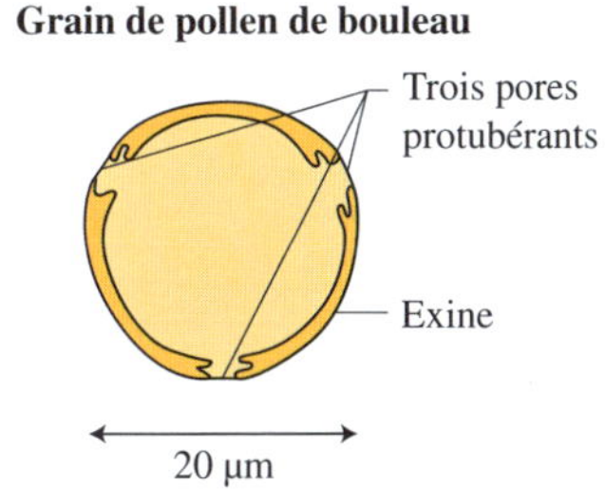

Pourquoi les grains de pollen sont-ils des indicateurs de climats ? En appliquant le principe d'actualisme (c'est-à-dire en considérant que les espèces d'autrefois avaient les mêmes exigences climatiques que les espèces actuelles), on sait que les graminées ont une préférence pour les climats plus froids. Le bouleau supporte les climats froids et a besoin d'humidité. L'association de ces deux végétaux à une époque donnée indique un refroidissement du climat.

Ainsi, la répartition en pourcentage des pollens des différentes espèces permet d'établir un diagramme pollinique. On peut ainsi reconstituer les climats qui se sont succédés localement au cours du temps.

Le graphique du document de référence montre des variations d'écart de température en Antarctique pouvant aller jusqu'à 12 °C de différence. On observe des périodes plus froides (– 12 °C enregistrés) alternant avec des périodes plus chaudes (0 °C).

Comment a-t-on pu établir ces variations de température ?

B. Des indices physico-chimiques dans les carottes de glace

Les variations locales de température au-dessus des calottes polaires sont déduites de la composition isotopique de l'oxygène $^{18}O/^{16}O$ de la glace. Les glaces polaires se forment par accumulation de neige. Le principe de superposition s'applique à leur étude : les couches de glace superficielles sont plus récentes que les couches profondes.

Comment calcule-t-on le $\delta\ ^{18}O$? L'oxygène présente deux isotopes stables, ^{18}O et ^{16}O présents en quantités différentes dans l'eau, la glace ou la neige. On mesure le rapport isotopique de la glace ($^{18}O/^{16}O$), puis on calcule le $\delta\ ^{18}O$ en utilisant un rapport isotopique de référence.

Pourquoi le $\delta\ ^{18}O$ est-il qualifié de thermomètre isotopique ? Plus le $\delta\ ^{18}O$ est négatif, plus la température au moment de la formation de la glace est basse. On a ainsi établi une relation de proportionnalité entre la valeur du $\delta\ ^{18}O$ et la température.

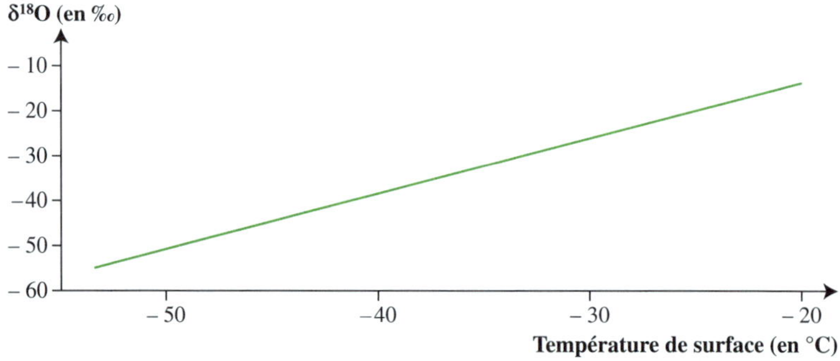

Le $\delta\ ^{18}O$ permet ainsi de déterminer des variations de températures au niveau des pôles.

Comment les températures ont-elles varié depuis 800 000 ans ? Le document de référence montre des variations de température déduites de l'étude du $\delta\ ^{18}O$.

Ces études ont permis de montrer que le climat a fluctué de manière cyclique avec l'alternance de périodes glaciaires et de périodes interglaciaires. Chaque cycle climatique, d'une durée approximative de 80 000 à 100 000 ans, est ainsi caractérisé par une phase de refroidissement lent et irrégulier (d'une durée de l'ordre de 90 000 ans) et d'une phase de réchauffement plus rapide qui peut durer de 10 000 à 20 000 ans. On reconnaît actuellement que depuis 800 000 ans, la Terre a connu huit cycles climatiques.

Comment expliquer ces variations cycliques ?

II. Des facteurs déclencheurs et amplificateurs des variations climatiques

A. Des paramètres astronomiques déclencheurs des variations climatiques

La puissance solaire moyenne reçue par la Terre (en haut de l'atmosphère) ou constante solaire est de 342 W/m^2. Elle varie en fonction des paramètres orbitaux de la Terre. La théorie de Milankovitch permet d'expliquer des changements des climats en relation avec ces changements de paramètres : excentricité, obliquité et précession des équinoxes. Ces changements sont cycliques et en corrélation avec les enregistrements effectués grâce aux indices physico-chimiques.

Prenons l'exemple de l'excentricité : on observe une variation de l'excentricité tous les 100 000 ans. Lorsque l'orbite décrit par la rotation de la Terre autour du soleil est elliptique, il y a une diminution de la constante solaire : la température globale de la Terre diminue et déclenche un refroidissement généralisé (et inversement lorsque l'orbite devient circulaire).

Relation de cause à conséquence lors des modifications de l'excentricité de l'orbite de la Terre

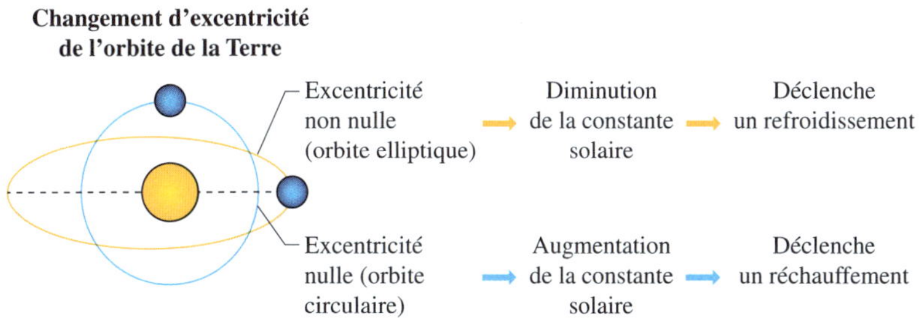

Les trois paramètres astronomiques déclenchent des changements climatiques selon des cycles allant de 400 000 ans à 19 000 ans.

Cependant, ces variations cycliques n'expliquent pas les écarts de températures déduites des paléothermomètres. On a déterminé, par exemple, qu'une diminution de la constante solaire déclenchait une baisse de 0,5 °C. Or, d'après le document de référence, les variations atteignent – 12 °C. Quels sont les autres facteurs qui interviennent ?

B. Des facteurs qui amplifient les changements climatiques

Le premier facteur est une modification de l'effet de serre. Les analyses des bulles de gaz piégées dans les glaces permettent aussi de récolter des données sur la composition gazeuse de l'atmosphère au cours des 800 000 dernières années. De nombreux gaz sont étudiés et certains, comme les gaz à effet de serre tels que le dioxyde de carbone et le méthane, sont significatifs et permettent d'expliquer les variations climatiques. En effet, on constate une corrélation étroite entre les concentrations en CO_2 et les changements de température enregistrés aux pôles : lorsque la concentration des gaz à effet de serre augmente, on enregistre une augmentation de la température.

Les modifications des paramètres astronomiques sont des déclencheurs de variations de climats. Ces variations sont amplifiées par un processus de rétroaction positive ou diminuées par rétroaction négative. Par exemple, si les paramètres orbitaux déclenchent une augmentation de la quantité d'énergie reçue à la surface de la Terre, on observe une amorce de réchauffement climatique. Ce réchauffement va interférer sur le cycle du carbone : réchauffement des eaux de surface, diminution de la solubilité du CO_2 dans l'eau. Les océans deviennent des sources de CO_2. Du CO_2 passe dans l'atmosphère, ce qui engendre une augmentation de l'effet de serre. Dans ce cas, il y a amplification du réchauffement (rétroaction positive) avec un forçage radiatif positif (augmentation de la quantité d'énergie au sol).

Même type de raisonnement si les modifications des paramètres orbitaux déclenchent un refroidissement. Dans ce cas, les océans deviennent des puits de CO_2. Dans ce cas, le taux de CO_2 atmosphérique diminue, l'effet de serre diminue et amplifie ainsi le refroidissement.

Un autre facteur intervient, l'albédo. Une modification de l'albédo de la Terre amplifie les variations climatiques. L'albédo correspond au rapport de l'énergie lumineuse réfléchie par une surface sur l'énergie incidente. Plus une surface réfléchit de l'énergie, plus elle se refroidit. Dans ce cas, l'albédo augmente. Les surfaces englacées ont un albédo élevé, contrairement aux surfaces non englacées.

Lorsqu'un refroidissement généralisé est déclenché, il entraînera la formation de calotte glaciaire. L'albédo augmente, amplifiant ainsi le refroidissement et inversement, en cas de réchauffement par diminution des surfaces englacées.

Conclusion

L'étude des grains de pollen permet de reconstituer le climat à une époque donnée. Si cette étude permet de présenter des variations climatiques, le $\delta\ ^{18}O$ de la glace permet de quantifier ces variations climatiques dans les régions polaires. C'est pour cette raison que cet indice est qualifié de paléothermomètre. Les changements climatiques de ces 800 000 dernières années sont déclenchés par des modifications cycliques de paramètres orbitaux. Ces paramètres ne suffisent cependant pas à expliquer l'amplitude des écarts de températures enregistrés avec les paléothermomètres ; le dioxyde de carbone et l'albédo interviennent en amplifiant les variations climatiques.

SUJET 28

Les climats de la Terre : comprendre le passé pour agir aujourd'hui et demain

EXERCICE 2 : PRATIQUE DU RAISONNEMENT SCIENTIFIQUE

La formation de la calotte polaire antarctique

L'expression « climat global » désigne le climat envisagé à l'échelle de la planète. Le climat global a tendance à osciller entre deux types de climats globaux extrêmes : la période froide avec glaciation et la période chaude sans glaciation.

Durant l'ère tertiaire, après une période globalement chaude, dans la continuité du climat du Crétacé qui précède, un refroidissement généralisé a eu lieu. Ce refroidissement a marqué la transition entre l'Éocène et l'Oligocène, il y a 34 millions d'années. C'est durant cette période que la calotte glaciaire antarctique actuelle, inexistante auparavant, a commencé à se former.

À l'aide des documents et de vos connaissances, argumentez sur les facteurs à l'origine d'un refroidissement en Antarctique et montrez comment ce refroidissement est amplifié.

DOCUMENT 1 • *Variation du taux de CO_2 atmosphérique depuis le début de l'ère tertiaire*

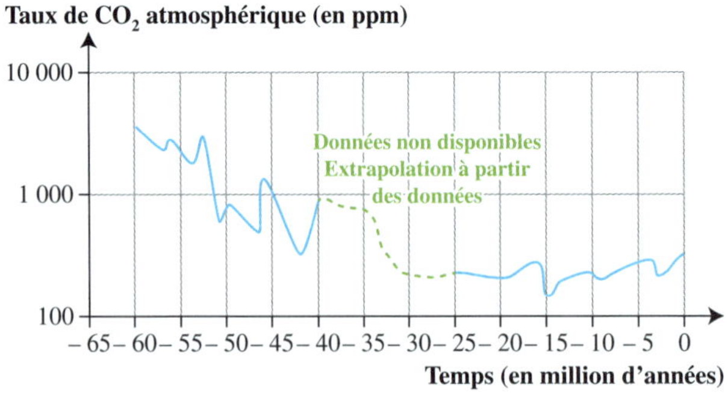

DOCUMENT 2 • *Estimation des variations de température à l'aide d'un indice isotopique*

Document 2.a : *la variation de l'indice isotopique δ ¹⁸O mesuré à partir des tests carbonatés des foraminifères océaniques*

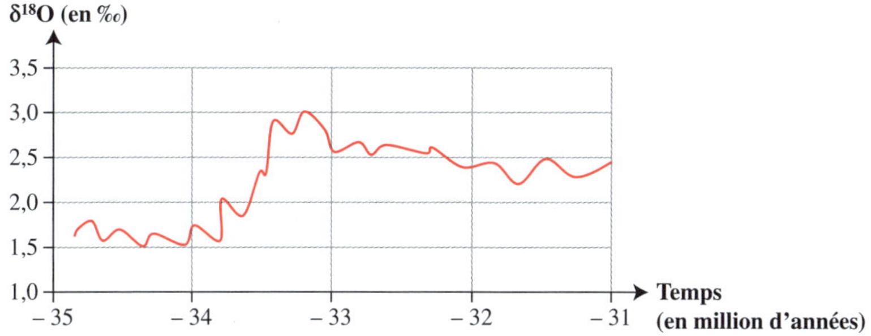

Document 2.b : *la relation entre δ ¹⁸O et la température de l'eau au moment de la formation des tests carbonatés des foraminifères marins*

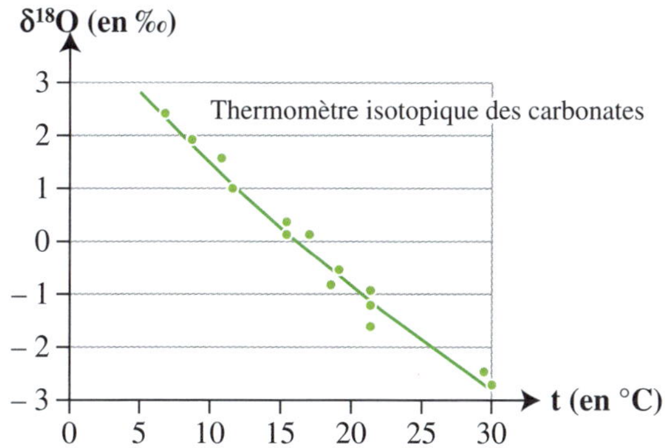

DOCUMENT 3 • *Reconstitution paléogéographique de l'Antarctique*

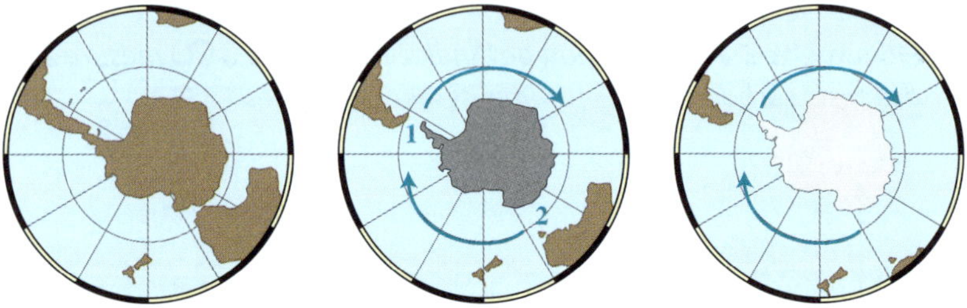

Éocène
Le continent antarctique est relié à l'Amérique du sud et à l'Australie.
L'albédo moyen des continents est de 0,35 et celui de l'océan (liquide) est de 0,25.

Oligocène
1. Ouverture du passage du Drake
2. Ouverture du passage de Tasmanie
⟶ Courant circumpolaire froid
Début de l'englacement du continent antarctique
Albédo moyen d'une surface englacée : 0,9

Antarctique actuel
Le courant circumpolaire froid est toujours présent.
Les eaux froides antarctiques ne se mélangent que très peu avec les eaux chaudes : les transferts de chaleur en direction de l'Antarctique ont diminué.

DOCUMENT 4 • *L'altération de la chaîne himalayenne et ses conséquences sur le cycle du carbone*

Document 4.a : *l'orogenèse du Tertiaire*

Une vaste orogenèse, affectant tout le continent eurasiatique, s'est amorcée durant l'ère Tertiaire. Elle a entraîné la fermeture de l'océan Téthys. Des collisions continentales ont engendré la naissance de chaînes de montagnes (chaîne alpine, Pyrénées, Himalaya, etc.).

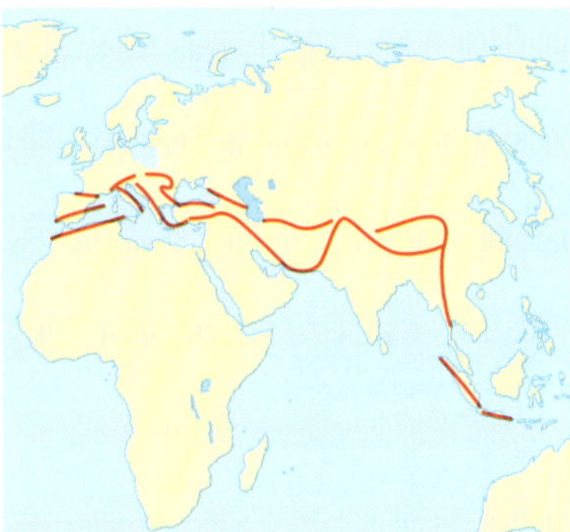

Document 4.b : *l'altération chimique des roches*

Une orogenèse est très efficace pour l'altération des roches. Le relief augmente l'érosion mécanique des roches et localement les précipitations. Ces deux facteurs favorisent de concert l'altération chimique des roches.

Exemple de l'altération par hydrolyse d'un feldspath calcique d'un granite

$$CaAl_2Si_2O_8 + 3H_2O + 2CO_2 \longrightarrow Al_2Si_2O_5(OH)_4 + Ca_2^+ + 2HCO_3^- \ \textbf{(1)}$$

Felsdpath calcique

Les ions Ca_2^+ et HCO_3^- entraînés par les eaux de ruissellement puis les fleuves précipitent dans les eaux océaniques :

$$Ca_2^+ + 2\ HCO_3^- \longrightarrow CO_2 + H_2O + CaCO_3 \ \textbf{(2)}$$

Travail préparatoire

1 h 45 *Voir Conseils généraux pour ce type d'exercice, p. 12.*

Comprendre le sujet

Il s'agit ici d'expliquer l'origine de l'englacement du continent antarctique qui a débuté lors de la transition Éocène – Oligocène. Ce sujet suppose que vous utilisiez vos connaissances sur les gaz à effet de serre, ici, le CO_2. Une diminution de ce gaz dans l'atmosphère déclenche un refroidissement. Un autre facteur est en relation avec la tectonique des plaques qui modifie les circulations océaniques lors des mouvements de la lithosphère. Il faut donc comprendre qu'une modification de ces courants a une incidence sur la température du fait des interactions entre l'atmosphère et l'hydrosphère sur le plan thermique. D'autre part, vous devez réinvestir aussi les connaissances sur le rôle joué par l'altération des continents sur le cycle du carbone. L'ensemble des documents doit vous permettre d'argumenter sur le rôle joué par ces différents facteurs déclencheurs d'une variation de climat et amplificateurs de cette variation.

Lire attentivement les documents

Prenez connaissance de l'ensemble des documents avant de commencer à rédiger. Notez au brouillon les principales informations en relation avec la question posée :

- le document 1 montre une diminution du taux de CO_2. Il s'agit d'une analyse de graphique et il faut relever quelques valeurs significatives relatives à l'Éocène et à l'Oligocène pour comparer les deux périodes. Vous devrez utiliser vos connaissances sur les gaz à effet de serre ;
- le document 2 étudie les variations du $\delta\ ^{18}O$ des tests carbonatés des foraminifères. Il faudra à nouveau en extraire des valeurs pertinentes (valeur moyenne du $\delta\ ^{18}O$ à l'Éocène et à l'Oligocène et mise en relation avec le document 2.b qui vous permettra de déduire les variations de température entre ces deux périodes – refroidissement). Vous pourrez mettre en relation les documents 1 et 2 ;
- le document 3 montre une modification de la paléogéographie de l'Antarctique avec l'ouverture de deux passages, celui du Drake et celui de Tasmanie. Cette ouverture engendre un courant circumpolaire froid et on observe un englacement progressif du continent antarctique. Prenez aussi en compte les valeurs de l'albédo afin de comparer les variations engendrées par cet englacement. Vous devrez utiliser vos connaissances sur l'albédo en tant que facteur amplificateur d'une variation climatique (ici, l'amplification du refroidissement). Rien ne permet, cependant, avec les documents présentés de préciser la plus grande importance de l'un ou l'autre facteur, variation CO_2 et courant circumpolaire, dans le déclenchement du refroidissement ;
- le document 4 montre l'importance de l'orogenèse au Tertiaire. Vous devez mettre en relation cette information avec l'importante altération des chaînes de montagnes. Le document 4.b donne l'exemple de l'hydrolyse d'un minéral. Vous devez utiliser les équations chimiques pour faire le bilan entre CO_2 consommé (équation 1) et produit (équation 2) : globalement, pour une mole de feldspath hydrolysé, c'est une mole de CO_2 qui est consommé. Il faut en déduire l'importante diminution du CO_2 atmosphérique dans les processus d'altération des chaînes de montagnes.

Organiser son devoir

- Rédigez une introduction permettant de cerner le sujet (de quoi s'agit-il ?) et de reformuler la question.
- Les documents 1, 2 et 3 peuvent faire l'objet d'une première partie car ils permettent de mettre en évidence des facteurs déclencheurs du refroidissement avec les variations du taux de CO_2 et mise en relation avec des variations du $\delta^{18}O$. Le document 3 montre qu'une modification de la paléogéographie de l'Antarctique est aussi un facteur de refroidissement. Rien ne permet, cependant, avec les documents présentés de préciser la plus grande importance de l'un ou l'autre dans le déclenchement du refroidissement.
- Les documents 4 et 3 peuvent faire l'objet d'une seconde partie permettant d'expliquer l'origine de la diminution du taux de CO_2 par altération des continents puis l'amplification du refroidissement avec les valeurs de l'albédo données dans le document 3. Il vous faudra définir l'albédo et ses effets amplificateurs.
- Rédigez enfin une conclusion reprenant les points essentiels.

Corrigé rédigé

Introduction

Le climat global de la Terre oscille entre des périodes de refroidissement et de réchauffement. Il s'est refroidi à la transition entre l'Éocène et l'Oligocène il y a environ 34 millions d'années (Ma). On cherche à expliquer l'origine de ce refroidissement permettant d'expliquer la formation d'une calotte glaciaire sur le continent antarctique et à montrer comment certains facteurs ont amplifié ce refroidissement.

I. Des facteurs à l'origine du refroidissement à la transition Éocène-Oligocène

D'après le document 1, le taux de CO_2 atmosphérique a diminué entre l'Éocène et l'Oligocène. Il était de l'ordre de 1 000 ppm il y a – 40 Ma, et d'environ 300 ppm après – 25 mA. L'absence de données entre – 40 et – 25 Ma ne permet pas de situer précisément dans le temps la diminution du CO_2 dans l'atmosphère.

On peut déduire de cette première observation que la diminution du CO_2 atmosphérique a provoqué un refroidissement du climat à partir de l'Oligocène. On sait, en effet, que le CO_2 est un gaz à effet de serre : il absorbe les rayons infra-rouges (IR) émis par la Terre et, donc, une certaine quantité d'énergie. Cette énergie piégée dans l'atmosphère contribue au réchauffement. Si la proportion de CO_2 atmosphérique diminue, l'absorption des IR est moins importante, ce qui entraîne un refroidissement de l'atmosphère et donc du climat.

Le document 2.a montre que la transition Éocène-Oligocène coïncide avec une variation de la valeur d'un indice isotopique : le $\delta\,^{18}O$ dans les carbonates des tests carbonatés de foraminifères. On constate que $\delta\,^{18}O$ passe de 1,5 ‰ à 3 ‰ lors de la transition Éocène-Oligocène entre – 34 et – 33 millions d'années et reste constant à environ 2,5 ‰ durant toute cette période. Cet indice isotopique est donc globalement plus élevé à l'Oligocène.

Or, d'après le document 2.b, le $\delta\,^{18}O$ des carbonates diminue lorsque la température de l'eau augmente. Si on prend en compte une valeur moyenne de 1,5‰ pour le $\delta\,^{18}O$, la température de l'eau est d'environ 10 °C, alors que si le $\delta\,^{18}O$ est de 3 ‰, la température correspondante est de 5 °C.

Le $\delta\,^{18}O$ sert de paléothermomètre, ses variations montrent une chute des températures dans les océans qui est en corrélation avec une diminution du taux de CO_2 atmosphérique. À l'échelle de la planète, une diminution de la température atmosphérique entraîne une diminution de la température des océans car il existe des échanges thermiques entre les deux.

Cependant, un autre facteur explique un refroidissement des eaux en Antarctique. D'après le document 3, à partir de l'Oligocène, les circulations océaniques dans la région du pôle Sud se sont modifiées du fait de l'ouverture de deux passages entre l'Antarctique et l'Amérique du Sud, d'une part, (passage de Drake), et entre l'Antarctique et l'Australie, d'autre part, (passage de Tasmanie). Ces passages, actuellement empruntés par un courant circumpolaire froid, empêchent les eaux froides de ce courant de se mélanger avec des eaux plus chaudes. Ce phénomène contribue à l'isolement thermique de l'Antarctique.

On peut en déduire que l'ouverture des deux passages contribue au renforcement d'un climat froid sur le continent Antarctique. Ainsi, les mouvements de la lithosphère, en modifiant les courants océaniques, influent sur les climats.

Pourquoi le taux de CO_2 diminue-t-il à partir de l'Oligocène et quel est le facteur amplificateur du refroidissement ?

II. Facteur déclencheur et facteur amplificateur

A. Un facteur déclencheur du refroidissement

D'après le document 4.a, au Tertiaire, une orogenèse de grande ampleur affecte les continents : le document 4.a montre les grands massifs de montagnes tels que les Alpes, les Pyrénées et l'Himalaya dont l'origine est une collision de masses continentales. Or, d'après le document 4.b, une orogenèse est très efficace pour l'altération des roches. Les reliefs favorisent l'altération chimique des roches.

Cette altération consomme du CO_2. Ainsi, l'hydrolyse d'une mole de feldspath calcique consomme deux moles de CO_2 et produit une mole de Ca_2^+ et deux moles HCO_3^- qui précipitent. Cette précipitation libère une mole de CO_2.

Si on fait le bilan hydrolyse-précipitation, on a donc ainsi une mole de CO_2 consommée par mole de feldspath.

On en déduit que globalement, l'altération des reliefs consomme du CO_2 qui est ainsi retiré de l'atmosphère.

En tenant compte des nombreux massifs montagneux décrits dans le document 4.a, on peut mettre en relation l'ampleur de la consommation de CO_2 et sa conséquence sur la diminution du taux de CO_2 atmosphérique à partir de l'Oligocène, déclenchant un refroidissement.

B. Un facteur amplificateur du refroidissement

Un autre phénomène, l'albédo, intervient dans le renforcement du refroidissement de l'Antarctique. En effet, d'après le document 3, l'albédo des surfaces continentales ou de l'océan est de 0,35 alors que l'albédo est de 0,9 pour des surfaces continentales englacées.

Or, on sait que l'albédo correspond au rapport de l'énergie réfléchie R par une surface sur la quantité d'énergie incidente reçue, I. Si une surface réfléchit davantage d'énergie, cette surface se refroidit. C'est le cas des surfaces englacées qui réfléchissent davantage d'énergie que les surfaces non englacées.

Or, le document 3 montre un englacement progressif du continent antarctique à partir de l'Oligocène. *On peut en déduire que l'augmentation de la surface de la calotte antarctique s'est accélérée du fait d'une augmentation progressive de son albédo : le continent s'est refroidi d'autant plus, favorisant une chute des températures augmentant alors la surface englacée.*

Conclusion

L'apparition d'une calotte glaciaire sur le continent antarctique à partir de l'Oligocène a pour origine une chute du CO_2 atmosphérique, probablement accélérée par l'apparition d'un courant circumpolaire. À ces phénomènes s'ajoute un facteur d'amplification du refroidissement : l'augmentation de l'albédo génère un refroidissement supplémentaire.

SUJET 29

Les climats de la Terre : comprendre le passé pour agir aujourd'hui et demain

EXERCICE 2 : PRATIQUE DU RAISONNEMENT SCIENTIFIQUE

L'évolution rapide du climat

Extrait du *Monde* du 21 juin 2013 (Stéphane Foucard)

« Selon le jeu de données du *National Climatic Data Center* (NCDC), la France a connu son deuxième mois de mai le plus froid jamais mesuré, l'Espagne n'avait pas vu les températures descendre aussi bas depuis 1985 et le Royaume-Uni depuis 1996 [...] »

Extrait du *Monde* du 5 août 2013

« Plus d'un tiers des Français sont climato-sceptiques, [...] indique le Baromètre d'opinion sur l'énergie et le climat en 2013, publié par le Commissariat général au développement durable (CGDD). [...] 13 % d'entre eux estiment que le changement climatique n'est pas prouvé, et 22 % s'accordent à constater le dérèglement du climat, mais jugent que rien ne prouve que ce soit dû aux activités humaines. Environ 4 % n'ont aucun avis sur la question. »

Présentez à une assemblée de climato-sceptiques des arguments allant dans le sens d'un réchauffement climatique malgré un mois de mai plus froid, et démontrez l'impact de l'homme dans le réchauffement récent du climat.

La réponse s'appuiera sur l'exploitation du dossier documentaire et sur l'utilisation des connaissances.

DOCUMENT 1 • *Anomalies de température atmosphérique enregistrées au-dessus des océans et des continents en mai 2013*

Remarque : seuls les écarts de température de plus de 1 °C par rapport à la moyenne sont indiqués.

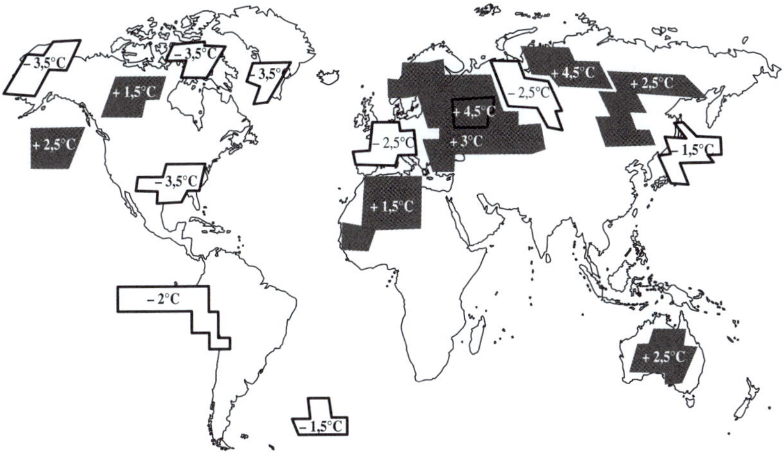

D'après NOAA'S *national climatic data center*.

DOCUMENT 2 • *Étude du début de floraison des cerisiers à Liestal (Suisse) pendant la période 1900-2000*

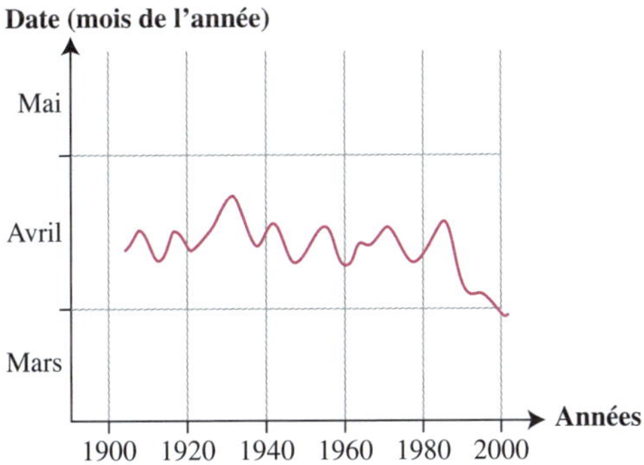

Météo suisse, 2012.

DOCUMENT 3 • *Résultats d'expériences menées sur la floraison de différentes plantes photosynthétiques*

Conditions expérimentales	Nombre de jours, après le début de l'expérience, nécessaire à la floraison
Témoin	210 jours
+ 1,5 °C par rapport au témoin	157 jours
+ 3 °C par rapport au témoin	150 jours

D'après le rapport final d'activité du projet ICCARE, 2004.

DOCUMENT 4 • *Distribution selon les latitudes et les années, de 1960 à 1995, de deux espèces de poissons à affinités tropicales*

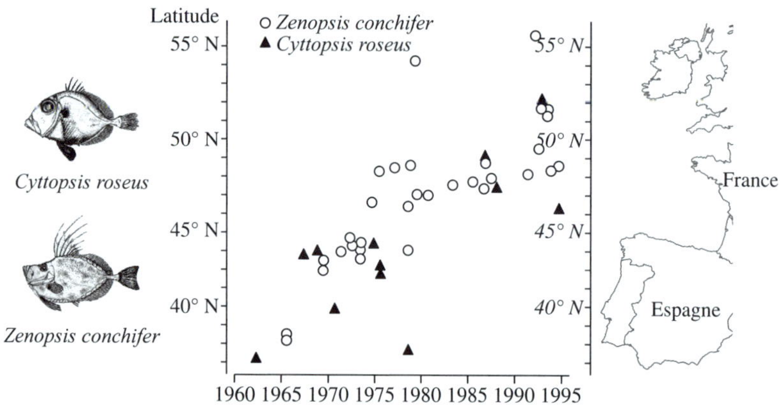

Jean-Claude Queiro, Marie-Henriette Du Buit et Jean-Jacques Vayne, *Les observations de poissons tropicaux et le réchauffement des eaux dans l'Atlantique européen*, IFREMER, 1998.

DOCUMENT 5 • *Données concernant des paramètres de l'atmosphère*

Document 5.a : *évolution de la concentration atmosphérique de deux gaz à effet de serre* (ppmv : partie par million en volume ; ppbv : partie par milliard en volume)

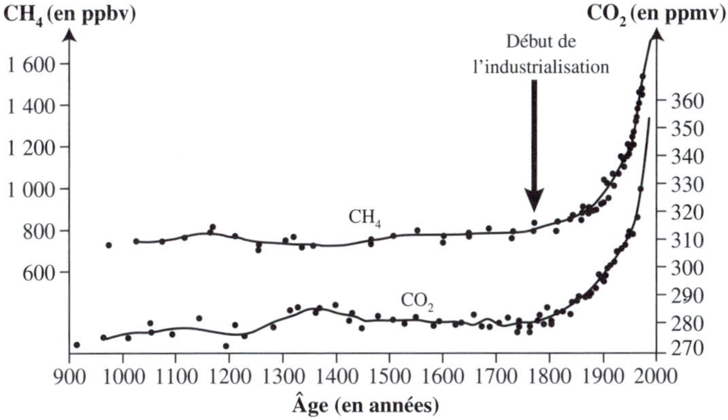

D'après le CNRS.

Document 5.b : *évolution de l'écart de température depuis mille ans à la surface du globe*

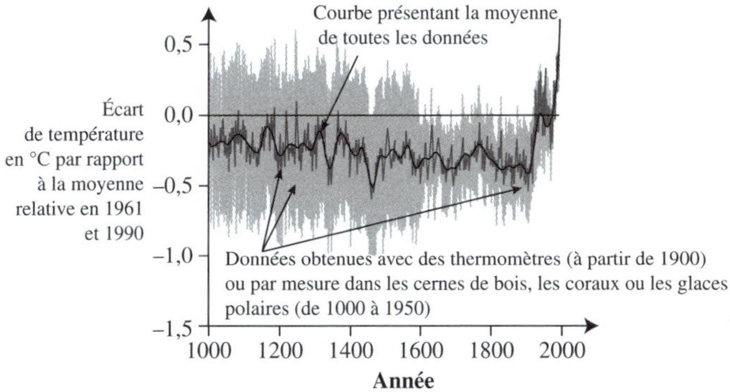

D'après le GIEC-IPCC.

Travail préparatoire

1 h 45 *Voir Conseils généraux pour ce type d'exercice, p. 12.*

Comprendre le sujet

Un tiers de la population française se positionne comme climato-sceptique (c'est-à-dire que ces Français estiment que le réchauffement climatique n'est pas prouvé et que les activités humaines n'en sont pas responsables, s'il existe).
On vous demande de réaliser une présentation à une assemblée de climato-sceptiques sous la forme d'une conférence où vous devez argumenter, que le réchauffement climatique est bien acté par les scientifiques et que les activités humaines en sont, en grande partie, responsables.
Vous devez partir d'un constat en faveur des climato-sceptiques : le mois de mai 2013 est l'un des plus froids jamais enregistrés. Les climato-sceptiques interprètent cette donnée comme une preuve qu'il n'y a pas de réchauffement climatique comme les scientifiques le disent.
Pour démontrer un réchauffement climatique global, il faut arriver à trouver des arguments qui montrent que celui-ci peut être enregistré dans différents milieux (continents, océans, glaces polaires).
Pour démontrer que les activités humaines ont une influence sur le climat, vous devez démontrer que c'est à partir de l'industrialisation (avec l'utilisation des énergies fossiles) que les modifications climatiques sont les plus importantes et les plus rapides.
Pour repérer les arguments à exposer à l'assemblée, vous devrez utiliser l'ensemble des documents. Il faudra exposer les données de chaque document (analyser les documents), puis les interpréter pour étayer votre discours. Vous devez aussi utiliser vos connaissances pour pouvoir interpréter convenablement certaines données. Vous devrez, notamment, maîtriser la notion d'effet de serre, savoir expliquer l'exploitation des archives glaciaires, faire le lien entre l'industrialisation, l'utilisation des énergies fossiles et le rejet de gaz à effet de serre.

Lire attentivement les documents

- Le document 1 montre que le refroidissement apparent n'est pas généralisable à l'ensemble de la planète.
- Les documents 2, 3 montrent un réchauffement en milieu continental
- Le document 4 montre un réchauffement en milieu océanique
- Le document 5 montre un réchauffement au niveau des pôles et que ce réchauffement est d'origine anthropique avec la combustion des énergies fossiles depuis le début de l'ère industrielle.

Organiser son travail

- Avant de vous lancer dans la rédaction de votre sujet, lisez attentivement l'ensemble des documents et notez rapidement au brouillon les arguments donnés en faveur du réchauffement climatique global et ceux en faveur de l'origine anthropique de ces variations climatiques.
- N'oubliez pas que votre réponse doit être réalisée sous la forme d'un exposé démonstratif que vous réalisez à destination d'une assemblée de climato-sceptiques.
- Vous pouvez faire une petite introduction, présentant le constat du refroidissement du mois de mai puis vous présenterez votre plan en deux parties. Vous citerez, au fur et à mesure, les documents utilisés pour vos différents arguments.
  - Vous démontrerez, dans un premier temps, que ce refroidissement apparent n'est pas généralisable à l'ensemble de la planète (document 1). Puis, vous démontrerez que le réchauffement climatique est un fait scientifique prouvé dans différents milieux (en milieu continental avec les documents 2 et 3, en milieu océanique avec le document 4 et enregistré dans les glaces polaires avec le document 5.b).
  - Puis, dans un second temps, vous démontrerez, à l'aide du document 5, que ce réchauffement est d'origine anthropique.
- Une petite conclusion permettra de rappeler les arguments essentiels que vous aurez développés auparavant. Ici, le mode de présentation sous forme de conférence n'implique pas la présence d'une synthèse finale argumentée, car la mise en relation avec les documents se fera au fur et à mesure de votre démonstration.

- Il faudra tout de même des liens entre les différents arguments afin que l'ensemble paraisse fluide.

Corrigé rédigé

Introduction

Le mois de mai 2013 a été l'un des plus froids jamais mesurés. Vous faites partie, comme un tiers de la population française, des climato-sceptiques. En effet, vous considérez que le changement climatique n'est « pas prouvé » et que les activités humaines ne sont pas responsables d'un éventuel changement climatique.

Au cours de cet exposé, je vais vous présenter des arguments en faveur d'un réchauffement climatique et je vais ensuite vous démontrer que les activités humaines ont une influence sur le réchauffement récent du climat.

I. Les arguments en faveur d'un réchauffement climatique

Même si le mois de mai a été l'un des plus froids enregistrés en Europe (– 2,5 °C, d'après le document 1), on peut observer qu'à l'échelle mondiale, ces anomalies de température atmosphérique ne sont pas homogènes. En effet, on note de nombreuses zones où les anomalies de températures sont nettement positives (de + 3 à + 4,5 °C en Europe de l'Est, de + 2,5 à + 4,5 °C en Sibérie, + 2,5 °C en Australie ou dans le Pacifique Nord, + 1,5 °C en Afrique du Nord ou au Canada).

On ne peut donc pas considérer que le ressenti en Europe de l'Ouest soit à généraliser à tout le globe. Globalement, les anomalies positives de température sont plus importantes que les anomalies négatives de température.

De même, si nous étudions le début de floraison des cerisiers en Suisse (document 2), nous constatons que durant le XXe siècle, le début de floraison est passé de mi-avril en 1900 à fin mars en l'an 2000.

De plus, des expériences menées sur la floraison de différentes plantes photosynthétiques (document 3) nous permettent de comprendre les facteurs influençant cette floraison. Avec une plante témoin, le nombre de jours nécessaires à la floraison est de 210 (après le début de l'expérience). Si on augmente expérimentalement la température de l'air, nous constatons que pour 1,5 °C de plus, le nombre de jours nécessaires à la floraison n'est plus que de 157. Si on augmente la température de 3 °C, alors le nombre de jours nécessaires à la floraison diminue à 150.

La seule différence entre ces manipulations est l'augmentation de la température ambiante où se trouve la plante. On peut donc en déduire qu'une augmentation de température de l'atmosphère entraîne une floraison plus précoce. Ceci est en lien direct avec les relevés constatés en Suisse (document 2). On peut donc en déduire que l'avancement de la floraison des cerisiers en Suisse est lié à un réchauffement global de la température de l'atmosphère.

On a pu montrer un réchauffement climatique en milieu continental mais cela est-il le cas en milieu océanique ?

- Au niveau de l'Atlantique Nord, des scientifiques ont étudié la distribution latitudinale, sur 35 ans, de deux espèces de poissons à affinités tropicales. On constate qu'en 1960, les deux espèces de poissons sont à des latitudes inférieures à 40° N (au niveau du détroit de Gibraltar). Au cours des 35 années de l'étude, on a pu repérer la présence de ces poissons à des latitudes de plus en plus hautes. Ainsi, durant les années 1970, on pouvait retrouver ces poissons à des latitudes proches de 45° N (à la hauteur du golfe de Gascogne) et, durant les années 1980, ils ont été repérés à des latitudes proches de 50 °N (à la hauteur de la Manche). À la fin de l'étude, durant les années 1990, ces poissons ont été repérés à des latitudes proches de 55 °N (au nord de l'Irlande).

Les espèces de poissons avec une affinité tropicale ont besoin pour survivre d'avoir une température de l'eau suffisamment élevée. On peut interpréter la présence de ces poissons à des latitudes de plus en plus hautes par un réchauffement global des eaux de l'Atlantique Nord, ce qui a permis à ces poissons de coloniser de nouveaux territoires. Ces données permettent de dire que le réchauffement climatique peut aussi être identifié dans le milieu océanique.

- À l'aide de l'étude des glaces polaires, les scientifiques ont pu analyser le contenu des bulles d'air piégées dans la glace. Ces bulles renferment des gaz correspondant à l'atmosphère de l'époque de formation de la glace. Ils ont ainsi pu évaluer des rapports isotopiques (notamment le $\delta^{18}O$) servant de paléothermomètres. Ceci a permis entre autres de réaliser le graphique du document 5.b. On peut constater qu'entre l'an 1000 et l'an 1900, l'écart de température par rapport à la moyenne relative reste relativement stable entre – 0,1 et – 0,3 °C. À partir de 1900, l'écart de température par rapport à la moyenne relative augmente fortement en passant de – 0,4 à + 0,7 °C en l'an 2000.

Cette augmentation de température récente a atteint des valeurs jamais enregistrées durant les 1000 dernières années. Ces études glaciaires montrent aussi un réchauffement global de la température de l'atmosphère pendant les 100 dernières années.

Le fait de constater que le réchauffement climatique a lieu aussi bien en milieu continental (documents 1, 2 et 3), en milieu océanique (documents 1 et 4) qu'au niveau des pôles (document 5.b) montre que le réchauffement climatique est un phénomène global, malgré un mois de mai apparemment plus froid pour les Européens.

On peut maintenant se demander qui est responsable de ce réchauffement climatique.

II. Les arguments en faveur d'un impact des activités humaines sur le réchauffement climatique récent

Le réchauffement enregistré dans les archives glaciaires (document 5.b) peut être expliqué par d'autres analyses glaciaires.

Dans les bulles de gaz, les scientifiques ont aussi analysé la teneur en dioxyde de carbone (CO_2) et en méthane (CH_4) (document 5.a). *Ces deux gaz sont des gaz à effet de serre que l'on retrouve naturellement dans l'atmosphère.*

On peut constater qu'entre l'an 1000 et l'an 1800, la concentration atmosphérique de ces deux gaz est relativement stable (environ 280 ppmv pour le CO_2 et 700 ppbv pour le CH_4). À partir de l'an 1800, correspondant au début de l'ère industrielle, la concentration de ces deux gaz augmente fortement pour atteindre des valeurs jamais obtenues durant les 1000 dernières années (on passe de 280 à 370 ppmv pour le CO_2 et de 700 à plus de 1600 ppbv pour le CH_4).

La seule différence avant 1800 et après 1800, c'est l'utilisation des énergies fossiles (charbon, pétrole, gaz) qui libèrent au cours de la combustion du CO_2. Le CO_2 et le CH_4 sont des gaz à effet de serre, c'est-à-dire qu'ils piègent les rayonnements infrarouges émis par le sol. Cette absorption des infrarouges entraîne un réchauffement important de l'atmosphère.

Ainsi, l'augmentation des gaz à effet de serre d'origine anthropique (origine humaine), depuis 200 ans, est responsable du réchauffement climatique récent constaté dans le document 5.b.

Conclusion

L'utilisation accrue des énergies fossiles pour les activités humaines ne fait qu'amplifier le phénomène déjà amorcé il y a 200 ans. Le réchauffement climatique aura donc un impact aussi bien sur les continents que les océans et touchera tous les êtres vivants. Les refroidissements observés au mois de mai 2013 sont donc des épisodes locaux et transitoires qui ne remettent pas en cause la tendance générale observée et expliquée par les scientifiques.

Thème 3

Corps humain et santé

SUJET 30

Comportements, production des mouvements et système nerveux

EXERCICE 1 : MAÎTRISE DES CONNAISSANCES

Transmission synaptique et curare

Certains Indiens d'Amazonie utilisent le curare (poison antagoniste de l'acétylcholine) pour chasser leurs proies en les paralysant avec des fléchettes projetées à l'aide de sarbacanes.

Montrez comment cette molécule peut inhiber la contraction musculaire et ainsi paralyser les animaux chassés.

Votre synthèse intégrera un développement structuré accompagné d'un ou plusieurs schémas ainsi qu'une introduction et une conclusion.

Travail préparatoire

1 h 45 *Voir Conseils généraux pour ce type d'exercice, p. 11.*

Comprendre le sujet

Ce sujet permet de vérifier si vous avez compris :

- le fonctionnement d'une synapse neuromusculaire ;
- la notion de molécule antagoniste.

La synapse neuromusculaire est la liaison entre un neurone présynaptique (le motoneurone) et une fibre musculaire (cellule postsynaptique). La transmission du message nerveux au niveau de cette synapse est réalisée par un neurotransmetteur : l'acétylcholine.

Il existe des récepteurs spécifiques à l'acétylcholine (dits « récepteurs cholinergiques ») sur la membrane plasmique des fibres musculaires. Un antagoniste à un neurotransmetteur est une molécule capable de se fixer sur le récepteur spécifique de ce neurotransmetteur et d'en bloquer les effets. Ici, il n'y aura plus de potentiels d'action musculaires, d'où la paralysie des muscles. **Attention** : le curare est une molécule exogène, elle n'est donc pas fabriquée par l'organisme de l'animal. Le curare intervient, donc, directement au niveau de la jonction neuromusculaire. Ce n'est pas un neurotransmetteur, il ne faut pas le représenter dans les vésicules synaptiques avec l'acétylcholine. Il n'empêche pas la libération d'acétylcholine mais il prend la place de celle-ci sur les récepteurs cholinergiques.

Organiser son devoir

Votre devoir doit être structuré : une introduction, un plan détaillé et une conclusion sont indispensables.

- L'introduction doit permettre de préciser le lieu d'action du curare (le muscle). Vous devez faire le lien entre curare et acétylcholine et donc limiter votre étude à la plaque motrice (que vous définirez). L'objectif de ce devoir est donc de comprendre : « Comment le curare peut-il empêcher la contraction musculaire et paralyser les proies en agissant au niveau des plaques motrices ? »
- Le développement doit vous permettre de réaliser une comparaison entre le fonctionnement d'une plaque motrice dans les conditions normales et sous curare. Il faudra, dans les deux cas, réaliser un schéma fonctionnel. Un schéma fonctionnel permet de mettre en évidence les différentes étapes de la transmission synaptique. Ces schémas permettront de comprendre l'action de l'acétylcholine puis l'action de son antagoniste (le curare). Il faudra bien insister sur la complémentarité de formes entre l'acétylcholine et le récepteur spécifique et entre le curare et le récepteur cholinergique.
- Votre conclusion permettra de répondre clairement et rapidement à l'objectif donné en introduction.

Corrigé rédigé

Introduction

Au cours de la chasse, les Indiens d'Amazonie utilisent des fléchettes imbibées de curare. Si une fléchette pénètre dans le muscle de l'animal, celui-ci est paralysé. Le curare est un antagoniste de l'acétylcholine, donc il agit sur la cellule musculaire au même endroit où agit l'acétylcholine, c'est-à-dire à la jonction synaptique neuromusculaire (plaque motrice). Comment le curare peut-il empêcher la contraction musculaire et paralyser les proies en agissant au niveau des plaques motrices ? Nous allons, dans un premier temps, décrire le fonctionnement d'une plaque motrice dans les conditions normales, puis montrer le fonctionnement sous curare.

I. Le fonctionnement de la synapse neuromusculaire dans les conditions normales

Le système nerveux central peut volontairement ou involontairement permettre la contraction musculaire. Dans les deux cas, le motoneurone achemine un message nerveux de nature électrique le long de la fibre nerveuse.

Schéma fonctionnel d'une plaque motrice dans les conditions normales

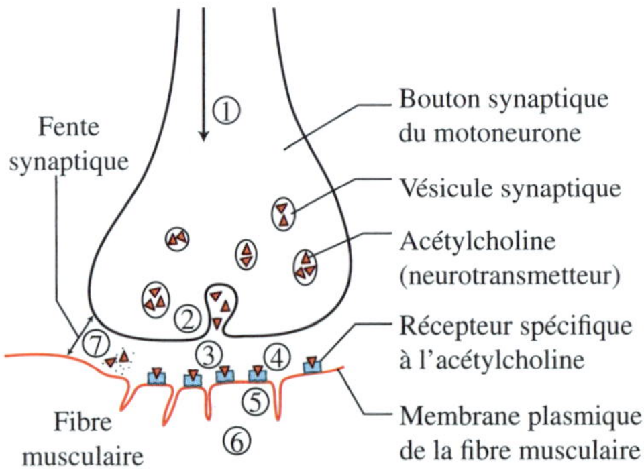

L'arrivée d'un train de potentiels d'action au niveau de la terminaison synaptique du neurone présynaptique ① entraîne la fusion des vésicules synaptiques contenant l'acétylcholine avec la membrane présynaptique ② et la libération d'acétylcholine (neurotransmetteur cholinergique) au niveau de la fente synaptique de la plaque motrice ③. L'acétylcholine se fixe sur des récepteurs spécifiques localisés sur la membrane de la cellule post-synaptique (la cellule musculaire) ④. La reconnaissance du neurotransmetteur par son récepteur spécifique entraîne l'apparition d'un potentiel neuromusculaire ⑤ et déclenche la contraction musculaire ⑥. L'inactivation rapide de l'acétylcholine dans la fente synaptique par des enzymes et sa recapture interrompent la transmission synaptique ⑦. Nous allons maintenant voir ce qu'il se passe lorsqu'une fléchette imbibée de curare pénètre dans un muscle.

II. Le fonctionnement de la synapse neuromusculaire sous l'effet du curare

Le curare est un antagoniste de l'acétylcholine. Ceci veut dire que cette molécule possède une structure en partie voisine de l'acétylcholine. C'est cette partie en commun qui est reconnue par le récepteur spécifique à l'acétylcholine. En se fixant, le curare va bloquer l'action de l'acétylcholine.

Schéma fonctionnel d'une plaque motrice sous curare

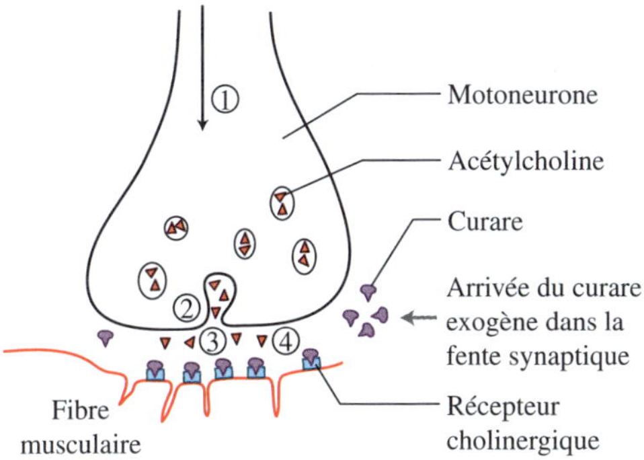

Le motoneurone continue de libérer de l'acétylcholine (① à ③). Le curare se fixe sur les récepteurs spécifiques à l'acétylcholine à la place du neurotransmetteur cholinergique (④). En se fixant sur le récepteur, le curare empêche la genèse d'un potentiel d'action musculaire, ce qui va inhiber la contraction musculaire. Le muscle est donc paralysé. Le curare ne possède pas d'enzyme spécifique de dégradation. Il reste donc longtemps sur les récepteurs cholinergiques.

Conclusion

Le curare est une molécule qui possède une configuration spatiale proche de celle de l'acétylcholine. Il empêche donc la contraction musculaire en se fixant spécifiquement sur les récepteurs cholinergiques de la plaque motrice. Comme le curare est un antagoniste de l'acétylcholine, sa fixation ne permet pas de déclencher une contraction musculaire, d'où la paralysie du muscle. L'animal atteint d'une fléchette imbibée de curare pourra ainsi être facilement capturé.

SUJET 31

Comportements, production des mouvements et système nerveux

EXERCICE 1 : MAÎTRISE DES CONNAISSANCES

Le mouvement volontaire

Expliquez les mécanismes nerveux aboutissant à un mouvement volontaire, incluant le fonctionnement de la synapse neuromusculaire.

La réponse prendra la forme d'un texte illustré de schémas.

Travail préparatoire

1 h 45 *Voir Conseils généraux pour ce type d'exercice, p. 11.*

Comprendre le sujet

Le sujet ne comporte pas de difficulté majeure, si ce n'est qu'il faut bien penser à partir de la commande volontaire d'un muscle, et donc identifier la zone corticale de l'encéphale (cortex moteur primaire, notamment) qui permet le mouvement volontaire d'un muscle. Ensuite, il faut identifier les structures nerveuses et les mécanismes par lesquels le message nerveux est transmis jusqu'au muscle (moelle épinière, motoneurone, synapse neuromusculaire). Le sujet précise que votre texte doit être illustré par des schémas (dont le schéma fonctionnel de la synapse neuromusculaire).

Organiser son devoir

Une introduction, un développement structuré et une conclusion sont attendus.

- L'introduction doit permettre de cerner le sujet et de poser la problématique. Pour cela, vous devez définir le mouvement volontaire et situer les deux centres nerveux qui interviennent (l'encéphale avec le cortex et la moelle épinière), puis présenter la problématique.
- Le développement peut être construit en deux parties :
  – l'une présentant le trajet suivi par le message nerveux depuis le cortex moteur jusqu'à la moelle épinière ;
  – l'autre détaillant le fonctionnement de la synapse neuromusculaire.

Corrigé rédigé

Introduction

Les mouvements volontaires d'un muscle sont commandés par le cerveau (encéphale), et, en particulier, par le cortex moteur. Ainsi, la commande volontaire d'un muscle est contrôlée par une zone corticale appelée « aire motrice primaire ». Une région donnée de cette aire corticale commande un ensemble de muscles d'une région du corps. Par ailleurs, le cortex moteur de la partie droite de l'encéphale commande les muscles de la partie gauche du corps et le cortex moteur de la partie gauche de l'encéphale commande les muscles de la partie droite du corps. Quels sont les mécanismes nerveux aboutissant au mouvement volontaire d'un muscle ? Autrement dit, quelles sont les structures nerveuses intervenant dans ces mécanismes et quel trajet suit le message nerveux du cortex moteur jusqu'au muscle ? Nous décrirons le trajet suivi par le message nerveux depuis les neurones corticaux jusqu'à la moelle épinière puis jusqu'aux cellules musculaires ; puis, nous expliquerons comment le message nerveux provoque une contraction musculaire.

I. Les circuits nerveux du cortex moteur aux cellules musculaires

A. Du cortex moteur primaire à la moelle épinière

Le cortex moteur primaire commande directement l'exécution du mouvement. Les messages nerveux moteurs partent du cortex moteur au niveau des neurones. Ces neurones projettent leurs axones vers le bulbe rachidien où il y a un premier relais. Puis, les axones croisent le plan de symétrie gauche-droite pour arriver au niveau de la moelle épinière. À ce niveau, les fibres nerveuses établissent un deuxième relais (par le biais d'une synapse) avec des motoneurones dont les corps cellulaires sont situés dans la corne ventrale de la substance grise. Chaque motoneurone intègre alors différents messages provenant d'autres neurones, puis transmet un unique message nerveux moteur.

Schéma du circuit nerveux de la commande motrice volontaire entre le cortex moteur et le muscle

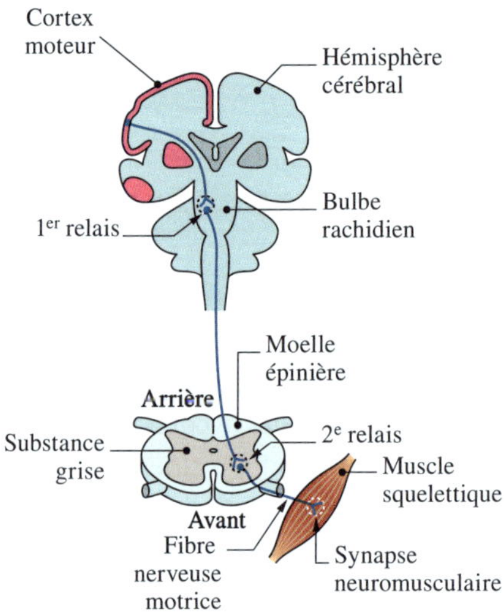

B. De la moelle épinière au muscle

L'excitation des motoneurones fait naître un message nerveux moteur qui est transmis par les fibres nerveuses motrices (les axones) jusqu'au muscle. À ce niveau, l'extrémité des fibres motrices établit des connexions avec les cellules musculaires : il s'agit de synapses neuromusculaires. Chaque fibre musculaire reçoit le message nerveux d'un seul motoneurone. L'excitation des cellules musculaires entraîne une contraction permettant le mouvement. Le message nerveux transmis par les fibres nerveuses est de nature électrique. L'excitation d'un neurone fait naître un train de potentiels d'action qui se propage le long des fibres nerveuses. Au niveau d'une synapse, le message est de nature chimique. On se propose de comprendre maintenant comment le message nerveux est transmis au muscle au niveau de la synapse neuromusculaire.

II. Le fonctionnement de la synapse neuromusculaire

A. L'organisation structurale de la synapse

Les synapses sont les zones de jonction entre les cellules excitables. Dans les synapses, un espace synaptique ou fente synaptique de l'ordre de 50 nm sépare les deux membranes. Cet espace ne peut être franchi par les potentiels d'action, ce qui nécessite l'intervention d'une substance chimique, un neurotransmetteur. Les synapses neuro-effectrices sont les jonctions entre les terminaisons nerveuses et les cellules effectrices : ici, les cellules musculaires (synapse ou jonction neuromusculaire). La terminaison présynaptique renferme de nombreuses vésicules synaptiques contenant un neurotransmetteur, tandis que la membrane présente de nombreux récepteurs spécifiques de ce neurotransmetteur.

B. Le fonctionnement de la synapse

L'arrivée de potentiels d'action ① au niveau de la terminaison présynaptique du neurone moteur provoque la fusion des vésicules synaptiques avec la membrane du neurone présynaptique ②, puis l'exocytose ③ d'un nombre plus ou moins important de vésicules synaptiques au niveau de la membrane présynaptique, et la libération d'une plus ou moins grande quantité de neurotransmetteurs, l'acétylcholine, dans la fente synaptique ④. L'acétylcholine se fixe sur des récepteurs spécifiques de la membrane musculaire postsynaptique ⑤. Cette fixation peut déclencher, si la quantité de neurotransmetteurs fixés est suffisante, un potentiel d'action musculaire (PAM) ⑥. L'arrivée de ce potentiel d'action musculaire au sein de la fibre musculaire déclenche sa contraction. L'inactivation rapide du neurotransmetteur dans la fente synaptique par des enzymes ⑦ interrompt la transmission synaptique.

Schéma fonctionnel d'une synapse neuromusculaire

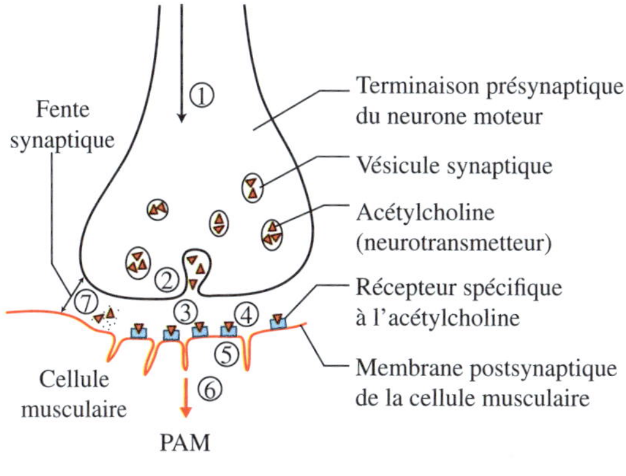

Conclusion

Le déclenchement d'un mouvement volontaire prend donc naissance au niveau d'une zone corticale appelée « cortex moteur primaire ». Les messages nerveux arrivent, ensuite, dans la moelle épinière où les motoneurones prennent le relais. L'extrémité des fibres nerveuses motrices établit des zones de jonctions avec les muscles : ces zones sont des synapses neuromusculaires au niveau desquelles un neurotransmetteur assure la transmission du message et provoque la contraction du muscle.

SUJET 32

Comportements, production des mouvements et système nerveux

EXERCICE 2 : PRATIQUE DU RAISONNEMENT SCIENTIFIQUE

Anxiété : symptômes musculaires et traitement

L'anxiété peut s'accompagner de contractions musculaires brusques et inopinées des muscles squelettiques. Ces contractions musculaires peuvent être soignées par des médicaments anxiolytiques comme les benzodiazépines.

Aucune connaissance préalable sur les synapses étudiées ici n'est nécessaire.

À partir de l'exploitation des documents et de l'utilisation des connaissances, expliquer l'apparition des symptômes musculaires dus à l'anxiété et leur traitement par les benzodiazépines.

L'exploitation du document de référence n'est pas attendue.

DOCUMENT DE RÉFÉRENCE • *Montage expérimental et localisation des expériences menées sur un motoneurone de moelle épinière de mammifère*

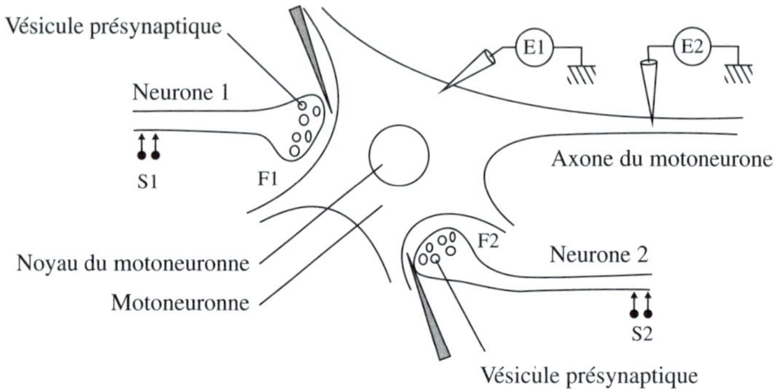

Légende :

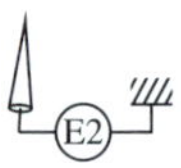

Oscilloscope relié à une microélectrode interne réceptrice :
– **E1** : enregistrement de la polarisation au niveau du corps cellulaire du motoneurone
– **E2** : enregistrement de la polarisation au niveau de l'axone du motoneurone

S1 S2 — Électrodes de stimulation S1 et S2 des neurones 1 et 2 respectivement

Micropipette pour l'injection de substances

F1 F2 — Fentes synaptiques :
– **F1** entre neurone 1 et motoneurone
– **F2** entre neurone 2 et motoneurone

www.didier-pol.net.

DOCUMENT 1 • *Résultats expérimentaux d'une stimulation au niveau de S1, de S2 et d'une stimulation simultanée de S1 et S2 chez les mammifères*

Les motoneurones qui commandent des cellules musculaires des muscles squelettiques sont soumis à des informations diverses qu'ils intègrent sous la forme d'un message nerveux unique. Chaque information reçue par le motoneurone perturbe son potentiel de repos ; si cette perturbation atteint un certain seuil, des potentiels d'action se déclenchent. En période de crise d'anxiété, les informations que les motoneurones intègrent sont modifiées.

Opérations effectuées	Enregistrements en E1	Enregistrements en E2	Contraction de la fibre musculaire (+ : présence ; – : absence)
Stimulation en S1	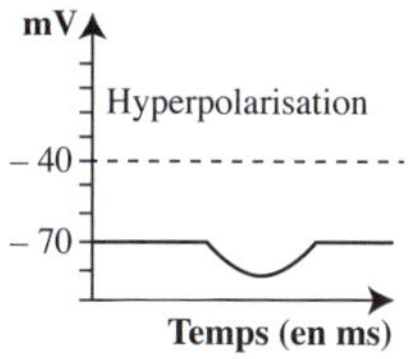	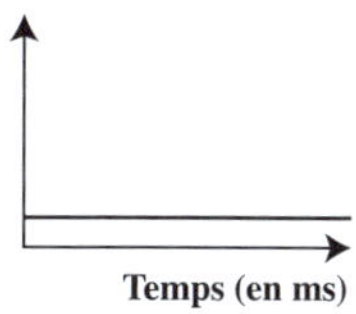	–
Stimulation en S2	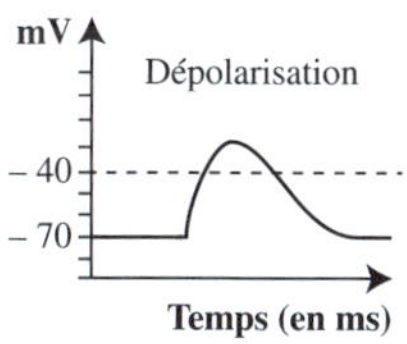	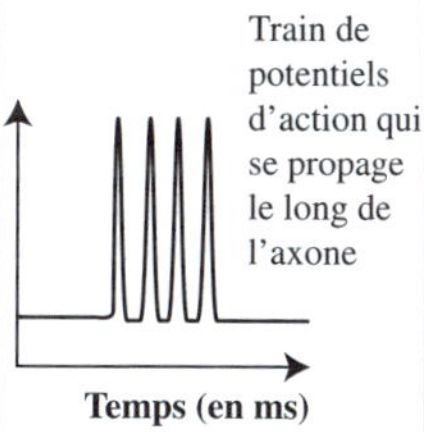	+
Stimulation en S1 et en S2 simultanément	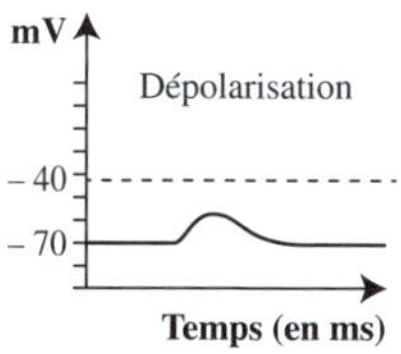	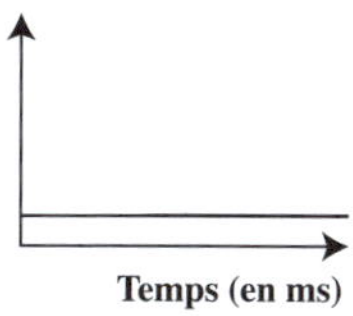	–

- - - - - - - Seuil de dépolarisation nécessaire au déclenchement d'un potentiel d'action dans le motoneurone.

www.didier-pol.net.

DOCUMENT 2 • *Effet sur le motoneurone de mammifère d'une injection de GABA ou d'acétylcholine en l'absence de toute stimulation électrique*

Opérations effectuées	Injection de GABA au niveau de F1	Injection d'acétylcholine (ACh) au niveau de F2
Enregistrements en E1	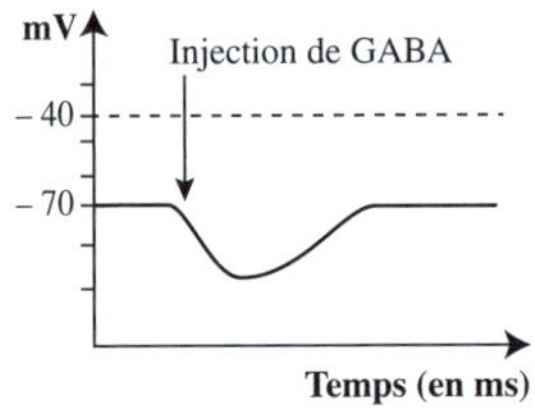	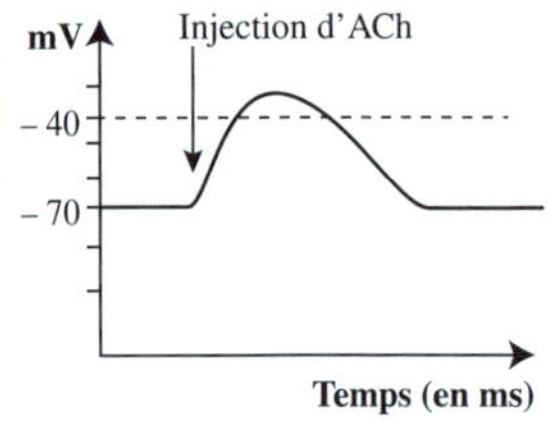

- - - - - - - Seuil de dépolarisation nécessaire au déclenchement d'un potentiel d'action dans le motoneurone.

www.didier-pol.net.

DOCUMENT 3 • *Reproduction expérimentale des signes de l'anxiété chez les mammifères*

On peut reproduire expérimentalement la situation des synapses associée à l'anxiété. Pour cela, on injecte de la picrotoxine dans la fente synaptique F1. La picrotoxine est capable de se fixer sur les récepteurs membranaires au neurotransmetteur GABA, situés sur le motoneurone.

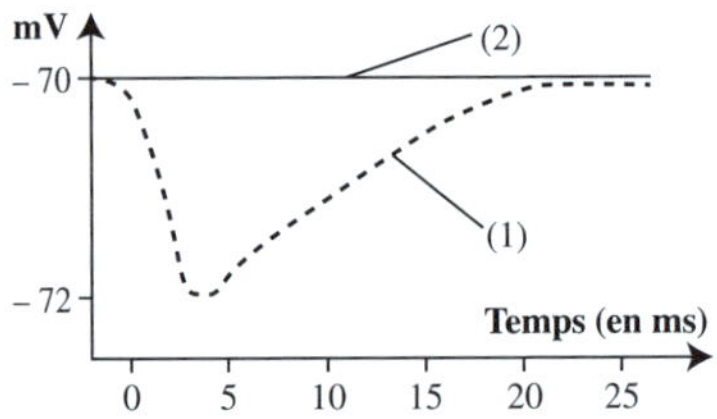

(1) Enregistrement en E1 de la polarisation suite à une stimulation en S1, sans injection de picrotoxine au niveau de F1.

(2) Enregistrement en E1 polarisation suite à une stimulation en S1, avec injection de picrotoxine au niveau de F1.

www.etudiant-podologie.fr.

DOCUMENT 4 • *L'action des benzodiazépines chez les mammifères*

De nombreuses substances utilisées en médecine comme médicaments se lient spécifiquement aux récepteurs membranaires.

Les benzodiazépines (comme le Valium® et le Librium®) sont des tranquillisants (utilisés contre l'anxiété) qui se fixent de manière spécifique aux récepteurs membranaires du GABA.

Enregistrement en E1 de la polarisation après injection de GABA au niveau de F1 et absence de benzodiazépines	Enregistrement en E1 de la polarisation après injection de GABA au niveau de F1 et présence de benzodiazépines
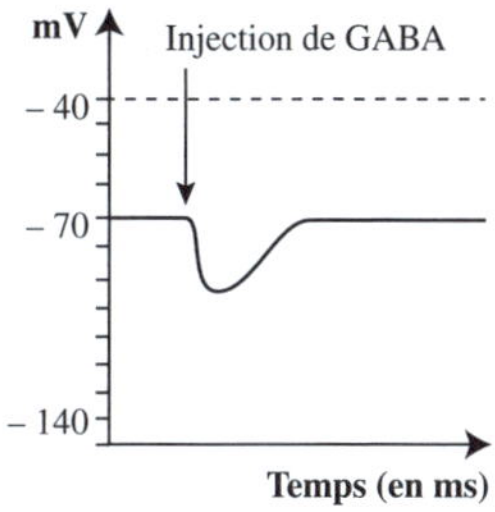	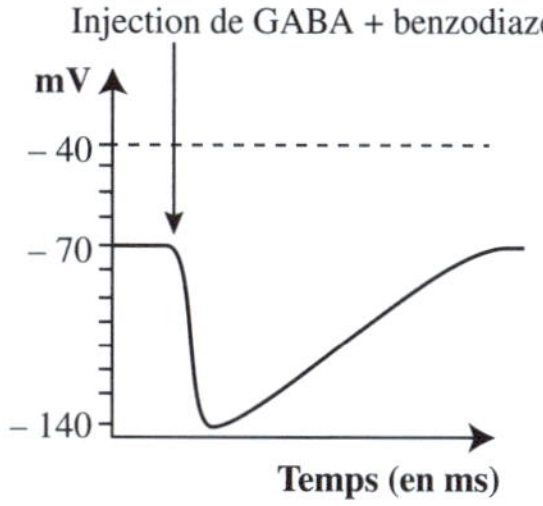

- - - - - - Seuil de dépolarisation nécessaire au déclenchement d'un potentiel d'action dans le motoneurone.

Jean Pellet, *Introduction biologique à la psychologie*, Éditions Bréal, 1999.

Travail préparatoire

1 h 45 *Voir Conseils généraux pour ce type d'exercice, p. 12.*

Comprendre le sujet

Pour ce sujet, on essaie de comprendre, dans un premier temps, les symptômes musculaires liés à l'anxiété. L'activité des motoneurones, dont le corps cellulaire est dans la moelle épinière, est sous l'influence de nombreux neurones excitateurs et inhibiteurs. Vous n'avez pas de connaissances particulières à avoir sur ce type de synapse. Vous devez juste connaître les propriétés et le fonctionnement d'une synapse

neuro-neuronique (notion de neurotransmetteur, récepteur postsynaptique, codage chimique au niveau de la synapse, etc.). De même, la structure et le fonctionnement du neurone doivent être connus (codage en fréquence de potentiels d'action, différence entre corps cellulaire et axone, etc.).
Les documents vous apportent énormément d'informations, comme le fait que l'activité d'un motoneurone dépend de l'intégration des informations excitatrices et inhibitrices provenant de neurones présynaptiques. En cas d'anxiété, le motoneurone reçoit moins d'informations inhibitrices, d'où les symptômes musculaires.
Afin d'éviter des symptômes, des tranquillisants tels que les benzodiazépines peuvent être utilisés. Il faudra montrer comment ces molécules peuvent agir au niveau synaptique et diminuer les contractions musculaires liées à l'anxiété.

Lire attentivement les documents

- Prenez connaissance de l'ensemble des documents de manière à avoir une vision globale du sujet et à extraire les informations importantes. Prenez des notes au brouillon, au fur et à mesure, et commencez à réfléchir à un plan.
- Le document de référence n'est pas à exploiter mais vous devez, sans cesse, vous y référer pour localiser les expériences menées sur le motoneurone.
- Le document 1 présente des résultats expérimentaux : vous devez expliquer en quoi consistent ces expériences et comparer les résultats. Des valeurs chiffrées sont attendues. Cette analyse est essentielle pour la compréhension de ce qui va suivre. Les notions à déduire sont celles de synapses excitatrice et inhibitrice, de neurotransmetteurs et d'intégration des messages nerveux par le motoneurone.
- Le document 2 présente des résultats d'expériences montrant qu'il y a deux types de neurotransmetteur, inhibiteur ou excitateur ; vous devez extraire, à nouveau, des valeurs chiffrées et les comparer. La notion de « récepteur spécifique » est également attendue.
- Le document 3 permettra d'expliquer, qu'en cas d'anxiété, les informations inhibitrices influencent moins le motoneurone. Vous allez comparer les résultats de l'expérience témoin, sans picrotoxine, avec l'expérience avec picrotoxine.

- Le document 4 présente les conséquences de la présence de Benzodiazépines au niveau de la synapse inhibitrice. Les résultats de deux expériences sont, ici, à comparer pour montrer que les Benzodiazépines renforcent l'inhibition du motoneurone. Des valeurs chiffrées sont également attendues pour argumenter vos déductions.

Organiser son devoir

- Rédigez une introduction cernant le sujet et qui reformule la question.
- Vous pouvez organiser votre devoir en deux parties avec, à la fin de chaque partie, un bilan partiel permettant de répondre au problème posé.
  - Dans un premier temps, vous pouvez expliquer le mode de fonctionnement des motoneurones. Pour cela, vous devrez utiliser les documents 1 et 2. Ces derniers vous permettront d'expliquer que l'activité du motoneurone commandant la contraction musculaire résulte de l'intégration d'informations excitatrices et inhibitrices.
  - Dans un second temps, vous devez expliquer l'action des benzodiazépines sur les symptômes musculaires de l'anxiété. Le document 3 permet de comprendre que pour atténuer les effets de l'anxiété il faut rétablir un niveau d'inhibition correct des motoneurones. Le document 4 vous permettra de montrer que les benzodiazépines permettent de rétablir l'influence inhibitrice sur le motoneurone.
- Votre démarche explicative sera bien réussie si vous organisez votre argumentation. N'oubliez pas d'extraire les informations des documents puis de les interpréter en utilisant vos connaissances, et/ou en utilisant d'autres interprétations réalisées auparavant avec un autre document. Il faudra alors faire des références aux documents utilisés.
- Concluez en reprenant les informations essentielles.

Corrigé rédigé

Introduction

Chez les personnes anxieuses, certains troubles sont observés comme des contractions musculaires brusques et inopinées.

On cherche à expliquer, dans un premier temps, le mode de fonctionnement d'un motoneurone afin de comprendre, ensuite, l'origine des contractions musculaires inopinées lorsqu'une personne est anxieuse et de montrer alors comment l'action des benzodiazépines peut limiter ces symptômes.

I. Le mode de fonctionnement du motoneurone

Les contractions musculaires sont commandées par des motoneurones situés dans la moelle épinière comme le montre le document de référence.

Pour comprendre pourquoi l'anxiété génère des contractions inopinées, on s'intéresse, dans un premier temps, à l'activité du motoneurone.

Le document 1 reprend des résultats expérimentaux de stimulation des neurones présynaptiques et les enregistrements de l'activité d'un motoneurone au niveau de la moelle épinière.

- Si on stimule le neurone 1 avec les électrodes de stimulation S1, on enregistre au niveau d'une microélectrode E1 placée sur le corps cellulaire du motoneurone (neurone postsynaptique), une hyperpolarisation : le potentiel de membrane passe de – 70 mV à – 80 mV. On n'enregistre alors, au niveau de la microélectrode E2 placée sur l'axone du motoneurone, aucun potentiel d'action. Au niveau de la fibre musculaire innervée par le motoneurone, on ne constate aucune contraction.

On en déduit que la stimulation du neurone présynaptique 1 n'a pas entraîné de stimulation du motoneurone et que ce neurone 1 est un neurone inhibiteur. Au niveau de la synapse, ce neurone 1 libère donc des neurotransmetteurs inhibiteurs dans la fente synaptique F1 (document de référence).

- Si on stimule le neurone 2 avec les électrodes de stimulation S2, on enregistre (microélectrodes E1) au niveau du corps cellulaire du motoneurone, une dépolarisation : le potentiel de membrane passe de – 70 mV à – 30 mV). La dépolarisation dépasse le seuil de dépolarisation qui est de – 40 mV. Au niveau de l'axone du motoneurone, on enregistre (microélectrodes E2) un train de potentiels d'action. Au niveau de la fibre musculaire innervée par le motoneurone, on constate alors la présence d'une contraction.

La stimulation du neurone présynaptique 2 a donc provoqué une dépolarisation du potentiel de membrane au niveau du corps cellulaire du motoneurone.

Cette dépolarisation a franchi le seuil de dépolarisation, ce qui a déclenché la formation d'un train de potentiels d'action au niveau de l'axone du motoneurone. L'axone du motoneurone conduit donc un message nerveux codé en fréquence de potentiels d'action. Ces potentiels d'action vont permettre le déclenchement de la contraction de la fibre musculaire innervée. On peut donc en déduire que ce neurone 2 est un neurone excitateur. Au niveau de la synapse entre le neurone 2 et le motoneurone, il y a libération de neurotransmetteurs excitateurs dans la fente synaptique F2 (document de référence).

- Si on stimule simultanément en S1 et en S2 (les neurones présynaptiques 1 et 2), on enregistre (microélectrodes E1) au niveau du corps cellulaire du motoneurone (neurone postsynaptique) une légère dépolarisation : le potentiel de membrane passe de – 70 mV à – 60 mV. Cette dépolarisation ne dépasse pas le seuil de dépolarisation (– 40 mV). Au niveau de l'axone du motoneurone, on n'enregistre (microélectrodes E2) pas de train de potentiels d'action. Au niveau de la fibre musculaire innervée par le motoneurone, on ne constate alors pas de contraction.

Le motoneurone a donc reçu deux informations venant des neurones présynaptiques 1 et 2. Il a donc intégré l'information excitatrice du neurone 2 et l'information inhibitrice du neurone 1. L'information inhibitrice a ici une action prépondérante, ce qui empêche la dépolarisation de dépasser le seuil de dépolarisation. Il n'y a donc pas de formation de train de potentiels d'action au niveau de l'action du motoneurone, d'où l'absence de contraction.

Quels sont les neurotransmetteurs mis en jeu au niveau des synapses F1 et F2 ?

Le document 2 rapporte les résultats expérimentaux d'enregistrement au niveau du corps cellulaire du motoneurone (E1) à la suite de l'injection de deux molécules dans les fentes synaptiques F1 et F2 indiquées sur le document de référence. Ceci se déroule sans stimulation électrique au niveau de S1 et S2.

- Si on injecte du GABA au niveau de la fente synaptique F1 de la synapse inhibitrice, on enregistre une hyperpolarisation du potentiel de la membrane qui passe de – 70 mV à environ – 90 mV.

L'injection de GABA dans la fente synaptique F1 provoque donc le même effet que la stimulation du neurone 1 en S1. On peut en déduire que le GABA est un neurotransmetteur inhibiteur qui agit au niveau de la synapse du neurone 1. Il existe donc à la surface de la membrane postsynaptique du motoneurone des récepteurs spécifiques au GABA.

- Si on injecte de l'acétylcholine (ACh) au niveau de la fente synaptique F2 de la synapse excitatrice, on enregistre une dépolarisation du potentiel de membrane qui passe de – 70 mV à environ – 35 mV. Le seuil de dépolarisation de – 40 mV est franchi.

L'injection de l'ACh dans la fente synaptique F2 provoque donc le même effet que la stimulation du neurone 2 en S2. On peut en déduire que l'ACh est un neurotransmetteur excitateur qui agit au niveau de la synapse du neurone 2. Il existe donc à la surface de la membrane postsynaptique du motoneurone des récepteurs spécifiques à l'ACh.

L'activité du motoneurone commandant la contraction musculaire résulte donc d'un équilibre entre les messages excitateurs et inhibiteurs transmis par des neurones excitateurs et inhibiteurs (document 1). La transmission du message nerveux au niveau des synapses est permise grâce à des neurotransmetteurs libérés dans la fente synaptique. Pour le neurone inhibiteur (neurone 1), il s'agit du GABA. Pour le neurone excitateur (neurone 2), il s'agit de l'ACh (document 2).

Que se passe-t-il au niveau des motoneurones lorsqu'un personne est anxieuse ? Comment les benzodiazépines agissent-ils ?

II. L'action des benzodiazépines sur les symptômes de l'anxiété

Pour comprendre comment les benzodiazépines empêchent des contractions musculaires inopinées, on étudie expérimentalement les signes de l'anxiété chez des mammifères.

Le document 3 présente les résultats d'enregistrements en E1 (sur le corps cellulaire du motoneurone) en présence ou non de picrotoxine.

On réalise, tout d'abord, une stimulation en S1 sur le neurone inhibiteur 1 sans injection de picrotoxine. On enregistre une hyperpolarisation (de – 70 mV à – 72 mV en 5 ms), puis il y a une repolarisation (de – 72 mV à – 70 mV en 15 ms). Ce résultat a déjà été observé dans le document 1.

C'est une expérience témoin, permettant de rappeler que le neurone 1 a une action inhibitrice.

On réalise une deuxième expérience où on stimule aussi en S1 mais on injecte de la picrotoxine dans la fente synaptique F1. On constate au niveau de l'enregistrement E1 que le potentiel de membrane du motoneurone reste constant, à – 70 mV.

La seule différence entre cette expérience et l'expérience témoin, c'est la présence de picrotoxine, donc si on observe une différence dans les résultats, cela sera dû à la picrotoxine. La picrotoxine est capable de se fixer sur les récepteurs membranaires du GABA se trouvant sur la membrane postsynaptique du motoneurone. Elle empêche le neurotransmetteur GABA, libéré dans la fente synaptique à la suite de la stimulation en S1, de se fixer sur ses récepteurs spécifiques. La picrotoxine bloque donc l'action du GABA sur son récepteur. En faisant cela, le neurone 1 ne joue plus son rôle inhibiteur.

Ceci peut provoquer des contractions musculaires brusques et inopinées car le motoneurone peut se retrouver stimulé par le neurone 1. L'injection de picrotoxine a permis de simuler des signes de l'anxiété chez un mammifère.

On peut ainsi supposer qu'en cas d'anxiété, les influences inhibitrices sur les motoneurones sont diminuées, d'où les symptômes musculaires observés.

Les benzodiazépines augmentent-ils l'inhibition des motoneurones ? De quelle façon ?

On réalise des expériences pour vérifier l'action des benzodiazépines chez des mammifères. On sait, par ailleurs, que les benzodiazépines se fixent sur les récepteurs membranaires GABA. Le document 4 présente les résultats d'enregistrements en E1 (sur le corps cellulaire du motoneurone) après l'injection de GABA au niveau de la fente synaptique F1 et en présence ou non de benzodiazépines.

- On réalise, tout d'abord, une injection de GABA au niveau de F1 et on enregistre en E1 une hyperpolarisation (on obtient le même résultat que pour le document 2).

C'est une expérience témoin. Le GABA étant un neurotransmetteur inhibiteur, son injection en F1 entraîne une inhibition du motoneurone.

- Dans une deuxième expérience, on injecte toujours le GABA au niveau de F1 mais aussi des benzodiazépines. On observe une hyperpolarisation plus forte que précédemment : le potentiel membranaire passe de – 70 mV à environ – 140 mV.

Les benzodiazépines, en se fixant spécifiquement aux récepteurs membranaires au GABA des motoneurones postsynaptiques, amplifient donc l'hyperpolarisation. Les benzodiazépines vont alors diminuer la possibilité de former un train de potentiels d'action au niveau de l'axone du motoneurone. Ces molécules sont des tranquillisants qui réduisent les contractions musculaires.

Donc en cas d'anxiété, les influences inhibitrices sont diminuées (document 3), la prise de benzodiazépines permet de rétablir l'influence inhibitrice du neurone 1 (document 4). Ainsi, les symptômes musculaires liés à l'anxiété seront fortement réduits.

Conclusion

Les motoneurones intègrent des messages nerveux inhibiteurs et excitateurs. Lorsqu'une personne est anxieuse, l'inhibition du motoneurone est moins importante, les fibres musculaires se contractent de façon inopinée. Les benzodiazépines, en se fixant sur les récepteurs GABA des motoneurones, augmentent l'inhibition du motoneurone, ce qui diminue les symptômes musculaires liés à l'anxiété.

SUJET 33

Produire le mouvement : contraction musculaire et apport d'énergie

EXERCICE 1 : MAÎTRISE DES CONNAISSANCES

Diabète de type 1 et action de l'insuline sur la régulation de la glycémie

En France, environ 3,5 % de la population est atteinte de diabète. Cette maladie est due à une défaillance des mécanismes de régulation de la glycémie. Il existe deux grands types de diabètes : les diabètes de type 1 et de type 2.

Après avoir expliqué l'origine du diabète de type 1, montrer comment une hormone pancréatique, l'insuline, intervient dans la régulation de la glycémie.

Votre devoir devra être structuré. Un schéma bilan précisant le rôle de l'insuline dans l'homéostat glycémique est attendu.

Travail préparatoire

1 h 45 *Voir Conseils généraux pour ce type d'exercice, p. 11.*

Comprendre le sujet

Ce sujet consiste à expliquer la régulation de la glycémie en ne considérant que le rôle de l'insuline. Il ne faudra donc pas parler au cours de ce devoir de l'autre hormone pancréatique : le glucagon.
Vous devrez aussi préciser les caractéristiques du diabète de type 1 (pas de production d'insuline) et ne pas confondre avec celles du

diabète de type 2 (insulino-résistance). Le diabète de type 1 apparaît chez les jeunes à cause de la destruction des cellules béta des îlots de Langerhans dans le pancréas. Ces cellules permettent la synthèse de l'insuline qui est une hormone hypoglycémiante. Cette hormone est libérée en cas de glycémie importante et elle agit sur des organes cibles (foie, muscles, tissu adipeux) en augmentant la consommation de glucose par les cellules et en favorisant le stockage du glucose soit sous la forme de glycogène, soit sous la forme de lipides. Vous devrez expliquer le rôle de l'insuline dans le cas d'une hyperglycémie à la suite d'un repas, par exemple.

Organiser son devoir

Votre exposé doit être organisé. Il contiendra une introduction, un développement structuré et une conclusion.

- L'introduction doit permettre de définir certains termes du sujet (diabète, glycémie, etc.) et de poser la problématique.
- Le développement se fera en deux parties :
  - la première où vous donnerez toutes les caractéristiques du diabète de type 1 (âge d'apparition, symptômes, causes, etc.) ;
  - la seconde où vous expliquerez le rôle de l'insuline dans la régulation de la glycémie. Un schéma est attendu. Vous pourrez y expliquer la régulation de la glycémie dans le cas d'une prise alimentaire entraînant une hyperglycémie.
- La conclusion reprendra les notions abordées dans le développement.

Corrigé rédigé

Introduction

Le diabète est une maladie caractérisée par une hyperglycémie chronique. Les individus diabétiques ont une glycémie, à jeun, supérieure à 1,2 g/L. Chez l'individu diabétique, les mécanismes de régulation de la glycémie ne fonctionnent pas. Quelle est l'origine du diabète de type 1 et comment une hormone pancréatique peut-elle être impliquée dans cette défaillance ?

Nous développerons, dans un premier temps, l'origine du diabète de type 1, puis nous préciserons le rôle de l'insuline dans le mécanisme de régulation.

I. L'origine du diabète de type 1

Un test d'hyperglycémie provoquée (ingestion d'une grande quantité de glucose) chez un individu diabétique montre, après deux heures, une glycémie supérieure à 2 g/L alors que, chez un individu non diabétique, la glycémie est entre 0,8 et 1,2 g/L au bout de deux heures.

Le diabète de type 1 se déclenche très tôt dans la vie des individus : il apparaît chez les enfants et les jeunes adultes. Des facteurs génétiques et environnementaux prédisposent sans doute à l'apparition de ce type de diabète. Des mesures de la concentration d'insuline dans le sang montre que cette molécule fait défaut. Or, l'insuline est une hormone de nature peptidique produite par des cellules endocrines des îlots de Langerhans disséminés dans le pancréas. Les cellules spécialisées dans cette production sont appelées « cellules β ».

Dans le cas du diabète de type 1, les cellules β sont progressivement détruites par des cellules du système immunitaire (il s'agit d'une maladie auto-immune). Cette destruction progressive entraîne donc une absence de production d'insuline : une hyperglycémie n'est alors plus corrigée et l'individu devient diabétique.

II. Le rôle de l'insuline dans la régulation de la glycémie

L'insuline est une hormone hypoglycémiante. Libérée dans le sang, elle agit sur des organes cibles dont les cellules possèdent des récepteurs spécifiques de cette hormone.

À la suite d'un repas, la concentration en glucose augmente dans le sang. Cette élévation de la glycémie est détectée par les cellules β et cela déclenche la production d'insuline.

A. L'action de l'insuline au niveau du foie

Le foie est un organe de stockage du glucose sous la forme de glycogène. Ce glycogène est un polymère du glucose de formule $(C_5H_{10}O_5)_n$.

Lorsque l'insuline se fixe sur les récepteurs spécifiques des cellules hépatiques, cela déclenche la synthèse de glycogène à partir du glucose sanguin : l'insuline favorise ainsi la glycogénogenèse. Du glucose est donc davantage stocké dans les cellules hépatiques et la glycémie diminue.

B. L'action de l'insuline au niveau des muscles et du tissu adipeux

La fixation d'insuline sur des récepteurs spécifiques des cellule musculaires favorise aussi la glycogénogenèse.

L'insuline favorise le stockage du glucose sous la forme de triglycérides (après transformation) dans le tissu adipeux.

Enfin, l'insuline en se fixant sur différentes cellules, cibles favorise également la pénétration et l'utilisation par ces cellules.

Ces différentes actions contribuent donc à diminuer la glycémie et à empêcher une hyperglycémie.

C. Insuline et homéostat glycémique

L'homéostat glycémique fait donc intervenir :

- un système réglant comprenant des capteurs sensibles aux variations de la concentration en glucose, les cellules β du pancréas endocrine ;
- des organes effecteurs comme le foie qui, sous le contrôle de l'insuline, permettent le stockage du glucose ;
- un système réglé, le milieu intérieur, dans lequel le paramètre qui doit être réglé est la glycémie ; cette dernière est réglée sur une valeur de consigne comprise entre 0,8 et 1,2 g/L. Toute augmentation de cette valeur déclenche la production d'insuline.

Schéma bilan montrant le rôle de l'insuline dans le cas d'une hyperglycémie (après un repas, par exemple)

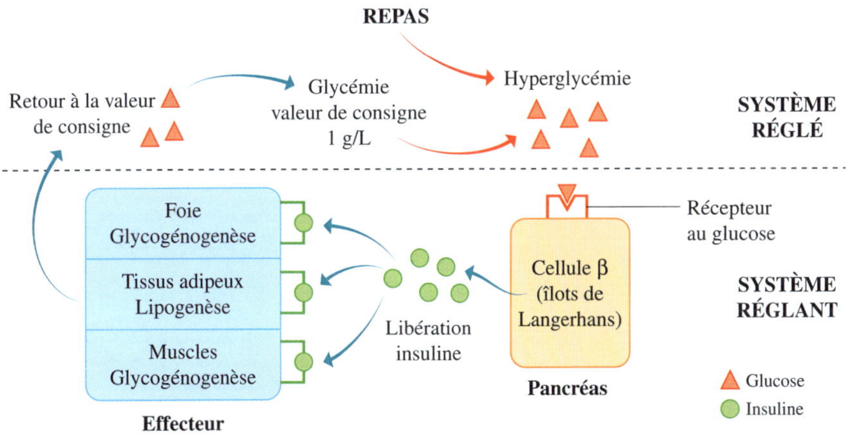

Conclusion

Les individus diabétiques présentent une hyperglycémie chronique. C'est l'absence de production d'insuline qui est à l'origine du diabète de type 1. Dans ce cas, les mécanismes de régulation permettant de favoriser l'utilisation et le stockage de glucose ne sont plus mis en jeu car les organes cibles ne détectent plus la présence d'insuline.

SUJET 34

Produire le mouvement : contraction musculaire et apport d'énergie

EXERCICE 1 : MAÎTRISE DES CONNAISSANCES

Contraction musculaire à l'échelle moléculaire et ATP

Le muscle strié squelettique est composé de fibres musculaires dont le cytosquelette joue un rôle important dans la contraction. Cette dernière s'effectue grâce au glissement de myofilaments protéiques. Cette activité nécessite un apport d'énergie.

Expliquez comment s'effectue la contraction musculaire à l'échelle moléculaire et montrez le rôle de l'ATP au cours de la contraction.

L'exposé devra comporter une introduction, un développement structuré et une conclusion. Votre développement sera accompagné d'un schéma explicatif à l'échelle moléculaire du document de référence et vous illustrerez les mécanismes au niveau moléculaire, à l'aide de schémas de votre choix.

DOCUMENT DE RÉFÉRENCE • *Observation au microscope électronique de la contraction des myofibrilles (× 50 000)*

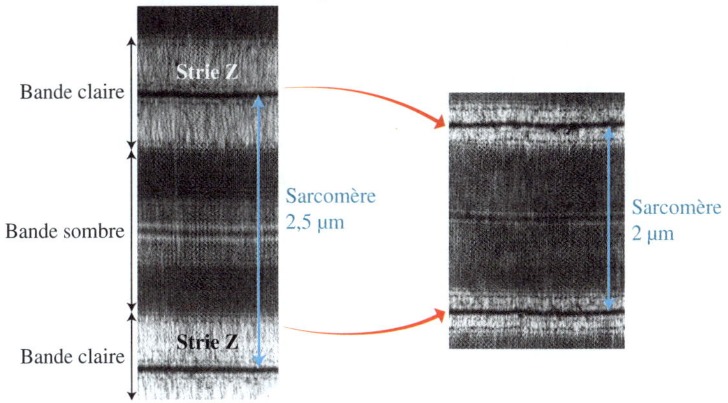

Travail préparatoire

1 h 45 *Voir Conseils généraux pour ce type d'exercice, p. 11.*

Comprendre le sujet

- Ce sujet s'inscrit dans le chapitre « Produire le mouvement : contraction musculaire et apport d'énergie ». Il s'agit de montrer comment la contraction d'un muscle, à l'échelle de l'organe, s'explique par des mécanismes faisant intervenir le cytosquelette de chaque fibre musculaire. Il faut donc décrire l'organisation très ordonnée des fibres musculaires en vous appuyant, par exemple, sur le document de référence. L'intitulé du sujet vous aide aussi à cerner les notions à développer : le glissement des myofilaments protéiques vous amène à décrire le rôle des filaments d'actine et de myosine et la nécessité d'énergie sous la forme d'ATP ; il faudra donc aussi décrire cette molécule et parler de son hydrolyse. Vous n'avez pas à entrer dans le détail des mécanismes énergétiques permettant la production d'ATP mais juste à les citer (principalement la respiration cellulaire). Le rôle des ions calcium doit aussi être indiqué.

- Pour interpréter le schéma du document de référence, il faut dessiner un sarcomère avec les deux types de filaments. Vous devez aussi compléter cette explication avec le rôle des têtes de myosine dont la déformation permet le glissement le long des filaments d'actine.
- N'oubliez pas l'ATP dans ce processus.
- Enfin, le sujet demande d'illustrer les mécanismes à l'aide de schémas. Soignez vos schémas et légendez-les bien.

Organiser son devoir

- Vous rédigerez une introduction cernant le sujet et reformulant la question avant d'annoncer votre plan.
- Le développement pourra suivre les deux parties du questionnement.

  – Dans une première partie, il s'agit de décrire l'organisation structurée de la fibre musculaire. Il faut rapidement décrire la fibre musculaire puis passer à l'échelle moléculaire. Le terme « sarcomère » est attendu puisque c'est la structure qui, en se raccourcissant, permet la contraction de l'ensemble de la fibre musculaire. Les myofilaments sont décrits, un schéma interprétatif du document de référence peut alors accompagner votre description. Pour expliquer par la suite comment intervient l'ATP, vous devez préciser la présence de structure globulaire des filaments épais de myosine (tête de myosine qui se fixe sur les filaments fins d'actine).

  – La seconde partie est consacrée au rôle de l'ATP. Il faut alors expliquer son rôle, sa composition, sa synthèse et les conséquences de l'hydrolyse. Puis, vous devez expliquer la façon dont intervient l'ATP au niveau des têtes de myosine et leur fixation sur l'actine. C'est l'hydrolyse de l'ATP qui va permettre un glissement et donc le raccourcissement du sarcomère.
- Vous rédigerez ensuite une conclusion reprenant les idées principales.

Corrigé rédigé

Introduction

La contraction d'un muscle strié squelettique s'explique par l'organisation du cytosquelette des fibres musculaires. Comme le montre le document de référence, c'est le raccourcissement par glissement de myofilaments du sarcomère qui génère la contraction des fibres musculaires. Ce travail mécanique de glissement des filaments nécessite un apport d'énergie sous la forme d'ATP.

On se propose d'expliquer, dans une première partie, comment s'effectue à l'échelle moléculaire la contraction d'une fibre musculaire, puis, dans une seconde partie, on montrera le rôle de l'ATP au cours de cette contraction.

I. La contraction de la fibre musculaire à l'échelle moléculaire

Quelle est la composition de la fibre musculaire ? Comment est organisé son cytosquelette ?

A. La composition de la fibre musculaire et l'organisation du cytosquelette

Les cellules des muscles squelettiques sont des cellules de grande taille mesurant plusieurs centimètres de long. Pour cette raison, ces cellules sont aussi qualifiées de « fibres musculaires ». Elles comportent plusieurs noyaux.

L'observation d'une fibre musculaire au microscope électronique montre que le cytoplasme est composé d'un ensemble de myofibrilles. Chaque myofibrille est composée, à son tour, d'un ensemble de molécules composant les myofilaments qui constituent le cytosquelette de la cellule.

Ces myofilaments sont des protéines. Il y en a deux types : l'actine et la myosine.

Les molécules d'actine sont agencées de telle sorte qu'elles forment des filaments fins. De même, les molécules de myosine forment des filaments plus épais.

Ces molécules sont organisées et assemblées de façon régulière au sein d'une structure fonctionnelle appelée « sarcomère ». Le sarcomère est l'unité contractile de la fibre musculaire. Chaque myofibrille est ainsi constituée d'une succession de sarcomères.

Comment se réalise la contraction d'une fibre musculaire ?

B. La contraction d'une fibre musculaire

Le document de référence montre le raccourcissement d'un sarcomère. On peut interpréter ce raccourcissement par un schéma.

Schéma des mécanismes montrant le raccourcissement d'un sarcomère

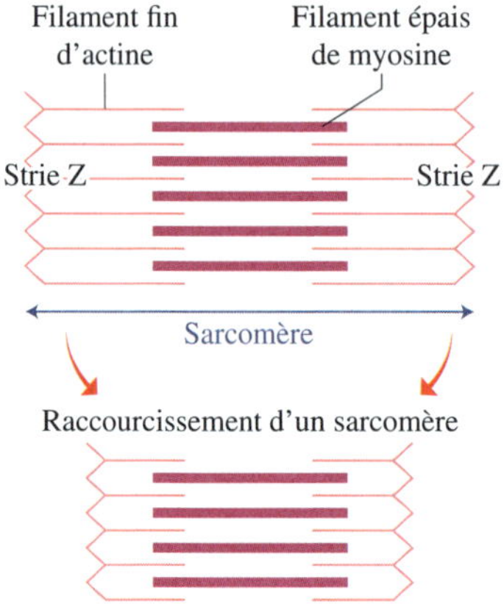

On observe, sur ce schéma, qu'il y a un glissement relatif des deux types de filaments à l'origine du raccourcissement du sarcomère. C'est le glissement des myofilaments d'actine par rapport aux myofilaments de myosine qui entraîne ce raccourcissement ; le raccourcissement synchrone des sarcomères d'une fibre musculaire entraîne la contraction.

Le glissement des deux types de filaments est dû aux propriétés de la myosine. Les filaments de myosine ont une structure particulière : ils présentent une partie globulaire appelée « tête de myosine » et une « queue ».

Schéma de molécules de myosine

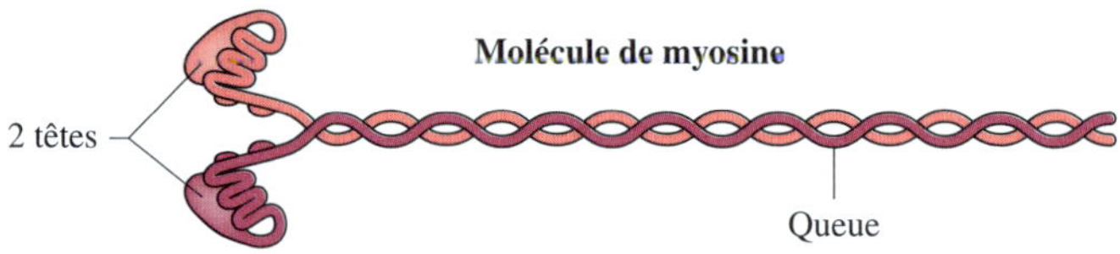

Les têtes de myosine se fixent sur les filaments d'actine et, en se déformant, font glisser les filaments d'actine.

Pourquoi les têtes de myosine peuvent-elles se déformer ? Comment la myosine se fixe-t-elle sur les filaments d'actine ?

II. Le rôle de l'ATP lors du raccourcissement d'un sarcomère

A. La molécule d'ATP

Tout mouvement cellulaire dépend de la synthèse d'une molécule, l'ATP. Cette molécule est synthétisée grâce à un apport d'énergie. Cette synthèse se réalise à partir de l'ADP et d'un groupement phosphate Pi.

L'hydrolyse de l'ATP fournit l'énergie nécessaire à l'activité de la cellule. Cette hydrolyse produit de l'ADP et un phosphate : $ATP + H_2O \rightarrow ADP + Pi$.

Comment la molécule d'ATP intervient-elle lors de la contraction ?

B. L'intervention de l'ATP lors de la contraction

On a vu que les têtes de myosine se fixent sur un filament d'actine. Les filaments de myosine se déforment de façon synchrone et font glisser les filaments d'actine. Ce glissement se fait grâce à des ponts d'union entre les têtes de myosine et l'actine. Ces ponts d'union ne sont possibles qu'en présence d'ions calcium.

Lorsqu'une tête de myosine fixe l'ATP, il y a hydrolyse de l'ATP en ADP et Pi. L'hydrolyse fournit l'énergie nécessaire à la tête de myosine qui change de conformation.

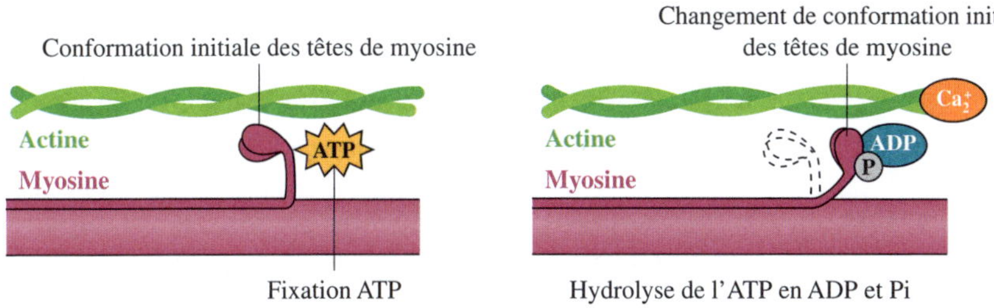

Les têtes de myosine forment alors des ponts d'union avec les filaments d'actine. L'ADP et le Pi sont libérés, ce qui s'accompagne d'un retour de la tête à sa position initiale : c'est à ce moment qu'il y a glissement de l'actine.

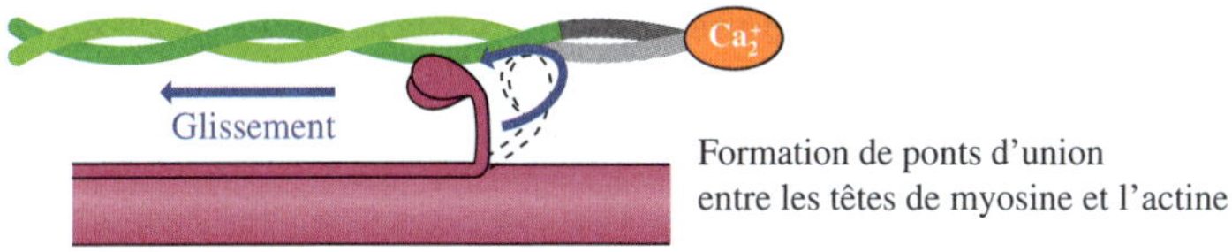

La fixation d'une nouvelle molécule d'ATP sur les têtes de myosine entraîne la dissociation de l'actine et de la myosine. Un autre cycle peut commencer. Si l'ATP n'est pas renouvelée, les têtes de myosine ne se relâchent pas de l'actine et la myofibrille reste contractée.

Au cours de la contraction, l'énergie chimique de l'ATP est convertie en énergie mécanique.

Conclusion

Lors de la contraction d'une fibre musculaire, l'unité structurale de la fibre qui se raccourcit est le sarcomère, composé de myofilaments d'actine et de myosine. Le glissement des filaments d'actine par rapport aux filaments de myosine ne se fait qu'en présence d'ATP. Les ions calcium sont également nécessaires. Le cytosquelette de la fibre musculaire, par son organisation, joue donc un rôle fondamental lors de la contraction.

SUJET 35

Produire le mouvement : contraction musculaire et apport d'énergie

EXERCICE 2 : PRATIQUE DU RAISONNEMENT SCIENTIFIQUE

Les échanges ioniques au niveau des cellules nerveuses

Le cytoplasme des cellules est plus riche en ions K^+ et plus pauvre en ions Na^+ que le milieu extracellulaire. Ces différences de concentrations participent au potentiel de repos membranaire de – 70 mV de la cellule nerveuse.

À partir de l'exploitation des documents et de l'utilisation de vos connaissances, montrez que le maintien des différences de concentrations ioniques dans une cellule nerveuse est lié à la présence d'ATP, puis déterminez les mécanismes énergétiques qui assurent l'approvisionnement en ATP.

DOCUMENT 1 • *Fonctionnement de la pompe sodium-potassium (représentation schématique) et concentrations intracellulaires en ions*

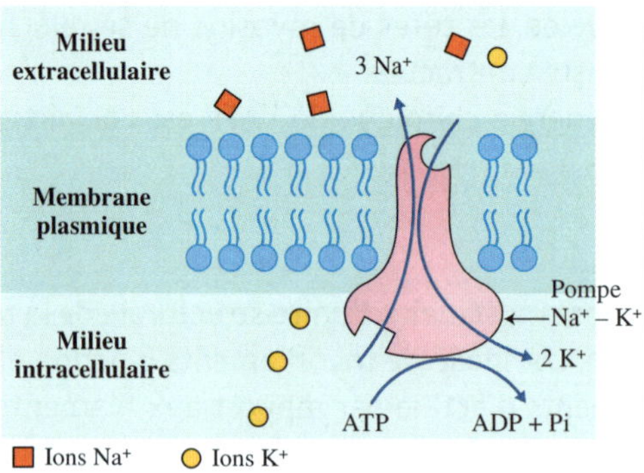

Concentrations intracellulaires (en $mmol.L^{-1}$)	Na^+	K^+
Cellule témoin	18	180
Cellule en présence de digitaline (inhibiteur de l'hydrolyse de l'ATP)	75	83

La pompe permet d'échanger les ions sodium (Na^+) issus du milieu intracellulaire avec les ions potassium (K^+) issus du milieu extracellulaire dans un rapport précis (3 Na^+/2 K^+).

Biologie TD, Coll. « Tavernier », 1989.

DOCUMENT 2 • *Effets du cyanure sur la consommation en dioxygène du neurone*

On suit l'évolution de la teneur en dioxygène du milieu de culture dans lequel sont placés des neurones, avant et après ajout de cyanure. Ce dernier traverse facilement les membranes cellulaires.

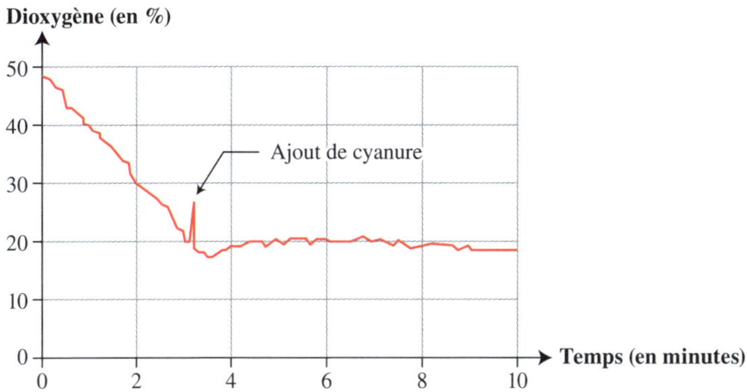

SVT, Coll. « Duco », 2012.

DOCUMENT 3 • *Effets du cyanure et de l'ATP sur des neurones de calmar*

Caldwell et Keynes ont placé des neurones de calmar contenant des ions 24Na^+ radioactifs dans de l'eau de mer. Ils ont mesuré la vitesse de sortie de ces ions dans trois conditions différentes :
- eau de mer ;
- eau de mer additionnée de cyanure ;
- injection d'ATP dans le neurone en présence de cyanure.

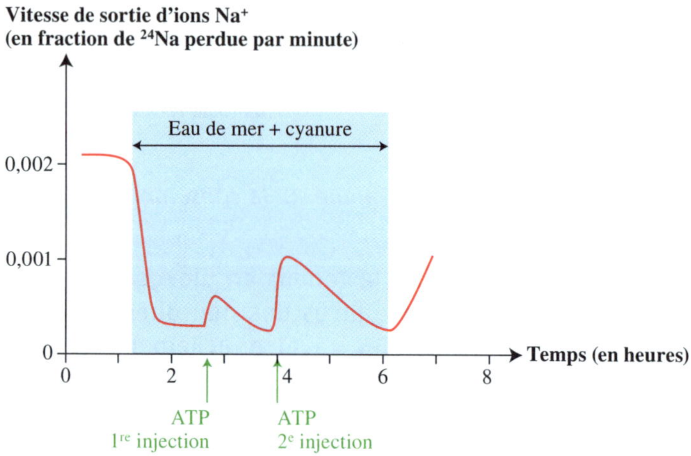

1re injection d'ATP à 1,2 mmol.L⁻¹
2e injection d'ATP à 6,2 mmol.L⁻¹

De l'ATP ajouté à l'eau de mer mais non injecté dans le neurone n'a aucun effet.

www.didier-pol.net.

DOCUMENT 4 • *Mesures de concentrations intracellulaires en ions Na^+ et K^+ pour un neurone dans différents milieux de culture*

Composition du milieu	Na^+ (en $mmol.L^{-1}$)	K^+ (en $mmol.L^{-1}$)
Sans glucose	77	85
Avec glucose	15	150
Avec glucose + inhibiteur de la glycolyse	64	93
Avec pyruvate	18	148
Avec pyruvate + inhibiteur de la glycolyse	23	117

http://ddata.over-blog.com.

Rappel : le pyruvate est le produit final de la glycolyse.

Travail préparatoire

1 h 45 *Voir Conseils généraux pour ce type d'exercice, p. 12.*

Comprendre le sujet

Le potentiel de repos de la cellule nerveuse dépend d'une différence de concentrations en ions entre le milieu intracellulaire et le milieu extracellulaire. Deux notions essentielles du programme sont abordées : l'ATP et la respiration cellulaire. On s'interroge donc sur les mécanismes énergétiques qui permettent le maintien d'un potentiel de repos au niveau d'une cellule nerveuse.

Lire attentivement les documents

- Le document 1 permet de comprendre l'origine de la différence de concentrations en ions et il montre l'importance de l'hydrolyse de l'ATP dans le fonctionnement de la pompe Na/K.
- Les documents 2, 3 et 4 permettront de comprendre comment se réalise l'approvisionnement en ATP. Les documents 2 et 3 montrent que la respiration cellulaire permet le renouvellement de l'ATP.
- Le document 4 montre que c'est l'oxydation de glucose qui fournit l'énergie nécessaire à la synthèse d'ATP. Il s'agit de dégager les trois étapes qui interviennent au cours de la respiration cellulaire (la glycolyse qui se déroule en dehors de la mitochondrie, le cycle de Krebs et la chaîne respiratoire qui constituent les deux étapes de la respiration mitochondriale).

Organiser son devoir

- Après une lecture de l'ensemble du sujet, notez au brouillon les informations clés extraites des documents. Au fur et à mesure de votre lecture, mobilisez vos connaissances sur la respiration cellulaire (l'oxydation d'un substrat organique, les étapes de la respiration cellulaire avec la glycolyse, suivie de deux étapes qui se déroulent dans la mitochondrie : le cycle de Krebs et le chaîne respiratoire). Ce sujet nécessite de bien expliciter le renouvellement de l'ATP grâce à la respiration cellulaire qui fournit l'énergie nécessaire à la synthèse de l'ATP. Enfin, un autre point est à aborder : l'hydrolyse de l'ATP qui fournit à son tour l'énergie nécessaire au fonctionnement de la pompe Na/K de la cellule nerveuse. Aucune connaissance préalable sur cette pompe n'est nécessaire.

– Dans un premier temps, utilisez le document 1 pour comprendre l'origine de la différence de concentrations en ions ainsi que l'importance de l'hydrolyse de l'ATP dans le fonctionnement de la pompe Na/K.

– Dans un deuxième temps, l'utilisation des documents 2, 3 et 4 permettront de comprendre comment se réalise l'approvisionnement en ATP.

Corrigé rédigé

Introduction

Les cellules nerveuses sont caractérisées par un potentiel de repos de – 70 mV qui résulte d'une différence de concentration en ions entre le milieu intracellulaire et le milieu extracellulaire. Cette différence de potentiel consomme de l'énergie. On cherche donc à montrer que l'énergie utilisée est l'ATP et à déterminer l'origine de cet ATP.

I. Le fonctionnement de la pompe Na/K

Le document 1 permet de comprendre comment fonctionne la pompe Na/K. Le schéma nous montre le fonctionnement d'une pompe Na/K qui est à l'origine d'une différence de concentrations en ions entre le milieu intracellulaire et le milieu extracellulaire.

Cette pompe, présente dans la membrane plasmique, permet la sortie de 3 Na^+ pour l'entrée de 2 K^+. Cette activité est couplée à la consommation d'ATP : une mole d'ATP consommée fournit de l'ADP et Pi. *On peut en déduire qu'il s'agit ici de l'hydrolyse de l'ATP. C'est cette hydrolyse qui fournit l'énergie au fonctionnement de la pompe.*

Cette déduction est confirmée par les résultats d'une expérience fournis dans le tableau du document 1.

Pour une cellule témoin, les concentrations intracellulaires en Na^+ et K^+ sont respectivement de 18 et 180 mmol/L. *Ces différences s'expliquent par le fonctionnement de la pompe Na/K* (rapport de 3 Na^+ sortant pour 2 K^+ entrants).

Cependant, en présence de digitaline, inhibiteur de l'hydrolyse de l'ATP, les concentrations intracellulaires sont de 75 mmol/L pour Na^+ et 83 mmol/L pour K^+. *On peut en déduire, en comparant avec les résultats obtenus avec la cellule témoin, que l'hydrolyse de l'ATP est indispensable pour maintenir une concentration en K^+ intracellulaire 10 fois supérieure à celle de Na^+.*

Ce document nous montre donc l'importance de la molécule d'ATP dans le maintien d'une différence de concentrations en ions K^+ et Na^+ de part et d'autre de la membrane plasmique.

Il s'agit maintenant de montrer comment la cellule nerveuse produit cet ATP. L'hypothèse qui va être testée est la respiration cellulaire.

II. L'approvisionnement de l'ATP par la respiration cellulaire

Le document 2 présente les effets du cyanure sur la consommation en dioxygène de neurones placés dans un milieu de culture. On précise que le cyanure traverse facilement les membranes cellulaires.

On observe qu'avant l'ajout de cyanure le pourcentage de dioxygène diminue dans le milieu, passant de 50 à 20 % : *les neurones consomment du dioxygène, ils respirent*.

En revanche, en présence de cyanure, le pourcentage de dioxygène dans le milieu reste constant (20 %) : *les neurones ne consomment plus de dioxygène ; le cyanure, en pénétrant dans la cellule, a bloqué la respiration cellulaire*.

Le document 3 montre les effets du cyanure et de l'ATP sur des neurones de calmar contenant des ions Na^+ radioactifs et placés dans de l'eau de mer. On mesure la sortie des ions $^{24}Na^+$ radioactifs en fonction du temps dans différentes conditions.

On observe que la fraction des ions Na^+ perdue est de l'ordre de 0,002 par minute en l'absence de cyanure alors qu'elle diminue en moins d'une heure en présence de cyanure. *On en déduit que le cyanure, en bloquant la respiration cellulaire, empêche la sortie de Na^+ et donc le fonctionnement de la pompe Na/K.*

Puis, en présence de cyanure, on injecte alors de l'ATP dans les neurones. On observe, à la suite d'une injection de 1,2 mmol/L, puis de 6,2 mmol/L d'ATP, une augmentation de la vitesse de sortie de Na^+ d'autant plus importante que la concentration en ATP injectée est élevée. Toutefois, l'effet est transitoire en présence de cyanure puisque la vitesse de sortie diminue pour revenir en une à deux heures à une vitesse de sortie très faible.

On en déduit que l'ATP est indispensable à la sortie de Na^+ : l'hydrolyse de l'ATP fournit l'énergie nécessaire à la pompe Na/K. Cependant, l'ATP est utilisée rapidement et, en présence de cyanure, il n'y a pas de renouvellement *de l'ATP. Ainsi, en bloquant la respiration cellulaire, le cyanure empêche le renouvellement de l'ATP.*

On peut alors se demander comment se renouvelle l'ATP.

Le document 4 présente les concentrations intracellulaires en ions Na^+ et K^+ dans un neurone dans différents milieux de culture.

On observe qu'en présence de glucose, expérience qui peut servir de témoin, les concentrations en ions Na^+ et K^+ sont respectivement de 15 et 150 mmol/L, alors qu'en l'absence de glucose, elles sont de 77 et 85 mmol/L. *On en déduit que le glucose est une molécule indispensable pour permettre le maintien d'une différence de concentrations en ions Na^+ et K^+.*

Par contre, en présence de glucose et d'un inhibiteur de la glycolyse, on observe que les concentrations respectives en Na^+ et K^+ sont de 64 et 93 mmol/L. *Par rapport au témoin avec glucose, on en déduit que la glycolyse est indispensable pour maintenir une différence de concentrations intracellulaires entre les deux ions. La glycolyse, qui permet l'oxydation de glucose en pyruvate, fournit de l'énergie afin d'assurer le fonctionnement de la pompe Na/K. On sait que, pour une mole de glucose oxydé, deux moles d'ATP sont produites. Ce sont ces molécules d'ATP qui vont fournir de l'énergie à la pompe Na/K.*

On compare, ensuite, les résultats de deux autres expériences. On veut savoir si le processus de glycolyse est le seul mécanisme qui fournit de l'énergie en utilisant cette fois du pyruvate, molécule issue de la glycolyse. On observe qu'en présence de pyruvate les concentrations respectives en Na^+ et K^+ sont de 18 et 148 mmol/L. *On en déduit que la pompe Na/K fonctionne dans ces conditions.*

De plus, en présence de pyruvate et d'un inhibiteur de la glycolyse les concentrations en Na^+ et K^+ sont respectivement de 23 et 117 mmol/L. *Par conséquent, le déséquilibre de concentrations entre les deux ions est maintenu, ce qui suggère un fonctionnement de la pompe Na/K. C'est donc bien l'utilisation du pyruvate qui va fournir l'énergie nécessaire à son fonctionnement. L'ATP est donc renouvelée dans le neurone grâce à la respiration cellulaire.*

Conclusion

Le maintien des différences de concentrations ioniques pour une cellule nerveuse est assuré par le fonctionnement d'une pompe Na/K qui permet la sortie de Na^+ et l'entrée de K^+. Cette pompe Na/K nécessite de l'énergie qui est fournie par l'hydrolyse de l'ATP. Le renouvellement de l'ATP est assuré par la respiration cellulaire. Au cours de la respiration cellulaire, la glycolyse, par oxydation du glucose en pyruvate, fournit l'énergie nécessaire à la synthèse d'ATP.

EXERCICE 2 : PRATIQUE DU RAISONNEMENT SCIENTIFIQUE

Glycémie et diabète

À partir de l'étude des documents et des connaissances, justifier que le GABA constitue un espoir de traitement pour les diabétiques de type 1 et expliquer son mode d'action.

DOCUMENT 1 • *Conséquences de l'injection quotidienne de GABA sur des souris diabétiques*

Document 1.a : *concentration en glucose mesurée dans le sang de souris diabétiques ayant reçu des injections quotidiennes de GABA ou de solution saline (témoin)*

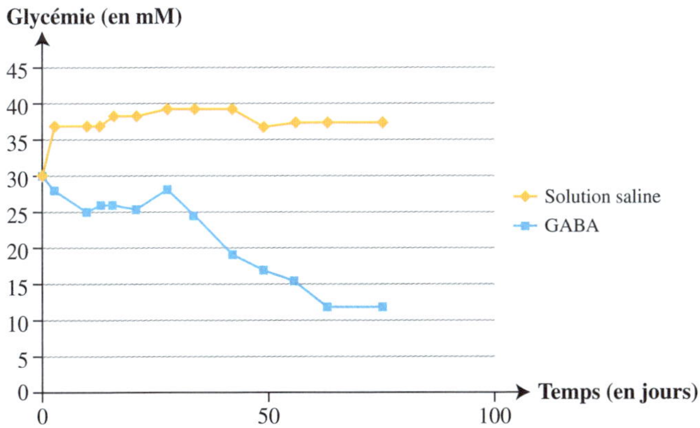

Soltani et al., 2011, PNAS.

▸▸▸

Document 1.b : *concentrations d'insuline et de glucagon mesurées dans le sang de souris diabétiques ayant reçu des injections quotidiennes de solution saline ou de GABA*

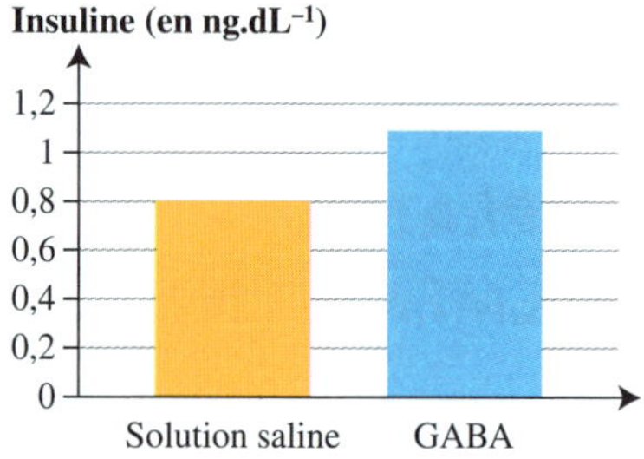

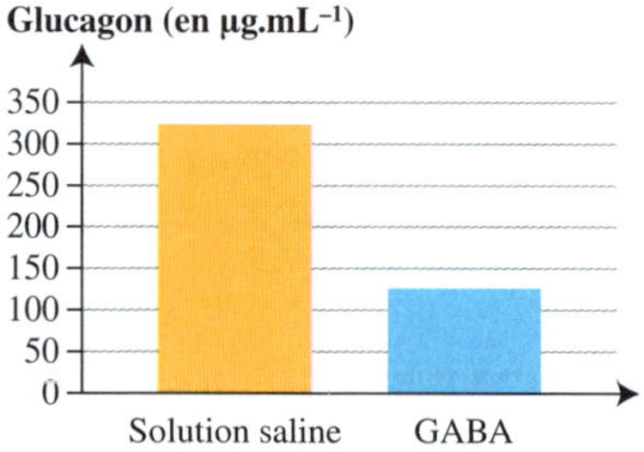

Soltani et al., 2011, PNAS.

Document 1.c : *coupes de pancréas de souris observées au microscope après marquage des cellules β des îlots de Langerhans (en noir) et identification de lymphocytes infiltrant le tissu (flèches noires)*

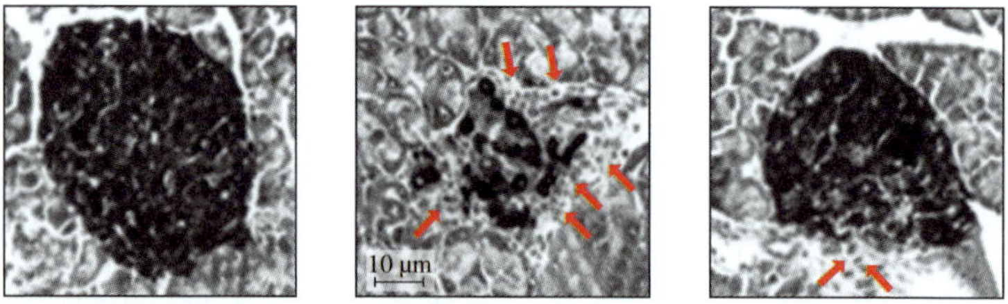

A Pancréas d'une souris non diabétique

B Pancréas d'une souris diabétique

C Pancréas d'une souris diabétique ayant reçu des injections quotidiennes de GABA

Soltani et al., 2011, PNAS.

DOCUMENT 2 • *Pourcentage des cellules productrices de glucagon (cellules α) ou d'insuline (cellules β) dans les îlots de Langerhans de souris ayant reçu, ou non (CTRL : contrôle), des injections de GABA à différentes concentrations*

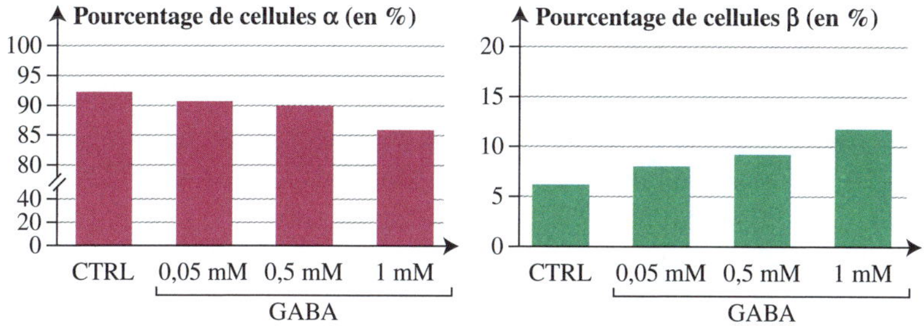

Ben-Othman et al., 2017, Cell 168.

DOCUMENT 3 • *Effet du GABA sur la proportion de cellules productrices d'insuline et de glucagon dans les îlots de Langerhans*

Traitement reçu par les souris	Schématisation simplifiée d'un îlot de Langerhans avec marquage des cellules produisant de l'insuline (★)	Schématisation simplifiée d'un îlot de Langerhans avec marquage : – des cellules produisant de l'insuline (★) – des cellules produisant du glucagon (▲) – des cellules ayant produit du glucagon mais n'en produiant plus (▲)
Solution saline (témoin)	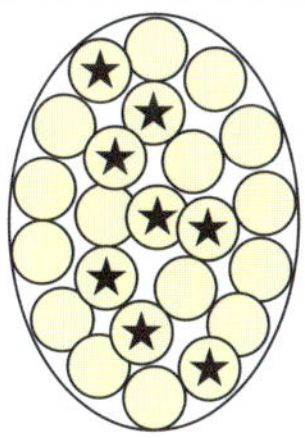	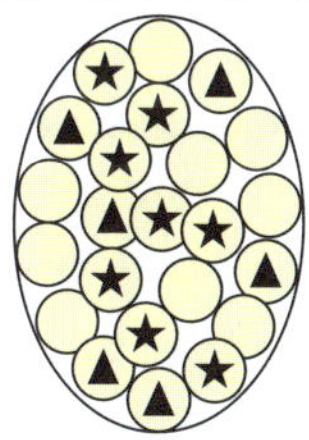
GABA	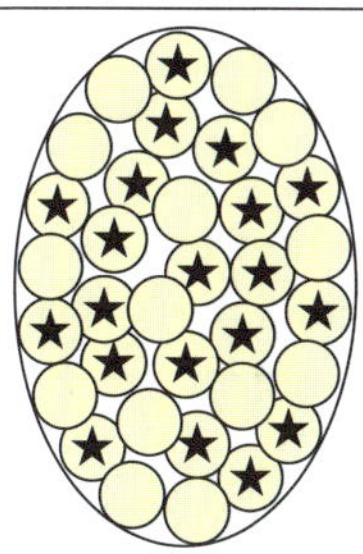	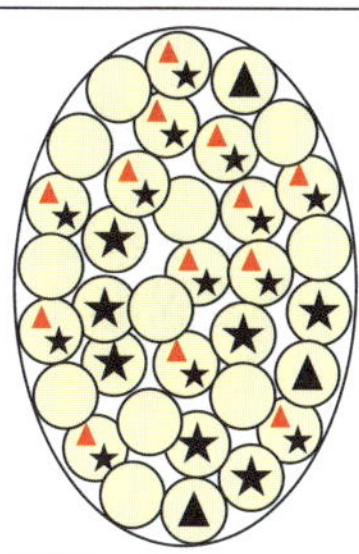

Schéma simplifié d'après Ben-Othman et al., 2017, Cell 168.

Travail préparatoire

1 h 45 *Voir Conseils généraux pour ce type d'exercice, p. 12.*

Comprendre le sujet

- Le sujet cible un type de diabète, le diabète de type 1, insulino-dépendant. Il faut donc rappeler rapidement les caractéristiques de ce diabète dont l'origine est une insuffisante production d'insuline par destruction des cellules β des îlots de Langerhans (maladie auto-immune). Le diabète est caractérisé par une hyperglycémie chronique : la glycémie est donc mal régulée et dépasse la valeur de consigne (entre 0,8 et 1,2 g/L de sang). Deux hormones pancréatiques interviennent dans la régulation de la glycémie : l'insuline et le glucagon, qui ont des effets opposés. L'insuline est hypoglycémiante alors que le glucagon est hyperglycémiant.
- On cherche donc à comprendre comment une molécule, le GABA, permettrait à des personnes souffrant de diabète de type 1 de rétablir une glycémie plus proche de la valeur de référence en produisant de l'insuline.

Lire attentivement les documents

Lisez l'ensemble des documents en notant, au fur et à mesure, au brouillon ou directement sur les documents, les informations qui seront utiles à la résolution du problème posé, en l'occurrence comprendre pourquoi et comment le GABA pourrait être un espoir de traitement.

- Le document 1 apporte des renseignements sur les effets du GABA chez des souris diabétiques prises comme modèle expérimental. Chaque expérience comprend un témoin qui doit servir d'élément de comparaison. Le document 1.a permet ainsi de vérifier l'effet du GABA sur la glycémie des souris. Le document 1.b précise les effets du GABA sur la production des deux hormones pancréatiques, l'insuline et le glucagon. Il s'agit d'en déduire, ensuite, les effets attendus sur la glycémie. Le document 1.c permet de cerner l'origine du diabète de type 1 avec l'infiltration de lymphocytes au niveau des îlots de Langerhans du pancréas, ainsi que l'effet du GABA sur le pancréas. Il s'agit, ici, de décrire et de comparer les coupes de pancréas.

- Le document 2 précise l'effet de concentrations croissantes en GABA injectées à des souris sur le pourcentage de cellules α et β dans les îlots de Langerhans, comparativement à un groupe témoin contrôle (CTRL). Ainsi, progressivement, chaque document permet d'apporter des renseignements complémentaires : le GABA permet de diminuer la glycémie en agissant sur les îlots de Langerhans puisqu'il permet de diminuer la destruction des cellules β et d'augmenter le pourcentage de ces cellules et de diminuer celui des cellules α.
- Le document 3 confirme les déductions précédentes mais apporte une information supplémentaire quant au rôle du GABA sur la transformation de cellules α en cellules β.

Organiser son devoir

- Rédigez une introduction cernant le sujet et qui reformule la question.
- Une première partie peut être consacrée aux effets du GABA à l'aide du document 1. Cette partie permet de montrer que le GABA modifie la production des hormones pancréatiques et montre l'origine du diabète de type 1 (DT1). Le GABA augmente la production d'insuline qui n'est plus produite lors d'un DT1. Cette étude amène alors la question du mode d'action du GABA. Une seconde partie permet de présenter ce mode d'action du GABA à l'aide des documents 2 et 3.
- Vous devez mettre en relation ces différentes informations pour expliquer le mode d'action du GABA. Rédigez une conclusion reprenant les points essentiels et évoquant l'espoir que peuvent susciter ces essais.

Corrigé rédigé

Introduction

Le GABA est une molécule qui, à terme, pourrait être prescrite comme médicament traitant le diabète de type 1. Ce diabète est insulinodépendant, il est caractérisé par une hyperglycémie chronique, liée à une production très insuffisante d'insuline, hormone hypoglycémiante.

On se propose de comprendre, à l'aide de souris servant de modèle expérimental, comment le GABA agit sur la production d'insuline et de glucagon par le pancréas et pourquoi cette molécule pourrait permettre de diminuer l'hyperglycémie chez des personnes souffrant de diabète de type 1.

I. Les effets du GABA sur la production des hormones pancréatiques

On cherche à montrer les conséquences de l'injection quotidienne de GABA chez des souris diabétiques.

Le document 1.a montre que les injections de GABA entraînent une diminution de la glycémie : en 75 jours, la glycémie passe de 30 mM à 12 mM chez des souris traitées alors que, chez un lot témoin ayant reçu des injections d'une solution saline, la glycémie reste en moyenne à 37 mM.

On en déduit que le GABA a bien un effet hypoglycémiant.

Le document 1.b montre les effets du GABA sur les concentrations sanguines en insuline et en glucagon chez des souris diabétiques.

On observe que les injections quotidiennes de GABA chez ces souris permettent une augmentation de la concentration en insuline dans le sang de 0,3 ng/dL par rapport aux souris diabétiques ayant reçu des injections de solution saline. En outre, les injections de GABA entraînent une diminution de la concentration sanguine en glucagon d'environ 200 µg/mL par rapport aux souris non traitées.

On en déduit que le GABA permet d'augmenter la production d'insuline et, ainsi, de réduire l'hyperglycémie, mais aussi de réduire la production de glucagon qui est une hormone hyperglycémiante produite par les cellules α des îlots de Langerhans.

Le document 1.c permet de comparer des coupes de pancréas observées au microscope, dont les cellules β sont repérées par un marquage spécifique. On y repère également la présence ou non de lymphocytes.

La coupe A de pancréas d'une souris non diabétique montre des îlots de Langerhans bien formés avec de nombreuses cellules β et l'absence de lymphocytes, alors que, sur la coupe B de pancréas d'une souris diabétique, on observe peu de cellules β et une infiltration importante de lymphocytes (six endroits fléchés indiquant la présence de ces cellules immunitaires).

On en déduit que, chez ces souris diabétiques, l'hyperglycémie est due effectivement à une disparition des cellules β provoquée par la présence de lymphocytes qui détruisent ces cellules productrices de l'insuline, *hormone hypoglycémiante. Ce diabète est donc déclenché par une maladie auto-immune.*

La coupe C d'un pancréas d'une souris diabétique traitée par des injections de GABA montre une augmentation du nombre de cellules β et une infiltration moins importante de lymphocytes (deux endroits fléchés).

En comparant avec la coupe d'un pancréas de souris diabétique non traitée au GABA, on en déduit que cette molécule augmente le nombre de cellules β dans les îlots de Langerhans ; et en comparant avec la coupe d'un pancréas d'une souris non diabétique, on observe que la quantité de cellules β devient proche de celle de la souris non diabétique.

Comment le GABA peut-il augmenter le nombre de cellules β productrices d'insuline alors que ce sont les cellules cibles des lymphocytes T ? Et pourquoi la production de glucagon diminue-t-elle ?

II. Le mode d'action du GABA sur les cellules des îlots de Langerhans

L'étude présentée dans le document 2 montre l'effet du GABA sur le pourcentage de cellules α et β dans les îlots de Langerhans de souris.

On observe que des injections à des concentrations croissantes en GABA entraînent une diminution du pourcentage de cellules α comparativement au groupe témoin de contrôle (CTRL) n'ayant pas reçu de GABA : 93 % de cellules α chez le groupe témoin contre 87 % pour un groupe ayant reçu une injection de GABA de concentration 1 mM.

On observe, par ailleurs, l'effet inverse pour les cellules β : des concentrations croissantes en GABA entraînent une augmentation de leur pourcentage avec un taux de 12 % pour une concentration de GABA de 1 mM contre 6 % chez le groupe contrôle, soit un doublement du nombre de cellules β productrices d'insuline chez les souris traitées au GABA.

On en déduit que le GABA augmente, non seulement, le pourcentage de cellules productrices d'insuline, mais diminue aussi le pourcentage de cellules productrices de glucagon.

On cherche à modéliser le rôle du GABA sur les proportions de cellules α et β dans un îlot de Langerhans de souris.

On observe que, chez des souris témoin ayant reçu des injections de solution saline, la proportion de cellules β productrices d'insuline est de 8/23, soit environ 35 % de cellules β, alors que, chez les souris ayant été traitées au GABA, la proportion est de 20/34, soit environ 59 % de cellules β.

On en déduit qu'il y a bien une augmentation du nombre de cellules β sous l'effet du GABA.

On observe également que la proportion de cellules α chez le groupe témoin est de 6/23.

En revanche, chez les souris traitées au GABA, sur les 34 cellules de l'îlot, seulement 3 produisent toujours du glucagon ; et sur les 20 cellules produisant de l'insuline, 13 ont arrêté leur production de glucagon et produisent maintenant de l'insuline.

On en déduit que l'augmentation du nombre de cellules β dans les îlots de Langerhans provient d'une transformation d'une partie des cellules α en cellules β.

Conclusion

Les expériences menées sur des souris diabétiques montrent que le GABA pourrait être un espoir de traitement pour les personnes diabétiques de type 1. Les injections de GABA chez des souris diabétiques permettent de diminuer de façon significative la glycémie en permettant la transformation de cellules α en cellules β. Si, à ce jour, le diabète de type 1 est traité par des injections d'insuline chez les personnes diabétiques de type 1, l'utilisation du GABA pourrait ainsi rétablir la production d'insuline en assurant le maintien et l'augmentation des cellules β et permettre ainsi une régulation de la glycémie.

SUJET 37

Comportements et stress : vers une vision intégrée de l'organisme

EXERCICE 1 : MAÎTRISE DES CONNAISSANCES

Le stress aigu et la régulation de cortisol

Au cours de notre vie, de nombreux événements peuvent entraîner un stress aigu (examen, accident, variations de températures brutales, etc.). Durant cette période de stress aigu, de nombreuses molécules sont sécrétées pour lutter contre cette situation, dont le cortisol.

DOCUMENT DE RÉFÉRENCE • *Complexe hypothalamo-hypophyso-corticosurrénalien et libération de cortisol au cours d'un stress aigu*

Document a : *évolution de la concentration en cortisol au cours du temps*

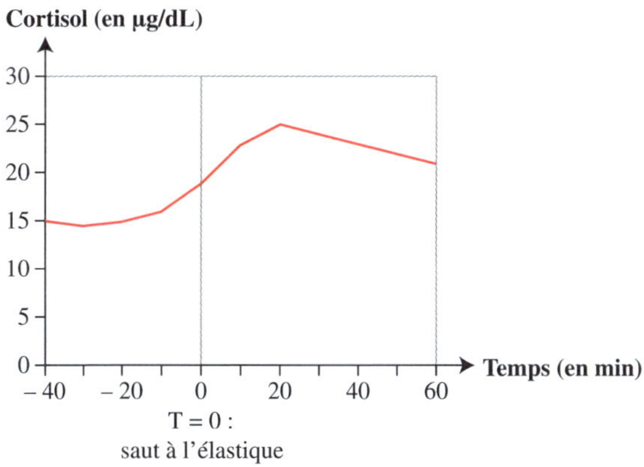

▶▶▶

Document b : *axe hypothalamo-hypophyso-corticosurrénalien*

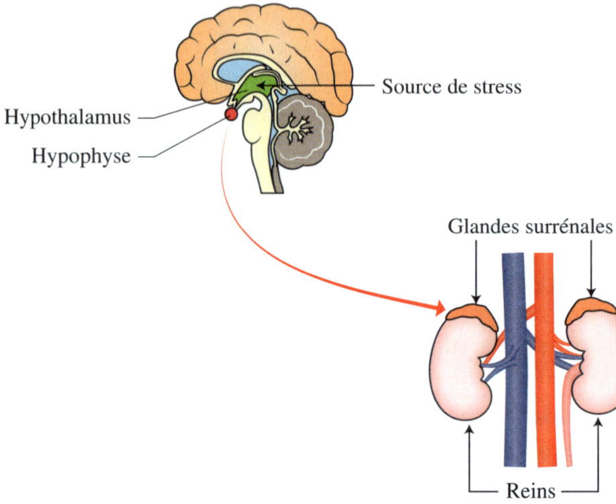

À partir de l'exemple proposé, expliquer comment intervient l'axe hypothalamo-hypophyso-corticosurrénalien pour expliquer les variations de sécrétions de cortisol au cours d'une situation de stress aigu.

Votre devoir devra être structuré et vous devrez réalisez un (ou des) schéma(s) de synthèse de la régulation de la quantité de cortisol dans l'organisme au cours d'un stress aigu.

Travail préparatoire

1 h 45 *Voir Conseils généraux pour ce type d'exercice, p. 11.*

Comprendre le sujet

- Ce sujet s'inscrit dans le chapitre « Comportements et stress : vers une vision intégrée de l'organisme ». Il s'agit ici d'expliquer comment se réalise la régulation de cortisol dans notre organisme lorsqu'il est soumis à un agent stressant. Le cortisol est une hormone sécrétée par les glandes cortico-surrénales. Cette hormone est sécrétée avec l'adrénaline face à un stress aigu (ici, un saut à l'élastique). Ces molécules vont apporter des réponses adaptatives impliquant le système nerveux et le système hormonal. Il ne s'agit pas ici de décrire tous les mécanismes mis en jeu au cours du stress aigu, mais seulement de décrire comment évolue la concentration de cortisol au cours de cette perturbation. La libération de cortisol est liée à l'activation du complexe hypothalamo-hypophyso-corticosurrénalien par le système limbique. Cette libération fait intervenir le système nerveux (hypothalamus) et le système hormonal avec la libération de trois hormones : la CRH par l'hypothalamus, l'ACTH par l'hypophyse et, enfin, le cortisol par les glandes corticosurrénales. Le rétablissement de conditions de fonctionnement durable de l'organisme après ce stress est appelé « résilience ». Elle est permise grâce au cortisol, qui exerce un rétrocontrôle négatif sur la libération de CRH par l'hypothalamus.

- Le sujet demande de réaliser un ou plusieurs schémas pour expliquer ce phénomène. Vous pourrez réaliser un schéma montrant comment le cortisol est libéré en grande quantité au cours du stress aigu et un autre schéma qui montre le rétrocontrôle négatif du cortisol sur le complexe hypothalamo-hypophyso-corticosurrénalien.

Organiser son devoir

- Vous rédigerez une introduction cernant le sujet en définissant les termes du sujet (stress aigu) et en reformulant la question avant d'annoncer votre plan.
- Le développement pourra suivre les deux parties du questionnement.
  – Dans une première partie, il s'agit d'expliquer comment, au cours d'un stress aigu, le complexe hypothalamo-hypophyso-corticosurrénalien intervient pour libérer massivement du cortisol afin de répondre à ce stress exercé sur l'organisme. Il faudra s'appuyer sur l'exemple proposé du saut à l'élastique pour étayer vos propos. Le document de référence montrant le complexe hypothalamo-hypophyso-corticosurrénalien peut aussi vous aider à réaliser le schéma demandé.
  – Dans la deuxième partie, vous expliquerez comment le cortisol agit par rétrocontrôle négatif sur le complexe hypothalamo-

hypophyso-corticosurrénalien pour rétablir les conditions de fonctionnement durable de l'organisme.

- Vous rédigerez enfin une conclusion en reprenant les idées principales et en montrant que la libération de cortisol au cours du stress aigu fait intervenir les voies nerveuses et hormonales qui agissent de façons synchrone et complémentaire pour permettre l'adaptabilité de l'organisme face à un agent stressant.

Corrigé rédigé

Introduction

Face à un agent stressant, comme un saut à l'élastique, notre organisme possède un mécanisme biologique lui permettant d'apporter des réponses adaptatives : c'est le stress aigu. Ce stress aigu comporte trois phases : l'alarme, la résistance et l'épuisement. Au cours d'une des phases, on constate des variations de sécrétions de cortisol (d'abord une augmentation, puis une diminution). Le complexe hypothalamo-hypophysaire est lié à ces variations.

On peut alors se demander comment ce complexe, qui se trouve à la base du cerveau, intervient pour entraîner la sécrétion de cortisol et pourquoi cette dernière diminue avec le temps ?

Pour répondre à cette question, nous expliquerons, dans un premier temps, comment le complexe hypothalamo-hypophysaire agit pour stimuler la sécrétion de cortisol, puis, dans un second temps, pourquoi la concentration de cortisol diminue dans le sang.

I. La sécrétion de cortisol sous l'action d'un agent stressant

Au cours d'une situation stressante (ici un saut à l'élastique), notre cerveau par l'intermédiaire du système limbique, entraîne la libération d'adrénaline. Le système limbique active aussi une autre zone du cerveau correspondant au complexe hypothalamo-hypophysaire. Ce complexe se trouve à la base du cerveau et il est impliqué dans de nombreux mécanismes de régulation. Il est composé de l'hypothalamus, lui-même composé de neurones, et il communique par voie sanguine avec l'hypophyse, située juste en dessous, composée de cellules endocrines.

Sous la stimulation du système limbique, l'hypothalamus sécrète une neuro-hormone, la CRH (*Corticotrophin Releasing Hormone*), dans le sang.

La CRH va stimuler ses cellules cibles au niveau de l'hypophyse (plus précisément, de l'hypophyse antérieure). Les cellules endocrines de l'hypophyse antérieure stimulées vont, à leur tour, libérer une hormone, l'ACTH (*Adreno Cortico Trophin Hormon*) dans la circulation sanguine. Cette hormone va circuler dans tout l'organisme et stimuler ses cellules cibles au niveau des glandes cortico-surrénales. Ces cellules vont alors libérer le cortisol dans le sang.

Ce phénomène se déroule lorsque l'organisme est soumis à un agent stressant (saut à l'élastique). Le cortisol libéré dans le sang va agir avec l'adrénaline pour apporter des réponses physiologiques (augmentation de la glycémie, etc.) afin de lutter contre cet agent stressant.

On peut schématiser l'intervention de l'axe hypothalamo-hypophyso-corticosurrénalien de la façon suivante :

Schéma de la libération de cortisol par l'axe hypothalamo-hypophyso-corticosurrénalien

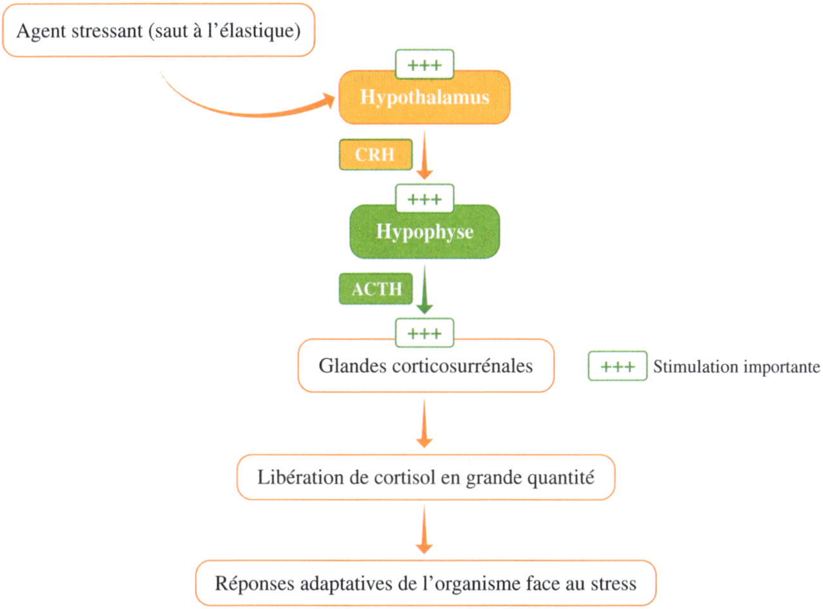

Après cette réponse, on constate que la concentration de cortisol diminue dans le sang. Dans l'exemple du saut à l'élastique, la diminution intervient 20 minutes après le saut. Quels sont les mécanismes mis en jeu permettant d'expliquer cette diminution ?

II. La diminution de cortisol

Le cortisol est une hormone qui agit sur des cellules cibles. Ces cellules possèdent des récepteurs spécifiques au cortisol sur leur membrane. On a constaté que les cellules de l'hypothalamus possèdent des récepteurs spécifiques au cortisol. Ces cellules sont donc des cellules cibles du cortisol. En présence d'une grande quantité de cortisol dans le sang (après la libération massive citée précédemment), le cortisol va agir sur les cellules de l'hypothalamus en inhibant leur fonctionnement, c'est-à-dire en réduisant la libération de CRH. On dit que le cortisol exerce un rétrocontrôle négatif sur la libération de CRH.

Le CRH étant moins libéré, il stimulera moins les cellules endocrines de l'antéhypophyse qui réduiront aussi la libération d'ACTH. Cette hormone hypophysaire sera donc en plus faible quantité dans le sang, donc les cellules endocrines des glandes cortico-surrénales seront moins stimulées et elles libèreront moins de cortisol, d'où la diminution constatée 20 minutes après le saut.

Par le biais du rétrocontrôle négatif, il y a le rétablissement progressif des conditions de fonctionnement durable (rétablissement d'une glycémie normale, etc.) : c'est la résilience.

Schéma de la régulation du cortisol par l'axe hypothalamo-hypophyso-corticosurrénalien

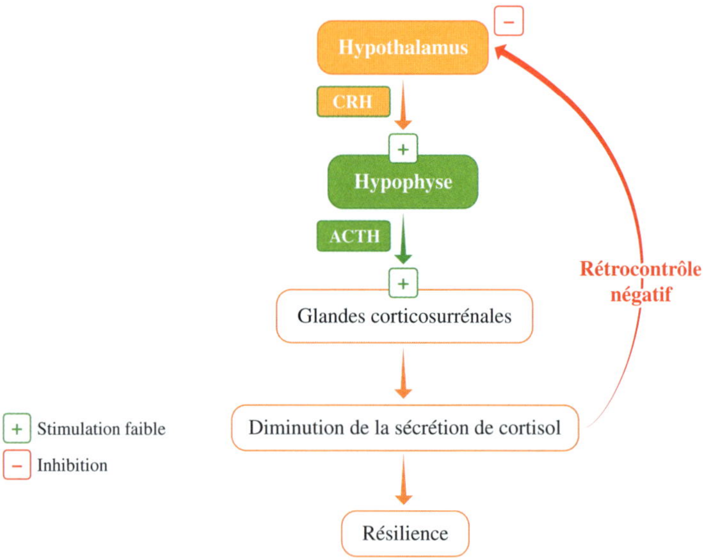

Conclusion

À la suite d'une situation stressante (saut à l'élastique), notre organisme réagit en produisant des réponses adaptatives : c'est le stress aigu. Au cours de ce stress aigu, les systèmes nerveux et hormonaux sont mis en jeu. Après une phase d'alarme rapide où l'adrénaline est libérée, l'organisme rentre dans une phase de résistance au cours de laquelle l'axe hypothalamo-hypophyso-corticosurrénalien intervient. Il y aura alors libération massive de cortisol qui entraînera, avec l'adrénaline, des réponses physiologiques. Le cortisol entraînera un rétrocontrôle négatif sur l'axe hypothalamo-hypophysaire, permettant de rétablir les conditions de fonctionnement normales : c'est la résilience. Les voies nerveuses et hormonales agissent donc de façons synchrone et complémentaire pour permettre l'adaptabilité de l'organisme face à un agent stressant.

SUJET 38

Comportements et stress : vers une vision intégrée de l'organisme

EXERCICE 2 : PRATIQUE DU RAISONNEMENT SCIENTIFIQUE

Stress et production d'adrénaline

L'être humain dispose de réponses adaptatives lorsqu'il doit faire face à des situations stressantes. Cette adaptabilité de l'organisme est caractérisée par une modification de valeur consigne de certains paramètres physiologiques, comme une augmentation des fréquences respiratoire et cardiaque ainsi qu'une augmentation de la glycémie. Ces réponses font intervenir le système nerveux ainsi que des organes comme les glandes surrénales.

Expliquez à l'aide des documents et de vos connaissances, comment, lorsqu'un individu est soumis à un stress aigu, une phase d'alarme faisant intervenir l'adrénaline permet une adaptabilité de l'organisme en mobilisant les réserves glucidiques.

DOCUMENT 1 • *Effet de l'adrénaline sur le foie*

Pour montrer l'effet de l'adrénaline sur le foie, on a isolé le foie d'un animal. Le foie a été perfusé avec une solution physiologique, puis on a ajouté à cette solution de l'adrénaline.

Au cours de cette expérience, on suit les variations de la glycémie dans le sang sortant du foie au niveau de la veine sus-hépatique.

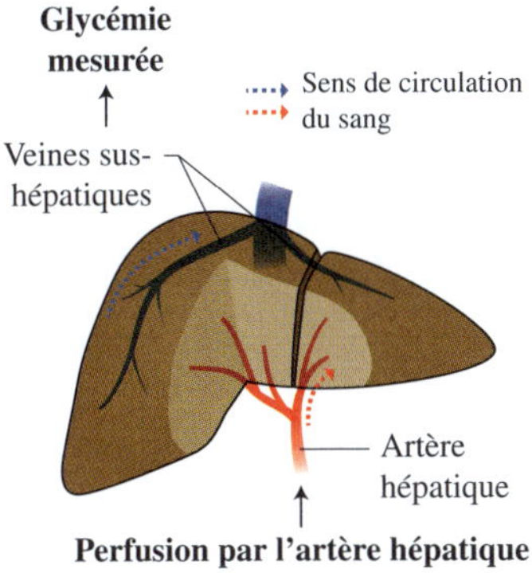

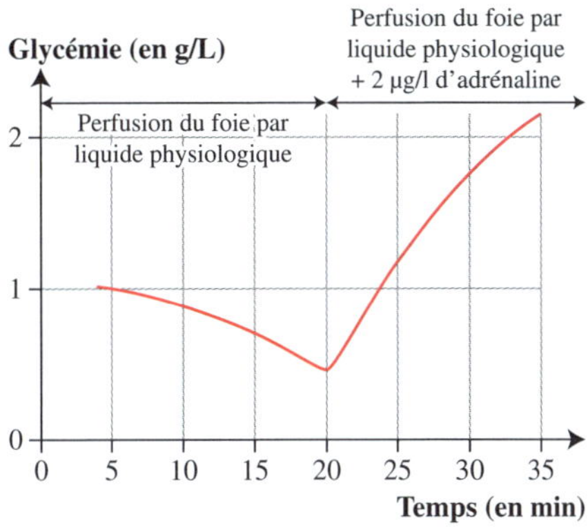

DOCUMENT 2 • *Les effets métaboliques de l'adrénaline*

L'adrénaline modifie l'activité de deux enzymes qui interviennent dans le métabolisme du glycogène : la glycogène synthétase et la glycogène phosphorylase. Ces deux enzymes peuvent être sous deux formes : une forme active et une forme inactive.

Effet de l'adrénaline sur les deux enzymes		Rôles de la glycogène phosphorylase et de la glycogène synthétase
Forme active de la glycogène synthétase	Inhibition	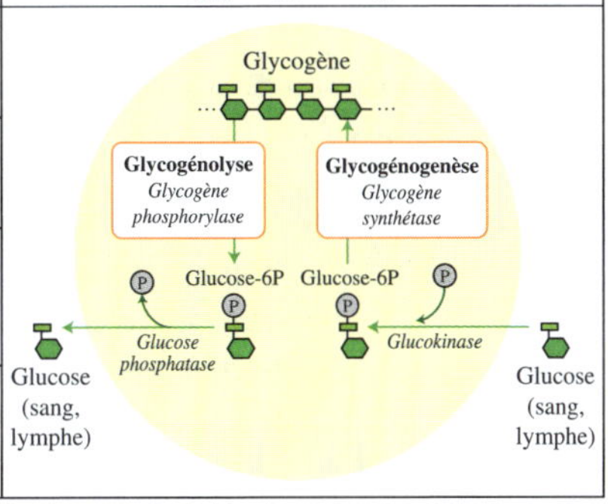
Forme inactive de la glycogène synthétase	Activation	
Forme active de la glycogène phosphorylase	Activation	
Forme inactive de la glycogène phosphorylase	Inhibition	

DOCUMENT 3 • *La production d'adrénaline*

Document 3.a : *variation de la concentration en adrénaline dans le sang après stimulation du nerf splanchnique*

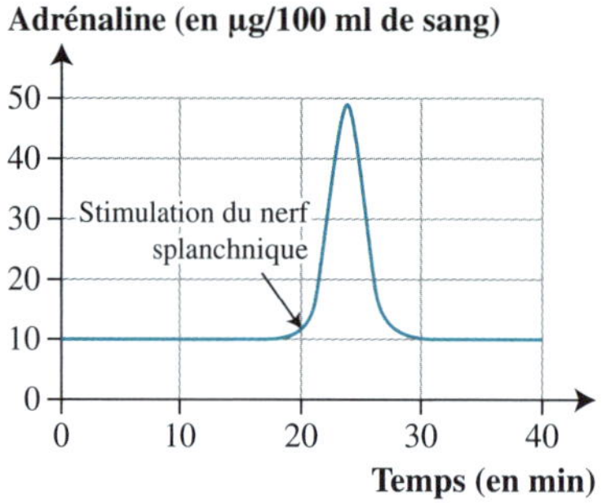

Le nerf splanchnique transmet certaines informations provenant du système nerveux central, notamment du système limbique, lorsque l'organisme est soumis à un stress intense.

Document 3.b : *innervation et vascularisation d'une cellule de la glande médullo-surrénale (schéma réalisé d'après une électronographie)*

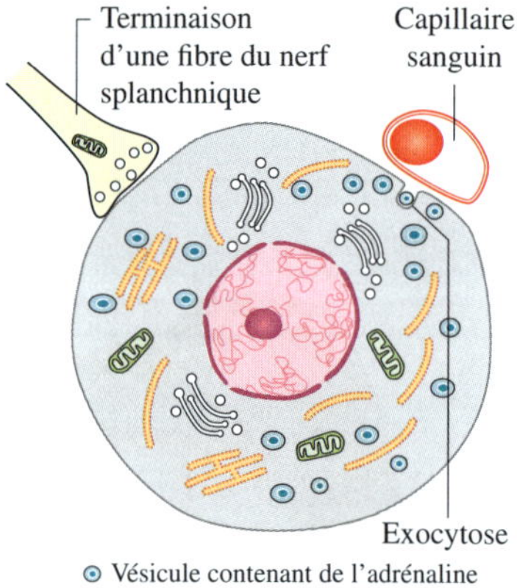

Cellule de médullo-surrénale

DOCUMENT 4 • *Mode d'action de l'adrénaline sur les cellules hépatiques (cellules du foie)*

Document 4.a : *principe de l'expérience*

- Pour suivre le devenir de l'adrénaline, on marque radioactivement cette molécule.
- Après l'injection intraveineuse de 10 pg d'adrénaline radioactive à un rat, on prélève des cellules hépatiques quelques minutes plus tard. Après le prélèvement des cellules, on sépare différents constituants des cellules par centrifugation. Seule la fraction correspondant aux membranes plasmiques est radioactive.

Document 4.b : *modélisation des molécules mises en jeu*

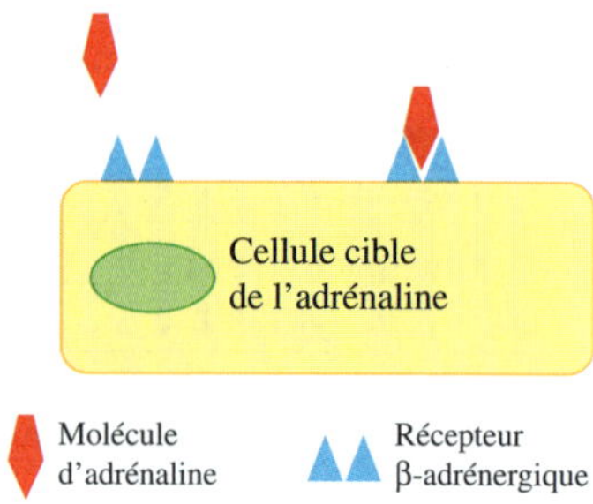

Travail préparatoire

1 h 45 *Voir Conseils généraux pour ce type d'exercice, p. 12.*

Comprendre le sujet

Le sujet s'inscrit dans le chapitre sur l'adaptabilité de l'organisme. Il faut donc mobiliser les connaissances sur la réaction de l'organisme face au stress. La définition de l'adaptabilité est rappelée dans l'intitulé du sujet et la question porte uniquement sur les effets de l'adrénaline, une molécule produite par la glande médullo-surrénale. Le paramètre auquel on s'intéresse, en particulier, et qui est modifié en cas de stress est la glycémie. Vous devez donc mettre en relation la production de l'adrénaline et ses conséquences sur la concentration de glucose dans le sang. L'adrénaline est produite lors de la phase d'alarme ; les documents vous apporteront les éléments nécessaires pour expliquer comment cette molécule intervient. Ce sujet mobilise aussi des connaissances sur le rôle du foie, l'activité des enzymes et l'activité nerveuse.

Lire attentivement les documents

- Le document 1 montre l'effet direct de l'adrénaline sur le foie. On observe une augmentation de la glycémie. Il vous faudra réaliser une analyse du graphique en comparant les deux phases de l'expérience. Le schéma vous aide à comprendre le principe de cette expérience : perfusion de produits dans l'artère qui apporte le sang vers le foie, mesure de la glycémie à la sortie du foie au niveau de la veine sus-hépatique.
- Le document 2 précise le mode d'action de l'adrénaline sur les réserves glycogéniques du foie. L'adrénaline a deux effets différents : l'un active l'enzyme qui catalyse la glycogénolyse et l'autre inhibe l'enzyme qui catalyse la glycogénogenèse. Ces effets expliquent alors l'augmentation de la glycémie, le foie libérant du glucose dans le sang après hydrolyse du glycogène. Il faut bien mettre en relation les effets de l'adrénaline et le rôle de ces enzymes indiqué sur le schéma. Ce document explique le résultat observé dans le document 1.

- Le document 3 explique le rôle du système nerveux dans la production d'adrénaline lors d'un stress. Il faut bien lire le graphique ainsi que le texte : il existe une communication nerveuse entre le système limbique qui envoie des signaux vers un nerf, le nerf splanchnique, qui innerve la glande médullo-surrénale. On observe sur le schéma une terminaison nerveuse d'une fibre de ce nerf sur une cellule de cette glande. Le schéma doit être attentivement observé : on observe des vésicules contenant les molécules d'adrénaline qui fusionnent à la membrane plasmique. L'exocytose libère l'adrénaline qui passe dans les capillaires sanguins. L'adrénaline est transportée par le sang.
- Le document 4 montre qu'à la surface, des cellules hépatiques des récepteurs spécifiques à l'adrénaline sont présents. Le foie est donc un organe cible de l'adrénaline. En se fixant sur ces récepteurs, l'adrénaline provoque les effets décrits dans le document 2 sur la cellule hépatique. Plus la concentration en adrénaline sera importante, plus les effets de cette hormone sera forte sur les cellules hépatiques.

Organiser son devoir

- Rédigez une introduction cernant le sujet et qui reformule la question.
- Vous pouvez organiser votre devoir en deux parties : une première partie qui montre le rôle de l'adrénaline sur le foie et donc sur les réserves glucidiques (glycogène) du foie en agissant sur des enzymes.
- La seconde partie permet de montrer comment la production d'adrénaline est augmentée et comment, par transport dans le sang, elle agit sur des cellules cibles (les cellules du foie).
- À la fin de chaque partie, vous pouvez rédiger un bilan (très court) mettant en relation les informations principales issues des documents.
- Élaborez une conclusion en reprenant les informations essentielles pour bien montrer que les réserves glucidiques sont mobilisées en cas de stress intense.

Corrigé rédigé

Introduction

En cas de stress, l'organisme réagit rapidement au cours d'une première phase, dite « phase d'alarme », en produisant une hormone, l'adrénaline. Cette molécule permet de mobiliser les réserves glucidiques et modifie momentanément les valeurs consignes de l'organisme comme la glycémie.

On se propose de montrer l'effet de l'adrénaline sur le foie, organe de réserve du glucose, et d'expliquer comment un état de stress a des conséquences importantes sur le foie, organe cible de l'adrénaline.

I. Les effets de l'adrénaline sur le foie

L'expérience décrite dans le document 1 permet de montrer les conséquences de la perfusion d'adrénaline effectuée par l'artère hépatique qui apporte du sang au foie. On mesure la glycémie au niveau du sang sortant par les veines sus-hépatiques. Les résultats montrent que, sous perfusion d'une solution physiologique, la glycémie diminue mais lorsqu'on rajoute de l'adrénaline (à une concentration de 2 µg/L) à cette solution, la glycémie passe de 0,5 g/L à plus de 2 g/L. *La seule variable entre ces deux phases de l'expérience étant l'ajout d'adrénaline, on peut en déduire que c'est cette molécule qui a un effet hyperglycémiant en provoquant une libération de glucose par le foie.*

Comment l'adrénaline entraîne-t-elle une hyperglycémie ?

Le document 2 montre que l'adrénaline a des effets opposés sur deux types d'enzymes hépatiques qui interviennent dans le métabolisme du glycogène.

L'adrénaline favorise la forme inactive de la glycogène synthétase, mais pas sa forme active. Or, d'après le schéma, cette enzyme catalyse la glycogénogenèse qui correspond à la synthèse de glycogène à partir de glucose sanguin. On en déduit que l'adrénaline bloque le stockage de glucose sous la forme de glycogène.

Par contre, l'adrénaline a les effets inverses sur l'autre enzyme : elle active la forme active de la glycogène phosphorylase mais inhibe la forme inactive de cette enzyme. Or, cette enzyme catalyse la glycogénolyse qui correspond à l'hydrolyse du glycogène en glucose qui est alors libérée dans le sang.

On en déduit que l'adrénaline exerce donc une action hyperglycémiante en favorisant l'hydrolyse du glycogène hépatique et en freinant sa synthèse.

Quels sont les processus qui permettent, lors d'un stress, une production et un effet plus importants de l'adrénaline sur les cellules hépatiques ?

II. Déclenchement de la production d'adrénaline et conséquence sur les cellules hépatiques

Le graphique du document 3.a montre qu'une stimulation du nerf splanchnique entraîne immédiatement une augmentation de la concentration en adrénaline dans le sang sous la forme d'un pic : le sang contient alors cinq fois plus d'adrénaline.

Le schéma du document 3.b montre que l'adrénaline est produite dans les cellules de la glande médullo-surrénale. Une terminaison d'une fibre du nerf splanchnique est au contact d'une cellule médullo-surrénale. Les molécules sont contenues dans des vésicules. On observe que certaines de ces vésicules déversent, par exocytose, leur contenu à proximité d'un capillaire sanguin.

On peut interpréter ces observations : la fibre nerveuse du nerf splanchnique stimule la cellule médullo-surrénale qui libère alors de l'adrénaline dans le sang de façon importante. L'hormone est alors transportée par la circulation sanguine.

Quel est le signal déclencheur ?

Les messages nerveux transmis par le nerf splanchnique dépendent de l'activité du système limbique impliqué dans les états de stress. *Par conséquent, un stress déclenche une augmentation de l'activité du système limbique qui transmet l'information au nerf splanchnique qui stimule, à son tour, la glande médullo-surrénale. La propagation du message nerveux étant très rapide, la libération d'adrénaline dans le sang est quasi-immédiate.*

Comment expliquer qu'une hausse de l'adrénaline dans le sang entraîne une hyperglycémie ?

Le document 4 montre les résultats d'une expérience utilisant un marquage radioactif de l'adrénaline. On injecte cette molécule chez un rat. Après le prélèvement de cellules hépatiques et la séparation des différentes parties cellulaires, on observe que ce sont les fragments membranaires qui sont radioactifs. On en déduit que l'adrénaline marquée radioactivement est présente au niveau des membranes cytoplasmiques des cellules du foie.

Le document 4.b permet d'interpréter ces résultats. La présence d'adrénaline sur les membranes plasmiques s'explique par l'existence de récepteurs spécifiques. La molécule d'adrénaline se fixe sur des récepteurs adrénergiques. *L'adrénaline ne peut agir que sur des cellules possédant ces récepteurs, les cellules cibles comme les cellules du foie.*

Ainsi, sous l'effet d'un stress, le nerf splanchnique est stimulé de façon importante, les cellules de la glande médullo-surrénale déversent une grande quantité d'une hormone, l'adrénaline, dans le sang. Les molécules d'adrénaline vont se fixer en plus grand nombre sur les récepteurs hépatiques, déclenchant ainsi une hyperglycémie.

Conclusion

Sous l'effet d'un stress, les glandes médullo-surrénales produisent davantage d'adrénaline ; libérées dans le sang, les molécules d'adrénaline vont se fixer en plus grand nombre sur les cellules hépatiques : le foie libère une grande quantité de glucose. L'organisme mobilise ainsi rapidement ces réserves glucidiques.

Évaluation des compétences expérimentales (ECE)

SUJET 39

L'identification d'un gène responsable de la couleur noire du corps chez les drosophiles

Mise en situation et recherche à mener

La couleur du corps chez la drosophile est gouvernée par deux gènes différents « *black* » et « *ebony* ». Si l'un de ces gènes est muté, le corps de la drosophile sera noir au lieu de gris-jaune. On sait que le gène « *black* » est lié au gène gouvernant la forme des ailes, alors que le gène « *ebony* » est indépendant du gène gouvernant la forme des ailes. Au laboratoire de SVT du lycée, nous possédons une population de drosophiles homozygotes au corps noir et aux ailes vestigiales.

On cherche à déterminer lequel de ces deux gènes « *black* » ou « *ebony* » est affecté par la mutation conduisant à l'apparition de la couleur noire du corps dans la population de drosophiles du laboratoire de SVT.

Ressources

DOCUMENT 1 • *Les gènes impliqués*

La couleur du corps chez la drosophile est gouvernée par un gène (le gène « *ebony* ») dont on connaît deux allèles : l'allèle « eb+ » qui détermine un corps gris-jaune et l'allèle « eb » muté qui détermine un corps noir. L'allèle « eb+ » est dominant sur l'allèle « eb ». Le gène « *ebony* » est sur un chromosome indépendant de celui portant le gène gouvernant la longueur des ailes.

Diverses populations de drosophiles

Matériel envisageable :

– de laboratoire (verrerie, instruments, etc.) ;

– d'observation (microscope, loupe binoculaire, etc.) ;

– de mesure et d'expérimentation (balance, chaine ExAO, etc.) ;

– informatique et d'acquisition numérique.

La couleur du corps chez la drosophile est également gouvernée par un autre gène (le gène « *black* ») dont on connaît deux allèles : l'allèle « b+ » qui détermine un corps gris-jaune, et l'allèle « b » muté qui détermine un corps noir. L'allèle « b+ » est dominant sur l'allèle « b ».

Le gène « *black* » et le gène gouvernant la longueur des ailes sont sur le même chromosome.

La longueur des ailes est gouvernée par un gène dont on connaît deux allèles : l'allèle « vg+ » qui détermine la présence d'ailes longues et l'allèle « vg » qui détermine la présence d'ailes vestigiales. L'allèle « vg+ » est dominant sur l'allèle « vg ».

DOCUMENT 2 • *Phénotype de drosophiles*

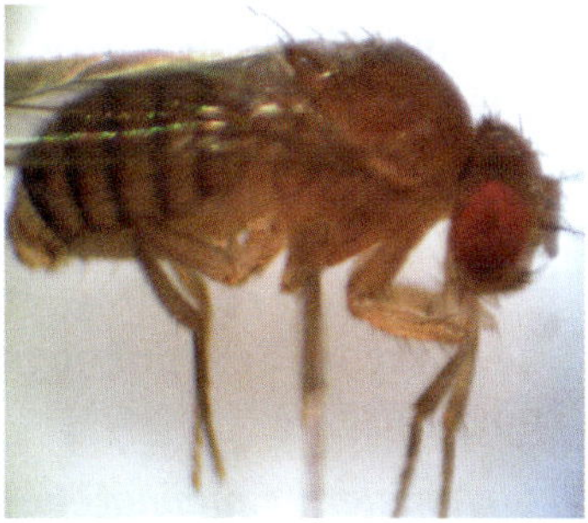

Drosophile au corps gris-jaune et aux ailes longues

Drosophile au corps noir et aux ailes vestigiales

DOCUMENT 3 • *Le principe du croisement test*

C'est un croisement entre une population hétérozygote pour un ou plusieurs gènes et une population homozygote récessive pour ce ou ces mêmes gènes.

Les proportions des phénotypes obtenus à la descendance correspondent aux génotypes des gamètes produits par la population testée.

Étape A : proposer une stratégie et mettre en œuvre un protocole pour résoudre une situation problème

Proposer une démarche d'investigation afin de déterminer lequel des deux gènes « black » ou « ebony » est affecté par la mutation conduisant à l'apparition de la couleur noire du corps dans la population de drosophiles du laboratoire de SVT.

Appeler l'examinateur pour vérifier votre démarche. Votre proposition peut s'appuyer sur une trace écrite (utiliser les feuilles de brouillon mises à votre disposition) et/ou être faite à l'oral.

Matériel et protocole d'utilisation du matériel

Matériel

– Loupe binoculaire avec éclairage.

– Un échantillon (plaque de croisement ou boîte de Pétri) donnant la composition d'une génération de drosophiles issues d'un croisement test entre un individu de F1 hétérozygote à corps clair et ailes longues et un individu homozygote récessif à corps noir et ailes vestigiales.

– Un échantillon de référence comportant des drosophiles des phénotypes parentaux de F1.

– Une calculatrice.

Protocole

Identifier les différents phénotypes de la génération issue du croisement test proposé.

Dénombrer les drosophiles de chacun des phénotypes observés.

Appeler l'examinateur pour lui montrer les différents phénotypes observés.

Sécurité	Précautions de la manipulation	Dispositif d'acquisition et de traitement d'images (si disponible)
–	–	

Étape B : communiquer et exploiter les résultats pour répondre au problème

1. Présenter les résultats pour les communiquer

Sous la forme de votre choix, traiter les données obtenues pour les communiquer.

Répondre sur la fiche-réponse candidat, appeler l'examinateur pour vérification de votre production.

2. Exploiter les résultats obtenus pour répondre au problème

Exploiter les résultats obtenus pour déterminer quel gène est, ici, impliqué dans la couleur noire du corps des drosophiles.

Répondre sur la fiche-réponse candidat.

Corrigé

Étape A

1. Proposer une stratégie et mettre en œuvre un protocole pour résoudre une situation problème

Afin de déterminer si la mutation observée est sur le gène « black » ou sur le gène « ebony », il faut réaliser un croisement test entre des drosophiles (F1) hétérozygotes pour les gènes de la couleur du corps et de la longueur des ailes et les drosophiles homozygotes au corps noir et aux ailes vestigiales du laboratoire de SVT.

Il faudra effectuer le comptage des différents phénotypes de drosophiles obtenus par ce croisement test. Sachant que les drosophiles doubles homozygotes récessives au corps noir et aux ailes vestigiales ne forment qu'un seul type de gamètes avec des allèles récessifs, la proportion des phénotypes obtenus sera donc représentative de la proportion des gamètes produits par les drosophiles hétérozygotes F1.

Si la proportion des phénotypes obtenus est équiprobable, alors on pourra en déduire que la mutation conduisant à l'apparition de la couleur noire a affecté un gène sur un chromosome indépendant de celui portant le gène de la longueur des ailes : cela sera donc le gène « *ebony* ».

Si la proportion des phénotypes obtenus n'est pas équiprobable avec une proportion des phénotypes parentaux très supérieure aux phénotypes recombinés, alors on pourra en déduire que la mutation conduisant à l'apparition de la couleur noire a affecté un gène sur le même chromosome que celui portant le gène de la longueur des ailes : cela sera donc le gène « *black* ».

Vous serez évalué(e) sur votre capacité :

- à utiliser convenablement le matériel fourni : utilisation correcte de la loupe binoculaire (centrage, luminosité, netteté, etc.) ;
- à effectuer des comptages et reconnaître les différents phénotypes :
  - identification des 4 phénotypes différents et mise en évidence de chacun des phénotypes en centrant sur une drosophile pour montrer à l'examinateur ;
  - comptage exact des drosophiles avec au maximum 5 % d'erreur.
- à ranger convenablement la paillasse à la fin de la manipulation.

Photographie d'un exemple de plaque représentant les descendants du croisement test

Étape B

1. Présenter les résultats pour les communiquer

Tableau représentant la proportion des phénotypes obtenus par croisement test

Phénotypes obtenus	[corps gris-jaune, ailes longues]	[corps noir, ailes vestigiales]	[corps gris-jaunes, ailes vestigiales]	[corps noir, ailes longues]
Comptage sur la plaque	17/48	20/48	5/48	6/48
Pourcentage	35,4 %	41,7 %	10,4 %	12,5 %
Type de phénotypes	Phénotypes de type parental		Phénotypes de type recombiné	

2. Exploiter les résultats obtenus pour répondre au problème

On sait que les proportions des phénotypes issus du croisement test sont représentatives de la proportion des gamètes produits par les drosophiles hétérozygotes F1. On constate que les phénotypes de type recombiné sont très minoritaires. Ceci indique qu'un phénomène rare de *crossing-over* a eu lieu au cours de la méiose pour former les gamètes qui donneront par fécondation les individus de phénotypes de type recombiné.

On peut donc en déduire que la mutation conduisant à l'apparition de la couleur noire a affecté un gène sur le même chromosome que celui portant le gène de la longueur des ailes. Il s'agit donc du gène « *black* ».

SUJET 40

La phase photochimique de la photosynthèse

Mise en situation et recherche à mener

Les chloroplastes sont des organites cellulaires, siège de la photosynthèse avec libération de O_2 lors de la phase photochimique, impliquant de nombreuses réactions d'oxydo-réduction.

On veut vérifier que cette phase photochimique, qui se déroule à la lumière, nécessite un accepteur d'électrons localisé dans le stroma des chloroplastes.

Ressources

DOCUMENT 1 • *Équation bilan de la photosynthèse*

$$6\ CO_2 + 6\ H_2O \rightarrow C_6H_{12}O6 + 6\ O_2$$

Au cours de cette réaction, H_2O est oxydé et libère du O_2.

DOCUMENT 2 • *Principe de la réaction de Hill*

Il est possible d'obtenir une solution riche en chloroplastes en broyant des feuilles d'un végétal chlorophyllien dans une solution tampon et en filtrant le broyat obtenu.

Les chloroplastes intacts contiennent un transporteur oxydé (R) qui disparaît dans les chloroplastes altérés.

Seuls les thylakoïdes restent intacts. On étudie le dégagement de dioxygène dans une suspension de chloroplastes altérés exposés à la lumière, en la présence ou en l'absence d'un accepteur d'électrons artificiel : le ferricyanure de potassium ou réactif de Hill (Fe^{3+} oxydant) ; il a la possibilité de jouer le rôle d'oxydant et d'être réduit en Fe^{2+}.

$$Fe^{3+} + e^- \rightarrow Fe^{2+}$$

Étape A : proposer une stratégie et mettre en œuvre un protocole pour résoudre une situation problème

Proposer une démarche d'investigation permettant de vérifier que la phase photochimique se déroulant à la lumière nécessite la présence d'un oxydant.

Appeler l'examinateur pour vérifier votre proposition. Votre proposition peut s'appuyer sur un document écrit [utiliser les feuilles de brouillon mises à votre disposition] et/ou être faite à l'oral.

Matériel disponible et protocole d'utilisation du matériel

Matériel

- Une suspension de chloroplastes altérés
- Une chaîne d'acquisition ExAO comprenant :
  - une sonde à O_2 et une sonde luxmètre ;
  - un logiciel d'acquisition ;
  - une pipette et une propipette ;
  - une seringue de 1 mL ;
  - une seringue de 20 mL ;
  - un oxydant = réactif de Hill ;
  - une lampe ;
  - les fiches techniques d'utilisation du logiciel d'acquisition.

Protocole

Afin de montrer que, dans une suspension de fragments de chloroplastes altérés et éclairés, la phase photochimique nécessite la présence d'un oxydant.

a] Installer correctement le dispositif expérimental en remplissant l'enceinte avec la suspension de chloroplastes altérés et en installant la sonde à O_2.

b] Réaliser une mesure afin de montrer qu'il n'y a oxydation de l'eau qu'en présence d'un oxydant, ici le réactif de Hill [2 mL].

Durée de la manipulation : 6 minutes au maximum

Sécurité

Précautions de la manipulation

– Agiter la suspension de chloroplastes durant la manipulation.

– Éviter les bulles d'air au niveau de la sonde.

Dispositif d'acquisition et de traitement d'images [si disponible]

Non

Étape B : communiquer et exploiter les résultats pour répondre au problème

1. Présenter les résultats pour les communiquer

Sous la forme de votre choix, traiter les données obtenues pour les communiquer.

Répondre sur la fiche-réponse candidat, appeler l'examinateur pour vérification de votre production.

2. Exploiter les résultats obtenus pour répondre au problème

Exploiter les résultats obtenus pour déterminer si l'oxydant est indispensable pour la réalisation de la phase photochimique et s'il est localisé dans le stroma des chloroplastes.

Répondre sur la fiche-réponse candidat.

Corrigé

Étape A

1. Proposer une stratégie et mettre en œuvre un protocole pour résoudre une situation problème

La phase photochimique implique un rejet de dioxygène dans le milieu. Afin de vérifier si cette phase photochimique a bien lieu, il faut suivre la concentration de dioxygène dans le milieu à l'aide d'une sonde à O_2.

Le dioxygène dégagé provient d'une oxydation de l'eau en présence de lumière. Cette oxydation ne peut se réaliser qu'en présence d'un accepteur d'électrons, c'est-à-dire d'un oxydant présent dans le stroma. On utilise ici une suspension de chloroplastes altérés et seuls les thylakoïdes sont intacts. Au cours de l'expérience, on injecte une certaine quantité d'un oxydant, le réactif de Hill (accepteur d'électrons).

Si la concentration de dioxygène augmente dans le milieu, alors cela voudra dire qu'il y a un rejet de dioxygène et que la phase photochimique a bien lieu : la présence de l'oxydant a permis l'oxydation de l'eau et le rejet de dioxygène.

Si la concentration de dioxygène reste stable, alors cela veut dire qu'il n'y a pas de dégagement de dioxygène, donc qu'il n'y a pas de phase photochimique. L'eau n'est pas oxydée car il y a absence d'oxydant. Les thylakoïdes ne contiennent donc pas cet oxydant.

Vous serez évalué(e) sur votre capacité :

- à suivre convenablement le protocole fourni :
  - remplissage du réacteur (sans bulles d'air) ;
  - mise en route de l'agitateur ;
  - mise en place de la sonde à O_2 ;
  - préparation d'une seringue de réactif de Hill sans bulles d'air ;
  - injection du volume demandé du réactif de Hill ;
  - respect des périodes d'éclairement et d'obscurité.
- à utiliser convenablement les fonctionnalités du logiciel pour l'acquisition de la mesure ;
- à ranger convenablement la paillasse à la fin de la manipulation.

Étape B

1. Présenter les résultats pour les communiquer

Évolution de la concentration de dioxygène en fonction du temps

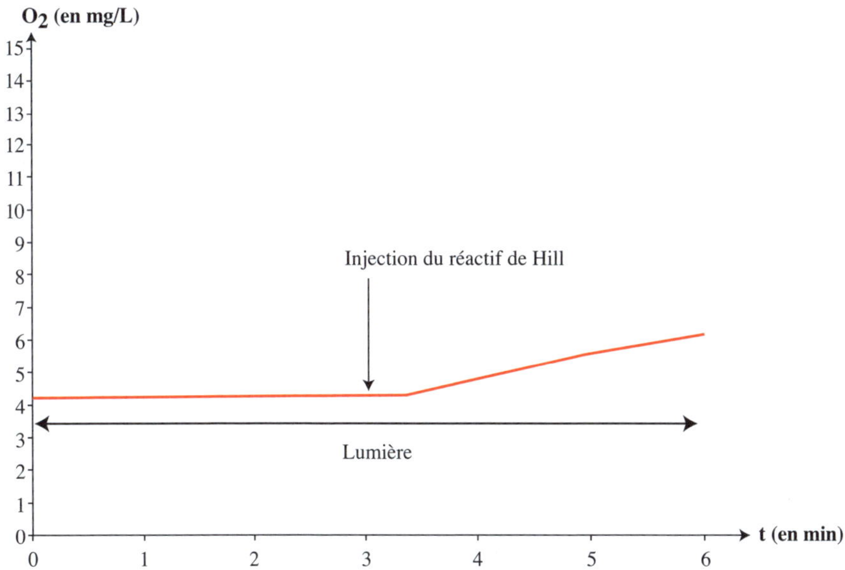

2. Exploiter les résultats obtenus pour répondre au problème

On constate qu'en présence continue de lumière, mais sans le réactif de Hill, la concentration de dioxygène reste stable (autour de 4,1 mg/L). Il n'y a donc pas de dégagement de dioxygène dans le milieu.

Par contre, après l'injection du réactif de Hill, on observe l'augmentation de la concentration de dioxygène (de 4,2 mg/L à 6,1 mg/L).

Au cours de cette manipulation, le seul paramètre qui varie est la présence ou non d'un oxydant, donc si on observe une différence dans les résultats obtenus, cela sera dû à la présence de cet oxydant.

Donc, la réalisation de la phase photochimique qui se déroule au niveau des thylakoïdes a eu lieu seulement en présence d'un oxydant qui doit être présent dans le stroma. Le réactif de Hill remplace cet oxydant naturel lorsque les chloroplastes sont altérés.

SUJET 41

L'identification d'un climat du passé

Mise en situation et recherche à mener

La grotte de Rigney dans le Doubs (Jura) a été habitée au cours de la période allant de – 17 000 à – 15 000 ans. Elle présente de nombreux indicateurs paléontologiques (pointes de flèches, grattoirs, etc.) et climatiques (tourbe, sédiments, etc.).

On cherche à tester l'hypothèse que l'installation de l'Homme dans la grotte est contemporaine d'un changement climatique.

Ressources

DOCUMENT 1 • *Localisation des prélèvements de sédiments de la grotte de Rigney*

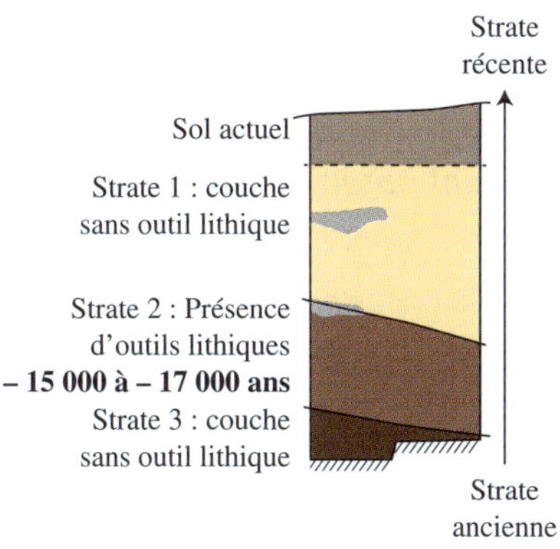

DOCUMENT 2 • *Principales espèces en fonction du climat*

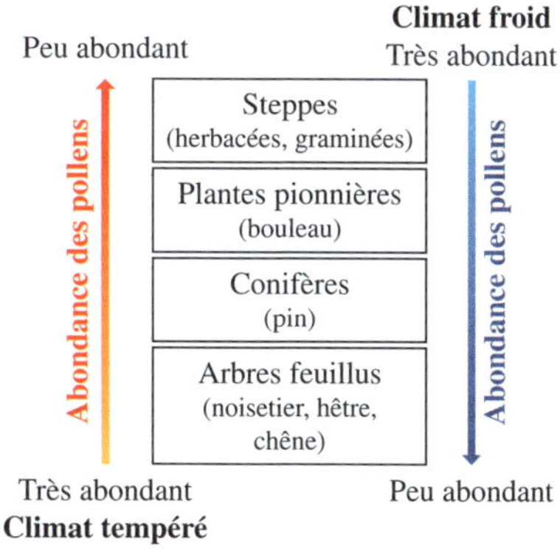

▶▶▶

Étape A : proposer une stratégie et mettre en œuvre un protocole pour résoudre une situation problème

Proposer une démarche d'investigation afin de déterminer si l'installation de l'Homme dans la grotte de Rigney coïncide avec un changement climatique.

Appeler l'examinateur pour vérifier votre démarche. Votre proposition peut s'appuyer sur une trace écrite (utiliser les feuilles de brouillon mises à votre disposition) et/ou être faite à l'oral.

Matériel et protocole d'utilisation du matériel

Matériel

– Divers prélèvements de sols S1 (strate 1), S2 (strate 2), S3 (strate 3)

– Données numériques

– Logiciel tableur et sa fiche technique

– Microscope optique

– Fiche d'identification des pollens

– Lames-lamelles

– Pipettes compte-gouttes

Protocole

Afin de valider l'hypothèse que l'installation dans la grotte est contemporaine d'un changement climatique :

a) Identifier des grains de pollens caractéristiques à l'aide de la fiche « Clé d'identification des grains de pollen ».

b) Traiter des données numériques.

Appeler l'examinateur pour vérifier le résultat et éventuellement obtenir une aide.

Sécurité

Précautions de la manipulation

Dispositif d'acquisition et de traitement d'images (si disponible)

DOCUMENT • *Fiche clé d'identification des grains de pollen*

Grains isolés	Sans sillons Sans pores	Sans ballonnets	Peuplier (*Populus*)  10 µm
Grains isolés	Sans sillons Sans pores	Avec ballonnets	Pin (*Pinus*) 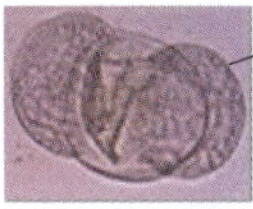 Ballonnets  80 µm
Grains isolés	Sans sillons Avec pores	1 pore	Poaceae – Graminées 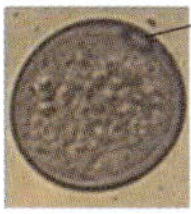 Pore. **Dimensions** (d) : d < 40 µm → graminées sauvages; d > 40 µm → graminées cultivées
Grains isolés	Sans sillons Avec pores	3 pores	Bouleau (*Betula*) 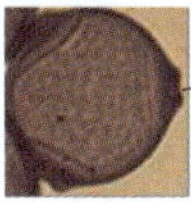 Pore 20 µm. Noisetier (*Corylus*) 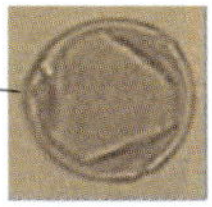
Grains isolés	Sans sillons Avec pores	Plus de 3 pores	Aulne (*Alnus*)  20 µm. Charme (*Carpinus*) 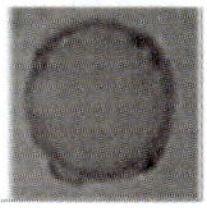 30 µm
Grains isolés	Avec sillons Sans pores	3 sillons	Chêne (*Quercus*) 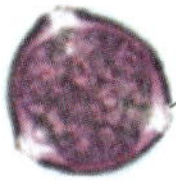 Sillon 30 µm. Erable (*Acer*) 
Grains isolés	Avec sillons Avec pores	3 sillons 3 pores	Tilleul (*Tilia sp.*)  20 µm
Grains isolés	Avec sillons Avec pores	Plus de 3 pores et 3 sillons	Pissenlit (*Taraxacum sp.*) 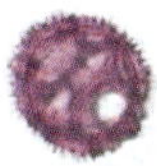 30 µm
Grains multiples	4 grains		Bruyère (*Erica*)  25 µm
Grains multiples	Plus de 4 grains		Acacia (*Acacia*)  30 µm

Étape B : communiquer et exploiter les résultats pour répondre au problème

1. Présenter les résultats pour les communiquer

Sous la forme de votre choix, traiter les données obtenues pour les communiquer.

Répondre sur la fiche-réponse candidat, appeler l'examinateur pour vérification de votre production.

2. Exploiter les résultats obtenus pour répondre au problème

Exploiter les résultats obtenus pour éprouver l'hypothèse que l'Homme s'est installé dans la grotte de Rigney lors d'un changement climatique.

Répondre sur la fiche-réponse candidat.

Corrigé

Étape A

1. Proposer une stratégie et mettre en œuvre un protocole pour résoudre une situation problème

On sait que la grotte a été habitée entre – 17 000 ans et – 15 000 ans car on a retrouvé des outils lithiques au niveau de la strate 2. Pour savoir si l'habitation de la grotte est contemporaine avec un changement de climat, il faut donc déterminer le type de climat avant l'installation de l'homme dans la grotte. On va donc rechercher les types de pollen présents au niveau de la strate 3 et dans la strate 2. D'autre part, l'absence d'outil lithique dans la strate 3 indique que la grotte n'était plus habitée.

On sait, en effet, que les végétaux sont des indicateurs de climats. À l'aide de la clé de détermination des grains de pollen, on peut donc connaître les types de végétaux contemporains de la période – 17 000 à – 15 000 ans et avant – 17 000 ans.

On va donc déterminer, grâce à des prélèvements dans les strates 1, 2 et 3, les grains de pollens présents. Pour cela, on utilise un microscope optique.

Ensuite, on établit un diagramme pollinique indiquant les pourcentages des différents types de pollens identifiés à différentes profondeurs.

Si l'hypothèse est vérifiée, à savoir l'installation dans la grotte est contemporaine d'un changement climatique, on devrait observer une modification des pourcentages de pollen quand on passe de la strate 3, la plus ancienne, à la strate 2. Si le pourcentage de pollen d'espèces végétales comme les herbacées augmente, on pourra conclure à un refroidissement. À l'inverse, si c'est le pourcentage de grains de pollen de feuillus qui augmente, on pourra conclure à un réchauffement.

Vous serez évalué(e) sur votre capacité :

- à utiliser convenablement le matériel fourni :
  - préparation correcte d'une lame mince avec grains de pollen ;
  - réglage correct du microscope optique (centrage de la préparation, choix du grossissement, mise au point, luminosité, zone à observer judicieusement choisie) ;
- à maîtriser les données numériques avec un tableur :
  - sélection des données ;
  - insertion d'un graphique avec, en ordonnée, le pourcentage de grains de pollen et, en abscisse, la profondeur (correspondant au temps) et annotation du graphique (signification des courbes).
- à ranger convenablement la paillasse à la fin de la manipulation.

Étape B

1. Présenter les résultats pour les communiquer

Observation des grains de pollen identifiés dans les strates 3, 2 et 1

Strates	3	2	1
Exemple de grains de pollen identifiés	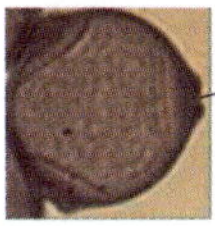	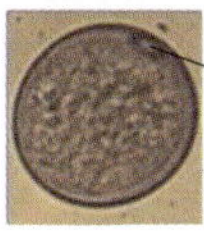	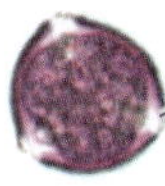
Végétaux identifiés	Bouleau	Graminées	Chêne
Préférence climatique	Tempéré	Froid	Tempéré

Données numériques permettant d'établir un diagramme pollinique

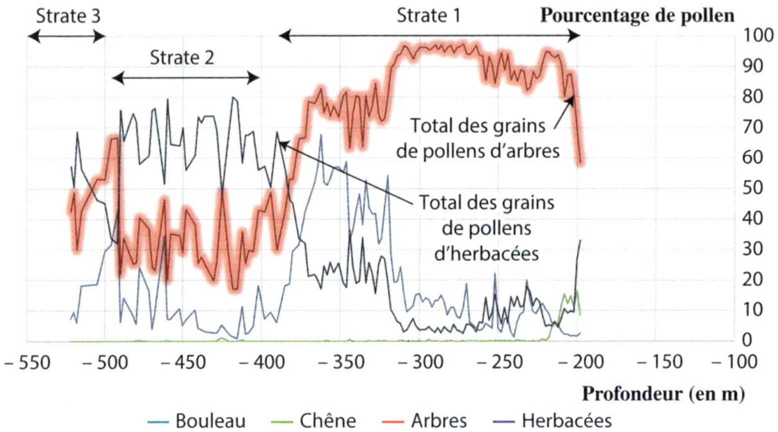

2. Exploiter les résultats obtenus pour répondre au problème

On sait que les végétaux sont des indicateurs de climats. L'identification des grains de pollens dans les strates 1 à 3 permet de déduire les végétaux présents à une époque donnée. On sait, d'autre part, que la grotte de Rigney a été habitée entre – 17 000 et – 15 000 ans.

On constate que, durant cette période, la strate 2 présente de nombreux grains de pollens d'herbacées. Sur le diagramme pollinique, le pourcentage d'herbacées atteint 70 %. On peut en déduire que cette période a été marquée par un climat froid.

D'autre part, la strate 3, plus ancienne, présente des grains de pollen de bouleau dont le pourcentage atteint environ 40 %, ce qui témoigne d'un climat tempéré.

On peut donc en déduire que l'installation de la grotte est contemporaine d'un refroidissement du climat.

Après – 15 000 ans, les pourcentages de grains de pollen varient à nouveau et témoignent d'un réchauffement du climat.

SUJET 42

Le déstockage du glucose par les organes

Mise en situation et recherche à mener

La glycémie est un paramètre qui doit rester constant à environ 1 $g.L^{-1}$. Toutefois, au cours de la journée, après un repas, cette glycémie augmente. Certains organes sont alors capables de stocker, sous différentes formes, le glucose consommé. Selon les besoins, ce glucose peut être libéré progressivement.

On cherche à déterminer quel(s) organe(s) libère(nt) rapidement le glucose dans le sang.

Ressources

DOCUMENT 1 • *Le stockage du glucose dans les organes*

Les organes pouvant stocker le glucose sont les suivants :

Organes	Tissu adipeux	Muscles	Foie
Formes de stockage	Lipide	Glycogène	Glycogène

DOCUMENT 2 • *Quelques réactifs utilisés pour mettre en évidence la présence de molécules organiques*

Réactif	Molécule mise en évidence	Couleur en cas de réaction positive
Eau iodée	Glycogène	Brun-acajou
Glucotest	Glucose	Indiquée sur la notice
Rouge soudan III	Lipides	Orange
Réactif du biuret	Protéines	Bleu foncé
Eau iodée	Amidon	Violet foncé, noir

Étape A : proposer une stratégie et mettre en œuvre un protocole pour résoudre une situation problème

Proposer une démarche d'investigation permettant de déterminer quel(s) organe(s) libère(nt) rapidement le glucose dans le sang.

Appeler l'examinateur pour vérifier votre proposition. Votre proposition peut s'appuyer sur un document écrit (utiliser les feuilles de brouillon mises à votre disposition) et/ou être faite à l'oral.

Matériel et protocole d'utilisation du matériel

Matériel

– Échantillons issus de différents organes
– Réactifs chimiques
– Scalpel + planche à découper
– Pinces
– Passoire
– Bécher + agitateur en verre
– Eau distillée
– Chronomètre

Protocole

Afin de déterminer quel(s) organe(s) libère(nt) rapidement le glucose dans le sang.

– **Tester** la présence de glucose.

Sécurité (logo et signification)

Bien lire les avertissements des réactifs utilisés.

Précautions de la manipulation

– Découper finement l'échantillon pour faciliter les échanges entre organe et eau.

– Laver sous le robinet soigneusement les morceaux.

– Recouvrir d'eau les morceaux déposés dans le bécher et attendre 10 minutes avant les tests.

Dispositif d'acquisition et de traitement d'images (si disponible)

Étape B : communiquer et exploiter les résultats pour répondre au problème

1. Présenter les résultats pour les communiquer

Sous la forme de votre choix, traiter les données obtenues pour les communiquer.

Répondre sur la fiche-réponse candidat, appeler l'examinateur pour vérification de votre production.

2. Exploiter les résultats obtenus pour répondre au problème

Exploiter les résultats obtenus pour déterminer quel(s) organe(s) libère(nt) rapidement le glucose dans le sang.

Répondre sur la fiche-réponse candidat.

Corrigé

Étape A

1. Proposer une stratégie et mettre en œuvre un protocole pour résoudre une situation problème

On cherche à déterminer si le tissu adipeux, le muscle ou le foie sont capables de libérer rapidement du glucose. On sait que ces trois organes sont capables d'en stocker mais on sait aussi que le glycogène est un polymère de glucose alors que les lipides sont formés par un assemblage d'acides gras. On peut donc éliminer le tissu adipeux comme un candidat permettant de libérer rapidement du glucose.

Pour savoir si le muscle ou le foie sont capables d'en libérer rapidement, on va découper finement les échantillons de muscles et de foie et on va réaliser un lavage de ces deux organes. Ceci a pour but d'éliminer tout le sang de ces organes qui pourrait contenir du glucose. On placera ces morceaux dans deux béchers séparés et on recouvrira d'eau. On testera la présence de glucose grâce au glucotest au début de l'expérience (témoin), puis au bout de 10 minutes. Au début de l'expérience, le glucotest sera négatif (à cause du lavage), puis au bout de 10 minutes, si le glucotest est positif, cela voudra dire que l'organe est capable de libérer du glucose. Si le glucotest est négatif, l'organe n'est pas capable d'en libérer.

Vous serez évalué(e) sur votre capacité :

- à suivre convenablement le protocole fourni :
  - lavage convenable pour enlever tout le sang ;
  - réaliser soigneusement les tests au glucose en utilisant des bandelettes différentes pour chaque test ;
  - travailler proprement sans mélanger les échantillons.
- à ranger convenablement la paillasse à la fin de la manipulation.

Étape B

1. Présenter les résultats pour les communiquer

Exemple de glucotest par bandelette

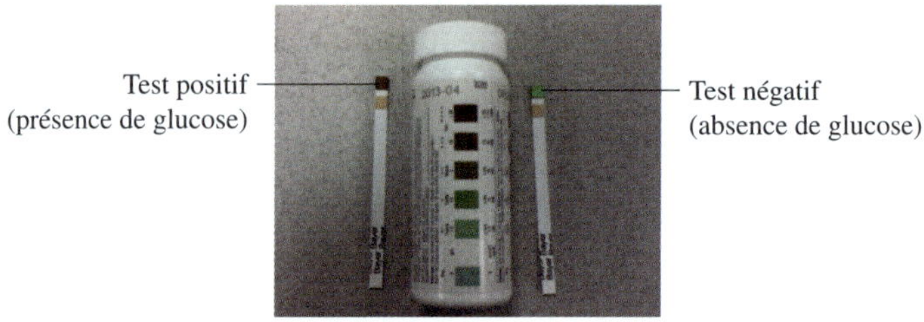

Tableau des résultats obtenus en utilisant le glucotest

	Résultats à T = 0 min	Résultats à T = 10 min
Foie		
Muscle		

2. Exploiter les résultats obtenus pour répondre au problème

On constate qu'au bout de 10 minutes, la bandelette test est devenue marron pour le foie. J'en déduis la présence de glucide dans le milieu alors qu'au départ (T = 0 min), il n'y en avait pas.

On peut donc en déduire que le foie est capable de libérer du glucose.

Pour le muscle, au bout de 10 minutes, la bandelette est toujours verte. J'en déduis qu'il n'y a pas de glucose dans le milieu. Donc, le muscle ne libère pas de glucose. C'est un organe qui stocke pour lui-même mais qui ne redistribue pas aux autres organes.

Le foie est donc le seul organe capable de libérer rapidement du glucose dans le sang.

Crédits iconographiques

P. 53 : © Prisma by Dukas Presseagentur GmbH/Alamy Stock Photo ; **p. 69 :** © D.R. ; **p. 72 :** © D.R. ; **p. 91 :** © Shutterstock.com ; **p. 101 (haut) :** © D.R. ; **p. 101 (milieu gauche) :** © D.R. ; **p. 101 (milieu droite) :** © D.R. ; **p. 102 (haut gauche) :** © D.R. ; **p. 102 (haut droite) :** © D.R. ; **p. 112 (milieu gauche) :** © D.R. ; **p. 112 (milieu droite) :** © D.R. ; **p. 113 (milieu gauche) :** © D.R. ; **p. 113 (milieu droite) :** © D.R. ; **p. 156 :** © Isenmann Jean/Francedias.com ; **p. 157 :** © Prisma by Dukas Presseagentur GmbH/Alamy Stock Photo ; **p. 165 :** © Shutterstock.com ; **p. 172 : (haut gauche) :** © D.R. ; **p. 172 (haut droite) :** © D.R. ; **p. 178 :** © Shutterstock.com ; **p. 179 (haut gauche) :** © D.R. ; **p. 179 (haut milieu) :** © D.R. ; **p. 179 (haut droite) :** © D.R. ; **p. 180 :** © D.R. ; **p. 211 :** © Shutterstock.com ; **p. 216 (haut gauche) :** © D.R. ; **p. 216 (haut droite) :** © D.R. ; **p. 216 (milieu) :** © D.R. ; **p. 249 :** © Shutterstock.com ; **p. 288 (bas gauche) :** © D.R. ; **p. 288 (bas milieu) :** © D.R. ; **p. 288 (bas droite) :** © D.R. ; **p. 311 :** © Shutterstock.com ; **p. 313 (milieu gauche) :** © D.R. ; **p. 313 (milieu droite) :** © D.R. ; **p. 316 (haut gauche) :** © D.R. ; **p. 316 (haut droite) :** © D.R. ; **p. 316 (bas gauche) :** © D.R. ; **p. 316 (bas droite) :** © D.R. ; **p. 332 :** © D.R.

Achevé d'imprimer en août 2022 en République Tchèque par Finidr
Dépôt légal : août 2022 - Édition 01
28/0693/2